Gaea

GAEA

The Oracle Comes 2

〔地獄符〕

星子——著

乩身

〔地獄符〕

目錄

楔子

寬闊餐廳裡躺著不少人。

站著更多人。

而坐著的，只有兩個，兩個全身刺龍畫鳳的男人——

嚴五福和蔡六吉。

嚴五福一臉憤恨不平，雙眼怒得要噴出火來，好幾次想從椅子上蹦起一把掐死坐在他面前的蔡六吉；但他只要稍稍掙扎，身旁幾個男人便將他壓回椅子，再打他幾拳。

四周十餘名男人持刀來回巡視地上躺著的人，見哪個還沒斷氣，便劈里啪啦追斬一番。

嚴五福聽見被斬的兄弟們發出的慘號，再次暴怒掙扎，想將眼前得意洋洋的蔡六吉生吞活剝，然後又被按回椅上，捱上一頓暴打。

大漢們用拳頭阻止了嚴五福的動作，卻阻止不了他嘴巴爆出的一聲聲怒罵，這讓蔡六吉不禁皺起眉頭，雙手摳了摳耳朵，表示自己的耳朵受到了侵犯。

嚴五福身旁兩個大漢手腳俐落，一個從地上碎盤破碗堆中撿起一個高粱酒杯塞進嚴五福嘴裡；另一個立時將裹著染血毛巾的拳頭砸在嚴五福鼓起的腮幫子上。

嚴五福彎下腰，嘴裡、喉間發出一陣咕嚕咕嚕、嘰嘰喳喳的細碎聲響。

蔡六吉終於覺得四周清靜許多，清了清喉嚨，對嚴五福講起話來，他越講越興奮，彷彿在對兒時玩伴暢述心中抱負般。

嚴五福忍不住又焦躁地吼叫起來。

然後又被撬開嘴巴塞進另一個高粱酒杯，再砸碎。

玻璃渣、碎牙齒和著鮮血，從他四分五裂的唇間流出，淌濺一身。

蔡六吉扠手站起，像是看飽了這場戲，要散場了，但總覺得有些不滿足，如同一頓大餐後需要一份飯後甜點作爲收尾——他瞧瞧左、瞧瞧右，再瞧瞧自己的腳尖，發現腳尖上染了點髒污，便笑咪咪地朝嚴五福伸出腳，挑挑眉。

嚴五福先是默然，然後咧嘴一笑，點點頭，在大漢壓制下離開椅子，伏跪下地，將臉往蔡六吉腳尖湊去。

蔡六吉從嚴五福昂頭瞧他時一雙瞳子裡那股熊熊光火知道對方當然不會乖乖替自己舔鞋，他太清楚對方的個性了，於是立時縮回腳。

嚴五福咬了個空。

左右大漢們的鞋底暴雨般踏上嚴五福腦袋和後背。

蔡六吉示意眾人住手——這可是他的飯後甜點，不是大漢們的甜點。

他望著被按在地上的嚴五福連連皺眉搖頭，左右踱步像是在思索妙計，然後，他浮誇地做出一個戲劇角色想到點子時的動作——「啊呀」一聲用拳頭敲了敲自己的手掌，對嚴五福說了些話。

嚴五福雖未應話，但眼中那股熊熊火焰終於熄了。

蔡六吉再次對他伸出腳。

嚴五福顫抖地撐起身子，併攏雙膝，對著蔡六吉重重磕了三個頭，然後往前爬出幾步，伏下身舔去蔡六吉鞋尖上的髒污。

雖然蔡六吉的鞋尖被嚴五福滿嘴污血染得更髒，但他滿意地笑了。

他太了解嚴五福了，他知道就算將他五馬分屍，也無法逼他舔鞋，但拿他妻兒作爲要脅，別說要他舔鞋，就算要他舔屎，他也會乖乖地舔。

甜點時間結束了，但蔡六吉似乎還不過癮。

於是他對嚴五福說，他還是決定不放過他老婆孩子，要他絕子絕孫。

嚴五福這時露出的神情，才讓蔡六吉覺得嚐到了眞正的甜點，他滿意地揮了揮手，轉身準備離去。

幾個大漢抽出尖刀，送入嚴五福身中。

嚴五福雖然一直睜大眼睛，但漸漸覺得眼前開始暗了，蔡六吉下樓前，似乎還轉頭對他說了些話——

「成王、敗寇。不好意思，這局我贏啦，兄弟。」

壹

市刑大小隊長王智漢雙手抱胸，坐在沙發上，凝視著正前方的浴血男人。

男人垂著頭坐在一張餐椅上，已死去一段時間，全身遍體鱗傷、嘴巴皮開肉綻，口舌裡扎滿碎玻璃。

男人周圍另外躺著幾具屍首，是他老婆孩子。

王智漢抓抓頭，環視四周，在腦袋裡胡亂拼湊線索，努力推測這慘死現場的前因始末。

男人陳屍在自家客廳，背對電視、面對沙發。

大多數人家沙發和電視間擺的是廳桌，但此時廳桌被砸爛在牆角，而男人座下餐椅，則是從餐桌拉來特意擺在沙發前。

男人這死姿，生前顯然遭到酷刑逼供審訊。

倘若男人是受刑者，那麼他面對的沙發，也就是王智漢此時所坐位子，理當是施刑者所坐之處。

男人這死法自然不常見，但在王智漢刑警生涯中卻是見過許多次——

這是典型的黑道拷問處刑。

「王隊長，沒有錯，這人也是六吉盟的……」一名手下刑警來到沙發旁，將手中平板電腦遞給王智漢。「六吉盟狗堂大哥。」

王智漢接過平板，草草讀過死者身家資料，再粗魯地將平板拋還手下，問：「上一個是什麼時候？」

「四天前。」手下滑動平板，翻出四天前另一個死者的刑案資料和現場照片。

一樣受縛在椅子上、一樣渾身刑傷、一樣滿嘴碎玻璃、一樣全家滅門。

一樣是六吉盟成員。

王智漢探頭瞧著平板上的照片，指了指其中一張，照片上死者頸際有處刀割痕跡，割的是個「忠」字。

王智漢與手下相視一眼，一起走向男人，與一旁蒐證人員打過招呼、戴上手套，稍稍扳動男人腦袋——他頸際大片血污底下確實也有個「忠」字刻痕，忠字筆順裡最後一點還削拉成一個大圈，圈住大半個忠字，使得這個忠字看來像塊專屬圖騰、招牌。

「貓堂、雞堂、鼠堂，然後輪到狗堂，一個接一個，沒完沒了了……」

「蔡萬龍這幾年生意做很大，囂張得要命，走路都橫著走，這次終於踢到鐵板了？」

「是啊，這新興幫派這幾年好囂張，仇家終於找上門了。」

幾個刑警交頭接耳談論起案情。

「什麼新興幫派，六吉盟起碼幾十年了，我小時候六吉盟的招牌可響亮了。」王智漢哼哼地說：「那時候六吉盟兄弟上哪家店吃麵，附近其他小吃店都端小菜來招待；去哪間酒店喝酒，周圍酒店老闆都帶小姐過來鞠躬敬酒。不過那是很多年前的事了。」他說到這裡，還補了一句：「蔡六吉都死好多年了。」

有個手下來到王智漢身邊，說：「蔡萬龍已經到局裡了，他很不耐煩。」

「不耐煩他可以掀桌。」王智漢沒好氣地答。

貳

王智漢領著幾名手下踏入市刑大警局。

他天生長了張流氓臉，身後手下們剛經歷一場凶殺刑案現場勘驗，各個神情凝重，是故王智漢這支小隊此時活像是批討債公司收帳人馬。

大夥轉入市刑大某組偵查隊辦公室，王智漢位於角落的辦公桌上，堆疊著超過一公尺高的各式文件、卷宗，猶如一圈高聳城牆；即便他一進辦公室就窩入座位伏桌酣睡到下班，同事們也沒人會瞧見他的睡臉。

其實就算他將辦公桌收拾得乾乾淨淨，大剌剌睡覺，甚至在桌邊擺張躺椅呼嚕大睡，也不會有人管——他上頭幾位長官年紀都比他輕，有些甚至是他學弟；而他們絕不干涉王智漢偷懶的原因，不是給他面子，也不是畏懼他資深，而是巴不得他一路偷懶到退休，也別像現在這麼勤勞，勤勞得三天兩頭給局裡惹麻煩——動不動就得罪哪位權貴、老闆或是江湖大哥大。

那些權貴、老闆能託立委在立法院裡照三餐指著劉長官的鼻子痛罵，劉長官便會照三餐臭罵王智漢和幾位長官。

王智漢年輕時被劉長官當著面罵，還會義憤填膺地頂嘴；後來他被罵習慣了，罵完頂多掏掏耳朵。這兩年他被劉長官或是其他年輕長官罵完，連耳朵也懶得掏了。

王智漢晃到自己座位旁一張小供桌前，燃香對著桌上那二十餘公分高的小關帝像拜了幾拜——市刑大裡其實有處較大且較爲正式的關帝供桌，但王智漢偏愛在自己辦公室的小供桌上香，他覺得這尊小關公像，右手揚著青龍偃月刀、左手按著佩劍，長鬍飛揚、威風剽悍，更適合自己這種得罪滿滿權貴高官、成日出生入死的硬漢；至於局裡大供桌那尊手托春秋、文雅漂亮的大關帝像，讓那些斯文主管去拜就行了。

他上完香，從桌上翻出幾份文件，喝了杯茶，轉去會客室。

會客室裡幾人全臭著臉，像是久候多時而焦躁難耐。

王智漢將文件攤在他們面前，盯著其中一人說：「蔡萬龍蔡先生是吧，你就是六吉盟當家的？」

「啊？怎麼又是你？」蔡萬龍年紀約莫四十來歲，高級西裝外套裡的絲絨襯衫還沾了幾枚口紅印，胸前掛著幾圈金項鍊，腕上金錶厚重得能砸暈人。他瞪著王智漢半晌，不悅地說：「我們等了這麼久，怎麼來的還是你這小隊長？你們隊長、組長、大隊長咧？」

「老兄啊。」王智漢皺眉盯著蔡萬龍那身西裝。「你有本事把這麼貴的衣服穿得這麼難看，品味跟我差不多，我們多聊聊不好嗎？」

「你跟我聊？你算老幾？」蔡萬龍大力拍了拍桌子，身邊幾個小弟吆喝起來。「叫這裡最大的出來——」

「喂！」「你們別太過分啊！」王智漢身旁兩名手下也惱火地拍了桌子，指著蔡萬龍叱罵：「蔡先生，你搞清楚，有人找你們六吉盟麻煩，我們是在幫你，你以爲上酒家挑小姐啊？」

王智漢的上級隊長路過會議室，往裡頭瞧了幾眼，敲敲門板，對蔡萬龍說：「我是負責六吉盟這批案子的偵查隊隊長，王智漢說的話，就是我說的話。」

「聽到沒有。」王智漢嘿嘿笑了兩聲，攤開文件——裡頭是近日六吉盟成員橫死的現場照片，他將照片推向蔡萬龍等人面前，說：「大家看看。」

王智漢在警界的地位十分微妙，他的隊長過去曾是他直屬手下，對他畢恭畢敬——他想查哪件大案，可以自由調動整組隊員，甚至可以向其他小隊或外縣市警局借人——一來他資歷夠厚，過去破獲許多重案，名聲響亮，卻礙於得罪許多人，升遷受阻；二來他直屬長官曾經遭受某些古怪威脅，靠著王智漢牽線找來的陰差朋友或陽世高人替他擺平麻煩，因此王智漢雖三天兩頭給他惹來新麻煩，他罵歸罵，卻仍盡量給予王智漢最大權限，只盼對方稍微收斂。

蔡萬龍本還想多講幾句廢話調侃一下王智漢，但見對方推到他面前的最新刑案照片，臉色登時垮下，跟身旁隨從討論幾句。「這是狗堂阿黃？」「是啊……」「連阿黃都敢動？」

「喂喂喂！」一名站在蔡萬龍斜後方的小弟，或許是誤判了蔡萬龍眼神，突然指著王智漢大罵起來：「你們警察到底幹什麼吃的，現在有殺人魔出沒啊！還不快把他抓起來，你們領人民納稅錢呀，太無能了吧。」

王智漢身旁手下馬上回罵：「小弟弟，你今年幾歲，你繳過稅沒有？」「這殺人魔不殺別人，專殺你們六吉盟啊，我們也想弄清楚原因，不然上哪抓人啊！」

「啊呀？」那小弟本來還想再罵，但見蔡萬龍瞪他，便不敢再說。

王智漢望向蔡萬龍，笑著說：「你還是想不起來最近得罪過誰？」

蔡萬龍跟身邊隨從交頭接耳討論起來：「阿黃最近得罪過誰？」「有是有，但是跟貓堂菜刀、老賀、阿嘉，還有雞堂火箭、螳螂他們都沒關係啊……」「會不會上次酒店和張董翻臉？還是更早之前……」

幾個隨從絞盡腦汁回想六吉盟幾個堂口兄弟這幾年四處結下的梁子——他們這些年結過的梁子可真不少，但王智漢一面聽，一面搖頭。

蔡萬龍也邊聽邊搖頭，回想起這些糾紛、過節的隨從們自己也搖頭。

這些零零星星的地盤糾紛、小弟們看不順眼的鬥毆、酒店競爭之類的過節雖然不少，但可沒嚴重到要將對方幫會堂口成員一一施刑虐殺，甚至連家人老小都不放過——

這種連環滅門凶殺案，就算六吉盟不追究，新聞輿論也會逼警方追究到底。

另一方面，這些受害成員並沒有共同涉入同一起糾紛，凶手明顯像是針對整個六吉盟，而非某個幫眾。

「蔡老大，你自己呢？」王智漢冷冷地問。

「我怎麼了？」蔡萬龍瞪大眼睛。

「你自己有沒有得罪人啊？」

「我一天到晚得罪人，剛剛我不就得罪你了。」蔡萬龍哼哼地說：「不過你就算氣我，可以來殺我，不會莫名其妙從我幫裡隨便挑人殺吧……」

「小糾紛當然不會。」王智漢打著哈哈說：「但如果牽扯到幾十億大生意，或許會喔。」

「哈哈，幾十億？」蔡萬龍翻了翻白眼，說：「我這兩年開了三間酒店、一間三溫暖，是有得罪過一些人，你要一件一件查也可以，只是這些店加起來了不起一、兩億，沒有幾十億那麼多。要是我有本事玩幾十億的生意，這件事也用不著你們警察幫忙，我會買下一支軍隊，比你們市刑大這棟樓裡所有人加起來還多，把對方找出來，然後——」

他說到這裡，指了指照片。「他怎麼搞我的人，我就怎麼搞他。」

一名警察不悅地說：「蔡先生，你想清楚再說話，你這是犯罪預告？」

蔡萬龍那頭隨即有人回嘴：「你們這些條子，亂殺人的抓不到，善良老百姓講兩句氣話也不行？」

「好了、好了，別廢話了，善良老百姓。」王智漢揚手阻止兩邊鬥嘴，從桌上文件中挑出幾張照片擺在蔡萬龍面前——

這幾張照片分別是六吉盟不同受害成員身上，被刀割出的「忠」字傷痕的近拍特寫。

「和前幾次一樣，今天你們狗堂阿黃身上也被割了個『忠』字。」王智漢這麼說：「每個人身上都有這個記號，對方是在向你們示威，所以我才會問你到底有沒有在某些生意上惹上不好惹的大老闆。」

「……」蔡萬龍盯著那些照片，搖搖頭，嚴肅地說：「我是得罪過不少人，但我不記得他們哪個人名字裡有『忠』字，又或是我不記得了——但他們之中，我沒印象有這種不停殺人的瘋子。」

「要是……」蔡萬龍的隨從、王智漢的手下聽蔡萬龍這麼說，不約而同地都想到——如果對方眞是個瘋子呢？

「看起來不像。」王智漢搖搖頭，又翻出幾張刑案現場破桌爛椅、滿地橫屍的照片。「加上今天這件，每件都是滅門，家裡老人小孩都不放過……這陣仗看起來不像是一個人幹的，是有組織、有目的的行動，示威意味濃厚，你們六吉盟貓狗雞鴨蛇鼠堂口都被宰過一輪，接下來……」王智漢說到這裡，頓了頓，盯著蔡萬龍說：「就輪到你們龍虎堂了。我沒記錯的話，你跟你弟弟正是龍虎堂的堂主跟副堂主，對吧？」

「那最好。」蔡萬龍像是壓抑著憤怒和恐懼，撐著桌子起身。「我這人懶得動腦筋，這種推理遊戲我沒興趣……那神經病最好自己找上門來，我巴不得他自己送上門……」他手一揮，領著手下就要走，突然想到什麼，取出手機望向王智漢、望望那幾張「忠」字傷痕照片。「我覺得那幾個字有點眼熟，但現在眞想不到跟誰有關，我拍下來向人打聽，行嗎？」

「行。」王智漢點點頭，比了個請隨意的手勢。

蔡萬龍翻拍了幾張忠字照片，領著手下離去。

參

太陽已經下山，一陣陣沒有規律的狂風，將暗紫色空中的亂雲吹得像是抓髮失敗後的滑稽造型。

蔡萬龍叼著菸，焦躁地在頂樓來回踱步，不時接聽手機。一名手下趕來，向他回報：「鴨堂蝦米剛剛打給我，說他小弟最近剛收了一批小鬼，都十幾歲，不懂怎麼砍人……問大哥你要不要這種菜鳥？」

「要！」蔡萬龍說：「有多少拉多少，我又不是養不起，沒砍過人是吧，來我這待幾天，說不定就有機會砍到了。」

蔡萬龍身處的這棟六層樓老舊工業樓房，位於市郊一處沒落工業區中，樓房四周圍繞著許多荒廢無人的工廠和辦公樓房，正門外有面陳舊燙金招牌——

六吉企業。

這六吉企業是六吉盟創幫老大蔡六吉生前重要據點兼住家——一樓辦公談生意，二樓招待賓客朋友，三、四樓供手下住宿休息，五、六樓當自己住家。

蔡六吉行事激進剽悍，得罪不少仇家，平時戒心極重，以往樓房裡總聚著數十名手下，如家臣衛兵，日夜守著以防仇家上門。

不久前當蔡萬龍聽說幫中出現第四名受害者時，便舉家搬入六吉企業裡，他知道這棟樓房是爺爺生前重要防禦據點，除了方便聚集大批兄弟外，地下還有兩層地下室。

蔡六吉當年特別闢出的地下室用途可眞不少，除了可以用來囚禁拷問仇家、私藏軍火武器、供自己藏匿防禦外，甚至還有條地道連接到百來公尺外一處不起眼的廠房地下室，作爲最終逃生通道。蔡萬龍年幼時，便常聽爸爸講述以前每隔幾年，就要隨著爺爺在六吉企業裡避難迎敵的事蹟，使他相信這棟看來沒落的樓房，是座固若金湯的堡壘，是蔡家最後一道防線。

此時每隔一、兩小時，便有幾輛廂型車在六吉企業外停下，下來一批人，全都是六吉盟各堂口年輕幫眾，大夥收到蔡萬龍的動員令，前來協助守禦六吉企業。

先前八起六吉盟幫眾凶殺案裡，四起在受害幫眾家中、兩起在堂口據點、兩起在旅館中——凶手並未特意挑選犯案地點，而是大剌剌地直攻對方當下所在地，並且毫不介意波及無辜——八起凶殺案裡，除了八名幫眾外，還包含他們妻兒老幼、情婦朋友，全加起來可有三、四十人之多。

「萬虎，你最好過陣子再回來，這邊我會處理……」蔡萬龍講著手機。「我調了一百多人，那些傢伙敢找上門，我絕對好好招待……啊！叔公來了，晚點再說。」

蔡萬龍掛斷手機，從頂樓望著底下步出黑頭轎車的駝背老人，在幾名隨從簇擁下走入六吉企業。

蔡萬龍立刻帶人下樓迎接，老人神色慌張，一見蔡萬龍便伸手挽他胳臂，呀啊啊地說：

「萬龍呀……你傳給我那些照片……全是從這陣子幫裡死的那些人身上拍的？那……那個『忠』……」

「叔公，你認得那個『忠』？」蔡萬龍一小時前，令手下將那幾張翻拍的忠字照片發給幫中兄弟，要所有人幫忙打探，最近幫裡到底是誰與名字、門派字號裡有「忠」的傢伙們發生過糾紛。

「那個『忠』呀……」叔公叫蔡七喜，是蔡六吉的弟弟，他隨著蔡萬龍來到一樓辦公室，顫抖地接過對方手下遞來的茶水，喝了一口，嗆著咳了好半晌。

蔡萬龍賞了那遞茶水的手下一巴掌，要他重新倒杯不那麼燙的茶水來。

蔡七喜連連搖手，連口唇鬍子上的茶水都未拭去，急急要隨從點開手機照片。

「看！這個『忠』、這個『忠』呀——『中』那一豎……利如劍、穿透心……」叔公顫抖地指著幾張照片裡受害幫眾體膚上的「忠」字記號，那忠字裡的「中」，豎筆拉得極長，劃過「心」字。

猶如一把劍，將那「心」剖爲兩半。

「這是五福會忠堂的追殺令……」叔公瞪大眼睛，抓著蔡萬龍雙臂，顫抖地說：「是他！一定是他……他回來了！」

「五福會……忠堂？」蔡萬龍依稀覺得「五福會」、「忠堂」這些字眼兒聽來有些耳熟，一時卻怎麼也想不起是何方神聖。「叔公，你說誰回來？他到底是誰？」

「他……他是……嚴五福。」叔公害怕地說：「他真的回來了，我就知道……他不會放過我們蔡家！他一定會上來爭那口氣……」

「嚴……五福？」蔡萬龍隱約記得自己聽過這個名字。

嚴五福是他爺爺年輕時的拜把兄弟。

那時兩人本來同處一個幫會，後來分別自立門戶——六吉盟與五福會。

一個五一個六，一個吉祥一個福氣，這兩個幫派雖比不上一些規模更大的幫派，但幾十年前在地方上也算風光一時。

起初六吉盟與五福會一如唇齒，共同抵禦踩進地盤的外來幫派，但後來不知怎地，嚴五福和蔡六吉兩人決裂，激烈火拚好幾個月，今天你砸我酒家，我就掀你錢莊，明天你掀我錢莊，我就砸你酒家。

直到越來越多共同好友、長輩看不下去出面調停，兩人終於同意和談。

和談地點在一處酒樓餐廳。

嚴五福直到上了滿桌菜、乾了幾杯酒後，才知道自己中計。

蔡六吉帶了比約定還多出數倍的人來，打手一批批上樓，甚至連那些上菜的餐廳侍應全是他的人。

最終，嚴五福沒能活著走出那間酒樓。

接下來幾個月，五福會重要堂口被六吉盟一一擊破，旗下地盤盡歸六吉盟所有。

蔡六吉倒是有自知之明，知道自己這六吉盟終究只是地方幫派，滅了五福會後，也未特意擴張地盤，專心當個地方上的土霸王，頂多在外地幫派試圖踩進己方勢力範圍時，像隻剽悍的瘋鼠咬退對方，若敵人比他想像中凶悍，就窩在六吉企業裡嚴防迎戰。

「叔公……我聽不懂你說什麼……」蔡萬龍愕然地問：「那五福會不是早被爺爺滅了？」

「那時我勸過六吉，做人別做那麼絕……」蔡七喜雙眼茫然、氣喘吁吁地說：「但他那時候什麼也聽不進去，一心想斬草除根，把嚴五福全家趕盡殺絕……」

「所以你是說……現在這些案子是嚴五福後人幹的？爺爺當時沒宰乾淨？」蔡萬龍這麼問。

「……」蔡七喜呆滯望著角落一扇窗喃喃地說：「我……我放走嚴五福三弟一家……」

當年蔡七喜受命追殺嚴五福三弟，一路追到漁港，對方本已買通一艘漁船企圖偷渡逃亡，還沒來得及登上船就被他逮下。

「小嚴……是我老同學，他們夫妻倆背上揹著兩個小的，手裡牽著兩個大的，肚子裡還有個更小的……小嚴一家跟他大哥不常來往，他們不是江湖道上的人，我怎麼下得了手呀……」蔡七喜這麼說。

當夜，嚴家三弟涕淚縱橫跪求饒，自願賠上一命讓蔡七喜提頭回去抵數，只盼老同學放他妻兒一條生路；蔡七喜見對方妻子驚恐虛弱，挺著數個月大的肚子，身邊還跟四個孩子，倘若沒有嚴家三弟，獨自渡海到異地大概也活不下去，便放他們一家登船離去。

事後蔡七喜回去對蔡六吉說逼嚴家三弟一家跳海，遺體是找不到了。

「所以……」蔡萬龍問：「現在是嚴家三弟的子孫來報仇了？叔公呀，你當年放人一馬，現在人家找上門報仇啦……」

「錯了、錯了！」蔡七喜連連搖頭說：「是忠堂的人！是嚴五福親自上來——那個忠字，我不會記錯，那是五福會忠堂的追殺令呀！」

「叔公，你到底在說什麼？」蔡萬龍焦躁地說：「嚴五福不是已經死了？他從哪兒上來？」

「萬龍呀，你聽我說，你得去找苗姑幫忙……只有她能幫我們蔡家……」蔡七喜不理蔡萬龍追問，自顧自地嚷嚷。

「苗姑？誰是苗姑？叔公，你講清楚點，你知道五福會現在的動靜？那些傢伙在哪？我人都找齊了，不如直接殺過去省事多了！」

「苗姑生前當過神明乩身，本事很大，後來不知為何瘋了，還出車禍，一命嗚呼……」蔡七喜夢囈般喃喃自語。「直到最近我才重新聽說她的消息，原來她現在有個傳人……」

「叔公，你先歇歇吧……」蔡萬龍聽得一頭霧水，只當叔公嚇傻了，隨意安撫他便準備繼續招兵備戰。

辦公室日光燈先是閃了幾閃，跟著忽明忽暗、激烈閃爍起來。

「啊！啊啊……啊啊啊！」蔡七喜像受到極大驚嚇顫抖起來，瞪大眼睛四顧張望。「來不及啦、來不及啦，他來啦！」

「怎麼回事，跳電了？」蔡萬龍儘管愕然，仍大聲對手下下令。「去看看！」幾名手下正要動作，辦公室燈光突然恢復正常。

外頭聽見騷動趕來查看的小弟們，擠在門外往裡頭張望，蔡萬龍和幾名手下你看看我、我看看你，不知怎地，此時儘管燈光恢復，四周卻瀰漫著一股說不出的詭譎氣息。

和淡淡的焦味。

像是紙錢餘燼的氣味。

蔡七喜撥開隨從攙扶他的手，默默走到一旁的沙發坐下，蹺著腿仰頭四顧，瞅著蔡萬龍冷笑。

「叔公……」蔡萬龍被他冰寒的眼神盯得背脊發涼，只覺此時的蔡七喜陌生到了極點。

「我要講的，差不多都被這個阿喜講完了。」蔡七喜用食指指了指自己腦袋。

蔡七喜的幾個隨從個個僵硬著身體、搖搖晃晃走到他身邊，你看看我、我看看你，嘴角露出神祕笑意。

「你就是蔡六吉孫子？」蔡七喜望著蔡萬龍，嘿嘿一笑：「看到長輩不叫人？」

「你……你是……」蔡萬龍微微哆嗦起來。

「剛剛阿喜不是說了嗎？」蔡七喜雙眼隱隱綻放青光。「五福會，忠堂，嚴五福。」

「不可能！」蔡萬龍驚駭地仰長頸子大喊：「快來人、快來人！」

蔡萬龍剛喊幾聲，下一刻，卻茫然地呆望前方——

他低頭，驚覺自己從站姿變成了坐姿。

他坐在辦公室一張椅子上，雙手被縛在椅背後、雙腳與椅腳綁在一塊兒；幾名重要手下此時全遍體鱗傷、雙手受縛地跪在他身旁兩側；辦公室外隱約可見橫七豎八地倒著許多人，全是他下午招募來的年輕小伙子。

他彷彿被偷走了一段時間。

眼前，蔡七喜依舊窩在沙發上，翻著報紙打發時間，幾個隨從則個個捲著袖子，忙了大半天似的。

「發……發生了什麼事？」蔡萬龍掙扎起來。「到底怎麼回事？」

「阿喜不是對你說了嗎？小子，你到底有沒有認眞聽叔公說話？」蔡七喜瞥了蔡萬龍一眼，扔下報紙，站起身來，一步步走近蔡萬龍。「我上來了，我來找你們蔡家敘舊了。」

「你……你上來？你從哪裡上來？」蔡萬龍見蔡七喜每踏近一步，傴僂老邁的身軀上便隱隱閃現出一個中年大漢的身影，有時是胳臂、有時是胸膛、有時是面容。

他隱約只見中年大漢面容古怪，整張臉皮褐黃扭曲乾硬。

好像經過油炸一般。

「地獄。」蔡七喜走到蔡萬龍面前，冷笑地按著他的肩，盯著他雙眼說：「我一直等著這一天。」

「你眞是……嚴五福？」蔡萬龍喘著氣，覺得蔡七喜雙臂透出淡淡的油炸氣味。

「你……上來做什麼？」

「哈哈！」蔡七喜聽蔡萬龍這麼問，仰頭大笑起來，說：「當然是來找你們蔡家報仇，你眞以爲要敘舊啊？」

「報仇……」蔡萬龍呆滯顫抖；蔡七喜隨從搬來一張小桌，上頭擺著各式各樣的刀具——都是原本蔡萬龍準備要來禦敵的武器。

他腦中浮現白天王智漢攤在他面前那些刑案現場照片裡的慘狀，渾身打顫，忍不住扯開喉嚨喊人求救，但他所有手下此時不是重傷、就是受縛，聽見他叫嚷也無力幫忙。

「你知道你爺爺當年對我嚴家做了什麼？」蔡七喜從小桌取起一把刀，左右翻看，望著蔡萬龍。

蔡萬龍先搖搖頭，然後點點頭。

「知道就好。」蔡七喜冷笑望著蔡萬龍。「所以你別怨我，下去之後，找著你爺爺，跟他說我上來做了什麼。」

蔡七喜一面說，一面揪著蔡萬龍的頭髮，像個雕刻家般審視著他的臉，尋找落刀處。

然後，他在蔡萬龍右臉上，刨下「忠」字第一劃。

五福會忠堂的「忠」。

肆

「這種事你跟我講幹嘛？」

韓杰佇在市郊一處停工多年的爛尾廢樓破窗邊，抓著半個漢堡，嘴巴鼓脹脹地一邊咀嚼、一邊不悅地對手機那端含糊嘟囔地說：「什麼五福會、六吉盟，那關我什麼事？你們條子那麼多人，自己處理不就得了，找我幹嘛……什麼！」

韓杰聽見電話那端報上的數字，不由瞠目結舌。「我沒聽錯吧，你說死了多少人？」

「我都懷疑我聽錯了。」王智漢的聲音從手機那端發出。「一百一十七人。」

「就一個晚上？」韓杰又咀嚼兩口，感到口乾舌燥，放下漢堡，吸了口可樂。

「不到一個晚上，是短短一、兩個小時，整間工廠裡的人全死光了……」王智漢的聲音聽來乾啞苦澀。「劉長官嚇傻了，下令封鎖消息。這事情太大條，可能會妨礙到他升官……」

「他升不升官關我屁事？」韓杰翻了個白眼。

「他覺得不對勁，說或許跟你有關，要我找你幫忙。」王智漢這麼說。

「跟我有關？」韓杰不悅地說：「你們警察辦不了的案子就推給鬼，然後推給我是吧！我現在忙得很……啊！不說了，人來了，我要忙啦！」

韓杰掛斷電話，略微側身避開廢樓外亮起的機車大燈，隱身在破窗旁牆後，緩緩將剩餘漢堡塞進嘴裡。

在他身旁不遠處牆邊水泥地板，有塊一公尺平方、用紅顏料畫出的方框，框內寫了大片古怪紅色文字；紅框四角擺著幾張符，都用小石壓著，像個奇異的法陣。

兩輛機車停在樓外，下來兩男一女，年紀都輕，其中一個瘦小男孩甚至穿著高中制服。

「是是是……寶哥您放心，小年準備好一批新符，我們正要試用，沒問題的話，明天就帶去給您。」另一個高個兒青年一身皮衣皮褲，蓄著一頭長髮紮成馬尾，對著手機那端鞠躬哈腰，掛上電話後才挺直腰身、威風神氣地攬過女孩肩膀，往廢樓走去。

三人來到廢樓大門外，女孩望著漆黑樓梯口，害怕地問：「喂……你們那種符不能在……外面燒就好了嗎？一定要去裡面燒符才行嗎？」

「燒地獄符要先布陣，陣布在外面，下雨就淋壞了……」個頭瘦小、穿著高中制服的男孩這麼說。他頂著兩個大大的黑眼圈，揹著一個鼓脹後背包，微微抱怨：「妳怕鬼……幹嘛還跟啊？」

「我不是怕鬼，我是怕碰上流浪漢……或是吃了藥、喝了酒，瘋瘋癲癲找我們麻煩……」女孩說。

「小年走妳前面。」高個兒青年將同伴推到前面，自個兒退到女孩背後，輕攬著她的腰，在她耳邊吹氣說道：「大岳在妳背後。我們兩個把妳夾在中間，將妳保護得好好的，不管是流浪漢還是吊死鬼，都傷不了妳一根毛，放心喔。」

「大岳，你少噁心啦！」女孩嬌惱撥開馬大岳的手，儘管心中害怕，仍半推半就被高個兒青年推入漆黑廢樓裡。

廖小年持著手電筒開路上樓，一路走上三樓——樓內尚未隔間，每層樓空蕩蕩地立著一根根主梁。

三人來到角落紅色方框法陣前，廖小年打開背包，取出符籙、蠟燭、線香等祭祀用品，分給馬大岳幫忙布置。

馬大岳敷衍地插了幾根蠟燭，便拉著女孩來到窗邊，指著夜空那渾圓月亮讚不絕口，直說月亮美得快要追上女孩了。

「咦？」女孩低呼一聲，突然感到有些不對勁。「怎麼有薯條的味道，剛剛有人在這裡吃薯條？是流浪漢嗎？」

「誰呀？是哪個白痴躲在我們的地盤吃薯條？出來讓我打兩拳啊，哇哈哈哈！」馬大岳挺著胸膛東張西望，大笑對著四周叫嚷半晌，才轉頭對女孩說：「算他好運，跑得快，要是被我碰上，不打死他才怪。」

「你幹嘛啊，就算眞有流浪漢在這吃薯條，又沒礙到你……你幹嘛動不動就要把人打死。」女孩不悅地說。

「他吃薯條沒礙到我，但是嚇著妳呀；誰嚇著妳，我就打誰。」馬大岳哈哈大笑。「妳不希望我打死人，那我就不打死他，把他打得半死就好，哈哈哈！」

「……」韓杰倚在遠處一根梁柱後，拎著一包薯條默默往嘴裡塞。

廖小年將那方陣整備妥當，四角換了新符，還在陣外擺了兩個小杯，一杯裝米、一杯倒滿高粱，跟著他點燭燃香，對四周拜了幾拜。

「精彩的要來啦，看仔細。」馬大岳挑挑眉，拉著女孩來到陣旁。

女孩吸了口氣，左顧右盼，像擔心有什麼妖魔鬼怪從窗外衝入，又像擔心真有個吃薯條的流浪漢躲在暗處偷瞧自己——

韓杰遠遠探出頭來，倒不是盯著女孩，而是盯廖小年。

廖小年從背包裡取出一個牛皮紙袋，再從袋中抽出張符，將符攤開，那張符尺寸大得如同學校課本；他雙手捏著大符兩角，在米杯香炷上方微微繞圈，口中唸唸有詞，跟著引了燭火，將緩緩燃燒起來的大符擺入方陣中央。

大符在陣中燒亮了幾秒，漸漸熄滅，只剩下點點螢光灰燼，隨著煙霧縈繞在陣上方半空，久久不散。

女孩感到有點冷，忍不住縮了縮身子，馬大岳趁機輕摟住她的肩，女孩雖微微皺眉，卻也沒有推開他，只覺飄蕩在陣上的符紙灰燼餘光似乎也飄得太久了些。

她揉揉眼睛，驚覺那餘燼煙霧，竟不自然地凝聚成某種形狀——

是一個人形，那人形極其瘦長，像是將一張人像上下拉長、左右壓窄之後的模樣。

下一刻，那「人」的形象變得更加具體——是個赤身裸體、體膚青森蒼白、身上遍布傷痕的男人。

「你叫什麼名字？」廖小年望著那男人。「本來在第幾層受罪？犯了什麼事？」

「吳、復、春……」名叫吳復春的男人，一字一句地說：「第、三、層……生、前、詐、欺……騙、人、錢、財……」

「詐欺犯呀。」廖小年回頭望著馬大岳問：「可以嗎？」

「應該可以吧，出老千也是詐欺的一種啊。」馬大岳望著方陣中現形的男人，問：「你會不會撲克牌？會不會麻將？你以前賭不賭？」

吳復春先是點點頭，又搖搖頭。「有些會……有些不會……我不常賭……」

廖小年說：「罪魂吳復春，你知道你現在的身分嗎？你知道你為什麼能從地獄回到陽世嗎？」

「我被地獄符拘上……我聽說過地獄符……凡是被地獄符拘上陽世的罪魂，暫時不受陰差管轄，改聽陽間師父行事……」吳復春望著眼前三人，問：「我現在該聽……誰的？」

女孩看看馬大岳，但他卻指了指廖小年，說：「這位弟弟是陽世師父，你聽他的、他聽我的、我聽寶哥的。」

廖小年對吳復春說：「從今天開始，你替我做事，試用期七天——表現好，我再燒新符跟你續約，你就可以繼續留在陽世；表現不好，那我只好請別人上來幫忙，你會被陰差帶回底下，繼續你未完刑期。」

「不……不……」吳復春聽廖小年這麼說，身子激烈顫抖，跪下對著他不住磕頭。「我會好好替師父做事，別趕我回去，我不想回……地獄……」

「好。」廖小年點點頭，回頭望了馬大岳一眼，問：「那……要他上誰的身？」

「這……」馬大岳呆了呆，像是現在才開始細想這個問題，他望向女孩。

「什麼？我？」女孩尖叫。「爲什麼上我身？怎麼不上你們身？」

「沒辦法呀。」馬大岳說：「小年是師父，負責鎮著他；我得教這老兄打牌下注，他只能附在妳身上呀……放心，就當睡一覺，一早起來數錢就好囉。」

「不會有後遺症嗎？」女孩擔心地問。

「應該不會吧。」廖小年搖搖頭。馬大岳哄著女孩說：「乖啦、乖啦，我們多分妳一點，我跟小年分六成，妳一人拿四成，好不好？」

「我要一半！」女孩堅持。

「好。」馬大岳立刻牽起女孩的手，和她打勾勾。「妳一半，我跟小年一半。」他邊說，邊將女孩往方陣裡推。

女孩閉著眼睛，大氣也不敢喘一聲，緩緩踏入陣中。

「罪魂吳復春，以後就叫你小吳吧。」廖小年老氣橫秋地說：「小吳，你會上身吧，你上她的身吧。」

「上……身……」吳復春望著眼前的女孩，呆愣愣地說：「我沒上過人身呀，當年我死沒多久，就被陰差押下地府受審了……」

「不會沒關係，我教你，你照我說的做——」廖小年說：「你別把她當個人，把她當成一個座位、一間房子，或是一個游泳池，你是那房子的主人、或是……」

廖小年還沒說完，吳復春已經上了女孩的身。

女孩眼神與先前有些不同，微微抬起雙手，望著掌心忽開忽握——她身中的吳復春在感受重新還陽的肉身。「怪怪……的……不太一樣……」

「哇哈哈哈，當然不一樣啦，因為那是女人身體啊！」馬大岳哈哈笑，他的笑點大概留在嬰兒時期，會被任何事逗笑。「算你好運，連我都還沒上她，結果你先上了！哇哈哈哈——」

「鬼上人身，跟陽世活人當然不同呀。」廖小年摸出一個小袋，捏起一顆糖遞給女孩，對她身中的吳復春說：「含在嘴裡，像喉糖那樣。你第一次上人身會不太舒服，她也會不舒服，含著這糖，可以讓你們兩個都舒服一點……」

「好色的糖喲！」馬大岳又忍不住笑彎了腰。「第一次會不舒服，吃了糖就會很舒服哈哈哈……但是我第一次超舒服喔哈哈哈……」

吳復春用女孩的手接過那顆糖，仔細一看，糖外還包著一張小符，外觀和檳榔倒有些相似，他含住糖，一時也嚐不出甜味，只隱隱透過女孩口舌感到符紙粗糙刮嘴。

廖小年又問了吳復春幾個問題，確認他身體無異，這才對馬大岳點點頭。「沒問題了，可以出發了。」

「走囉！去贏他個幾百萬回來，哈哈！」馬大岳揚起胳臂歡呼一聲，轉身準備下樓，卻陡然呆住。

廖小年和吳復春也分別呆住。

他們都見到樓梯附近站著個男人身影——韓杰。

馬大岳瞪大眼睛，大步走向韓杰，還大聲叫囂起來：「靠北！嚇我一跳，你誰啊你……你來這裡幹嘛？你流浪漢啊？」他本來氣勢強硬，但走到韓杰面前，見對方一點也沒要讓路的意思，便稍稍轉變前進方向，想從韓杰身旁繞過，語氣也減弱幾分。「無家可歸喔？怎麼不去社會局找人幫忙？躲在這裡嚇人很好玩喔幹！」

「你剛剛不是說要打死我？」韓杰冷笑。

「算你走運……」馬大岳從韓杰眼神感到他不大好惹，說話收斂許多，指了指跟在他後頭的女孩。「我馬子不喜歡我隨便打死人……」

「所以把我打半死就好了？」

「你別囉哩叭唆，我就不打你。」馬大岳說：「我們現在有事要忙，借過喔……」

「不借。」韓杰揚手攔下馬大岳。「我有些話要問你們。」

「什麼？」馬大岳本能地抬手去推韓杰的手。

韓杰二話不說，一把抓住馬大岳胳臂、伸腳一拐，將他拐摔在地，然後探手捏住女孩臉頰。

「哇！」附在女孩身中的吳復春驚愕叫嚷，但韓杰動作極快，從口袋抓出一把香灰後握拳往女孩腹上勾了一拳，令吳復春嘔出口中符糖。

然後韓杰捻灰先在女孩額上畫了個印，又在她腦袋上方繞轉幾圈，香灰凝聚成一條繩，繞捲上女孩身子，猛地束緊。

韓杰拖著香灰繩子，用過肩摔動作將女孩身中的吳復春一把甩出。

女孩雙腿一軟，跌坐癱倒在地。

廖小年尖叫著撲向韓杰，想搶回吳復春，隨即被韓杰一腳踹倒；馬大岳自地上掙起，攔腰抱住韓杰，被韓杰仰頭撞著鼻子，捂著口鼻哇哇大叫退開。

韓杰甩了甩香灰繩子，將吳復春五花大綁，像顆粽子般擺在腳邊，扠手望著眾人半晌，走向馬大岳，見他摀著鼻子哆嗦不停，便扔給他兩張速食店餐巾紙，隨手翻了翻他口袋，搜出那個裝著一疊招鬼大符的牛皮紙袋。

「這陣子到處燒地獄符招鬼上陽世搗蛋的就是你們啊！」韓杰打開牛皮紙袋往裡頭瞧了幾眼，抽出一張符嗅了嗅。「寫得有模有樣，怪不得牛頭馬面都拿你們這些傢伙沒轍。」他說到這裡，盯著地上的吳復春。

吳復春被韓杰盯得驚恐萬分，哆嗦地說：「我……我什麼也沒做呀，我才剛上來而已……」

「還好你什麼也沒做，不然可能得在底下多熬幾年。」韓杰走向廖小年，對他揚了揚手上那疊地獄符，說：「你這些符哪來的？這把戲跟誰學的？」

「你……你到底是誰？你是警察？」馬大岳拿著韓杰給他的餐巾紙擦拭鼻血，向韓杰叫嚷：「你知不知道我……我們是誰的人？」

「我管你是誰的人。」韓杰轉頭望著馬大岳。「幹嘛？想搬哪位大哥出來壓我？」

「五福會愛堂寶哥聽過沒？」馬大岳氣憤大罵：「讓寶哥知道你找我們麻煩，你會死得很慘！你會橫屍街頭！你會死無葬身之地！」

「五福會？」韓杰微微一愣，想起剛剛王智漢那通電話裡，似乎也出現過「五福會」這三個字。

「我！五福會愛堂當紅炸子雞，馬大岳！」馬大岳見韓杰發愣，以爲他聽了自己名號心生畏懼，哼的一聲扔下鼻血餐巾紙，揚頭甩甩馬尾，大步上前伸手要奪回牛皮紙袋，又讓韓杰照著鼻子打了一拳，然後被踹倒在地。

韓杰踩著馬大岳馬尾不讓他起身，聽他不停尖叫，便抬起另一腳作勢要踩他臉，嚇得馬大岳摀臉蜷縮起身子，不敢再嚷嚷。

韓杰在馬大岳身旁蹲下，瞪著他說：「小子，還不謝謝我？」

「幹……我幹嘛謝謝你？」馬大岳用胳臂擋著臉，怕韓杰又攻擊他鼻子。「你……你到底是誰啦？」

「你管我是誰？」韓杰哼哼地說：「你們用地獄符招鬼，就是爲了讓鬼附在人身上去賭場出老千？」

「有個臭皮黃先出老千騙走她媽的錢！」馬大岳指著女孩說：「我們只是想幫她把錢贏回來而已……」

「怎麼不叫你寶哥出面？」韓杰問：「他面子不是很大？」

「寶哥最近很忙啊！他哪有時間管這種小事……」馬大岳說：「而且我們是在練習這些符的功用，順便教訓一下臭皮黃而已……」

「五福會、寶哥、地獄符……」韓杰若有所思，見馬大岳仍盯著他手中的牛皮紙袋，便說：「你以為開賭場的不會防備你們這種貨色？賭場都有供神的；供著正神，你們這小吳連大門都進不去；供著陰神，你們進去就別想出來了。」韓杰冷笑著說：「所以還不謝謝我？阻止你們上賭場被砍手斷腳。」

「進得去。」廖小年突然說：「臭皮黃賭場拜的是小神，我們讓小吳附在她身上，她吃下符糖，那小神不會攔路……」

「……」韓杰聽廖小年這麼說，上前從地上捏起女孩吐出的符糖看了看，轉頭瞪著廖小年。「地獄符、鬼使令，你都會呀？這些都是陽世資深神靈子弟才會寫的東西，到底是誰教你的？」

韓杰見廖小年低著頭不回答，便走去拍了拍他的肩，說：「最近你們從地底招了一堆怪傢伙上來，那些傢伙身上全都帶著地獄符，牛頭馬面沒辦法插手，全推給我處理，害我變得很忙，我一忙就會很不爽……你如果不老實回答，我今晚工作就結束不了，你們也沒辦法走，知道嗎？」

「我……我……是我阿公……」廖小年被韓杰大力拍了拍肩，害怕地說：「他以前是廟公，替人卜卦問事……」

「所以你偷了你阿公的法寶亂玩。」韓杰搖了搖那疊大符。「你知道這些符有多貴重嗎？這是神明賜給陽世法師的特殊符令，讓他們能夠招來地獄受刑囚犯，幫忙處理某些特殊案件——這種符不是誰都有資格燒，更不能這樣亂玩。」

「我阿公他過世很久了……」廖小年怯怯地說。

「但這些符很新。」韓杰瞇起眼睛，盯著廖小年。「你別騙我，我最討厭人家騙我了。」他舉著拳頭，在廖小年眼前緩緩握住，讓指節發出喀啦啦的聲響。

「這一疊是我自己寫的，之前那批是我阿公留下來的……」廖小年哆嗦地說：「他有一個木頭印章，寫完只要蓋章，符就會有效……」

「哦，連章也有？」韓杰有些訝異說：「那是很資深的神靈子弟才能保管的東西……」他伸指戳了戳廖小年的胸口。「你知道你在糟蹋你阿公一生替神明做牛做馬的功勞嗎？」

「我、我……」廖小年有些茫然，一時答不出來。

「帶我去拿章。」韓杰揪著廖小年後領，捲了捲胳臂上那條香灰繩子，拖著廖小年與吳復春往樓梯走去。

「大哥、大哥……」手腳受縛的吳復春被拖行在地，驚恐尖叫：「你要帶我去哪？我不要回去、我不要回去，求求你，我不想回地獄……」

「老兄啊……」韓杰聽吳復春叫嚷，回頭在他面前蹲下，伸手扯開他胸前那身囚衣——吳復春胸腹間有個碩大紅色方印，印中隱隱可見閃爍光點。

韓杰盯著他說：「我不知道你爲了什麼事下地獄，也懶得知道……如果你有冤屈，自己跟陰差說，你要是亂來，下去後只會更慘——你是被地獄符招上來的罪魂，在陽世幹的每件事都清清楚楚記錄在符裡，回去之後，底下那些傢伙們會另外跟你算帳，每件功過，結果都不一樣，這點你應該比我更清楚。」

「他……他們根本都亂算！」吳復春哭叫地說：「有功也被他們搶去，沒過也照樣往我頭上扣！」

「……」韓杰默然半晌，無奈起身，說：「我知道底下很黑，但我不是菩薩，幫不了你。」他說到這裡，起身揪著廖小年繼續往樓梯走，邊斥責他說：「臭小子，你知道你惹出多大的麻煩嗎？你們不停從地獄拉人上來搗蛋，我爲此東奔西跑把他們趕回去，不但害他們回去要被加罰，還惹毛一堆陰差。那些陰差全記在本子上，他們會等你下去，你麻煩大了，知道嗎？」

韓杰說到這裡，突然回頭，瞪著那個偷偷逼近他、手裡還拿著一塊磚頭的馬大岳。

馬大岳立時將磚頭藏到身後。

躲在馬大岳身後的女孩則急急探頭問：「大哥，你要帶小年去哪？」

「我要拿走那個印章，那東西不是你們這種臭俗辣能用的。」韓杰冷冷地對馬大岳說：「你不謝謝我，還想偷襲我？」

「幹咧……我幹嘛又要謝你？」馬大岳見韓杰面露不善，嚇得後退兩步，卻依然不服氣地問。

「我在你們沒惹出天大麻煩前阻止你們，讓你們死後不用下地獄——就算下去也不會待太久。」韓杰指了指被香灰繩子拖在地上的吳復春。「你們招了這麼多傢伙上來，每個一聽說要回去都嚇得屁滾尿流，你們就該知道那地方不好過吧。」

「……」馬大岳與女孩茫然不語，廖小年哆嗦起來，怯怯地問：「怎樣算是……天大麻煩？」

「如果你們招上一隻惡鬼，惡鬼殺了陽世活人。」韓杰說：「那麼這筆帳……寫符的、蓋章的、燒符的、在背後主使的、在一旁出主意的——通通都有份。」

「是……是這樣子嗎？」磅的一聲，馬大岳手上的磚頭落在地上，不安地盯著廖小年；廖小年哆嗦得更厲害了，又問：「死一個人……就算天大麻煩？」

「不然咧？你想死嗎？」韓杰啞然失笑，說：「就算你的命不值錢，別人的命也值錢，你害死人，這麻煩怎麼會小？」

「那……如果死的是……一群臭流氓……或是道上兄弟呢？」馬大岳急問。

「那要看臭流氓有多臭、有多壞啊，夠壞的話可能好一點吧；但就算那些人再壞也輪不到你們這樣亂搞，你們算老幾？」韓杰哼哼地說，拖著廖小年繼續走，突然覺得廖小年身子沉重，回頭見他臉色難看，像是腿軟。

「那……如果……死的是壞人，但是很多，那責任該怎麼算？」廖小年問。

「你這啥鳥蛋問題，你到底想問什麼？」韓杰有些不耐。

「如果是……一百多個黑道幫派分子呢？」廖小年一副要哭的樣子。

「嗯？」韓杰一愣，想起先前王智漢那通求助電話。

兩天前，六吉盟當家蔡萬龍，在自家六吉企業工廠中被虐殺斃命。

六吉企業裡與蔡萬龍同亡陪葬的手下，超過一百人。

唯一倖存者，是蔡萬龍的叔公蔡七喜，但他受驚過度，精神失常，現在在加護病房裡苟延殘喘。

王智漢從蔡七喜的口供裡，察覺案情或許不只是幫派糾紛那麼簡單，在劉長官的命令下，向韓杰求助。

「那你們……」韓杰望著廖小年等人，緩緩地說：「最好祈禱死去的人，每個都是殺人不眨眼的大魔頭，這樣判官、閻王一條命一條命算完之後，可能會給你們打個折扣……」

廖小年倒吸了口氣，雙腿一軟就要跪倒，被韓杰一把揪起。

「一個人要走什麼路，都是自己選的；你選錯了路，可以回頭，也可以執迷不悟。」韓杰對著廖小年說：「但最後的結果不論好壞，你也只能用肩膀扛下來。」

「我……我……」廖小年嘴巴喃喃張闔，像是有話想講，還沒說出口，卻見遠處窗外猛地一亮。

同時響起一陣鞭炮炸聲。

「誰？」韓杰先是愕然，跟著感應到異樣氣息，手伸進口袋裡捏了把香灰按兵不動。

突然，乖乖被綁在地的吳復春不知怎地尖叫一聲，自地上彈起。

韓杰轉頭，只見吳復春身上的香灰繩子竟化散成煙，急急怒叱：「你做什麼？」

「我……我什麼也沒做啊！」吳復春連忙搖頭擺手，見韓杰急走向他，立時後退。

「你別跑，乖乖站好。」韓杰抓出香灰，又抖成一條繩子，指著吳復春。

「我……我不想回去……拜託你、求求你……」吳復春哆嗦著，不停後退，不願讓韓杰重新綁住。

「哇！那是誰啊？」馬大岳尖叫一聲，見到一個個頭和廖小年差不多高的小個子傢伙，身穿棒球外套、頭戴鴨舌帽和白口罩，不知何時站在廖小年身後。

廖小年則是神情呆滯，雙眼隱隱閃現青光。

幾處窗外又是一陣激烈鞭炮炸響。

韓杰被這古怪混亂場面擾得連連分心，見吳復春尖叫飛竄要逃，立刻奔去逮他，但回頭又見廖小年竟跟著鴨舌帽傢伙急奔下樓，只得捨了吳復春，轉身去追廖小年。

此時廖小年的動作俐落得像頭豹，奔至樓梯口，一躍就是半層樓。

鴨舌帽傢伙身手同樣靈活，跑在廖小年前頭，不時回頭望著緊追在後的韓杰。

「哇！」韓杰追至二樓，正要追上廖小年，突然被個巴掌大的怪東西撲在臉上，咬他鼻子。

他感到鼻子劇痛，伸手去抓，本來以爲是大蟲、蜘蛛，抓下仔細一看才發現竟是隻紙摺怪蟲。

紙摺怪蟲身上透著淡淡符光，被韓杰抓在手上還不停掙扎、一對碩大口器不停螯咬韓杰手指。

「什麼鬼東西！」韓杰氣惱扯爛紙蟲，繼續往下追，眼前突然又飛來幾隻紙摺怪蟲，身上綁著一小串鞭炮，啪啦啦地在韓杰身邊炸開。

「你他媽的煩不煩吶！」韓杰暴怒掏出一片尪仔標，往樓梯扶手上一拍，炸出一片紅光。

混天綾唰地炸開，猶如八爪章魚往廖小年後背竄去，捲住他雙手雙腳，將他從一樓大門又拉回樓梯口。

「這法寶好厲害，你是道友呀！」廖小年被混天綾纏著，驚叫起來。

「你是誰？」韓杰聽廖小年說話語氣與剛剛截然不同，顯然也被東西附體，不免大驚，還沒來得及追問，臉上又被個紙摺大蛛撲上，大蛛身上也綁著兩串鞭炮，啪地爆炸。

「操……」韓杰被突如其來的鞭炮襲擊炸得摀面彎腰，突然感到手腕被人抓住，睜眼一看，那鴨舌帽傢伙扣住他的手。

鴨舌帽下是兩道濃眉和一雙閃亮大眼睛。

下一刻，他只見到鴨舌帽傢伙的後腦勺。

接著是鴨舌帽頂端。

然後見到陰暗的一樓天花板。

再然後，是滿眼金星。

瞬間的連串畫面來自鴨舌帽傢伙那記流暢的過肩摔。

韓杰被鴨舌帽傢伙從兩、三階樓梯處，重重摔在地板上。

鴨舌帽傢伙一擊得逞，立刻轉身替廖小年解開混天綾，卻忽感腳踝一緊，低頭一看，原來腳踝也被混天綾纏上。

「好傢伙——」韓杰翻身彈起，右手搭上鴨舌帽傢伙胳臂，火紅的混天綾蛇似地捲上對方胳臂，同時，左拳重重勾在那傢伙腹上。

但韓杰隨即一呆，捱了他一拳的傢伙彎腰哀號，但叫聲尖細，他順手摘去那傢伙頭上的鴨舌帽，竟是個濃眉大眼、綁著短馬尾的女孩。

韓杰正訝異，一旁的廖小年雙眼突然恢復正常，被混天綾捲著手腳嚇得連連尖叫，像是不知道發生了什麼事。

同時，追下樓的馬大岳身子觸電般顫抖，兩眼冒出異光，吆喝一聲獵豹般撲下，對著韓杰脖子來了記金臂勾，將他再次撂倒在地。

「小年、大岳……你們沒事吧？」女孩在樓梯轉折處見底下打成一片，一時不知所措。

「道友，這事情與你無關，你別插手，行嗎？」馬大岳雙臂自後緊勒韓杰脖子，雙腿夾著他腰腹，兩人在地上掙扎擒抱，一如格鬥賽裡的地板技。

「死……死老太婆！妳到底是誰？爲什麼……」韓杰感到此時的馬大岳力大無窮，勒得他頭暈腦脹、透不過氣，抖了抖混天綾捲住馬大岳四肢。

鴨舌帽女孩一腿跨上韓杰身子，跨坐在他胸前，從口袋掏出了一個貼著符籙的鼓脹小袋，放在他口鼻上。

接著破磚似地一拳擊裂小袋。

炸開一片褐黑濃稠汁液。

「哇！」韓杰鼻子劇痛，同時感到一陣惡臭灌入他口鼻。

他猛地掙扎，混天綾四面亂捲，但鴨舌帽女孩動作飛快，伸指沾著他臉上髒汁，在他胸口迅速畫了個咒。

數條紅通如火的混天綾猶如虛脫的章魚觸手，陡然疲軟垂下，顏色從鮮紅變成褐黑，然後化散成灰。

「媽的混蛋！」韓杰驚愕怒吼，仰頭往後猛撞壓在身下的馬大岳鼻子，將馬大岳撞得尖叫慘號。「我的鼻子呀——」

韓杰猛一驚，猛地發現身下的馬大岳已恢復正常，一旁廖小年的雙眼卻再次閃現異光。剛剛轉進馬大岳身子裡的傢伙，又重新回到廖小年身上。

廖小年一腳踹上他腦袋。

「你才媽的混蛋！」鴨舌帽女孩跟著快速勾住韓杰胳臂，旋身躺倒，對韓杰左臂使出一記逆十字固定。

韓杰痛得大吼起來，壓得身下的馬大岳也慘叫出聲。

「亞衣！別打了，我被燒傷啦——」廖小年急急往大樓外飛奔。

鴨舌帽女孩聽了廖小年叫嚷，隨即鬆手躍起，飛快跟上。

「他媽的！你們一個也別想跑——」韓杰翻身彈起，揮拳打落幾隻迎面飛來的紙摺大蟲，衝出廢樓，但見鴨舌帽女孩與廖小年飛快跨上機車駛離。

韓杰怒罵一連串髒話，從口袋掏出金屬菸盒，打開抽出一片尪仔標，重重往腿邊一擲，炸出一雙風火輪附上雙腿。

韓杰雙腳火光閃現，急奔追車，速度飛快，沒幾秒便衝出老遠，眼見就要追上前方機車，但不知怎地，他腳下風火輪的轉動卻漸漸卡頓窒礙，還發出嘰嘰嘎嘎的聲音。

「怎麼回事？」韓杰低頭見雙腿外側的風火輪上瀰漫著陣陣異煙，氣味與他頭臉上的穢物汁液相同，瞬間明白是剛剛追出廢樓時隨手抹臉，手上髒污汁液沾上尪仔標，減弱了風火輪效力。

他馬上打開菸盒，想再挑片乾淨的尪仔標，但手上還沾染污跡、瀰漫濃濃惡臭，氣惱得不停將手在胸口T恤抹拭。

前頭，坐在後座的廖小年回頭朝韓杰拋了個東西，還嚷嚷著：「道友，真不好意思，你莫見怪喲！」

那東西是隻紙鳥，雙爪抓著一個塑膠小包，迎面竄向韓杰。

韓杰當即繞路閃避，但紙鳥也跟著轉向，巡弋飛彈一樣撞上韓杰胸口，並扒開小包，又炸開一灘穢物。

韓杰又被穢物染了一身，腳下風火輪爛成數塊，哇的一聲，整個人失速滾倒摔進路旁草堆，他暴怒掙扎起身，摸找半晌才找回菸盒——他頭臉前胸和金屬菸盒全染上穢物。

他衝出草叢，恨恨地瞪著騎遠的廖小年和鴨舌帽女孩。

一輛機車自他背後駛來，是載著女孩的馬大岳。

「哇，好臭！這是大便啊？爲什麼我臉上會有大便——」馬大岳一面騎車，一面抹臉，他臉上也沾上了些穢物。

「哇！是那個怪人！」馬大岳見韓杰站在路中間，連忙繞開，急急駛遠，獨留下全身沾滿穢物的韓杰站在道路中央。

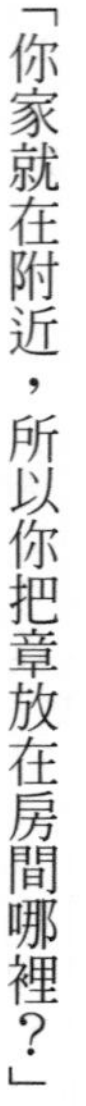

伍

「你家就在附近，所以你把章放在房間哪裡？」

鴨舌帽女孩一面持著礦泉水瓶洗著沾上穢物的手，一面盯著緊貼防火巷壁面顫抖的廖小年。

廖小年緊貼著牆壁，身後隱約可見一個朦朧身影，用兩條老邁的手臂環著他頸子。

「床鋪下面……的紙盒子裡……」廖小年哆嗦地擠出幾個字，身子突然一震，兩眼精光閃爍，似乎又換了個人，轉身走出防火巷。

鴨舌帽女孩立刻跟出，跨上機車，載著廖小年駛出靜巷，轉上大街，十餘分鐘後，來到市鎮夜市附近巷弄裡。

她比對地址、停妥機車，領著廖小年走至一處公寓下；廖小年伸手在身上各處口袋摸摸找找，找出一串鑰匙，依序試了幾支鑰匙，開啟大門。

他們上樓，廖小年來到家門前，又試了幾支鑰匙，開了家門，獨自進房；女孩卻未跟入，而是倚在樓梯間等候。

廖小年住家是戶老公寓，他的父母在夜市擺攤，哥哥在房裡打電玩，情緒高亢不時吼叫，嚷嚷著一大串遊戲術語，廖小年東張西望走入自己房間，開燈。

他的房間與同齡高中生相差無幾，牆上貼了幾張偶像海報，幾個櫃子裡塞滿漫畫、模型。

他伏在床邊，拉出一個紙盒打開，裡頭是幾張寫到一半的地獄符、大疊空白黃紙和一顆大木章。

他抓起木章仔細端倪一會兒，還湊到鼻端嗅了嗅，然後點點頭，嘴角忍不住露出笑意。「就是這個準沒錯。」

「喂！你又跑出去跟那些流氓鬼混了？」門外罵聲響起。

廖小年回頭，一個邋遢高瘦的男人走進房裡，扠手罵他：「今天輪到你去夜市幫爸媽顧攤，你又偷懶！你老是這樣！」

「你是他哥哥？」廖小年咧嘴笑了笑，推開男人就往外走。

「什麼『他哥』，我是你哥……喂！混蛋，你到底有沒有聽我說話？」男人暴怒追上，一把拉住他胳臂，憤怒大罵：「你又要出門？你不去夜市？你還要跟那些人混？」

「你要弟弟幫忙，你自己怎麼不幫忙？」廖小年甩開哥哥的手，反問。

「啥？」他哥瞪大眼睛，指著自己房間。「我在工作啊，媽的！我開直播一個月賺三、五萬，你又不是不知道？我要你跟我學你又不要，成天跟那些流氓鬼混……你……喂！你給我站住！」

廖小年不理哥哥，自顧自往大門走。

鴨舌帽女孩就在大門外等他。

廖小年揚手將那顆木章遞給站在門外等候的鴨舌帽女孩。

「就是這個？」女孩接過木章。

「就是這個。」廖小年點點頭。

「收工。」鴨舌帽女孩拿著木章，頭也不回地下樓。

廖小年猛地一抖，呆愣愣站在門口，他哥哥來到他背後，大力搖晃他肩膀嚷嚷：「她是誰啊？你……你怎麼了？」

廖小年大夢初醒般，轉頭見到哥哥，哇地抱著哥哥大哭起來。

「喂！你幹嘛啦？」他哥愣然不知所措，試著推開他，連連嚷著：「她誰啊？你女朋友喔？怎麼了？你被她甩啦？」

陸

「怎麼啦？你臉怎麼臭得跟屎一樣？」

王智漢盯著佇在門外、臉色難看至極的韓杰。

韓杰裸著上身，他那件沾上穢物的T恤脫下來扔了，外套倒是捨不得，只在路邊將穢物沖去後拎在手上。「方不方便聊聊？我碰上幾個五福會的傢伙，事情有點眉目……」

「什麼！進來說清楚！」王智漢聽韓杰這麼說，就要招待他進屋，但嗅到韓杰一身穢物臭味，耳際、臉頰還隱約可見污跡，不禁愕然問：「等等，這味道……不會眞是屎吧？你被仇家潑大便？」

「不是仇家，不知哪兒冒出來的怪胎……」韓杰臭著臉說：「你如果要睡或是嫌臭的話，另外再約個時間聊吧。」

「不，現在聊。」王智漢說，對韓杰今晚遭遇極感興趣。「你說你碰上五福會的人？」

「是啊……」韓杰說：「我借你家廁所洗把臉再說……」

「洗臉不夠，你得洗個澡。」王智漢招呼韓杰進房，指了廁所方向。「六吉盟這次死了一百多人，劉長官急壞了……」

「他是急那些人命，還是急自己官位？」韓杰走向廁所，沒好氣地說。

「你下次自己問他。」王智漢這麼說，見韓杰伸手開門，及時出聲提醒：「等等，我女兒還沒洗好澡！」

「女兒？哦！我想起來了。你說過你兩個孩子，一本書、一把……」韓杰手還搭在廁所門把上，突然感到門把旋動，門打開，裡頭站了個身穿浴袍、頭裹毛巾、手抱衣物的女人——是王智漢的長女王書語。

「喝？」王書語見到韓杰，先是一驚，跟著聞到他頭臉漫出的屎味，嚇得向後退，腳下一滑差點要跌倒；韓杰眼明手快，伸手拉她手腕——

但王書語見韓杰沾著穢物的髒手觸上她雪白浴袍，驚恐地抽手要避，腳下更滑，哇的一聲摔了個四腳朝天，浴袍嘩地敞開，裡面除了內褲外，什麼也沒穿。

「……」韓杰連忙帶上門轉身，與廊道外的王智漢大眼瞪小眼。

「我跟我姊，一本書、一把劍，一文一武！」

熱情喊聲自廊道旁房門發出，一個二十出頭的青年開門往外探頭，望著韓杰。「你就是韓杰哥？」

「你就是那把『劍』。」韓杰望著那青年。

「王劍霆。」王劍霆生著一雙劍眉，兩隻眼睛精光閃閃。「過幾天就要考警察特考，但我有點猶豫，韓杰哥你能給我點意見嗎？」

「猶豫？」韓杰呆了呆。

「猶豫之後要當便衣還是特種。」王劍霆這麼說。

「特種？你是說霹靂小組、維安特勤那種？」韓杰啞然失笑。「你警察考試先過關再說吧。」

「過是一定過。」王劍霆說：「我性子急，想早點決定未來路線，當刑警可以偵查刑案，但是當特種應該有比較多的攻堅機會。」

「你喜歡攻堅？」韓杰哈哈一笑。「那你應該很能打囉。」

「我爸說你也很能打，跟他年輕時不相上下。」王劍霆挑眉看看王智漢，跟著豎起拇指戳戳自己胸口，對韓杰說：「那應該接近我了。」

「哦——」韓杰哈哈大笑，瞅著王智漢。「我們打過嗎？」

「你不靠那些法寶應該打不贏我——年輕的時候。」王智漢這麼說，來到王劍霆房門邊，一把將他推回房，說：「聽到沒有，你先考上警察再說。」

王智漢拉上王劍霆房門，對韓杰說：「我要他先當兩年制服，多看多聽多學，以後眞有心再考便衣。」

「幹嘛？你覺得當刑警危險？」韓杰隨口問。

「他從小看太多電影，成天想當英雄，莽莽撞撞，容易出事。」王智漢說。

「不是看太多電影。」王智漢妻子許淑美端著一盤水果走向客廳，說：「是看了太多爸爸。」

「是啊。」王智漢倒不否認妻子的說法。「我當年花了不少時間才學會怎麼當警察，但那小子從小眼睛裡看到的，是後來老練的我；他沒見過我當菜鳥的樣子、沒見過我膽小怕死的樣子、沒見過我開槍之後哭得稀里嘩啦的樣子，我怕他以爲當警察就得這樣。唉，爸爸是個英雄就會有這種問題……」

「是是是……」韓杰掏了掏耳朵。

廁所門重新打開。

王書語滿面怒容地瞪著韓杰，浴袍袖子濕濡一片，顯然特地洗過；韓杰趕緊側身讓道，待她走過身邊，才踏進廁所。

蒸汽瀰漫的浴廁，瀰漫著濃郁的芬芳香氣。

□

「什麼？是個丫頭？」王智漢捏著菸，倚在樓頂牆邊聽韓杰簡單講述剛剛經過，忍不住笑出聲。「你退休後身手退化成這樣？連個丫頭都打不贏？」

「我是續約，不是退休，而且誰說我打不贏？」韓杰沒好氣地說：「我只是第一次碰到打架丟大便，被臭得措手不及——那不是普通大便，裡頭加了藥、加了符，能破我法寶效力……」

「原來眞是大便……」王智漢聽韓杰這麼說，皺著眉頭呼出口煙。「你洗完澡有把浴缸沖乾淨吧？我老婆、女兒有潔癖的……」

「大嫂有潔癖還願意嫁給你？」

「表示我有過人之處啊。」

「你什麼時候變得這麼愛耍嘴皮子了？」韓杰不耐地說：「你剛剛說，五福會和六吉盟過去是死對頭？」

「是啊，當年兩個幫派搶地盤殺紅了眼，後來講好和談，但六吉盟老大蔡六吉在和談宴安排埋伏，殺了五福會老大嚴五福。」王智漢說到這裡，呼了口煙，補充：「事後蔡六吉想斬草除根，殺了一堆嚴家人。我向幾個當年處理過兩派糾紛的退休前輩打聽過，這陣子六吉盟死者身上那個『忠』字，是過去五福會忠堂的追殺令；五福會忠堂，就是當年嚴五福直屬的堂口。」

王智漢說到這裡，頓了頓，問：「你說的地獄符，到底是什麼？」

「地獄符是個俗稱，在底下有個正式的名字，是一種特殊工作證件。」韓杰說：「有些陽世資深法師在神明許可下，能從陰間招鬼上凡幫忙做事。每個法師能夠使用的招鬼符層級不同，地獄符能將本來在十八層地獄受刑的罪魂招上陽世，是最高層級的招鬼符。」

「這陣子有人不停用地獄符招鬼上來，招上來後就扔在街上不管，那些被地獄符招上陽世的鬼，身分是法師特使，陰差無權管理，太子爺要我處理，我得一一註銷他們的特使身分，讓陰差把他們帶回底下……想想那些傢伙挺可憐的，莫名其妙被叫上來，以為脫離苦海，結果還是得回去……」韓杰說到這裡，想起幾十分鐘前，施咒抹去吳復春胸口地獄符時，他臉上那副淒楚模樣；韓杰擔心他亂跑惹出麻煩，將他用香灰鎖著，畫了道符令通知陰差上來逮人後，才來找王智漢。

「答案差不多出來了。」王智漢吸了口菸說：「一，五福會跟六吉盟有血海深仇；二，最近死的六吉盟成員，身上都刻著五福會忠堂的追殺令；三，五福會裡有人用地獄符招鬼……」

「等等。」韓杰打斷了王智漢的話，說：「如果五福會眞要用這種方式報仇不是不行，但你確定六吉盟沒有其他仇家？宰了人再在他身上刻個忠字讓你以爲是五福會幹的？」

「你當我們警察白痴啊！」王智漢沒好氣地說：「我們一開始發現死者身上有記號時，就想過也可能是故弄玄虛、栽贓嫁禍——但眞要栽贓，栽給幾十年前就瓦解的五福會幹啥？」

王智漢大大呼了口煙，將菸蒂熄盡，取出新菸點燃，繼續說：「蔡萬龍那傢伙常得罪人是眞的，但時代不一樣了，混幫派的也會動腦筋，台灣又不是沒王法，就算梁子結得再大，也不會殺人全家，還一家一家殺，甚至一次宰光整間工廠超過一百人。沒有幫派會這麼傻吧——除非是完全不把陽世法律跟後果放在眼裡的傢伙。」

「如果是從十八層地獄爬上來的傢伙，確實不會把陽間司法放在眼裡。」韓杰不反對王智漢的說法。

「其實呢……」王智漢瞇著眼睛說：「那天我有派了幾個人盯著六吉企業，連工廠有條地道我都知道；一整天不停有人上門，全是六吉盟找來的幫手——天剛黑沒多久，幾個送外賣的人上門，半天沒人出來付錢，我們兄弟發覺不對勁，想去跟蔡萬龍打個招呼，才知道裡頭上百人全死光了，只剩下個被嚇得剩半條命的老頭，凶手從頭到尾都沒露過面——這種手法哪個黑道殺手辦得到？」

王智漢說到這裡，取出手機讓韓杰過目幾張現場照片。

一張張全是滿滿的紅，紅得怵目驚心。

百來具屍首像是囚犯般跪成數排，渾身刀傷，九成死因都是失血過多。

遠遠望去，百來人的血交融成大片赤紅。

如同地獄血海。

蔡萬龍跪在血海最中央，垂著頭。

「……」韓杰默默無語，盯著照片半晌，嘆了口氣。「如果這件事真是那兩個臭小子用地獄符惹出來的麻煩，那他們將來眞得下去了……」

「他們在五福會裡混到什麼位子你清楚嗎？」王智漢問。

「我哪知道。」韓杰說完想了想又改口：「哦……愛堂！我記得那個高個子馬尾痞子，說什麼『愛堂寶哥』，他說他是愛堂寶哥手下頭號紅人。」

「嚴寶。」王智漢哦了一聲。「眞是他，那小子還騙我他沒在混。」

「你調查過他？」

「這兩天才通過電話。」王智漢說：「當年五福會被蔡六吉趕盡殺絕，幫會瓦解，只有少部分人逃去國外避風頭，有些人一避就是幾十年，都七老八十了——我這兩天一個個聯絡上那些老傢伙，才知道這幾年有個姓嚴的，打著五福會愛堂的名義在美國活動——那人就是嚴寶。昨天我聯絡上他，半年前他回到台灣，搞些汽車放貸之類的小生意，他說他的生意完全合法，跟黑道沒關係，先前在美國打著五福會愛堂的旗號只是怕被外國人欺負，嘿嘿！」

「這愛堂嚴寶是嚴五福的誰?」韓杰問。

「是嚴五福三弟的孫子。」王智漢答:「當年嚴五福死後,幾個想幫他報仇的弟弟都被六吉盟宰了,只剩三弟帶著妻小搭船逃到海外,嚴寶就是這個三弟的孫子。」

「……弟弟的孫子要叫啥?」韓杰扳著手指算著嚴寶和嚴五福間的親屬關係。

「你每天起乩外,也找些時間讀點書嘛,這樣我怎麼放心把女兒交給你……兄弟的兒子叫姪子,兄弟的孫子當然叫姪孫啦;爸爸的哥哥叫伯伯,爺爺的哥哥就叫伯公啦。」王智漢哼哼地說。

「你說啥?」韓杰瞪大眼睛盯著王智漢。

「我說——」王智漢朝韓杰臉上呼了口煙。「嚴寶要叫嚴五福伯公,嚴五福要叫嚴寶姪孫。」

「我問你前一句說啥?」

「叫你多讀點書。」

「後一句咧?」

「嚴寶要叫嚴五福伯公,嚴五福要叫嚴寶姪孫啊……」

「操……」韓杰沒好氣地說:「所以這個嚴寶打著五福會的名義弄了個愛堂,指使手下用地獄符招鬼上來對付六吉盟?這小子這麼孝順?幫從沒見過面的伯公報幾十年前的仇?」

「嗯,我的直覺告訴我,你這樣講已經八九不離十了。」王智漢瞇著眼睛說:「不過,要是我女兒在旁邊,她會說你的推理破綻百出。」

「什麼破綻？」

「你見過五福會愛堂嘍囉，見過他們用地獄符招鬼想要搞事；我跑過好幾個六吉盟凶案現場，也同意六吉企業的慘樣絕非常人所爲，但是——我們還沒有直接證據證明六吉盟死者是被五福會嘍囉招上來的鬼殺的，也沒辦法證明五福會嘍囉招鬼是爲了向六吉盟報仇。」

「是是是……五福會的人用地獄符招鬼只是無聊好玩；六吉盟死人都是自己把自己割得亂七八糟，坐在椅子上等死。」韓杰沒好氣地說：「這樣完全沒有破綻了，對吧。」

「你要是上法院這麼對法官說，法官會理你才有鬼。」王智漢冷笑幾聲：「對方用不著請我女兒出馬，隨便找個法律系大二學生都能把你打趴了。」

「幹嘛，妳女兒是律師？」

「是大律師。」

「那又怎樣……這個案子跟你的大律師女兒有什麼關係？」

「沒什麼關係。」

「那你提法院幹嘛？我對付那些傢伙，又不用跑法院，我自己處理就行了。」韓杰這麼說：「我上了法院打不贏法律系大二學生是吧，你叫他們來我拳館裡上擂台跟我打看看。」

「我女兒最討厭你這種缺乏法治觀念的大老粗了。」王智漢搖頭嘆了口氣。「你有法寶能用、有神明撐腰，還有隻厲害的文鳥報線索給你，你覺得自己從沒打錯過人，對吧——但要是人人都學你，他們沒法寶、沒神明看著，聽來的線索沒你的文鳥選出來的線索準，要是打錯了人、把人打殘打死了怎麼辦？你能賠嗎？」

「這關我屁事？別人打人幹嘛要我來賠？」韓杰愕然。

「我沒要你賠。」王智漢說：「我這是機會教育，告訴你法治精神的重要；人治只能靠聰明的好人，但好人不見得聰明，聰明人也不見得是好人，這世上又聰明又好的人本來就不多，所以我們要靠法治，不能靠人治。」

「嗯，然後呢？」韓杰說：「你這傢伙不把警員識別證掛在胸前，看起來跟流氓沒有分別，現在突然轉性教我法治觀念啊，你那雙拳頭揍過的人會比我少嗎？」

「不是我想教你。」王智漢說：「我是替我女兒教你，她也常常教我這些東西——我這幾年倒是真的有點受她影響，現在沒那麼愛打人了。」

「以前一天打十個，現在一天打五個是吧！」韓杰不耐地說：「你不停提你女兒幹嘛？你不是說跟她無關？」

「是跟她無關啊……」王智漢說：「但我就怕遲早跟她有關。」

「什麼意思？」

「我再過幾年就要退休了……」王智漢這麼說。

「然後呢？」

「我雖然只是個小隊長，但在警界、在江湖上多少還是有點面子。」王智漢說：「等我退了，我女兒還是跟現在一樣橫衝直撞，難免會惹上麻煩，那時候我就算要幫她，恐怕也心有餘而力不及。」

「橫衝直撞？」韓杰啞然失笑。「她不是大律師嗎？我記得那個誰……那個吳天機他老爸就是大律師啊，大律師還怕沒勢力？很多大律師光靠『法治觀念』這四個字，就讓一大堆壞人死裡逃生，死的說成活的、原告打成被告……」

「又不是所有律師都這德性。」王智漢又往韓杰臉上吐了口煙，說：「每個行業裡都有好有壞，像是警界有好警察也有壞警察；好警察抓壞人、壞警察整好人，這世上要是少了好律師，誰來幫助那些被壞警察冤枉的倒楣鬼呢？」

「那很好啊。」韓杰說：「你這管大砲退休了，你家還有一把劍、一本書，一個打擊壞人、一個維護好人，你還有什麼好擔心的？」

「維護好人也會得罪人的。」王智漢說：「前年她接了件案子，是土地糾紛，那塊地持分亂七八糟，有個老闆花了幾年吞下三分之二，想盡辦法要吞下剩下三分之一，請了一整團律師告剩下不買帳的幾戶人家，弄到一個大嬸跳樓。我女兒不收錢替那幾戶人家打官司，擋著那老闆一年多，官司打到現在還在打。那老闆急了，陸續找了幾路道上兄弟想對付我女兒他們——只不過他找來的那些兄弟，一聽說律師爸爸是市刑大裡那個傳說中的王智漢，都不敢亂來，只敢放放話充數。」

「嗯。」韓杰打了個哈哈，說：「所以這個傳說中的王智漢擔心自己退休了，女兒就沒靠山了？」

「差不多是這樣。」王智漢瞇著眼睛看著市街樓宇。

「那還不簡單。」韓杰說：「叫你女兒改行呀，再不然找個人嫁了，乖乖當個家庭主婦，最安全了。」

「喂！我警告你呀，你可別在她面前講這種充滿父權思想的廢話，惹她生氣我可幫不了你。」王智漢嘖嘖道：「她喜歡斯斯文文、博學多識、穿襯衫、戴個眼鏡的男人——你有空去配個眼鏡吧。」

「我沒近視配個屁眼鏡！」韓杰翻了個白眼。「什麼父權思想呀？我沒聽過那種碗糕啦！你幹嘛一直跟我提她？你不會這麼老套想要我叫你岳父吧。」

「我這岳父標準很高的。」王智漢嘿嘿地說：「你多讀點書、打扮得斯斯文文、髒話少講點、穿件襯衫再戴個眼鏡——沒度數的那種。平常呢，哄得她開開心心；最重要的是，哪天有不長眼的傢伙找她麻煩，你得保護她，辦得到的話，我會考慮答應你的。」

「操！」韓杰拍了牆沿，說：「多讀書、斯斯文文、少講髒話——這幾個條件你自己哪樣做到了？都不知道大嫂當年怎麼看上你的！」

「沒辦法，我老婆個性好，忍得了我。」王智漢攤攤手：「我女兒個性像我，脾氣硬得很喲。」

「像你，那王仔你還是另請高明吧。」韓杰哈哈笑著說：「路是自己選的，怕熱就別進廚房，嫌這行危險可以改行。」

「她是打算改行。」王智漢捏著手中殘菸吸了兩口，扔去菸蒂，焦躁地又取一根新菸點燃叼著，說：「她想考檢察官。」

「哦？」韓杰哈哈笑著說：「這挺好啊，爸爸是警界傳奇，兒子警界新銳，女兒當檢察官，一門英烈。」

「媽的，我可不希望我孩子變烈士呀。」王智漢說：「書語她一開始當律師，是怕我抓錯人、怕我冤枉好人，她討厭我這種用舊時代手法辦案的老屁股——現在我快退休了，她又開始覺得這社會要是少了我，壞人開始得意了，所以想當檢察官，用新時代的手法辦案，主持正義。」

「真偉大。」韓杰哼哼地說：「生了個好女兒，你應該感到光榮。」

「我是很光榮。」王智漢苦笑說：「但我更擔心——我是個舊時代的臭男人，只懂得舊時代的做事方法；她崇尚法治文明，這不是壞事，但要是她的敵人還是用舊時代的方法對付她，她又是個女孩子，怎麼對付那些人渣？」

「風水輪流轉囉！」韓杰冷笑幾聲。

「啊？」王智漢一時不明白韓杰這話意思。

「我是說，你過去得罪的仇家有少過嗎？你過去辦案時有考慮到自己安危嗎？有考慮你兒子女兒可能會少個爸爸嗎？也沒有嘛！」韓杰攤手笑說：「你讓你老婆孩子擔心了幾十年，現在換你擔心兒子、女兒，挺公平啊。」

王智漢臭臉鼓嘴又要往韓杰臉上噴煙，被韓杰一把推開。

「你沒當過父親，哪裡懂我的感受，滿嘴風涼話！」王智漢不悅地說。

「誰有時間管你感受……」韓杰揮了揮手，轉身要下樓。「不聊了，我要回家睡覺了。明天我去找那怪胎，你去查五福會，有消息再聯絡……呃！」韓杰剛走到頂樓門口，突然雙腿一軟，差點撲倒，連忙用手撐住鐵門，坐倒在地，惱火地揉著雙腿，怒罵：「媽的！早不軟晚不軟，這時候腿軟？」

「你怎麼了？」王智漢訝異走來，看著韓杰抖個不停的雙腿。

「我用了風火輪。」韓杰無奈說：「我現在用了那些尪仔標還是會出現副作用——沒以前嚴重就是了，吃顆蓮子可以緩解症狀。」

「那你的蓮子呢？沒帶在身上？」王智漢問。

「扔了……」韓杰臭著臉說。「蓮子跟尪仔標都放菸盒裡，菸盒沾了屎，我把尪仔標沖乾淨，蓮子全扔了……」

「你太不小心了吧。」

「就說我這輩子沒碰過打架鬥法丟大便的呀！下次我會做好準備，行了吧！」

「那你現在怎麼辦？」

「坐一下就好了，你下樓睡吧，我休息夠了自己走。」

「你睡我家客廳吧。」王智漢不等韓杰答應，一把拉起他，攙扶下樓進屋，將他推上沙發，見韓杰掙扎兩下想起身，竟往他胸口輕踢一腳，將他踢回沙發。

「媽的，你……」韓杰摀著胸口。「你到底想怎樣？」

「怕你在樓頂吹風著涼啊。」王智漢這麼說，轉身繞去王書語房間，不知和女兒講些什麼。

韓杰正感到莫名其妙，試著撐起身子，但他兩隻腿又麻又癢，如觸電一般，只好挪移身子在沙發躺下。

韓杰伸了個懶腰，只覺得王智漢客廳沙發又大又軟，躺起來比自家已睡凹的廉價床墊還舒服，索性用胳臂枕著頭，望向昏暗客廳的天花板，突然聽見王書語在房裡拉高分貝說話：

「你為什麼不去找阿霆拿被子？」

韓杰豎起耳朵剛想聽聽熱鬧，接下來好半晌再沒動靜，最後王智漢抓頭走出，對韓杰擺了擺手，說：「我要睡啦，忙了一天，你自己看著辦吧。」

「晚安。」韓杰隨意揚手示意，挪了挪屁股也準備闔眼，王書語卻跟出走向客廳，手裡還捧著一疊薄被。她來到廳桌旁坐下，望著躺在沙發上的韓杰，欲言又止。

「大律師，有事嗎？」韓杰微微撐起身子。

「你剛剛洗澡有洗乾淨嗎？」王書語反問。

「……」韓杰呆愣幾秒，撥了撥頭，說：「很乾淨啊，妳要聞聞看嗎？不好意思，浪費妳家一堆洗髮精……」

「我爸說怕你著涼，要我找條被子給你蓋。」王書語這才將手中薄被拋給韓杰。

「哦，謝謝……」韓杰接著薄被，有些訝異。「怎麼不向妳弟拿被子……」

「……」王書語靜默半晌，說：「我爸說……你懂通靈、能下陰間……」

「我好久沒下去了……」韓杰呆了呆，不明白王智漢為什麼要和王書語提這些事，更不明白王書語怎麼會對這事感興趣。

約莫一年半前的某天深夜，他在東風市場耗盡了所有尪仔標，將第六天魔王打回地底，還完了欠太子爺的債，這才得知自己的爸爸媽媽和姊姊早已輪迴轉世，此後他與太子爺續約，領了一箱新尪仔標和幾株一年四季持續不停開花生蓮子的蓮花。

他最後一次下陰間是數個月前。

去看一個女孩。

她那時剛離世不久，被安排在一處能見到公園的乾淨房間裡，等待輪迴。

他特地帶了鮮花水果和些點心見她，與她談笑好一會兒，事前事後還打著太子爺乩身名號，塞了大把冥幣給相關陰差，要他們將她照料得妥妥貼貼，讓她舒舒服服等待踏上大輪迴盤那一刻。按照日期估算，估計還要再排數個月左右——這已是他苦戰第六天魔王立下大功，太子爺給予他的特權，讓她插隊再插隊之後的結果了。

「你能不能帶活人下陰間？」王書語遲疑地問。

「當然不能。」韓杰啞然失笑。

「……」王書語有些失望，但又好像對韓杰的答案沒太感意外。

雖然如此，她卻不死心，繼續問：「是礙於某些規定……還是……技術上做不到。」

「不愧是讀過書的人，問的問題都像在考試……我好像聽得懂，又好像聽不懂……」

韓杰皺著眉頭，想了想說：「我用我的方式說吧——正常人當然不能活著下陰間，但少數人可以，這跟體質有關；但我知道世上有某些法術可以讓本來下不去的人偶爾下去逛逛；至於我，又是另一種情形，這是神明給我的特殊權限，有時某些工作須要下去。」

王書語聽韓杰這麼說，眼睛一瞪，閃過幾分驚喜光芒，但韓杰只是笑了笑，說：「但我幫不上忙。」

「因爲規定？還是你不會那種法術？」王書語問了個類似的問題。

「我不會那種法術。」韓杰說：「而且規定也不能——妳不是崇尚法治的大律師嗎？陽世有陽世的法律，陰間也有陰間的規矩。」

「是嗎？」王書語冷笑。「按照我爸爸的說法，底下有法跟無法差不多。」

「他在鬼扯。」韓杰哼了一聲。「再不然就是妳誤會了——不守法跟沒有法是兩回事。我這人是不太守法啦，但妳應該跟我不太一樣，嘿嘿。」

「你說得對。」王書語臉色一沉，起身就走。

韓杰挑了挑眉，躺平身子，蓋上薄被，還嗅了嗅被子，只覺得很香。

王書語走兩了步又停下，微微撇頭，問：「那……如果請你帶一個人上來……嗯，這應該也不合規矩對吧；那……如果請你帶幾句話給他，再帶回幾句話給我，這樣你辦得到嗎？」

「這樣容易點。」韓杰說：「但實際上還是要看理由呀，有一堆亂七八糟的手續要照流程走——其實妳應該很清楚吧，妳爸爸不是認識一個陰差朋友，這些事情，妳應該早打聽過了，不是嗎？」

「想念一個深愛的人，想見他的人、想聽他聲音，想到都不想活了……這個理由……可以被地府接受嗎？」王書語聲音轉低，彷如自言自語。

「……」韓杰默然幾秒，說：「我接受，但地府可能不接受。」

「我知道了。不好意思，打擾你了……」王書語嘆了口氣，走回房。

柒

這位在巷弄裡的廉價旅館——三喆大飯店的招牌黯淡無光，接連幾日都不做生意。入口櫃台四周聚著幾個刺龍畫鳳的男人，人人胸前、手腕上掛滿佛珠、平安符，甚至是十字架；眾人腳邊擺著一根根貼有符籙的棍棒，櫃台底下甚至藏了好幾把貼著符的西瓜刀。

這群男人神情十分不安，有一口沒一口吃著手中宵夜，附近任何聲響都能讓他們緊張地繃直身子、停止咀嚼、探頭張望。

陳亞衣嚼著泡泡糖，大步走進旅館，嚇得這些男人紛紛起身瞪視她。

她看也不看他們一眼，自顧自走向電梯，按鈕上樓。

她走進電梯前，吹出個大泡泡，啪地破開，又將外頭那些人嚇了一大跳。

五樓那間508號房外站了八、九個人高馬大的剽悍男人，手上同樣拿著貼符刀械棍棒。有個精瘦矮小、皮膚黝黑、目光銳利的中年男人，右臉近耳處有條長疤一路爬至平頭頂，像是這群剽悍男人的頭兒，雙手插在口袋，在廊道來回走動巡視。

陳亞衣走至508號房門外，想直接推門進房，卻被那名矮小大叔揚手阻下，他敲了敲房門，低聲對裡頭說：「萬虎哥，陳小姐回來了。」

房門打開一條縫，蔡萬虎神情憔悴、眼布血絲，站在門後往外瞧。

508號房裡幾面牆壁、地板、天花板，甚至是窗戶、鏡子上貼滿各式各樣的符籙。

陳亞衣稍稍拉高鴨舌帽簷，舉起剛剛從廖小年家中搜出的木章。

「那是？」

「地獄符印章。」

「這就是……他們用來招鬼殺我哥哥的法寶？」

「對。」

「所以……我們也能用這東西招鬼上來？」

「對。」

「……什麼時候？」

「廢話，當然是現在。」陳亞衣有些不耐。「對方已經招了不少傢伙上陽世，不管你要自保還是反擊，當然越快越好。他們隨時會找上門。」

「等我一下。」蔡萬虎點點頭，轉身回房裡，向坐在床沿穿著睡袍的女人說了幾句話，又伸手摸了摸女人身旁五、六歲大女孩的頭，這才拿了件外套往外走。

小女孩瞪著一雙大眼睛，目不轉睛地望著房門外的陳亞衣。

陳亞衣看向小女孩，對她挑挑眉，吹了個大泡泡。

小女孩害羞一笑，對陳亞衣舉了舉手上的玩偶。

蔡萬虎關上門、穿上外套，對矮小大叔說：「老羊，這裡交給你了。」

「萬虎哥，你放心。」老羊點點頭。

蔡萬虎拍拍他肩膀，與陳亞衣進入電梯，一路來到地下室。他們走向地下室末端一間小房，門外兩個男人見蔡萬虎與陳亞衣走來，立時起身，與兩人一同進房。

小房內布置得像是祭壇，兩個男人照陳亞衣指示開啓抽風設備讓房內通風，跟著燃香點燭，將準備好的水果、供品端放上兩側長桌。

陳亞衣在祭壇前坐下，取了張空白黃符紙，湊近嘴邊吐出泡泡糖揉揉隨意一扔，跟著從隨身包包裡拿出一塊褐黑色木板。

褐黑色木板猶如一柄短尺，上頭寫著人名——那是塊極小、形狀極簡陋的木頭牌位。

陳亞衣一手托著臉頰、一手握著牌位，用牌位一端抵著額頭，喃喃地說：「苗姑呀苗姑，準備開工囉……」

她說完，等了半天，咦了一聲，又反覆喊了「苗姑」幾聲仍未得到反應，輕輕晃動牌位，拍著自己額頭，催促道：「苗姑、苗姑……外婆，妳怎麼了？妳……」

她說到這裡，雙眼倏地閃現精光，換了個人似的。

「哎喲……哎喲喂呀……」陳亞衣微微面露痛苦，一道蒼老的聲音自她喉間發出。

「外婆，妳怎麼了？」陳亞衣似乎保有正常意識，驚奇地問：「妳身子不舒服？」

「好痛、不舒服……我受傷啦……」蒼老聲音埋怨：「剛剛我們碰上的傢伙不簡單，拿著一條紅巾，如果我沒認錯的話，那是混天綾……那道友，是中壇元帥太子爺的乩身呀！嘿嘿！我苗姑面子眞大，連太子爺都給我引來了，嘻嘻！」

「太子爺，是三太子哪吒？」陳亞衣問：「很厲害嗎？」

「當然厲害呀！」蒼老聲音說：「那傢伙的背像火一樣燙，我附著那臭小子，被他後背一壓，燙得魂都要散啦！難受呀……」

「外婆，撐著點，今晚忙完我買隻雞好好孝敬您。」

「要烏骨雞，嘻嘻。」

「是是是……」陳亞衣一人分飾二角，自己和自己對話，手卻沒停，唰唰地一連寫下好幾大張黃符，跟著用毛筆沾朱砂塗畫木章印面，在幾張符上，重重蓋下紅印。

「這就是……地獄符？」蔡萬虎見她拿符左右檢視，忍不住問：「燒去後就行了嗎？」

「當然不行！」陳亞衣與蒼老聲音同時發聲，一搭一唱：「你不是想向你爺爺求救，當然要給我他的名字跟生辰八字呀蠢蛋！」「對呀，不然地獄滿滿都是鬼，抓些不相干的傢伙上來惹事生非，驚動地府陰差，被盯上很麻煩的……」

「是……是是……」蔡萬虎連連點頭，取出手機查找事先準備的資料，遞給陳亞衣。

陳亞衣盯著手機、捻著毛筆，在幾張大符空白處寫下小字，一面自顧自說起話來。「今晚會碰上太子爺乩身，肯定是那些不長眼的笨小子亂玩地獄符，招來太多惡鬼，又沒管好那些傢伙，被神明盯上了……笨蛋！蠢蛋！」「什麼？外婆……那太子爺會找我們麻煩嗎？」「太子爺幹嘛找我們麻煩？我們又沒害人，我們是在救人呀！要是沒我們幫忙，這姓蔡的小子全家都要給殺光啦，哈哈哈！是不是呀，我們在做好事，嘻嘻……中壇元帥該請我苗姑喝杯茶，說聲『辛苦了』才對呀！哈哈哈……」「那如果……他們不請我們喝茶，要對我們動手動腳怎麼辦呀？」「那我們也跟他動手動腳呀，剛剛不就動過手了，出手就破了那乩身法寶！哼！」「妳不是說那乩身很厲害？」「他厲害，我苗姑也不是省油的燈！呀哈哈哈！」

陳亞衣一面說，飛快地將數張地獄符上資料塡妥，抓著符俐落散成扇形，湊向祭壇蠟燭引火燃符。

「喂，別站在那兒，躲到我背後！」陳亞衣雙眼精光閃閃，操著蒼老聲音對蔡萬虎與兩名隨從下令，跟著又轉變成年輕聲音：「你想好要跟你爺爺說什麼了嗎？」

「呃……」蔡萬虎領著兩名隨從，慌張退到陳亞衣身後牆角，還沒來得及答話，就見她將數張地獄符往前一拋。

符在空中轟隆燒成一團火球。

火球從紅轉青，落在地上還燃著小小餘火，幾點青森餘火轉眼變大，蛇似地捲動交纏，再分散到小房中，青光中隱隱透出人形，並且愈漸清晰。

一個高頭大馬的老者望著自己滿布裂口的雙手，一雙手掌張張握握，掌心上的裂口甚至直透手背。

「誰那麼好心？」老者望著陳亞衣，又望向縮在角落的蔡萬虎和兩個隨從。「把我從刀山叫上來透氣呀？」

「刀山？」蔡萬虎顫抖地望著老者，上前幾步，跪了下來。「爺爺……爺爺……求你救救我，救救我們蔡家！」

捌

「那是她男朋友……」王智漢一口菸，一口三明治，望著路旁兩隻野狗垂著舌頭交配。「兩個人本來已經訂婚了，結果那小子出了車禍，死了。」

「多久的事？」韓杰問。

「幾年前。」王智漢說：「她還是走不出來……」

「……」韓杰咬著三明治。「王仔你有沒有跟你女兒說——自我了斷，在底下是重罪。」

「那小子是車禍……」

「我是說她。」

數千年來，自殺的人，輪迴順位排在一般陰魂後頭，是地府裡的明文規定——

既然對陽世不感興趣，把機會讓給想上去的人，合情合理。

在過去，輪迴殿處理完等候輪迴的正常陰魂後，才開放給願意投胎的自殺陰魂補位。

但近百年來，陽世活人飛速增加，地府陰魂也成正比暴增，過去的規定趕不上環境變化、陰差人力不足，等候輪迴的陰魂無以計數。

除非陰間改變規則，或是某些得到特例許可的個案，否則自殺魂魄等同永世不得超生。

「那小妞明白生命可貴，她不會隨便自殺的……」王智漢呼出口煙，望著遠方沉默半晌，這才說：「而且她知道自殺在底下是重罪，那小子親口跟她說過。」

「那小子？她見過她男朋友啦？」韓杰問。

「是另一個小子，是我那陰差朋友……」王智漢說。

「那個偷車的？」

「人家現在是牛頭。」

「偷車的下去也能當牛頭呀。」

「吸毒的都能當乩身了，偷車的當牛頭有什麼稀奇。」

「這倒是。」韓杰聳肩表示同意。「流氓都能當警察了，這世界沒有什麼不可能的。」

「媽的，我是臉長得像流氓，不是流氓！」王智漢焦躁地扔了菸頭，咬著吃到一半的三明治，又抽出一根菸點燃。

「你夠了吧你。」韓杰見他嘴巴同時咬著三明治和菸，還拿打火機要點，不禁覺得噁心。

「你這樣抽菸跟自殺有什麼分別？」

「我問過張曉武，抽菸不算自殺——至少是灰色地帶，有得談。」王智漢嘿嘿地笑。

「你在家裡就不抽，在我面前拚命抽，想害我得肺癌啊。」韓杰沒好氣地說。

「你血流乾了都死不了，幾口煙哪熏得死你。」王智漢又朝韓杰吐了口煙。

「夠啦。」韓杰揮手搧風。「你當警察當到心理變態啊！成天往人臉上吐煙，口臭加菸臭，媽的！」

「嫌我臭啊。」王智漢：「昨晚你倒是睡得挺香的，我女兒的被子好蓋吧。」

「你少來這套！」韓杰哼哼地說：「你女兒是個守法的大律師，也知道自殺是重罪，所以不怕得罪人，更不怕死，所以她準備改行當檢察官，你懂嗎？」

「我問過了。」王智漢嘆了口氣。「因打擊犯罪而死，也不算自殺，所以……」

「所以你那千金大律師自以爲找著陰間法律漏洞，她不當律師想考檢察官，其實是想找機會因公殉職！」韓杰哼哼笑著。「你叫她別自作聰明，陰間比陽世亂得多，寫明了的規矩不一定要遵守，找著的漏洞也不見得鑽得過，一切全憑閻王、判官心情。你那寶貝女兒要是眞下去了，未必會稱心如意……」

「……」王智漢默然一會兒，說：「我也跟她說過了，但她不承認我有什麼辦法？」

「解鈴還需繫鈴人，趕快替她找個男人，塡滿她的心。」韓杰呵呵笑。「慢慢她就會忘掉她男友啦。」

「她男友在她心裡地位很高的，一般男人哪走得進去。」王智漢搖頭嘆氣。「除非是一個武功高強、有神明撐腰、天不怕地不怕、沒事耍槍踩輪子、怎麼打都死不了的男人。」王智漢說到這裡，望著韓杰說：「你認識這種人嗎？」

「不認識。」韓杰將三明治塞入口中，大口將手中飲料吸盡，不耐催促：「你別再說廢話了，到底要不要看那老頭？」

「要。」王智漢將三明治嚥下，又貪婪地吸了幾大口菸，這才將菸捻熄，與韓杰一前一後走向前方醫院。

這天一早，韓杰醒來後本要自行返家，聽王智漢要去探視蔡七喜，便也跟來瞧瞧——連日神智不清的蔡七喜不知怎地回了神，嚷著要出院。他是六吉企業凶案唯一倖存者，因此除了有大批自家隨從保護，也受警方保護。他要出院返家，王智漢第一時間得到消息，立即趕來醫院。兩人趁蔡七喜接受最後檢查、讓隨從辦理出院手續時，抽空吃個三明治、抽根菸。

他倆進入醫院走向蔡七喜病房——韓杰見到擦身而過的病人和護理人員面露不悅，便瞪了瞪身旁王智漢：「這裡是醫院，你菸味太重了，媽的！」

「喔。」王智漢聳聳肩，打了個哈欠。

兩人進入病房。

病房中擠滿了人。

「怎麼，我不能走嗎？」蔡七喜此時神情從容，像個睿智老者。「醫生已經說沒問題了……」

幾名王智漢手下被蔡家隨從團團包圍，面有難色，見到王智漢和韓杰走來，如見救兵，嚷嚷地說：「小隊長！」「王仔，你來啦！」

王智漢面無表情地走入人群，有些蔡家隨從讓路讓得慢，他也直接擠過。

「你是警方頭兒？」蔡七喜瞇著眼睛，望向王智漢。「我犯了什麼罪？」

「你沒犯罪。」王智漢說：「你是凶案目擊證人，你有危險，我們在保護你。」

「現在不需要了。」蔡七喜說。

「前兩天你還嚇得像隻鵪鶉，求我一定要擋著門不讓妖魔鬼怪進來。」王智漢說。

「這幾天辛苦各位了。」蔡七喜朝王智漢點了點頭。「過幾天我會向你們局裡打聲招呼，送些花圈、涼飲、點心，慰勞一下警方朋友。」

「我們希望你能配合調查。」王智漢說：「蔡家死了這麼多人，你不想揪出凶手？」

「想呀……不過，我們會用自己的辦法。」蔡七喜默然半晌，又微笑說：「當然……配合警方調查是一定要的，只是……我這把年紀，折騰了這麼多天，你能不能讓我回家休息幾天？醫院雖然不差，但終究比不上自己家，人老了，不待在家裡沒有安全感……」

「王小隊長。」蔡萬虎打斷了蔡七喜的話，對王智漢說：「你讓我叔公回家喘口氣，休息夠了，你隨時可以上門問話，行嗎？」

「行。」王智漢點點頭，側過身，對病房門口比了個「請」的手勢。

「辛苦了。」蔡七喜向王智漢和幾名員警微笑致意，在蔡家隨從簇擁下走出病房。

韓杰從頭到尾倚在門旁，扠著手不發一語。

他進門後甚至沒多看蔡七喜幾眼。

而是盯著蔡七喜身旁那名高大老者——蔡六吉。

蔡六吉與幾名身泛青光的隨從跟在離行隊伍後，穿過王智漢等人身子，走出病房——

蔡六吉與韓杰擦身而過時，距離僅數十公分，他們四目相望，蔡六吉微微停下腳步，似乎察覺韓杰看得見他。

韓杰扠手抱胸，嘿嘿冷笑。

蔡六吉沒說什麼，領著自個兒隨從離去。

王智漢聽著手下抱怨蔡家隨從粗魯無禮，他卻莫可奈何，畢竟蔡七喜是受害一方，加上年邁體虛，他們說什麼也沒理由阻止老人家回家靜養。

「下午再打電話問問蔡萬虎，問老頭休息夠了沒？老頭沒時間，就約蔡萬虎聊聊，他不肯來局裡，我們上他家也行。」王智漢這麼吩咐完，對韓杰攤了攤手。「蔡家這態度肯定有問題，就不知道是什麼問題……」

「我已經知道答案囉。」韓杰哼哼冷笑。「老傢伙上過刀山，應該八九不離十了——」

「什麼刀山？什麼八九不離十？」王智漢一時還不明白韓杰說什麼。

□

「什麼！你怎麼不早說？」兩人離開醫院後，王智漢聽韓杰說明剛剛所見，驚愕大叫。

「媽的，我現在不就在說嗎？早說是要多早說？」韓杰不悅地翻了個白眼。「你要我一見那幾個傢伙就大叫『嘿，老傢伙上過刀山喔！』這樣嗎？然後呢？你拔槍逮他？你連他長什麼樣子都看不到。」

「嗯，你說得對……」王智漢無奈攤手。「所以蔡家人把蔡六吉也弄上來了？你說蔡六吉背後還跟著幾個傢伙——這表示蔡家已經有打算了？他們要自己解決這件事？」

「我沒說那老傢伙一定是蔡六吉，我又沒見過蔡六吉，我只是猜應該是他——他全身刀口，那是上過刀山才有的痕跡，表示他生前犯過重罪；刀痕很新，代表上來不久。」韓杰望著自己右手，握了握拳。「昨晚潑我大便的妹子剛劫走用地獄符招鬼的五福會小子，今天蔡家就有新角色登場，她替誰做事，答案很清楚了。」

韓杰說到這，見王智漢神色陰晴不定，便說：「幹嘛？你又想說你女兒聽完之後會說我的推理有破綻啊？」

「不是啊。」王智漢搖搖頭。「我只是在想如果整件事真是嚴家請祖宗上來搞事，然後蔡家也請了祖宗上來解決，那我他媽到底該怎麼查下去？」

「你高興怎麼查就怎麼查。」韓杰打著哈哈戴上安全帽，跨上機車，向王智漢道別。

□

數十分鐘後，韓杰返回東風市場。

市場舊樓人事依舊，老爺子習慣傍晚過後下來守夜，此時管理室座位空著。

韓杰登上四樓，往自家走去，四位乾奶奶與王小明已在東風市場定居下來，作息也調整成入夜後才出來活動，此時四樓兩側廊道與過去一樣漆黑陰暗、寂寥無聲。

韓杰來到廊道盡頭，望了望窗外新建成的嶄新大樓，據說熱銷九成，但入夜後只寥寥幾戶亮著燈。

比東風市場還冷清。

「這麼漂亮的新房子，分幾間給活人住不好嗎？」韓杰瞅著窗外大樓訕笑幾聲，取出鑰匙開門入屋。

他家也和過去差不多，牆壁貼滿海報、報紙、廣告傳單；餐桌堆著凌亂雜物，大床擺在客廳當年的起火點，角落斜擺著破爛老沙發。

籤鳥小文悠哉躺在韓杰的雙人床上，見韓杰回來，豎起脖子朝他尖喊幾聲，還舉起爪子指著小櫃方向，活像個指使媳婦洗碗的兇婆婆。

「幹嘛？忘了加飼料喔？你明明可以自己來啊，什麼都要我來！」韓杰沒好氣地將外套往小文扔去。

他過去對小文本就粗言粗語、沒句好話，去年得知牠原來是太子爺用蓮藕肉揉出的靈物而非真鳥，舉止便更加不客氣，還時常忘了替牠添食加水——然後小文就在他床上拉屎報復。

「喂！我操你——」韓杰見小文爬上外套拉屎，氣得衝上前搶回外套，邊怒罵髒話，邊提著外套去廁所沖洗。

小文飛到廁所洗手台上，用喙撥開水龍頭，側著頭喝水，與蹲在浴缸旁洗外套的韓杰大眼瞪小眼。牠喝完水也不關水龍頭，叫了兩聲就飛出去——牠有時確實會自己喝水、自己開櫃子翻包裝啄飼料吃，但也會故意弄得亂七八糟，抗議韓杰不替牠服務。

「媽的……」韓杰惱火地關上水龍頭，朝廁所外罵：「你搞清楚，我的債已經還完了，我替你老闆工作、你也替他工作，我們平起平坐，我沒有伺候你這大老爺的義務，媽的！」

韓杰捧著外套上後陽台晾，順便從陽台水盆裡摘下一個蓮蓬，蓮蓬裡生著滿滿新鮮蓮子，剛被韓杰折斷，斷處立刻枯萎，卻轉眼飛快冒出新莖，還生著一枚小蓮花苞。

這是太子爺賜的神物，作用是讓韓杰使用尪仔標後，能減輕法寶產生的副作用不適感。

由於這株蓮子生得快，韓杰遇到感冒不適、宿醉頭疼就咬幾顆，也不確定有沒有效，平時摘得多了甚至會當零食吃。

他咬了兩顆蓮子，將剩餘的隨手放進餐桌上的碗裡，走到籤櫃前檢視新籤——

有一陰神附身術士招鬼上凡作亂。

「這是你新咬出來的沒錯吧？」韓杰打開櫃上一卷新籤，轉頭問小文。

小文攀在籠子門旁，用爪子敲著空飼料盒，尖叫幾聲。

「怪了……五福會這鬼案子搞死那麼多人，怎麼不事先報給我？」韓杰用手指扣著櫃面，自言自語。「還是我漏過沒接？」韓杰一想至此，翻了翻舊籤，見沒有其他類似案子，便在陰神附身那張籤上簽名，正式接下此案，單獨用個小擺飾壓著。

一旁還有一小疊籤紙，全是連日來關於地獄符招鬼的事件。

有一小子持符令招鬼不理。

小子又使符令招鬼搗蛋。

小子今晚又欲持符令招鬼，地點為……

「媽的，寫得不清不楚，小子小子！線索也不給多一點……」韓杰抓了抓頭，轉頭望著小文。

小文爪子敲了敲飼料盒。

韓杰敲了敲新接下的籤紙。

小文又敲了敲飼料盒，還尖叫幾聲。

韓杰再敲了敲籤紙。

「嘎！嘎嘎嘎嘎——」小文咆哮，大力敲飼料盒和空水盆。

韓杰無奈地替牠裝滿飼料、添了飲水，站在籠旁扠手瞪牠。

小文吃飽喝足，還理毛半晌，伸了個懶腰，這才大搖大擺地飛出籠，從籤筒挑出一卷新籤扔在小櫃上。

韓杰打開新籤，看著上頭猶自發燙的香燒字跡——

陰神苗姑領術士陳亞衣投靠蔡萬虎招來地獄罪魂蔡六吉與手下欲與另一罪魂嚴五福決一死戰

「苗姑領術士陳……亞衣……陳亞衣？這是名字對吧？嗯……與手下欲與……為什麼這張沒有標點符號啊媽的！」韓杰焦躁地反覆看了幾遍。「陰神苗姑、術士陳亞衣？哦！就是丟我大便的臭娘們，跟附在臭小子身上的臭老太婆是吧！好樣的！」

他拿手機替這籤紙拍照存檔，從桌下大箱裡取出幾大張尪仔標紙板，一片片拆開，放到在王智漢家中便反覆沖洗乾淨的金屬菸盒裡，還在裡面放了幾顆蓮子。

他拿著菸盒在手上秤了秤，像端著座小型軍火庫。他對昨晚陳亞衣那潑屎戰術餘悸猶存，覺得該想點反制方法比較妥當。

他抓頭苦思，在凌亂餐桌東翻西找，轉頭問小文：「喂！你這笨鳥成天亂拉大便，知不知道要怎麼對付會丟大便的敵人？」

小文懶洋洋地躺在小櫃上，對韓杰問話不理不睬。

玖

三喆大飯店地下一樓，不時有人進進出出。

本來作爲倉儲用的幾間空房和寬闊廳間已全數清空，十餘名大漢來回搬入一張張沙發、座椅和長桌，裡頭有人忙著裝設更大台的空調抽風設備——以便在地下室裡進行更大規模的焚符燒紙等法事。

「這些夠用嗎？不要一氧化碳中毒了……」蔡萬虎望向運作中的抽風設備，見幾個年紀輕手下在幾座金爐旁一面燒紙錢一面嬉鬧，連忙提醒：「紙錢要摺彎才不會冒煙，你們有沒有掃過墓啊？」

「紙錢這些有的沒的上樓頂燒也行，地獄符在這兒燒就好了。」陳亞衣捧著那疊剛寫好的地獄符自神壇小房走出，將整整二十張符塞進蔡萬虎懷裡。

「對……對對……」蔡萬虎聽陳亞衣這麼說，便吆喝手下想辦法將熱騰騰的金爐架上拖板車，準備往頂樓運。

「名字記得寫對！別送錯人了——」

蔡六吉坐在一張方桌旁寬敞的沙發中央，高聲提醒：「這些東西是燒下去賄賂底下陰差，加上地獄符的效力，讓那些陰差對我們睜一隻眼閉一隻眼，別來找麻煩。」

蔡七喜坐在蔡六吉沙發旁的單人椅上。他是蔡六吉的弟弟，蔡六吉過世十餘年，蔡七喜外觀看上去倒比他哥哥還老不少。

陳亞衣來到蔡六吉面前，對他說：「蔡老先生，我得提醒你，一口氣從十八層地獄調這麼多傢伙上來，風險不小，就算陰差無權干涉，這些傢伙都是窮凶極惡之徒，你如果沒把握鎮住他們，就一次燒一張，談妥條件了再喊下個人上來——地獄罪魂不比尋常陰魂，要是聯手造反，就算是苗姑也不見得鎮得住。」

「小妞，妳別擔心！」蔡六吉哈哈大笑：「我報給妳的這批人都是我兄弟，有生前認識的，也有死後認識的，有在刀山上認識的、油鍋裡認識的，他們在底下都聽我的！就算不給我面子，肯定也給地獄符面子——我見過幾個被地獄符拉上去幫忙，回去後更熬不住——能上陽世，誰想再回十八層地獄？」

「那好。」陳亞衣點點頭，對蔡萬虎說：「地獄符印章我擺在桌上，你自己保管好，弄丟、弄壞了我可沒本事幫你造新的喔。桌上兩疊新符，各一百張，用法和之前一樣，黑字的護身，戴著能防鬼上身；紅字的治鬼，貼在刀上可以斬鬼，你自己研究。」她說到這裡，頓了頓，見蔡萬虎點頭稱是，便繼續說：「這些地獄符如上了膛的槍，你爺爺的兄弟隨燒隨到，你愛什麼時候燒都行，自己看著辦；另外那瓶柳葉符水還有不少，你如果覺得你爺爺的樣子看起來模模糊糊，就沾點水抹在眼皮上；要是不小心打翻了，瓶子重新加水擺上一、兩小時，效果一樣；如果想造更多『見鬼水』，就自己找些新柳葉泡幾隻活守宮，擺幾小時也勉強有些效果。」

「是……」蔡萬虎見陳亞衣說完便往電梯方向走，連忙喊她：「陳小姐，妳要走了？」

「對呀，不然咧？」陳亞衣摘下鴨舌帽搧了搧風，說：「昨夜忙了一整晚，到早上才睡了幾小時，你家旅館我睡不慣，我要回家……我要你準備的東西全準備好了，明天再打電話找我。」她說到這裡，往電梯走去，還回頭說：「別忘了，匯完頭款再打電話，不然我不來喔。」

「是……是是……」蔡萬虎連連點頭，立刻指示隨從。「立刻把錢匯進陳小姐帳戶。」

蔡六吉喝了口茶，茶水從他喉間幾處刀口滲出也不介意，他目送陳亞衣離去，說：「這小妞不錯，辦事俐落，跟著她的老太婆也挺老練……七喜，虧你請到她們幫忙。」

「那老太婆是阿苗呀。」蔡七喜這麼說：「以前有次咱堂口裡有個小黃家裡鬧鬼，就是我找阿苗上小黃家驅鬼呀，你不記得啦？」

「誰記得這種屁事。」蔡六吉攤攤手，轉頭看向幾個隨從。「你們記得嗎？」

「小黃我記得，阿苗沒聽過……」隨蔡六吉一同「上來」的幾個過往隨從都搖搖頭。這些隨從外貌都有些年歲，全是過去六吉盟重臣，不僅當年追剿五福會有份，之後也幹下不少豐功偉業，死後被打下地獄受刑，隨著蔡六吉一同被地獄符招上，人人身上遍布刑傷。

「不記得也沒辦法……」蔡七喜嘆了口氣，說：「當年咱蔡家幾兄弟各司其職，你負責打天下，我負責照顧家裡兄弟家事，記得比較清楚……」

「哼哼。」蔡六吉冷笑幾聲。「眞會照顧兄弟，不但照顧自家兄弟，連嚴家兄弟也照顧到了。」

蔡七喜低下頭，連聲嘆氣。「我現在已不知道當年心軟，放嚴家弟弟離開，是不是做錯了……」

「你不知道？」蔡六吉冷冷說：「等過陣子我們找著那些新下去的蔡家亡魂，你自己當面問問他們。」

蔡七喜頭垂得更低了，過去許多年，他自認當年放走嚴家三弟這件事並沒做錯，但如今他動搖了；過去許多年，蔡七喜自認做對了這件事，但如今他動搖了——

嚴家後人不知從哪弄了顆地獄符印章，招嚴五福上來向六吉盟展開復仇，誅殺蔡家人及六吉盟幫眾，連家中老幼親人都不放過，這接連屠門的凶殘程度比起當年有過之而無不及。

蔡七喜年輕時便容易心軟，老了性情更柔更軟，時常私下捐錢行善，只盼替自己、替蔡家累積點福報、償還些許罪債。如今他一想到這些日子的百來條人命，追根究柢竟與自己當年心軟脫不了關係，不禁難過茫然得像是被竊走心中神主牌般不知所措。

「阿苗……當年是眞有本事，她做神明乩身，專替人消災解厄。」蔡七喜喃喃地說：「只可惜後來瘋了……」

「瘋了？」蔡六吉哦了一聲。「你說跟著陳小姐的老姑婆是個瘋婆子鬼？」蔡六吉說到這裡，瞪大眼睛對著身邊隨從哈哈大笑。「原來現在世道是這樣子，老瘋婆子也能扮神仙啦？哈哈哈——」

「大哥，你別這樣說話……」蔡七喜繼續說：「苗姑雖然瘋了……但她過往本事還在，否則你跟幾位老哥也上不來啊。」

蔡六吉繼續笑說：「我沒說她沒本事，本事大的瘋婆子還是瘋婆子呀，呀哈哈哈——」

蔡七喜嘆了口氣，繼續說：「我是聽說當年苗姑之所以發瘋是因爲犯了禁忌、做了錯事，被神明收回身分，任憑她怎麼哀求都沒用，最後悲憤至極，漸漸瘋了……」

「哎喲夠啦夠啦！」蔡六吉搖搖手，大聲說：「別再講那瘋婆子了，我對她怎麼瘋的沒興趣，來聊聊嚴五福吧——那傢伙一身硬骨頭，脾氣又臭又倔我早知道，就不知道他竟能從底下爬上來殺我蔡家後人，我眞操他娘的佩服他！不過呢——我當年贏他一次，現在要再贏他一次，他不服也不行了，哈哈哈哈——」

「大哥……」蔡七喜聽蔡六吉這麼說，忍不住說：「你和嚴五福，當年也曾經是拜把的好兄弟……事情過了這麼多年，你有沒有想過……乾脆和他好好談一談吧。」

「……」蔡六吉聽蔡七喜這麼說，臉色一沉，伸手拿了杯茶，又喝得滿身茶水——那些茶水自然也沒能沾濕他的魂身，而是全流在沙發上。「有呀。」

蔡七喜聽蔡六吉這麼答，不免驚喜，正要進一步遊說他哥和談，但見蔡六吉冷眼瞪他，嚇得閉嘴。

「他早我一步下去，我晚他許多年下去，我和他，在底下始終沒有碰過面……」蔡六吉這麼說：「我爬刀山時，他可能在油鍋；我下油鍋時，他可能在糞池；我進糞池時，他大概又被牛頭馬面扔上刀山了——我無時無刻都在想，如果以前我手下留情沒那樣對他、沒殺他全家，眼前刀山是不是可以少爬幾年、油鍋能少泡幾年……」

「如果我倆在底下見了面，說不定能談談——」蔡六吉冷冷地說：「不過現在，他殺了我蔡家兒孫這麼多人，擺明想讓我蔡六吉絕子絕孫，嘿嘿……那就沒得談了。」

蔡七喜忍不住說：「但是大哥呀……這場仗打下去，多犯下的事、多屠掉的人……大家下去之後，豈不是又要多記上幾筆啦……」

「是呀。」蔡六吉瞥了蔡七喜一眼，冷笑說：「所以嚴五福瘋了？他在陽世幹出這麼大件事，他不怕回去底下又被算帳嗎？他不怕算完帳之後，原本刑期又要添上幾百年嗎？」蔡六吉說到這裡，探長了身子，冷冷盯視蔡七喜，似笑非笑地說：「小七，你下去過嗎？」

「當然沒有……」蔡七喜連連搖頭。

「所以你當然不知道——」蔡六吉冷笑說：「在底下，什麼都能買，就連生前死後的帳，都能用買的！你有勢力、關係好，你的帳隨你怎麼改；你沒勢力、沒關係，你的帳就只能讓別人改！這一點，我知道，嚴五福當然也知道……」

蔡七喜聽到這裡，隱隱明白蔡六吉所言——

有錢能使鬼推磨，陰間比陽世更黑，嚴五福這麼有恃無恐地大舉屠戮，或許就是因為已找著管道資源，買通地府陰司，不怕再多添罪，但是——生死簿上這麼多條人命、這麼樣的滔天大罪，總得找些對象扛下來。

「所以這場仗，蔡家絕對不能輸……」蔡六吉緩緩地說：「誰輸了，必定要把所有罪全扛下來……」

「殺我家子孫只是復仇的第一步，把我蔡家人一個個打進地獄，永世不得翻身，才是嚴五福這場復仇大宴上最後一道主菜呀。」蔡六吉一面說，一面望著掌上數道刀口，冷冷笑著。「好玩、眞是好玩……我在底下待了這麼多年，好久沒遇上這麼好玩的事了，嘿嘿、嘿嘿嘿……」

「……」蔡七喜難以自抑地顫抖起來。他年歲大了，自知在陽世來日無多，若眞得扛下這滔天大罪，等同十八層地獄已近在眼前。

一旁，蔡萬虎翻看著二十張地獄符，挑出其中一張。

上頭寫著他哥哥蔡萬龍的名字和生辰八字。

蔡萬龍剛死不久，此時也不知是被拘下陰間等待受審，抑或留在人間徘徊，總之蔡六吉昨晚被招上來後花了點時間聽蔡萬虎哭訴近況，氣得要找嚴五福算帳——但他當然沒眞的這麼做，而是領著幾名隨他上來的兄弟趕去六吉企業現場繞了繞，想瞧瞧慘死的蔡萬龍——蔡萬龍比蔡萬虎大上幾歲，與蔡六吉更加親近，當年可是蔡六吉寶貝金孫。

但蔡六吉在自己一手打造的六吉企業樓房上下繞找好半天，這喪命超過百人的凶殺現場竟沒半個當日亡魂。

「操他娘的，那些陰差絕對不會那麼勤勞。」蔡六吉一想至此，便哼哼怒叱。「一定是收了嚴五福的錢，把魂全拘下去藏起來了……如果我們輸了，這百來條命的罪，說不定就要扣在我們頭上了。」

拾

傍晚，這又老又小的公寓陰暗客廳裡，堆積著如山雜物，凌亂不堪，幾大包垃圾袋從廚房堆到大門口。

「入帳囉！」陳亞衣綁著短馬尾，穿著單薄背心和粉紅內褲，窩在客廳一角那被雜物圍繞的電腦桌前，笑嘻嘻地盤腿坐在電腦椅上轉圈圈，不時回頭朝一個小房間喊。「外婆，蔡家乖乖匯錢了！接這生意真是接對了，這次我們發財囉——」

陳亞衣大口喝完可樂，跳下椅子，蹦蹦跳跳地躍過地上雜物走向廚房。「好香喔，藥燉烏骨雞煮得差不多了，外婆！妳餓壞了對吧……」

廚房瀰漫著廚餘異味和濃厚藥燉雞湯香氣融合成的詭異味道，流理台上堆滿髒碗，大量食物包裝和泡麵空碗自垃圾桶滿到附近地板，疊成金字塔狀的垃圾小丘。

陳亞衣掀開瓦斯爐上湯鍋鍋蓋，瞇著眼睛嗅了嗅，舀湯淺嚐一口，皺起眉頭大聲嚷嚷：「太苦啦——」

她從堆積如山的流理台裡翻出幾個碗瓢洗淨，戴上隔熱手套，端著藥燉雞湯，踮腳跨過滿地垃圾進入那小房間。

小房內天花板上的燈壞了不知多久，房中黯淡紅光來自靠牆小神桌上幾盞燭火和紅燈泡；神桌上並無神像，只有一座小香爐。

香爐前，橫擺著那條漆黑牌位。

房中垂著數十條細繩，繩上另以細線綁著一隻隻紙鶴。

幾個廉價組合格櫃裡擺著許多奇異法器和紙摺小物——有蟲、有鳥、有獸，都小小的；有些排成方陣，有些排成三角，有些呈鶴翼，有些呈橫列。

彷如軍營裡一隊隊兵陣。

「外婆！雞湯煮好了，苦死人啦！來吃雞喝湯囉——」陳亞衣拉了小桌，擺妥雞湯碗瓢，舀湯入碗。

「哎喲……哎喲喂呀……」老邁的聲音自神桌牌位上響起，跟著轉移到神桌旁地板——苗姑傴僂身影緩緩現形，歪斜著身子癱坐在地板，不停難受呻吟。「哎呀，好疼呀……」她邊說，邊拉高寬鬆灰衫，露出肚皮，老皺肚皮上燙著大面積紅疤。「那個乩身的法寶比我想像中還厲害，燒出來的傷好不了喲……」

「喝下藥湯會不會好一點？」

「會喲……」

「那快點喝湯囉，我餵妳喝好不好？」

「好喲……」

陳亞衣攙著苗姑來小桌前坐下，端著湯碗舀湯往苗姑嘴裡送。

「喲！這湯真香，亞衣的廚藝越來越好囉！」苗姑嚐了口湯，咧嘴笑著。「可以嫁人啦！」

「嫁不出去啦！」亞衣呵呵笑著。「誰會要我這懶惰鬼、骯髒鬼。」

「誰說的，我們家亞衣是好女孩呀。」苗姑呀呀笑著，伸手從湯碗裡抓起一塊雞肉，連著藥燉材料一同啃得滿嘴油膩。

被苗姑吃過的湯水、雞肉、藥材並未消失，但雞肉微微乾縮、藥材隱隱枯焦、湯水也黯淡不少。

陳亞衣將乾枯的肉塊和藥材與湯水倒入一旁小盆，舀了碗新湯給她，隨口問：「外婆，妳覺得如何？藥可以吧？要不要調整？」

「剛剛好喲！」苗姑狼吞虎嚥，直接伸手從鍋中抓肉來吃，她的雙眼逐漸閃閃發光，肚腹、胸口、胳臂上都微微浮起蒸氣。

被混天綾燒傷的痕跡似乎緩緩復元。

「妳也吃雞呀！」苗姑抓著一隻雞腿湊向陳亞衣嘴邊。

「才不要！」亞衣連忙回頭。「這湯是給妳治魂的，藥味太重啦！苦死人啦……」

「是嗎？」苗姑瞪大眼睛。「我覺得挺好吃呀。」

「這藥是專治妳魂身的配方，妳當然覺得好吃呀。」陳亞衣繼續替苗姑添湯挾肉，說：「我只會替妳煮藥湯，從來沒煮過給人吃的東西，怎麼嫁呀。」

「怎麼不能嫁？哪個男人敢嫌妳煮的東西不好吃，看我怎麼教訓他！」

「妳怎麼教訓他？」

「照三餐煮給他吃呀，妳煮什麼他吃什麼，吃著吃著就覺得好吃了。」

「他要是不吃怎麼辦？」

「綁著他，撬開他的嘴，用灌的喲！」

「呀哈哈哈！這樣太可憐了吧！」陳亞衣雀躍地比手畫腳說：「外婆，剛剛蔡家已經匯款啦，這次我們發達了，整個案子做完，說不定可以換大房子住了——」

「為啥要換大房子？」苗姑問：「這房子不好嗎？」

「也不差，但終究是租來的，不是我們自己的房子呀！」陳亞衣說：「妳不是喜歡鄉下嗎？我們去鄉下買間房子，每天聽雞叫、聽青蛙叫。」

「好喲、好喲！鄉下很好喲！」苗姑咧嘴笑開，大口吃雞，突然眼神一變，瞪向房門外。

陳亞衣見苗姑神情有異，不解地問：「怎麼啦？」

「呀——」苗姑放下啃了一半的雞肉塊，高高站起，雙手高揚，掌心透著青黑氣息。小房裡的紙摺大軍全數嗡嗡震動起來，蟲開眼、鳥張翅、獸張口，一同轉向朝著房外客廳鐵門方向。

「有人上門找麻煩？」陳亞衣驚訝站起，轉身自神桌拿起漆黑牌位，奔出房門，腳下踩著幾個包裝盒子，差點跌倒。

啾啾啾——雀鳥門鈴聲尖銳響起。

「誰？」陳亞衣大叫。

啾啾啾——門鈴響起第二聲。

「是誰?」陳亞衣喊著，奔到客廳，面對大門，苗姑飄揚在她身後上方，倏地降下，遞給她一個漆黑塑膠小包。

「又要用臭湯?」陳亞衣接過小包，驚愕道:「外婆，是昨天的乩身找上門來了?」

「是呀!」苗姑尖聲大笑:「道友，你來找我喝茶呀?嘻嘻——」

「外婆，我們要走、要打，還是邊走邊打?」陳亞衣一手抓著黑牌位，一手托著小黑包，微微彎下身子，擺開迎戰架式。

「打什麼打，人家來找我們喝茶——」苗姑嘻嘻笑著，但想想不對，改口說:「可我又沒邀他!哼!這道友太不禮貌，應該是來找麻煩的，我們還是走吧。」

「嗯!」陳亞衣連連點頭，盯著客廳大門，緩緩往房間方向退。

□

「……」韓杰站在老公寓三樓一戶斑剝赭紅色鐵門前，第三次按下門鈴。

尖銳刺耳的雀鳥鈴聲在房裡迴盪半晌，卻無人前來應門。

「髒ㄚ頭!別裝死，我剛剛聽見妳的聲音!」韓杰拍著鐵門嚷嚷:「開門!」

他說完等待一會兒仍無人回應，又按了一陣門鈴，哼哼地從口袋摸出一片尪仔標，重重往鐵門上一拍。

壓在鐵門上的手掌溢出陣陣紅風，他閉起眼睛，操縱著紅風。

紅風凝聚成流水四溢開來，鑽過鐵門欄杆間隙，流到門內側，拉開橫栓、撥動門鎖。

鐵門開了。

韓杰抓著滿掌紅風流水，倏地抖成長巾狀，用混天綾裹上自己胸腹、繞上雙臂，抖抖外套後，這才將鐵門拉開。

他伸手在木門上敲了幾下，依舊得不到回應，便開了木門，望著陰暗凌亂客廳。

客廳燈關著，韓杰先瞧瞧一側亮白一片的電腦螢幕，跟著瞥了瞥亮著燈的廚房，又看看遠處透著紅光的小房間。

小房間外緩緩隆起一頭古怪大獸。

大獸接近大型犬，竟是由無數紙摺蟲鳥堆疊組合而成。

大紙獸微微伏身，守在門口、豎著紙尾搖頭晃腦，動作靈巧彷如活物，雙眼處是兩個凹坑，卻閃閃發光，還咧嘴低聲嘶吼，像在警告韓杰，千萬別繼續逼近它的地盤。

「……」韓杰踏入客廳，反手關上鐵門，眼睛直盯著紙獸，伸手摸找牆上電燈開關。

啪嚓一聲，燈開了。

啪嚓一聲，韓杰頭頂被砸了個東西。

濕淋淋的漿汁從他頭頂散開，流了他一頭一臉，滴滴答答淌染他一身。

惡臭無比。

「咳、咳咳咳……」韓杰讓那氣味熏得嗆咳起來，雙臂上的混天綾自肩頸開始焦化、碎裂，化成黑灰。

韓杰抬起頭，見鐵門上伏著一隻成人雙掌大的紙摺蜘蛛，韓杰頭上的「臭湯」，就是這隻蜘蛛扔下的。

「我是來找妳聊天的，妳不想聊，想跟我動手？」韓杰脫下外套，抹去臉上糞汁，強忍著怒氣，緩緩地說：「就算妳想動手……能不能用點潑大便以外的招式啊？妳就只會這招？」

韓杰走至電腦桌前，抽了幾張衛生紙擦拭頭臉，手指突然一陣劇痛，他猛地縮手，有個軟綿長物捲在他手指上——

竟是條用衛生紙捲成的小蛇。

小蛇雙目隱隱透著紅光，嘴裡埋著兩枚仿作毒牙的圖釘。

「操！」韓杰扯落衛生紙小蛇、拔去指上圖釘，本能地要吸吮手指止血，卻忘了手上還沾著糞汁，剛含著手指便哇地乾嘔起來，連連吐起口水。

啪嚓一聲，客廳燈又關了。

是紙蜘蛛按熄了燈。

小房外的紙獸向前幾步，伏低身子，露出要發動攻擊的姿態；同時，韓杰感到雙腳被東西爬上，低頭一看，是成堆紙蟲——滿地紙蟲自電腦桌下、雜物堆裡、空泡麵碗中、零食包裝袋裡殺出，四面八方擁向韓杰。

韓杰怎麼也沒料想到，這髒亂垃圾屋裡原來伏有大軍，和成堆垃圾、衛生紙團融合得渾然天成。

他左足一緊，那些紙蟲一個咬著一個，長蛇般捲住他的腳踝，唰地猛力一扯，將他拉倒在地。

大犬般的紙獸重吼一聲飛撲躍來，往韓杰胸口撲下。

韓杰握拳往自己胸前口袋反手一搥。

一聲幼獸銳吼伴隨著刺目黃光從口袋飆出——一頭幼豹從黃光團中竄出，一口咬住撲來紙獸的頸部，將其轟壓上牆，並咬斷它頸子——

組成大紙獸的紙蟲紙鳥們紛紛鬆口張爪，隆隆地就要散開。

然而，小幼豹剽悍一吼，嘴巴嘩地一張，連同身體抖成一個大皮袋子，將四散開來的紙蟲紙鳥撈去九成，落地後又變回幼豹，臉頰鼓脹得像隻塞滿花生的倉鼠頰囊，咕嚕嚕大嚼吞嚥起來。

這小幼豹是太子爺尪仔標七寶中的「豹皮囊」，本來外觀猶如皮囊袋子，能吞妖食魔，但韓杰續約後領的新版尪仔標裡，這豹皮囊除了胃袋更添上一副幼豹身體，能憑韓杰口令自主追擊敵人。

韓杰自地上翻起，抬腳亂踩滿地紙蟲，同時從口袋抓出兩把香灰，唰唰搓去手上髒污糞水，拍拍褲口袋，拍出滿掌紅炎，又是一條混天綾。

「哇！他又拿法寶出來！」陳亞衣躲在小房牆後，探頭見客廳裡的韓杰又拿了一條混天綾出來，趕緊縮回房中。

「混蛋，要打就出來好好打，不想打我們就用講的！」韓杰揪著混天綾四處掃打，將腳下紙蟲紙鳥打焦一片。

陳亞衣再次探頭出來，望著韓杰，又縮回去，與苗姑嘰哩咕嚕不知談些什麼，突然尖叫一聲：「啊呀！我都忘了我只穿內褲……」

「去。」韓杰向小幼豹使了個眼色，提著混天綾大步走向房間。

「哇！他來了！」陳亞衣又偷瞄了外頭一眼，見韓杰走來，快速縮頭。

小幼豹急奔兩步，高高撲向小房，門欄上方卻陡然撒下一張網子，上面貼著密密麻麻的符籙，還攀著幾隻大紙蜘蛛。

小幼豹如同撲進蛛網的蝴蝶，被黏在網上動彈不得；符網則扭曲蠕動，八爪章魚般纏住小幼豹全身。

「嘿！」陳亞衣閃身出來，她依舊穿著細肩帶背心和粉紅內褲，身上卻多了個側背包。她左手持黑牌位隔著符網對小幼豹嘰哩咕嚕地比劃唸咒，同時右手拿出一個黑包，朝門外扔去。

「哇！」韓杰才奔至門邊，見陳亞衣又擲來一包糞水，連忙退遠；小幼豹被潑了滿身糞水，哇哇幾聲變成皮袋模樣，跟著焦黑化散。那符網攔在門前，不停伸長網面向韓杰亂抖亂甩。

「混蛋！妳有完沒完——」韓杰見臭烘烘、濕淋淋的符網垂在門口揮來甩去，不敢靠近，東張西望半晌，從一旁凌亂的櫥櫃抓起烤箱、瓶罐往符網砸去，見砸不落符網竟退回客廳，扛來電視機就往房裡砸，終於砸落那張沾滿糞水的符網。

「王八蛋，你拆我家房子呀！」陳亞衣躲在小房裡，見韓杰竟然將電視砸了進來，不禁氣憤怒罵。

「媽的！妳在自己家裡潑大便都無所謂了！」韓杰將目標放在一個小格櫃上，正要伸手去搬，就讓躲在格櫃裡的紙蜘蛛撲上雙手亂咬，急忙抓下蜘蛛一一扯碎。

「你以爲我喜歡潑大便？還不是爲了防你這種人！」陳亞衣在小房裡怒罵，接著開窗往外頭攀。

「我是哪種人？妳認識我？」韓杰扯落那些紙蜘蛛追進小房，見陳亞衣攀在鐵窗上，推開鐵窗上一道經過特殊改造、能向外打開的小欄門，鑽了出去。

「喂！這裡是三樓，妳以爲在拍電影啊，妳不怕摔死？」韓杰急急追去，看到陳亞衣舉手朝他揮了揮，以爲她又要扔大便，連忙低頭閃身，卻沒見東西扔來，原來是假動作嚇他。

陳亞衣動作俐落，三兩下已攀上隔壁鐵窗，一路往頂樓攀逃。

韓杰當即鑽窗要追，但他個頭比陳亞衣高大許多，身子縮在狹小鐵窗內行動不便，好不容易將上半身擠出鐵窗小欄門，卻見她並未逃遠，而是攀在四樓鐵窗上，算準了韓杰此時無法閃躲，朝他丟來一個黑包，再次炸了韓杰一身糞水，毀去他捲在臂上的第二條混天綾。

「我操……」韓杰暴怒硬擠出鐵窗，抓著欄杆攀爬追她，氣得大吼：「妳身上到底藏了多少大便？」

「幹嘛？你肚子餓啊？」陳亞衣踩上四樓雨遮，轉身又朝底下擲去一個黑包。

這次韓杰急忙抓住鐵窗欄杆擺盪身子，閃開黑包，同時伸手進口袋掏摸。

「亞衣，原來咱道友把法寶藏在口袋裡喲！」苗姑在陳亞衣背後現身，手指韓杰右側外套口袋。「打那！」

「好！」陳亞衣又對韓杰擲出黑包。

韓杰算準了陳亞衣動作，再度擺盪身子閃避，然而飛來黑包卻在空中轉彎，如巡弋飛彈般正中韓杰藏著尪仔標的外套口袋。

「……」韓杰將手抽出口袋，右手連同捏在手上的三片尪仔標全沾上糞水。

原來陳亞衣擲來的黑包上，還攀著一隻紙鳥，能讓黑包在空中變向轉彎。

「咱道友法寶全壞了，趁現在把他打下樓喲──」苗姑在陳亞衣背後呀哈哈尖笑，比手畫腳。

韓杰身後陳亞衣的家小房窗口擁出一隻隻紙蟲紙鳥，全往他身上撲來，紛紛朝他攀著欄杆的手腳亂咬，想讓他摔下樓。

「外婆，妳不是說他是神明乩身？這樣好嗎？」陳亞衣見韓杰被紙蟲紙鳥圍著咬手咬腳，不禁有些擔心。「這樣會不會害死他？」

「放心，三層樓就摔死的傢伙，太子爺應該瞧不上眼喲！」苗姑放聲尖笑。「道友，下次來找苗姑泡茶，記得先打通電話喲……」

苗姑還沒笑完，被紙蟲紙鳥裹得像個飯糰的韓杰，身上透出了團團火光。

火光來自他握著尪仔標、沾滿糞水的右手。

一條條火龍在他身上繞轉，將滿身紙蟲紙鳥瞬間燒成一團團大小火球。

原來韓杰也有準備，出發前便將一部分尪仔標裹上保鮮膜，藏在身上各處備用，保鮮膜外即使沾上符法糞水，裡頭的尪仔標還是能有效發動。

「噫！那是太子爺的三昧眞火——他的法寶怎麼不怕咱們的臭湯呀？」苗姑見韓杰全身燃火、神情凶惡，驚呼起來，托著陳亞衣雙肩，帶著她踩牆往上，一鼓作氣翻上頂樓加蓋的鐵皮屋頂。

韓杰全身燃火，攀著鐵窗往上追，嚇壞了一個在陽台曬衣的大嬸；一條條火龍在他身上飛繞抹拭，燒盡身上大部分糞水後才紛紛焦黑斷碎。

韓杰捏在手上的第二張尪仔標立時發動，是風火輪。

他架上風火輪，高高躍起，落在頂樓加蓋鐵皮屋頂上。陳亞衣與苗姑正在前方踩著鐵皮屋頂急奔逃跑。

第三張尪仔標也緊接著發動，一柄火尖槍直直豎在韓杰身前。

「風火輪、火尖槍！」苗姑托著陳亞衣飛逃，回頭見韓杰拿著火尖槍急追而來，嚇得連連尖叫：「咱道友連火尖槍都拿出來啦！他生氣啦！他不是來找我泡茶？怎麼那麼不講理？我們哪裡得罪他了？」

「妳要喝茶怎不泡茶？扔我一身大便，這還不叫得罪？」韓杰在後頭聽苗姑說他不講理，氣得大罵。

「是你擅闖民宅，你把我家電視都砸了！」陳亞衣回頭嚷嚷。

「妳們拿地獄符亂搞，我奉命抓人！」韓杰說。

「誰亂搞！我們是要救姓蔡的一家呀！」陳亞衣解釋。「他們被仇家殺了好多人，我們幫忙他找爺爺上來保護他們——」

「妳別跑，停下來把事情講清楚！」韓杰見陳亞衣在苗姑飛托下跑得和飛一樣快，一連奔過好幾處公寓頂樓加蓋，便悶吭一聲，腳下風火輪急轉，一鼓作氣追上兩人，探手揪著陳亞衣腦袋後短短的馬尾。

「哇！」陳亞衣尖叫一聲，猛地抖開身上那側背包，背包裡竄出三枚小影，是三隻紙鳥抱著三只黑包。

「我操，還來啊！」韓杰左手抓著馬尾，右手揚起火尖槍一晃，火尖槍紅纓拖著赤火燒燬兩隻近身紙鳥。

兩隻紙鳥爪下抓著的黑包，一個砸在遠處，一個砸在韓杰腳邊，濺髒了他左腳外的風火輪。

「道友，別傷我外孫女呀——」苗姑在韓杰周身飛繞尖叫，時近時遠，雙眼緊盯著他手中的火尖槍，突然呀的一聲撲來，緊緊抓住槍柄，和韓杰爭搶起來。

火尖槍上叢叢火光迅即循著苗姑雙手爬上雙臂，燒得她尖聲慘嚎。

韓杰沒料到苗姑膽敢硬搶他火尖槍，一時沒反應過來，第三隻紙鳥便直直撞上他握著火尖槍的右手上。

糞水炸開，染上火尖槍身，苗姑雙臂的紅火也因此黯淡了幾分。

摔。

「外婆！」陳亞衣轉身反手一肘頂在韓杰腹部，同時抓著他左臂一彎身要對他使出過肩摔。

韓杰反應也快，立刻棄了右手的火尖槍，探手往陳亞衣屁股撈去，一把揪住內褲腰際，將她整件內褲往上提起。

「哇！」陳亞衣沒料到韓杰會提她內褲，過肩摔使到一半，感到胯下一緊，尖叫一聲腳步不穩，兩人撲倒在鐵皮屋頂上滾成一團。

「王八蛋，你竟然用賤招！」陳亞衣氣憤起身調整內褲。

「妳這髒鬼一直丟大便，好意思說我的招賤？」韓杰大力甩去手上糞汁，衝上去追陳亞衣。

「亞衣，快逃！」苗姑自後掐著韓杰脖子，前頭陳亞衣少了苗姑托身，在傾斜屋頂上剛跑幾步，腳下一滑，就要跌下樓。

韓杰連忙往前一撲，抓著她手腕，卻止不住她的墜勢，反而被她一起往下拉，只得在空中連蹬左腳，藉僅存的風火輪之力減緩墜勢，抱著陳亞衣在空中扭身，讓自己墊在底下，與她雙雙墜入防火窄巷裡。

磅——儘管風火輪抵銷了大部分墜勢，但兩個人自公寓頂樓加蓋處十餘公尺的高度落在地上，力道依舊沉重——至少比一記過肩摔重得多。

「唔、唔唔！」陳亞衣頭昏眼花，掙扎起身，抬頭往上望，正驚奇自己怎麼沒摔死，甚至骨頭也沒斷一根，便感到屁股下壓著東西，嚇得連滾帶爬彈開——原來她壓著的正是韓杰。

「亞衣呀！」苗姑飛天撲下，落在陳亞衣身前，摸摸她的頭、拍拍她胳臂，心急如焚嚷嚷：「有沒有摔傷喲？」

「外婆、外婆，妳的手……」陳亞衣見到苗姑雙手焦黑，驚嚇哭了起來。

「沒事、沒事，那火尖槍好厲害喲……」苗姑拉著陳亞衣要逃，突然身子一軟，上身歪斜扭折，好似折斷了脊椎。

「哇！」苗姑哀嚎伏倒在地。「牌位、牌位壞了——」

「牌位？」陳亞衣聽苗姑這麼說，驚駭得想起了什麼，連忙回頭左顧右盼，從韓杰身旁找出落在地上的黑色牌位。

牌位在墜落過程中受到擠壓，從中段凹折了十來度。

「外婆，牌位裂了……怎麼辦？」陳亞衣驚恐轉身，卻被躺在地上的韓杰抓住腳踝。

「沒全斷……扳正它、扳正它……」苗姑伏在地上，一手撫腰。「不要緊，多吃幾隻烏骨雞就好了，亞衣煮的烏骨雞湯最好吃啦……哎喲，都是臭道友搗亂，那鍋雞只吃一半，還剩一大堆呀……」

「放手，你這混蛋！」陳亞衣旋身一腳踢在韓杰臉上，踢得他不得不鬆開手。

陳亞衣小心翼翼地扳正牌位，奔至苗姑身旁，試著托起對方身子。「外婆，妳怎麼樣……」

「沒事、沒事，腰有點疼……我們得換塊新牌位囉……」苗姑這麼說，搖搖晃晃地起身。「但換牌位有點麻煩喲，得休養好一陣子了……」

「那明天我跟蔡家說，暫時不接他生意了……」陳亞衣一手托著黑牌位，邊攙扶苗姑往防火巷外走。

「喂……」韓杰吃力起身，一拐一拐地追上。「我沒說妳們可以走……」

「你還想怎樣！」陳亞衣見韓杰又來追她，又氣又急回頭怒罵。「你非得這樣趕盡殺絕？」

「誰趕盡殺絕……我不是說了，你們亂搞地獄符！上頭派我來查這件事……妳如果沒幹壞事，幹嘛心虛扔大便，好好講啊……」韓杰撫著腰、跛著腿，也摔得不輕。他伸手往身上各處口袋裡掏，咦了幾聲——其他口袋裡藏的尪仔標和菸盒，甚至連手機、皮夾都不知去向。

「操！妳那些紙蟲還會偷東西啊！」韓杰瞪著前頭急急往外逃的陳亞衣怒罵，知道剛剛掛在鐵窗外團團裹著他的紙蟲紙鳥不但咬他，還咬走他口袋裡所有東西。「妳這……」

韓杰罵到一半，突然閉嘴，隱隱感到一股異樣氣息。

前方防火巷口外，站著幾道人影。

離巷口最近的兩人，一人身材微胖、穿著休閒衫，模樣極不起眼，但眼神精銳剽悍；另一人高頭大馬、面容古怪、頭髮稀疏，他臉龐、雙臂上的皮膚浮凸扭曲焦黃。

像是起鍋一段時間的鹽酥雞。

不論是陳亞衣、苗姑，還是後頭的韓杰，都能一眼看出這兩人中，只有微胖男人是陽世活人。

「你……你們是誰呀……」苗姑和陳亞衣隱隱見巷口外還聚著不少人，其中有三分之一都非活人。

「喂、喂喂……」韓杰連忙出聲提醒：「別往前走了，回來，他們是……五福會的人！」

陳亞衣聽韓杰這麼說，才驚覺站在微胖男人身後的兩個活人，一個矮小、一個瘦高，正是昨晚廢棄樓房裡的廖小年和馬大岳。

微胖男人是五福會現任頭目嚴寶。

高大男人是嚴寶伯公嚴五福。

「哦？」韓杰遠遠盯著嚴五福那古怪模樣，冷笑了笑。「一個刀山、一個油鍋，眞是絕配。」

「就是她……就是她搶走地獄符印章！」廖小年在嚴寶身後探頭探腦，認出了陳亞衣和韓杰。「啊呀，還有那怪胎也在，原來他們是一夥的！」

馬大岳身上幾處地方受傷還裹著紗布，鼻子上也貼著紗布，聽廖小年這麼喊，注意到陳亞衣身後一跛一跛追來的韓杰，氣得大喊：「寶哥，那男人就是昨晚亂我們場、打我們人的傢伙！」

「哦——」嚴寶視線越過陳亞衣和苗姑，盯向走至她倆身後的韓杰臉上。

「……」韓杰望望嚴寶，又看了看嚴五福，跟著回頭，瞧向後方高處一個坐在冷氣壓縮機上方的女人——

女人無袖薄衫上衣和短裙艷紅似火；雪白臉蛋、胸脯、胳臂和大腿上有著美麗的赤紅紋身；一頭短髮、十枚指甲和腳下一雙高跟鞋也通紅一片；就連一雙眼瞳都閃動著紅光。遠遠望去，女人像是一朵極美麗的紅花。

女人望著韓杰，微微張口舐了舐唇，神情如盯上幼犢的獵豹。

隨著她的現身，防火窄巷另一端也聚來一群身影，全都不是活人。

「喂……道友，這些是你的人？」苗姑感到前後圍來的人各個殺氣騰騰，忍不住向韓杰埋怨。「你到底想怎樣？一個大男人，欺負我們祖孫欺負得還不夠？」

「他們不是我的人。」韓杰無奈地說。

「外婆……這些人是嚴家五福會的人……」陳亞衣緩緩後退，撞上韓杰身子，嚇得停下腳步，轉頭見後方也被堵上，一時不知所措。

「嚴家五福會……又是哪路人呀？」苗姑茫然地說：「跟蔡家六吉盟什麼關係？」

「五福會就是這陣子不停殺蔡家人的那個幫會呀！」陳亞衣急叫。

「五福會跟六吉盟。」嚴五福冷冷地說：「是不共戴天的關係。」

「大哥、大哥……有話好好說……」陳亞衣見嚴五福身後幾人朝她走來，連忙說：「我……我們只是拿錢辦事，什麼也不知道，得罪了你，請莫見怪呀……」

她話沒說完就被幾個傢伙探手按住雙肩、揪著胳臂、掐著脖子。她只感到眼前這些男人摸來的手有寒有暖——寒的是當年與嚴五福一同喪命的忠堂幫眾，暖的是嚴寶手下愛堂活人。

愛堂幫眾出手粗魯，掐得陳亞衣透不過氣；忠堂幫眾更加凶悍，幾隻冷手將陳亞衣肩頭、胳臂掐出瘀痕，嚇得她尖叫哀號，但她一聲沒叫完，隨即換了張臉，兩眼爆射青光，甩開那些幫眾，厲聲大叫：「誰欺負我外孫女，我和誰拚命喲！」

幾個幫眾重新圍來，一個被陳亞衣一巴掌搧倒，另一個被韓杰出腳踹退。

韓杰尪仔標、菸盒盡失，除了左腳外掛著的風火獨輪外，便只能捏著口袋裡的殘餘香灰畫幾道鎮鬼符籙湊合著用。

「道友，你怎麼改幫我啦？你到底替誰做事呀？」陳亞衣身上的苗姑不解本來追著她打的韓杰為何出腳幫她，一面追問，一面出手揮打那些逼來的活人、死人幫眾們。

「我替上頭做事。」韓杰指了指天空，揚拳打落一個想從空中偷襲他腦袋的忠堂幫眾。

「你上頭，就是太子爺對吧！」陳亞衣眼睛閃閃發光，咧嘴嘿嘿笑著。「你早說你是來幫我的，咱們就不用打打殺殺啦，是不是呀？下次要記得呀，嘻嘻、呵呵……下次我叫亞衣多燉隻烏骨雞給你，咱亞衣燉的烏骨雞呀，湯香肉軟，最好吃啦，還能治跌打損傷喲！」

「什麼烏骨雞？老太婆，妳有什麼毛病？」韓杰見苗姑附著陳亞衣身子一面打人，一面揪著他嘰哩咕嚕講些鬼話，不禁愕然。

「外婆，他來啦——」陳亞衣見嚴五福大步走來，連忙尖叫。

她沒叫完，雙眼再度發出青光，一巴掌就往嚴五福搧去，卻被對方一把握住。

韓杰本要出腳相助，但感到背後凶氣竄近，轉身一腳蹬去，卻被一雙雪白雙手接個正著——是剛剛坐在冷氣壓縮機上的紅衣女人。

女人像個火辣妖精，緊緊抓著韓杰的腳，瞪著他，又瞧瞧風火輪。「這火好烈，不過比起底下那永恆火海，還差一點。」

「妳也是底下上來的？」韓杰見女人胳臂、臉龐、半露胸脯上的火紅刺青，都像是火焰一樣晃動起來，同時一股炙熱焦風拂上臉面，不禁驚愕訝然。那彷彿能烤乾靈魂、烘焦一切希望的熱氣，他十分熟悉。是地獄火海。

「是呀。」女人笑嘻嘻地說。「我在底下，聽說過你。」

韓杰被女人拉著單腳，猛地騰身，用另一隻腳，踢上女人的臉。像是踢在一堵沉重沙包上般全無效果。

「妳……妳不是一般的地獄罪魂……」韓杰這腳無效，人落在地上，單腳仍被女人緊緊抓著。

女人一手抓著韓杰腳踝，一手按上飛梭轉動的風火輪。她的手立刻出現燙痕，但臉上卻浮現愉悅享受的神情，她一面陶醉低吟，一面緊緊握止風火輪轉動，胳臂上火紅刺青搖出的火，與風火輪上的火交纏捲繞起來。

下一刻，女人的火倏地旺盛起來，不僅撲滅了風火輪上的火，還爬滿韓杰全身，往他眼耳口鼻裡鑽，要將他五臟六腑一口氣全燒乾。

「哇！啊——」韓杰慘號著，腳上風火獨輪變得黯淡無光，被女人整個卸下，拋上半空，化成了灰。

韓杰癱軟倒在地上，女人往他胸口一踏，踩斷了幾根肋骨，使他嘔出血來。

另一邊，陳亞衣一手握著牌位，被嚴五福握著的手結了個印，快速唸咒——咒力確然有效，震得嚴五福腦袋發疼、暈頭轉向，震得幾個忠堂幫眾罪魂連連後退。

但忠堂罪魂幫眾退遠，愛堂活人幫眾又來，馬大岳持電擊棒抵上陳亞衣小腹放電；廖小年扣住陳亞衣持黑木牌的手，還在她手上纏上一道符。

「哇！」苗姑和陳亞衣同時發出慘叫。

陳亞衣手一軟，手上牌位落地，眾人拉扯間踩了幾下，本來扳正的彎折裂口破得更甚，折成了九十度。

苗姑整個上半身自陳亞衣背後折出，陳亞衣雙腿一軟就要摔倒，祖孫倆再無力抵抗，被馬大岳和廖小年一左一右架著，逼跪在嚴五福面前。

嚴五福冷冷哼了幾聲，掏掏耳朵，轉身往外走。

嚴寶朝眾人招了招手，簇擁著活幫眾死幫眾，將無力抵抗的陳亞衣和奄奄一息的韓杰架上停在巷口外的廂型車裡。

身子彎折的苗姑和陳亞衣一同被塞上車，苗姑眼睛大睜，望著防火窄巷深處，嘰哩咕嚕地像是在對下屬囑咐瑣事一般。

拾壹

經過了一段不算短的車程後，幾輛廂型車在山區一群老舊工寮旁停下。

車門打開，韓杰被車上的人一腳踢下。此時他外套、T恤都被脫去，全身上下只一條牛仔褲和球鞋；雙手被一條繞過他脖子的鐵鍊鎖在背後。他掙扎半晌，終於站起，氣喘吁吁地回頭。

牽著鎖鏈另一端的，正是一身火紅的短裙女人。

女人雪白的手握著鐵鍊，血紅五指彷如爐火，持續對鐵鍊加溫，將她手握處的鐵鍊燒得隱隱發紅，熱度循鐵鍊傳到韓杰雙腕、肩頸上，將他的皮膚燙得通紅脫皮。

苗姑被拖下車，她的身子如扭斷了脊椎般向後彎折成古怪姿態，被罪魂幫眾拖在地上，望著一同被拉出車廂的陳亞衣，笑嘻嘻地安撫她：「亞衣不怕不怕喲，有外婆在，他們不敢對妳怎麼樣喲。」苗姑說到這，見拉著孫女的馬大岳動作粗魯，氣得破口大罵：「喂！那竹竿仔，你動作輕一點，你弄痛亞衣啦——」

「靠！閉嘴！」馬大岳瞪了苗姑幾眼，大力拽著陳亞衣胳臂走，一面唾罵：「妳外婆精神不正常啊？一路上都她在廢話！吵得我耳朵都疼了——」

「大岳……」嚴寶與嚴五福自另一輛車下來，嚴寶聽見馬大岳抱怨，冷冷地說：「你累了的話，可以回家休息。」

「不不不，大哥，我不累，我精力旺盛得很！」馬大岳連忙堆起笑臉這麼說。

「不累就好，準備三張椅子，伯公有話要問他們。」嚴寶吩咐。

「是是是！」馬大岳連忙對四周手下幫眾說：「伯公要開刑堂了，大家準備一下，三張椅子！」

「我……我在車上什麼都說啦！還有什麼好問的……」陳亞衣一聽「刑堂」兩個字，嚇得渾身發抖，哀求道：「各位大哥行行好，你們問什麼我都會說，不要傷害我跟外婆，好嗎？」

「刑堂就是要傷害人啊，不傷害人還有什麼好玩？哇哈哈哈……」馬大岳嚷嚷指揮手下將陳亞衣、苗姑和韓杰帶入其中一處工寮裡。

這間工寮內外都破破爛爛，牆邊有桌有椅，還有幾張血跡斑斑的鐵椅，天花板亮著一只黃色小燈泡，燈泡周圍飛繞幾隻飛蛾。

燈泡正下方的地板色澤呈暗紅色，幾名幫眾將染血鐵椅拉到中央，在暗紅色地板上並排擺好。

陳亞衣被押上中間那張鐵椅，兩名幫眾持鐵絲將她雙手緊緊綁死在椅臂上，跟著將她雙腳也綁上椅腳。

苗姑被忠堂的人押至陳亞衣身旁鐵椅，用貼著符籙的麻繩將她綑在椅上，任她歪斜上身向一旁傾倒，坐姿古怪扭曲。

「小老弟，這小子交給我吧。」火紅女人牽著韓杰來到工寮角落，對嚴五福說：「他就是摩羅大王想見的人，跟你家糾紛無關，大概是領了神明號令想出手干涉，剛好撞上我們。」

「欲妃大姊，妳隨意吧。」嚴五福客氣地朝火紅女人點點頭，拉了張椅子來到陳亞衣面前坐下。

嚴寶則開了瓶啤酒，邊喝邊指示身旁小弟搬張桌子到嚴五福身旁，將一堆染有血污的榔頭、刀械、螺絲起子、老虎鉗紛紛擺上桌。

「伯伯……你是嚴家長輩對吧，我叫你嚴伯伯可以嗎？還是嚴爺爺？」陳亞衣見到滿桌恐怖染血的工具，嚇得魂飛魄散、淚流滿面，顫抖地說：「你想問什麼我都會乖乖回答你，我在車上都已經說了……」

「我跟妳們坐不同車。」嚴五福從廖小年手中接過一杯啤酒，杯裡插了支香，他大喝一口，瞪著陳亞衣，說：「我怎麼知道妳說了什麼？」

「好，我再說一遍，好不好？」陳亞衣雙手受縛，沒辦法擦拭臉上眼淚鼻涕，稀里呼嚕地說：「兩個禮拜前，我接到一通電話，是個姓蔡的老頭子手下祕書打來的，指名要見我外婆一面，說家族裡出了些麻煩要處理——平常我和外婆會接點道上朋友的委託，賺些外快，純粹只是餬口飯吃而已，從沒想過要得罪誰……」

「姓蔡的老頭，哼，不就蔡七喜！」嚴五福一口喝掉整杯啤酒，「吶」的一聲，揚起杯子舉向廖小年，他馬上替杯中再注滿酒。

「對對對……是蔡七喜。」陳亞衣連連點頭。「我外婆生前是個小有名氣的靈媒，當過幾年神明乩身，曾經幫蔡家六吉盟裡嘍囉驅過鬼，蔡七喜見識過我外婆的本事，還記得我外婆，想找她幫忙……調停他們跟你們之間的過節。」

「調停？」嚴寶遠遠聽了，忍不住哈哈大笑，舉酒對著馬大岳等人大笑。「她是怎麼『調停』的？把你『調停』成這德性？」

「不……不關我的事呀！嚴大哥！」陳亞衣立即辯駁：「那位馬尾大哥不是我打的，他的傷跟我無關……」

「是呀，我只附上他身，沒打他。」苗姑忍不住插嘴。「那竹竿仔是咱道友打的。」

馬大岳點點頭，倒是不反對苗姑和陳亞衣的說詞，揚手指向韓杰，氣呼呼地告起狀來：「大哥，是那傢伙打我，昨天我和小年在試符，他莫名其妙跑來砸我們場，我都搬出你名字了，他理都不理……」

嚴寶探長脖子，隨眾人一同往韓杰望去。

火紅女人與韓杰一人坐著一張鐵椅，靠得極近。

女人臀下鐵椅被她一襲紅裙和腿上紅色紋身燙得微微發紅變形；她一手掐著韓杰頸子，一手撫著自己的臉，雙手上的紅色紋身如小火燉煮著韓杰的臉，將他的臉烤得皮開肉綻，瀰漫陣陣焦肉氣味。

「唔……」廖小年臉色煞白，今晚是他第一次踏入這被當作刑求室的工寮裡，儘管已預先做好心理準備，但聞到韓杰皮肉燒焦的氣味，仍驚恐地顫抖起來。馬大岳進來的次數較多，也見過幾個曾待在地獄的忠堂罪魂施刑拷問六吉盟成員的場面，本以爲自己見了世面，天不怕地不怕，但此時見那女人小火慢烤韓杰的臉，也不免心驚膽戰，但又不想在嚴寶面前顯露怯意，只好逞強道：「臭小子，現在……你……你知道你惹到惹不起的人了吧！哼……」

「欲……妃……」韓杰望著火紅女人一雙火紅眼瞳，喃喃複誦她幾秒前自報出的名號。

「對。」欲妃眼神嫵媚，湊近韓杰，用鼻尖碰碰他鼻尖，還伸舌輕舔——她的舌尖也如烈火，將韓杰鼻尖燒紅發黑。「眞厲害，吭都不吭一聲……」

「地獄火海，我又不是沒見識過……」韓杰喃喃地說：「今晚出發前……我吃了幾顆蓮子，現在溫度剛剛好……早知道我就不吃蓮子，比較看看妳的火跟那傢伙的火，究竟哪個燙……」

韓杰與太子爺續約乩身工作時，得到了幾株蓮花，能不分季節生出蓮子，那些蓮子能大幅度抵銷使用尪仔標後產生的副作用；此時他胃裡的蓮子替他消除了部分火灼劇痛，讓他能強耐著不慘號出聲。

欲妃掐開韓杰的嘴吻了上去，將滾燙如火的舌頭伸入他口中攪和。

韓杰口中先是冒出一陣蒸汽，跟著冒出焦煙，身子終於忍不住顫抖起來。

「那傢伙的火？」欲妃停下深吻，嘿嘿笑地在韓杰耳邊問：「你是說太子爺法寶，九龍神火罩裡的三昧眞火？」

「是……」韓杰微微點頭，含糊應著。

「我聽說你用那火，將摩羅大王燒回地底。」

「是。」

「你知道因爲這樣……底下不少山頭勢力都想教訓你嗎？」

「不知道。」

「摩羅大王本來都計畫好了，上去後，要幹好多生意，現在全給你破壞了，你說，這帳該怎麼算？」

「不知道。」

「你當然不知道，你只是條狗，替上頭辦事。」欲妃媚笑說：「你上頭欠我們的債，你得替他扛下來。」

「但是……欲妃大姊，我根本不認識妳……」韓杰嘴巴焦爛，無奈地說：「妳不多介紹一下自己？」

「摩羅大王在底下交遊廣闊，有很多朋友。」欲妃笑呵呵地說：「我是他其中一個朋友。」

「嚴五福這麼大面子……連第六天魔王的朋友都能拉上來幫忙……」韓杰問。

「不是他面子大。」欲妃嘿嘿一笑，伸手往胸前一拂，那如玫瑰花瓣般的火紅上衣唰地左右敞開，在韓杰面前袒露胸腹——她雪白胸腹間除了紅色紋身外，還有塊紅色方印——是地獄符印。

「哦，妳奶子很美。」韓杰呵呵一笑。

「有眼光。」欲妃哈哈仰頭燦笑，挺胸探手，勾著韓杰後腦往自己胸脯埋去。

嘶——

一陣焦煙自韓杰臉面與欲妃胸間升起。

韓杰像隻被按上烤盤上的蝦般顫抖起來。

「唔！」愛堂這些活人小伙子們見此香艷場面一點也興奮不起來，每個都嚇得臉色煞白，有些聞到烤肉味，甚至忍不住捧腹嘔吐。

「去去去！害怕就滾出去，大家吃東西配烤肉，你吐一地多噁心！」幾個隨著嚴五福在地獄待過的幫眾倒是看得津津有味，見愛堂小老弟們嚇吐了，訕笑地轟他們出去。

廖小年如獲解脫奔逃出刑求室，跑了幾步也捧腹嘔吐起來。

馬大岳追在他後頭，喘了半天，埋怨說：「小年，你太沒用了……這樣怎麼跟在寶哥身邊做事？」

「大……大岳……」廖小年顫抖地問：「我們這樣子……以後會不會……」

「會不會什麼？」

「會不會……像忠堂叔叔伯伯們一樣，下地獄受罰？」

「混得好就不會！」馬大岳說：「他們不是說了，在底下只要夠大尾，規矩就由我們寫。」

「可是……到底要混到多大尾才叫大尾？」廖小年問。

「像欲妃姊那樣大尾！像她說的摩羅大王一樣大尾！」馬大岳握拳回答。

□

「不是他們請我上來的。」欲妃拉起韓杰腦袋，望著他焦爛一片的臉，說：「這些朋友一開始試符時，還不大懂得怎麼用，燒下陰間的符上都沒寫名字，誰撿著就是誰的。」

「妳走運撿到一張……」韓杰說。

「不，是其他人走運撿著符，但那傢伙其實還不夠走運，剛撿了符就碰上我，被我搶了。」欲妃笑著說：「本來呢，被地獄符招上來的罪魂，怕被術士解約送回底下，所以乖乖聽施法術士指揮，爲了讓術士續約。但我其實在底下有點特權，地獄裡有人掩護，替我應付早晚點名，我不用待在地獄受刑，可以隨意在陰間悠遊；但地獄符的好處是不受陰差管轄，能自由自在穿梭陰陽兩界，方便我上來找你，順便享受一下陽世的美好。再過些年，我要上來就沒那麼容易了。」

「也是。」韓杰喘氣冷笑：「我幹乩身十幾年，玩火的鬼不是沒見過……但能燒出煉獄之火的鬼，也就妳一個。妳這道行，是快成魔了……」

「還差幾十年。」欲妃哈哈大笑。「這還眞矛盾，等我眞煉成魔，反而不如現在自由……你聽過魔法時刻嗎？陽世夏天太陽落下山前，是一天中最美的時刻；就像現在的我，或許是最自在的一刻。」

「所以是第六天魔王請妳上來找我麻煩？」韓杰問。

「他沒請我，是我自作主張。」欲妃笑著說：「底下搶著找你麻煩、把你帶去獻給摩羅大王的傢伙，沒有一千，也有八百——聽說，你上頭很欣賞你，簡直把你當成左右手，如果我扯下鼎鼎大名的太子爺一隻手，摩羅大王應該愛死我了，到時候就連陰司地府都得給我點面子囉。」

「好吧。」韓杰冷笑說：「那我先恭喜妳了……我也好久沒下去了，俐落點，別扭扭捏捏玩一堆把戲……」

「別這麼猴急。」欲妃搖搖頭說：「帶你下去不難，將你留在底下才難，要是沒有把柄，你很快又能回來，除非——你揹上幾條重罪，讓你上頭的太子爺找不出理由保你回來。」

「幹嘛？想買通陰差扣我罪名？」韓杰哼哼地說。

「差不多。」欲妃點點頭。「不過還是得做點樣子、玩逼眞點，把證據備齊。」

「妳到底想怎麼玩？」

欲妃嘿嘿一笑，轉頭看了看陳亞衣。

「例如——讓你親手殺死一個人，還殺得又齷齪、又下流……」她說到這裡，對著韓杰呵呵一笑。「這也算是欲妃姊姊我給你的一個小補償。」

「怎樣，你不謝謝我嗎？」欲妃一面說，又親了韓杰幾口，咬下他臉上幾處焦皮，舔舐皮下爛肉。

「眞抱歉……」韓杰苦笑：「我現在沒那興致……」

「爲什麼？」欲妃咦了一聲。「你不喜歡她？人家明明年輕可口呀。」

「這裡這麼多男人，妳自己問問看吧，誰被烤成這樣還有興致搞女人？」韓杰無奈說。

「說得也是。」欲妃將身子挪遠些，盯著韓杰焦爛臉龐、肩頸、胳臂，嘻嘻一笑，抖了抖雙手，收去全身火焰，又湊上，捧著他的臉嫵媚端視半晌，挑著舌尖開始舔他臉上傷口。

韓杰嗅到陣陣異香，被欲妃親吻、舔舐、撫摸過的焦爛傷處，漸漸痲癢起來，漸漸不疼了。

從極度煎熬轉爲舒暢放鬆的過程中，他感到自己的意識逐漸渙散，只剩欲妃兩隻媚眼，直勾勾盯著他。

直到他進入夢境。

拾貳

韓杰睜開眼睛，呆愣愣地坐直身子。

陳亞衣尖叫一聲，將身子緊縮成一團。

「醒了醒了他醒了！」馬大岳興奮地叫嚷：「好戲要上場了！哈哈哈哈！」

韓杰一時還不明白發生了什麼，東張西望，驚見陳亞衣渾身赤裸，抱著身子蜷縮在自己面前；同時，他發現自己也一絲不掛，連忙想找東西遮身，但四周什麼也沒有——

他與陳亞衣被一同關在一座巨大特製鐵籠裡。

鐵籠面積比雙人床略窄，高度超過一公尺，可能是用來運送大型動物的籠子。

韓杰瞥了瞥抱著身子、縮在籠角啜泣的陳亞衣，轉頭對蹲在籠子旁竊笑的馬大岳說：「你們到底想幹嘛？」

「想看你們交配。」馬大岳笑著自牢籠下方橫縫隙塞進一盤東西。「不急，先吃飽了再幹，要幹之前通知一聲，我叫大家來看。」

「……」韓杰見馬大岳塞進來的是一盤牛奶泡麥片，便端起麥片，往籠上一砸，濺得馬大岳滿臉都是。

「嘿嘿、嘿嘿……」馬大岳也不氣惱，自顧自來到牆邊，牽了條水管過來，扭開水龍頭，朝著韓杰身上噴起來。

水柱力道極強，噴在皮膚上隱隱發疼，韓杰轉身讓背抵水，但馬大岳拉著水管，在大籠邊繞圈，嘻嘻哈哈地朝兩人噴水。韓杰惱怒踹了幾下籠子，但鐵籠堅實牢靠，若無法寶在手，絕難破籠脫困。

「呀……」陳亞衣被水噴著身子，痛得放聲大哭。

馬大岳伏低身子，尖笑著想朝陳亞衣屁股噴水，卻聽外頭喊他。

「大岳，你別鬧他們啦，礙到欲妃姊計畫，惹她生氣怎麼辦？」廖小年在工寮外朝裡頭嚷嚷。「寶哥還有事要交代我們做，快點啦！」

「哼……」馬大岳聽廖小年這麼說，心不甘情不願地關了水，提了袋食物扔到籠邊，對韓杰說：「老兄，加油，賣力點幹呀，別讓大家失望！」

馬大岳說完，哼哼走出工寮，還不時回頭看。

韓杰茫然坐在籠子一角，伸手揪著籠子欄杆搖晃，苦無對策，突然咦了一聲，望望手腕、撫撫臉頰，驚覺自己昨晚燙傷已經痊癒，又摸摸胸口，被欲妃踩斷的肋骨雖然還隱隱發疼，卻也癒合大半，正不解爲何欲妃重傷他後又替他治療傷勢，轉頭見陳亞衣蜷縮顫抖，終於明白，她治好自己斷骨、燙傷，是爲了提高自己「搞女人的興致」——男人再怎麼好色，也很難在斷了幾根肋骨、燒爛一身皮肉的情況下幹那檔事。

「媽的，臭婊子！」韓杰無計可施，只覺得肚子飢餓，見馬大岳扔在籠邊的食物包裝，便探手出籠，挑了罐果汁牛奶扭開就要往嘴裡灌。

「喂！」陳亞衣又一聲尖叫。

「幹嘛？」韓杰回頭，視線與陳亞衣對上，「我不是罵妳，我是罵那女魔頭……」

「不要吃，他們在食物裡下了藥……」陳亞衣紅著眼眶緩緩挪移，尋找更能遮掩身子的姿勢。「會讓人變成禽獸的藥……」

「……」韓杰望著手中果汁牛奶片刻，將牛奶砸出籠外，又將整袋食物提起拋遠。

「亞衣、亞衣呀……誰欺負妳啦？」苗姑的聲音自旁邊另一個小籠發出，籠上還覆著一塊帆布，內外都貼滿符籙。

「外婆，妳不要擔心，沒人欺負我……」陳亞衣連忙說，頓了頓，又問：「妳身體怎麼樣，腰還會痛嗎？」

「不動就不會痛，嘻嘻、嘿嘿……」苗姑說：「妳別怕喲……現在太陽大，等天黑之後，我們去買烏骨雞，煮幾隻雞，吃完休息一夜就好囉，我餓死啦……」苗姑說到這裡，像是想起什麼，又說：「道友、道友，你在嗎？你得好好保護我家亞衣呀，她是個好姑娘、是個可憐的姑娘，大家都欺負她……嗚嗚，我可憐的亞衣呀嗚嗚……」

「唉……」韓杰背對陳亞衣盤腿坐下，無奈抓著頭，低聲埋怨。「誰教妳們沒事潑我大便，好好把事情講清楚不就好了，現在搞成這樣，我也沒轍了……」

「你有話說，不會站在門外說呀？你闖進我家亂砸電視，誰知道你想幹嘛……」陳亞衣委屈反駁。

「我想幹嘛？」韓杰惱火說：「我想揪出那些亂玩地獄符招鬼的混蛋！那些地獄符招上

來的不是普通的遊魂，是地獄囚犯啊！妳知道現在死了多少人嗎？」

「我知道！」陳亞衣說：「蔡家被殺死一堆人，他們找上我們幫忙，我們替他請爺爺上來主持公道！我們是在救命！」

「幫他們搶章畫符，讓他們也從地獄招惡鬼上來殺回去？」韓杰轉頭瞪視陳亞衣。「蔡六吉上過刀山，也是個大黑道，兩邊火拚起來，傷及無辜怎麼辦？」

「蔡家找我的時候，又沒在臉上寫他們是黑道，只說被仇家惡整，要找蔡老爺主持公道，我怎麼知道那蔡老爺也是大黑道……」陳亞衣說到這裡見韓杰惱火瞪她，心虛低下頭。

「我只替他們寫符，他們要怎麼用那些符，跟我有什麼關係……」

「有沒有關係，等妳以後下去算帳時就知道了。」韓杰焦躁地揮了揮手，又問：「妳把印章交給他們了？」

「嗯……」陳亞衣點點頭。

「蔡家還有別人會寫地獄符？」韓杰再問。

「沒有吧……」陳亞衣說：「我先寫了二十張符給他，本來約好了今天聯絡……」

「所以……」韓杰抓著頭，喃喃道：「如果他們聯絡不上妳，或許會開始找妳，但他們最多只能找到妳家……很難找到這個地方……連我們自己也不知道這是哪裡……」

昨晚廂型車裡，韓杰、陳亞衣都被蒙著眼，苗姑雙眼則被貼上符，只能大略從車程猜測這片工寮可能的所在位置。

「道友呀，你別急呀！」苗姑呵呵笑地說：「等天黑了，我請你吃烏骨雞呀，咱亞衣煮的烏骨雞又香又好吃呀！咱亞衣最賢慧啦，嘿嘿、嘻嘻嘻……」

「呿！」韓杰沒好氣地說：「老太婆，妳家亞衣現在光著屁股、身上沒錢，怎麼去買烏骨雞呀？」

「哎喲，亞衣妳光著屁股幹嘛？」苗姑不解地問。

「外婆呀，那些壞蛋脫光我衣服呀……」陳亞衣無奈地說：「我們被關在大狗籠裡，跟妳現在一樣呀……」

「什麼？誰那麼大膽，敢把我亞衣關在狗籠裡？」苗姑嚷嚷半晌，驚叫起來：「怎麼我也在籠子裡？是誰呀？放我出來——啊呀！這籠子外有貼符呀！好燙呀——」

「外婆、外婆！他們在籠子外施了法，妳受傷了，別亂來呀……」陳亞衣聽見苗姑哀嚎，連忙安撫她。「妳別怕，我再想想辦法，我會救妳出來……」

「妳外婆腦筋有問題？」韓杰問。

「你腦筋才有問題！」陳亞衣惱火罵。

「她整晚說話顛三倒四的。」

「年紀大的人本來就會這樣！」

「……」韓杰不置可否，又問：「所以妳那些紙鳥紙蜘蛛，都是妳外婆教妳的？她就是陰神苗姑？」

「什麼陰神！難聽死了！」陳亞衣說：「我外婆是地方神明！受人香火供奉的！」

「地方神明？自己封的？」韓杰冷笑兩聲。「妳每晚燒幾支香給她，就叫『受人香火供奉』？」

「幹嘛！你瞧不起我們？你……你覺得當太子爺乩身，拿火尖槍、踩風火輪，比我們威風是吧！」陳亞衣說：「你知道我們幫了多少人嗎？很多人都感激我跟外婆，他們每晚按時給我外婆上香！」

「我不覺得當他乩身有什麼威風，如果時光能倒退二十年，讓我重新選，我肯定會選別條路走……」韓杰隔著鐵籠，望著工寮窗外天空白雲若有所思。過了許久，他才稍微撇頭，對陳亞衣說：「不過拿火尖槍、踩風火輪，確實比丟大便威風一點。」

「你以為我喜歡玩大便啊！」陳亞衣氣惱地說：「那是我家耶，誰喜歡在自己家裡潑大便，那是要防你！」

「果然是陰神。」韓杰哼哼地說：「妳們怕神明追究責任、被正牌法師找上門，早早準備了那種破正規法術的法術——妳那符包裡到底加了什麼東西？」

「我為什麼要告訴你？」陳亞衣氣罵。

「老太婆！」韓杰拉高分貝喊：「妳破我法寶的符包那麼厲害，裡頭到底加了什麼？」

「那是『臭湯』喲！」苗姑嚷嚷回答：「老鼠尾、守宮尾、蒼蠅翅、蟑螂鬚、人糞尿……」她連珠炮似地又講出一串藥材和韓杰聽也沒聽過的植物俗名。

「媽的，竟然用這種鬼東西扔我……」韓杰抹了抹臉，有點後悔問這問題，隱隱想起昨晚騷亂中，自己身中數包臭湯，甚至還濺入口鼻裡。

「我這臭湯特別有效，你知道為什麼嗎？」苗姑得意洋洋說：「我要亞衣先吃下幾樣藥材之後再——」

「外婆！別講了！」陳亞衣大叫。

「什麼——」韓杰愕然問：「大便是妳自己拉的？」

「不然用誰的？難道要我去公共廁所挖啊？」陳亞衣氣憤尖叫：「你不要找我麻煩不就什麼事都沒了！都是你害的，你這雞婆鬼、臭混蛋、殺千刀的心理變態王八羔子——」

「殺千刀的……心理變態王八羔子？」韓杰聽陳亞衣這麼罵他，不禁傻眼。

「亞衣，怎麼回事？誰欺負妳啦？」苗姑聽亞衣尖叫，也急忙叫嚷起來。「哎呀，這是哪啊？我怎麼在個小籠子裡？放我出去，啊呀！怎麼有電啊，好疼呀……」

「外婆！籠子外有符，妳別激動呀！」陳亞衣聽了苗姑叫喊才稍稍平復情緒，對著遠處小籠哽咽喊道：「妳別怕，沒人欺負我……晚點我帶妳出來，買烏骨雞，煮湯給妳喝……」

「好呀……我家亞衣的烏骨雞湯，最香最好喝了！」苗姑呀呀應著。

韓杰莫可奈何，不再搭話，盤腿扠手面向籠角發呆，不知過了多久，他瞥見工寮入口有人影接近，抬頭望去，是廖小年。

廖小年提著一大一小兩袋東西走進工寮，盯著大籠旁被韓杰扔遠的一袋食物，呆愣一陣，也沒說什麼，自顧自走到角落桌邊拉了張凳子坐下。

他將大袋放地上，小袋放桌上；跟著，又從桌上食物袋中取出一粒飯糰吃。

「臭小子，你不是高中生嗎？不用上學？」韓杰嚷嚷。

「關你屁事。」廖小年沒好氣地回。

「你地上那袋是餵我們的對吧。」韓杰盯著廖小年腳下那袋食物。

「你餓了啊？」廖小年聽韓杰這麼說，起身提起腳邊食物從中挑揀。「你想吃什麼？豆漿、飯糰……」

「我想吃小袋裡的東西，可以嗎？」韓杰將手伸出籠，指了指桌上小袋，嘿嘿笑著說。

「不行。」廖小年搖搖頭。「小袋的是我的早餐跟午餐。」

「你的早餐跟午餐沒下藥，吃了不會發情，對吧？」韓杰冷笑說。

「……」廖小年嘴裡塞滿飯糰，一時不知如何回答，便放下大袋，繼續吃飯糰。

「小子，你阿公以前沒跟你說過，在陽世做壞事，死後要下地獄嗎？」韓杰這麼說。

廖小年緩緩咀嚼，吞下口中飯糰，才說：「我跟阿公不親，他沒跟我說那麼多事……」

「那誰教你用地獄符的？」韓杰問。

「沒人教我。」廖小年說：「我自己學的……阿公神桌抽屜裡有本筆記本，上面有地獄符的用法，也有些奇怪的法術，我自己看著學。」

「我猜你阿公是突然過世的，沒拖多久就走了，對吧。」韓杰問。

「腦溢血、還是腦中風，忘了。」廖小年隨口說：「你這麼關心我阿公幹嘛？因爲你們都是法師？」

「因爲如果你阿公生的是慢性病，自知來日無多，他會趁著自己還有力氣時，找個良辰吉日起壇作法，把印章跟符一起在神明面前燒了，不會留著給孫子亂玩，害孫子死後得下地獄，在油鍋裡噗嚕噗嚕炸得皮都酥了——變得跟你老大的伯公一樣醜。」韓杰哈哈笑著說：

「你有沒有問你老大他伯公，泡油鍋是什麼感覺呀？」

「吵死了！給我閉嘴！」廖小年焦躁大罵：「別一直說這些有的沒的！」

「我是關心你。」韓杰說：「你真的不擔心自己死後會很慘？」

「死後……離我還久得咧！」廖小年儘管這麼說，但神情有些不安。「我有好幾十年的時間準備！混得大尾一點、把各路關係搞好一點，記錄就會好看一點。」

「連這你也知道？透過買通陰差、修改人間記錄，確實好處多多。」韓杰見廖小年沒搭腔，便繼續說：「我知道了，是那些五福會前輩說的，對吧？他們沒有騙你，底下很黑，只要有錢有關係，陽世一切帳，隨你怎麼改。」

廖小年雖未接話，但似乎被這話題勾起興趣，不時斜眼瞥韓杰。

「但是你能買，別人也能買。」韓杰說：「要是別人出價高過你，你付了錢說不定還被多擺一道，多扣幾條罪，讓你到了油鍋裡，想伸冤都沒辦法。」

「要買就買司徒史！」苗姑在小籠子裡叫著：「買他準沒錯，司徒史那城隍什麼都賣，只要你給足油水，他連老爹老娘都賣，呀哈哈、嘻嘻嘻！」

「司徒史？」廖小年連忙取出手機，想將苗姑的話仔細記下。

韓杰聽苗姑插嘴，便問：「老太婆，妳生前是通靈的？怎麼陰間的事妳也懂？」

「哎呀，道友！你小看我苗姑呀？」苗姑嚷嚷：「我以前跟你一樣也是神明乩身呀！」

「是嗎？」韓杰問：「妳上頭哪位啊？」

「什麼我上頭？我上頭有人嗎？我上頭是欄杆呀……哎呀！這什麼地方啊？是誰關著

我？我怎麼在籠子裡？哎呀好燙啊！這什麼東西？」苗姑又在籠中叫嚷。

「外婆，籠子外有符，妳別碰！妳忍忍，我晚點帶妳出去！」陳亞衣急急插嘴。

「老太婆，妳上頭就是妳老闆！就是借妳身子做事的神明！到底是哪位啦？」韓杰哈哈大笑問。

「借我……身子……做事的神明？」苗姑聲音有些茫然，像是想起了什麼，靜默許久，說：「我忘了……」

「忘了？」韓杰啞然失笑。「妳連老闆是誰都忘了，卻記得自己是乩身？」

「忘了……我忘了……」苗姑喃喃地說：「我……我……我不成才、我做錯事……我丟了神明大人的臉，我沒資格講神明大人的名字……」

苗姑說到這，突然尖嚎大哭起來，把韓杰、陳亞衣和廖小年都嚇了一大跳。

「我錯啦！我做錯事啦——」苗姑的哭聲尖銳至極，在鐵皮工寮裡嗡嗡回響。「是我不好，我知錯啦……嗚嗚……求您原諒我！我贖罪這麼多年，死了也繼續贖罪……我一直聽您指示，救人急難，我幫了好多人呀！您看見了嗎？嗚嗚、嗚嗚嗚嗚……」

「外婆、外婆……」陳亞衣連忙安撫苗姑。「妳別怕，神明大人早已經原諒妳啦……妳別怕，晚點我煮烏骨雞給妳……」

韓杰聽苗姑提起「贖罪」二字，心中也有些感觸，不再多說什麼。

廖小年默默吃著飯糰，喝著豆漿，看著地板發呆。

苗姑的尖哭一陣一陣，哭聲裡充滿了哀怨和悔恨。

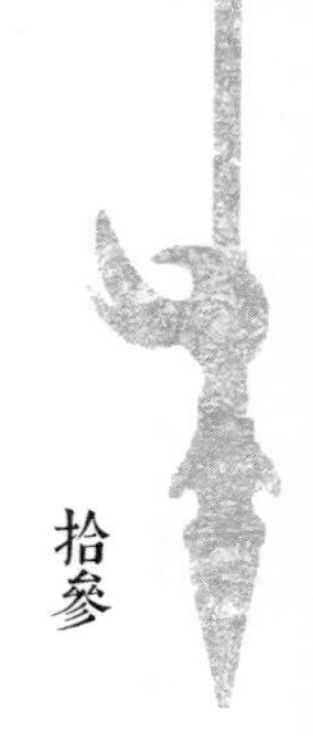

拾參

艷陽高照，街上往來路人大都穿著短袖，不停揮手搧風或是大灌冰飲。

幾輛廂型車分別在數條街邊停下，總共下來二十餘名男人，個個套著厚重外套，甚至戴著手套和大帽，人人臉上掛著副太陽眼鏡、拖著一個大行李箱。

這些分別從不同車下來的重裝男人，全往同一條街走去。

馬大岳是其中之一。

他熱得頭昏眼花，見眼前被太陽曬得滾燙的柏油路面上的影像，如流水般扭動起來——他倒隱隱明白，這現象和地獄符、靈異鬼怪無關，和接下來的行動無關，是因溫度加上空氣對流造成的光線折射。

畢竟他也讀過書，兩年前他還是廖小年同校學長。

他沒有遠大理想、一技之長，也沒打算考大學——他在酒店上班的姊姊早就告訴他，只供他讀完那所八流高中，之後他就要靠自己了。

他一點也不以爲意，總是拍著胸脯對姊姊保證自己絕對會闖出一番事業，開間酒店讓姊姊當店長兼媽媽桑；他姊姊每次聽完這番豪語，都只是掏掏耳朵乾笑兩聲，千叮萬囑只要他別闖下大禍，她就謝天謝地，無愧早逝的爸爸媽媽了。

馬大岳不知道加入五福會算不算是闖下大禍，或許他連想都沒想過，只是覺得跟在嚴寶身邊威風得意；嚴寶模樣像個普通中年上班族，但思想倒挺前衛，做法積極果斷，不愧是喝過洋墨水、美國回來的。

他覺得自己只要跟著嚴寶，絕對可以闖出一番事業。

他長長吁了口氣，外套裡早已大汗淋漓，體力漸漸透支。他自認不是弱雞，只是在炎炎酷暑還穿著厚外套實在太熱了。

差不多兩年前，廖小年剛入學，他則是留級兩年的「高五」大學長，那時廖小年剛入校就得罪了同年不同班的幾個囂張傢伙，聲稱接下來三年，見廖小年一次打一次。

每次都是馬大岳挺身而出，一個打好幾個，幾次後全校都知道，矮小孱弱的廖小年背後有個高五大學長罩著。

就連他也不知道爲什麼自己這麼護著廖小年，只隱隱覺得自己要做大事，手下自然需要強將，廖小年雖然不夠「強」，但老實得令他安心，是他心目中心腹忠臣的理想類型——既然如此，在小老弟有難時，他自然得挺身而出打跑那些進犯者。

馬大岳感到身旁夥伴逐漸放緩腳步，回過神來，抹了抹滿臉汗，望著前方位在巷子裡的老舊樓宇上的招牌——

三喆旅館。

他覺得呼吸紊亂急促、心跳快到要彈出來，然而這並不是緊張的緣故——而是附在他身上的那些罪魂前輩，已迫不及待要大開殺戒了。

「不好意思，這幾天旅館裝潢，不做生意喔……」

旅館櫃台後頭一個大叔見一口氣進來十幾個拖著行李箱、套著厚重外套的男人，人人滿臉大汗、神情古怪，不免警戒起來，與櫃台旁另兩名守衛不約而同地站起。

「我們不是來做生意的……」馬大岳推開擋在他前頭的傢伙，讓後頭的嚴寶走至最前頭。「我們是來……」他說到這裡，突然覺得意識隱隱模糊，連喉嚨也變得不像自己的了。

「是來宰人的。」嚴寶兩隻眼睛閃耀起詭異炫光，凶殘笑開。

所有人翻開行李箱，從中取出一把把刀械。

「喝——」旅館櫃台三個六吉盟的守衛，驚駭之餘，也紛紛從櫃台、椅子下抽出刀械。

兩個五福會愛堂幫眾轉身拉下鐵門。

「快通知……」櫃台大叔還沒講完，臉上就讓嚴寶斬了一刀。

另兩個六吉盟守衛，一個想轉往電梯，被馬大岳撲跳踩上肩背，往前探手繞斬前胸。

馬大岳兩隻眼睛如壞掉的玩具骨碌碌地亂轉，咧著嘴巴連舌頭都淌了出來，附身在他體內的五個忠堂幫眾太興奮了，互相爭搶馬大岳雙手斬人——他們迫不及待斬死六吉盟所有人，斬死這些害他們在十八層地獄窩了好多年的六吉盟所有人。

雖然他們也明白就算當年蔡六吉不暗算他們，他們遲早還是得下地獄。

但相較之下，蔡六吉消滅五福會、成為地方霸王後，至少威風過好些年；他們這些遭蔡六吉暗算、慘死在談判酒家裡的忠堂成員，生前辛苦打殺爭搶地盤，死後下地獄受刑至今，什麼福也沒享受到，心中惡氣可想而知。

嚴寶持刀領數人走進電梯往上，逐層開門放一、兩人出去；其餘兄弟有人往地下室、有人走消防梯。

他們見人就殺，除了負責守衛的六吉盟幫眾外，連同旅館打掃婦人、運貨工人、打雜小弟……一個也不放過。

和當年六吉盟行徑一模一樣。

有幾層樓的六吉盟留守小弟較多，見電梯幾個愛堂幫眾持刀殺來，也抽出隨身傢伙上前還擊，但隨即讓附在身子裡的忠堂幫眾竄出撲倒——愛堂幫眾穿著厚重外套、大帽子，就是替身體裡的忠堂前輩們遮蔽這盛夏炎陽。

□

「媽媽？那是什麼聲音？」

抱著熊玩偶窩在母親懷裡的小女孩，彷彿聽見了什麼，探直身子豎起耳朵傾聽。

一聲一聲慘號，隱隱自樓下透出。

女人微微發顫，放下女孩，起身來到門邊透過貓眼看了幾眼，又稍稍轉開房門，隔著門縫向外瞧。

老羊——臉上帶條刀疤的矮小大叔側身站在門外，警戒望著前方廊道盡頭的電梯，一手按著腰間刀械、一手微微揚起，對門後女人說：「大嫂，關上門，不管聽見什麼都別開門……」

其他守衛有的急撥電話求援、有的緊握刀械戒備，好似大敵當前。

「……」女人顫抖地點點頭，關門、上鎖。

「媽媽……爸爸回來了？」小女孩抱著熊玩偶躍下沙發問。

電梯門打開，馬大岳持著雙刀一馬當先躍出；嚴寶雙眼閃閃發亮，從容走出電梯，與馬大岳一前一後往508號房逼近。

老羊持著刀械，領著四名六吉盟守衛上前迎敵。

他背後還有另兩名青光閃閃的蔡家罪魂。

但馬大岳兩隻眼睛飛快亂轉，周身浮起更大團殺氣，他身上附著五個五福會前輩，操縱人偶般指揮他往前衝殺。

老羊手持單刀，領著手下和「老前輩」們，快步上前攔阻。

馬大岳像隻瘋狗衝來，唰唰兩刀，斬倒前兩名六吉盟守衛後，與衝到面前的老羊對斬。

馬大岳一雙西瓜刀砍上老羊雙肩；老羊一柄利刃捅入馬大岳腹部。

但馬大岳的西瓜刀沒有斬實，而是被老羊身後的蔡家罪魂前輩出手架著刀，只砍進一吋；老羊的利刃也沒完全捅入對方肚子，被五福會忠堂前輩抓住，只捅進不到一公分多。

雙方僵持起來，另兩名六吉盟守衛左右圍上要劈馬大岳，被他身上的前輩竄出附體——

轉向圍攻老羊。

老羊四名手下兩個被斬倒、兩個被附身，僅剩兩鬼相助；馬大岳有五鬼相助──還不包括後頭緩緩跟來的嚴寶，和他身子裡的嚴五福。

兩名被附身的六吉盟守衛開始將刀子送進老羊身體裡，抽出、再送入。

馬大岳尖笑著，完全不顧肚子上抵著刀，按著兩柄西瓜刀往前硬推，大有不顧腸穿肚爛，也要將西瓜刀硬壓進老羊肩裡的架勢。

老羊撐了幾秒，雖沒吭聲，卻開始後退；他身後兩名老前輩寡不敵眾，漸漸扛不住馬大岳壓來的西瓜刀。

馬大岳將老羊推離508號房門，將他壓倒在地。

眞像是宰羊一樣屠宰起老羊。

嚴寶緩緩走到508號房門，伸手要開門，發覺門鎖著；嚴五福自嚴寶身中探出魂手穿透房門，試圖撥開門鎖。

508號房門內除了原本門把上的鎖外，還有幾道新裝上的門栓──上頭都貼著陳亞衣替六吉盟寫的驅鬼符籙。

嚴五福的手一觸到符籙，便如觸著滾燙鐵盤的肉塊般炸出吱吱聲響、耀起亮紅火光、溢出絲絲蒸煙。

「哎呀、哎呀呀……」嚴五福臉色猙獰，忍著灼熱痛楚撥開所有門鎖，再用嚴寶的身子開門走入。

「哦……」他進入房中，見裡面貼滿黃符，回頭看了看門板後，同樣貼滿黃符，這才恍然大悟。「你們倒是做足了準備……」

陳亞衣這些驅鬼符籙用以驅除一般遊魂野鬼已經足夠，但嚴五福是地獄凶魂，不久前才從滾燙油鍋上來，倒是不那麼害怕這些符籙燒灼。

女人獨坐在沙發上，望著嚴寶，渾身發抖。

「小的呢？」嚴寶口中同時發出兩種聲音。「我知道蔡萬虎有個女兒。」

「她不在這裡，早送她去親戚家了……」女人這麼說。

嚴寶來到沙發旁，望著桌上童書幾眼，仰頭一笑，瞪著女人。

女人先是驚恐地想解釋什麼，突然神情一愣，變了張臉，站起身來，左顧右盼，清起喉嚨，怪腔怪調地說：「咳、哼哼——乖女兒，出來囉，出來吃糖啦——」

「什麼糖？」旅館衣櫥打開，小女孩探出頭來，望著女人，又望望嚴寶，說：「媽媽，這個叔叔是誰呀？」

嚴寶脫下厚重外套，不住搧風，揭開冰箱取了冷飲猛灌，隨意坐在沙發上，聽小女孩這麼說，哈哈一笑。「我呀，是準備要殺掉妳爸爸、欺負妳媽媽的大壞蛋。」

「啊……」小女孩呆了呆，有些膽怯地將身子往女人身後縮。

嚴五福附在女人身上，在小女孩面前蹲下，捏了捏她鼻子，笑問：「小妹妹……妳爸爸，在哪裡呀？」

「媽媽……」小女孩只覺得媽媽的語氣、口吻甚至是聲音都有些古怪，但模樣確實就是媽媽沒錯，便也認真回答：「爸爸……不是出去工作了嗎？」

「哈哈……」嚴寶正想說些什麼，突然聽見桌上電話響起，湊上一看，手機螢幕上的來電顯示寫著「老公」二字。

「伯公……你接還是我接呀？」他笑著拿起手機，對附在女人身上的嚴五福展示。

「讓你開口，你們平輩。」嚴五福用女人的身子吩咐完，轉頭對小女孩說。「妳知不知道，妳爸爸的爺爺叫什麼名字呀？」

「我知道呀，爺爺叫蔡六吉。」小女孩睜著一雙大眼睛說。

「那妳知不知道，蔡六吉當年，殺了嚴家上下好多人呢？」

「不知道……」

「那妳知不知道，嚴家現在來報仇了？」

「不知道……」

「妳知不知道，嚴家報起仇來的樣子，好兇好可怕呀……」

小女孩對女人連珠炮的問題感到困惑，只覺得眼前的媽媽神情看起來有些恐怖。

嚴五福還想說些什麼，突然聽見嚴寶一聲驚喊，抬頭見他對著電話大吼：「你……你是怎麼找到他們的？我警告你，你敢動他們一根毛，我也宰了你老婆女兒！」

嚴寶一面說，一面開啓視訊對話，轉身拍攝女人和小女孩，激動叫嚷：「看到沒有、看到沒有，她們也在我手上！」

手機那頭是一臉錯愕的蔡萬虎。

蔡萬虎先是尖喊一聲，跟著換了張臉，神情從驚恐轉爲陰冷，望著螢幕半晌，沉沉地說：「你就是……這陣子搞我子孫六吉盟的嚴家後人吶……」

嚴寶正要回答，身子一震，嚴五福上了他的身。

「你也上來啦……」嚴五福望著手機螢幕上的蔡萬虎。「兄弟。」

「你是……五福？」蔡六吉哦了一聲。「怎麼？你找上我們地盤啦？」

「可惜你不在。」嚴五福說。

「剛好我也出門找你。」蔡六吉說。「你也不在。」

蔡六吉這麼說時，還揚起蔡萬虎的手，指向一旁，看情形還不熟練智慧型手機上的自拍功能。「這東西怎麼用啊？看到了嗎？這是你嚴家小子的老婆跟小孩，對吧——」

蔡六吉那頭混亂、搖晃的影像中，隱約可見一個女人哆嗦地抱著個五、六歲大的小男童，瑟縮在牆角發抖。

原來一切是這麼湊巧。

在嚴五福與嚴寶大舉進攻三喆旅館的當下，蔡六吉也正附身蔡萬虎，領著一批打手，按照私家偵探的情報，找著了嚴寶老婆孩子的藏身地，是處位於郊區的獨棟別墅。

嚴寶太太只知道丈夫在美國得罪了當地華人幫派，帶她舉家返台避風頭，平時嚴寶外出，只稱是要談些包攬工程的生意，可不知道他竟用地獄符請伯公上來，只爲了振興五福會、對六吉盟復仇。

嚴五福和蔡六吉不愧曾是拜把兄弟兼最大敵手，他們熟知彼此，兩人沒有雞同鴨講、沒有討價還價，而是用最短的時間達成共識——

交換人質。

鐵捲門拉開，嚴寶等人步出三喆旅館，迎面走來一個婀娜多姿的美貌女人，正是欲妃。

欲妃戴著一頂大遮陽帽，手提幾袋新衣，笑吟吟地對嚴寶與嚴五福說：「怎麼樣，宰得爽快嗎？」

「挺爽快，但出了點小麻煩。」嚴五福仍附在嚴寶身子裡，說：「現在貞得麻煩欲妃姊幫點忙了。」

「哦？」欲妃望了望被幾個傢伙押出旅館的女人和小女孩，聽嚴五福簡單解釋事發過程，知道眾人接下來要前往鄰近一處偏僻山郊，讓嚴寶與蔡萬虎換回彼此妻兒。

「蔡家孩子眼光不錯。」欲妃坐在蔡萬虎老婆對面，望著那已嚇得六神無主的女人。「娶了這麼漂亮的老婆。」

「欲妃姊，等會兒麻煩妳了……」嚴五福這麼說。

「小事一樁。」欲妃呵呵笑地展示幾袋新衣，說：「你們看，陽世多好呀，多姿多采，這麼多漂亮衣服——你們招待我上來玩，我得謝謝你們。」

她一面說，一面望著小女孩，還摘下自己頭上的大遮陽帽遞給小女孩。

小女孩哆嗦著不敢接。

欲妃笑了笑，凝視著小女孩的媽媽。

女人眼瞳倏地擴張，伸手接過欲妃手中大帽——欲妃的形影則轉眼消失無蹤。

女人微笑替瞠目結舌的小女孩戴好帽子，又從無端消失的欲妃座位上幾袋新衣裡，挑出些蝴蝶結、小髮飾，替小女孩打扮，像在玩洋娃娃。

嚴五福與手下互視幾眼，都隱隱露出笑意——他與蔡六吉約好交換彼此孫兒輩的老婆小孩，但讓道行深厚得幾乎成魔的欲妃附上蔡夫人。這作戰計畫，穩贏不輸。

拾肆

幾輛廂型車停在彎彎曲曲的山區小路邊，一旁是片不算太陡的坡地，高處有間無人打理的小土地公廟。

車門打開，嚴寶等人紛紛下車。

女人牽著小女孩最後下車。

他們望向數十公尺外的另一端，也停著幾輛車，站著一群人。

人群中，也有個漂亮女人，牽著個小男童，那便是他們打算換回的嚴寶老婆兒子。

「哦——」欲妃望著對面的嚴寶老婆許久，雙眼閃爍起一陣陣奇異光芒，轉頭對嚴寶身上的嚴五福苦笑。「嚴老弟，你和那姓蔡的行事作風，眞像是一個模子刻出來的。」

「怎麼了？」嚴五福先是不解，隨即也隱隱察覺出，遠處姪孫媳婦身上也附著東西。

而且不是簡單的東西。

「對方也想耍花招，欲妃大姊……那接下來……」嚴五福這麼問。

「接下來……我不保證贏，但保證不會輸。」欲妃默然幾秒，似笑非笑說：「要是輸給那小婊子，我連鬼也不想當了，呵呵……」

欲妃這麼說完，牽起小女童往對面走去。

另一頭，嚴寶老婆也牽著她兒子往這兒走來。

相隔數十公尺的兩方人馬，除了兩個女人、兩個同齡小孩外，誰也不敢輕舉妄動。

欲妃笑吟吟地望著嚴寶老婆，嚴寶老婆也笑吟吟地望著蔡萬虎的老婆——欲妃。小女孩遠遠見到蔡萬虎，跳著朝他揮手；嚴寶兒子卻是驚魂未甫，臉上還帶著淚痕，哆嗦地被媽媽拖著走。

兩個女人微笑走至相距不到一公尺處，望著彼此；小女孩望著小男孩，低頭瞥見他褲襠處有好大一塊尿漬，哈哈笑了起來。「媽媽，他尿尿在褲子上！」

「在底下要見妳一面可眞難，沒想到在陽世見到妳。」欲妃微笑地說：「悅彼妹子。」嚴寶老婆臉上閃動著淡淡青光白霧，如冰、似雪，隱隱透著一個女人臉龐；那被欲妃稱爲「悅彼」的女人，不同於欲妃艷麗火辣，外貌乍看如高中生，清秀甜美得像鄰家女孩。

「欲妃姊，那現在該怎麼辦呢？」悅彼微笑說：「我有正事要做，得在陽世待久一點，想和我那個能畫地獄符的老弟搞好關係，得幫著他……」

「這麼巧，跟我一樣。」欲妃說：「我猜……妳在忙的正事，跟我在忙的是同一件。」

「說話幹嘛拐彎抹角的，我們都想替摩羅大王找出他的仇家囉。」悅彼呵呵笑著說：「我在底下聽說有罪魂接二連三被地獄符提上去，問清楚狀況，託了個剛貼上符的蔡家罪魂向蔡六吉打個招呼，請蔡老弟也分張符給我，我上來找人，順便幫他點忙。」

「既然我們各爲其主，現在又是競爭關係，接下來如果不小心傷了妹妹妳，別怪姊姊喲。」欲妃笑著說。

「欲妃姊，放心，我不會怪妳。」悅彼瞇著眼睛點點頭。「因為我沒打算受傷。」

「是嗎？」欲妃呵呵一笑，鬆開小女孩的手，說：「讓小的回去找爸爸吧。」

「嗯。」悅彼也鬆開手，小男孩卻腿一軟，撲通跌坐下地。

小女孩望著遠處焦急的蔡萬虎，正想去找爸爸，但見小男孩癱坐在地上，便伸手想拉他，笑嘻嘻地說：「哈，你摔倒了，我拉你起來……」

小男孩望著小女孩的笑眼，遲疑半晌才羞怯地伸出手。

就在小男孩的手指輕輕觸著小女孩手指的下一刻，小男孩兩隻眼瞳倏地一縮一擴，臉色陡然青白，飛快起身，攔腰抱住小女孩，一把將她扛上肩，飛蹦上嚴寶老婆後背。

嚴寶老婆迅速轉身，往蔡萬虎那路人飛奔回去。

悅彼在極短時間內，先附上小男孩搶走小女孩，再轉回嚴寶老婆身上，強行抱走兩個孩子。

只幾秒，她便抱著兩個小孩奔出好遠，眼看就要奔回蔡家那頭。

但下一刻，被她攔腰抱著的小女孩，卻掙開她胳臂，攀上她後背勒住她頸子。

「妹子妳這招不錯。」小女孩兩隻眼睛閃動紅光，嫵媚笑著。「可惜我早猜到。」

小女孩細小胳臂上隱隱浮現紅色刺青；嚴寶老婆後頸上則浮現淡青色刺青，兩股力量正自對抗著。

沒過多久，嚴寶老婆頭一軟，昏厥癱倒，小男孩則一把扣住小女孩手腕，將她胳臂拗至背後，同時一腳踩在她腿彎上，令她跪倒在地。

悅彼遁進小男孩身子裡，壓制被欲妃附身的小女孩。

小男孩雙臂上的淡青刺青光芒閃耀，小女孩臉、臂上的紅色刺青也激烈閃現，兩個同齡小孩彷彿激烈搶食的猴兒，手抓著手猛地蹦跳遊鬥起來，速度彷如電影快轉令人目不暇給。

「上……上！」嚴蔡兩家見主戰場轉到了小孩身上，兩個女人卻癱坐在地上發呆，立刻向前逼近，都想趁機搶下對方大哥的老婆。

磅——磅磅磅——

四聲槍響劃破長空，阻下兩幫腳步、驚醒兩個女人，也令悅彼和欲妃停下激戰——小女孩與小男孩仍互握著彼此手腕，小女孩右手上出現明顯凍傷；小男孩左手上則有大片燙傷。

所有人朝槍響處望去，只見三個男人急急從山坡上奔下。

是王智漢和兩名手下。

「住手，不准打了！」王智漢大叫：「你們這些王八羔子，要打滾出來打，不准附在人身上打。再打下去，小孩都要給你們玩死了——」

王智漢與兩名手下拔出槍，槍口上都綁著條紅布。

壓在關公像前拜過的紅布條。

他身後還跟著一隊古怪人馬，全都穿著黑色西裝，頭上有牛頭也有馬面；山坡更上方，停著一輛模樣凶猛古怪的重型機車和一輛黑色房車——重型機車上的車頭燈是骷髏造型，透著詭譎光氣，兩顆大輪胎微微閃動青火。

一個牛頭西裝穿得邋遢、領帶綁在牛角上、襯衫釦子沒扣、露出裡頭背心，胸前還掛著一條紅線玉珮，一雙手插在口袋裡，嘴裡不知嚼著什麼，隨王智漢走下山坡。

「呵呵。」欲妃和悅彼互看一眼，放開對方孩子凍傷、燙傷的手。

兩個媽媽回過神來，急急奔回自己孩子身邊一把摟著，卻都感到他們眼神陌生，一個身子滾燙、一個身子冰寒，一時嚇得不知該如何是好。

「大白天就幹架，連小孩子都不放過，太囂張了吧。」王智漢身旁的牛頭，手插口袋走到悅彼和欲妃面前，哼哼地說：「妳們肚子上那張『陽世特殊工作證』不是這樣用的吧……」

小女孩突然暈厥倒地。

蔡萬虎老婆則呵呵笑地站起，附在女人身上的欲妃對著牛頭媚笑，還伸指拉了拉他的西裝衣領，說：「小條子，不關我的事，我可是受命辦事喲。」

「所以寫地獄符的法師到底在哪？」牛頭轉頭看看左右，盯著嚴蔡兩家人。

她邊說，還邊撩起上衣，露出胸腹上隱隱浮現的地獄符印。

嚴寶和蔡萬虎也領著手下緩緩走來，一個轉頭叮囑手下沉住氣、一個要隨從撩起上衣——各個胸腹上都隱隱浮現地獄符印。

「我問寫符的法師人在哪啊！誰要看你們這些老傢伙的肚子！」牛頭見嚴寶身後的馬大岳肚子上同時浮著好幾枚地獄符印，兩隻眼睛轉得亂七八糟，不禁氣罵：「喂喂喂！這小子身體快撐不住了，你們想活活玩死他？」

「我們身上掛著地獄符，不管我們在陽世幹什麼，陰差也無權干涉。」嚴五福附在嚴寶身上，望著那名邋遢牛頭。「反正回到底下，自然有單位會跟我們一筆一筆把帳算清，你別多事。」

「幹嘛？替死鬼都找好了是吧？」牛頭沒好氣地說：「所以不怕閻王跟你算帳是吧？」

嚴五福聽他這麼說忍不住微微一笑，望向蔡六吉，說：「是呀，包括我兄弟的寶貝兒孫們呀，之後得辛苦他們，替我擔點帳了。」

那頭，附在蔡萬虎身上的蔡六吉神情陰冷，明白嚴五福口中要替他擔帳的替死鬼們，自然是包括蔡萬龍在內的六吉盟死者，他們失蹤的魂魄確實都被五福會拘著備用。

「兄弟，你呢？」嚴五福冷笑地望著蔡六吉。「你今天才開始找替死鬼呀？你殺的那些人，都不是嚴家人對吧。」

「對呀。」蔡六吉望著面前的嚴寶。「因爲嚴家人幾十年前就被我殺光啦，要不是我老弟心軟，也不會留下這個小雜種。」

「幾十年前被你殺的嚴家人。」嚴五福呵呵笑著：「現在一個個爬上來報仇了。」

嚴五福這麼說的時候，身後手下個個彎弓下身子，喉間滾動起虎豹般的低吟怒吼；馬大岳身上附著好幾隻地獄惡鬼，吼得腦袋都歪了，恨不得撲上蔡萬虎將他連同身子裡的蔡六吉一口一口嚼成碎泥爛肉，以洩多年地獄苦刑之恨。

「停停停！」王智漢揮了揮手，說：「我不管你們兩個老鬼有什麼仇，你們私下約好時間鬼打鬼，我管不著，但現在你們連女人小孩都搞？附在小孩身上打架？這兩個小孩哪來的？」

王智漢還沒說完，小男孩連滾帶爬抱著嚴寶大腿不放；小女孩牽著欲妃的手，又繞去牽起蔡萬虎的手。

「我靠！你們兩幫人逮著對方老婆小孩上山談判？」邋遢牛頭見兩個小孩的舉動，隱隱明白這兩對女人小孩身分，他轉頭望望嚴五福和蔡六吉。「你們兩個老傢伙這麼投緣，去結拜好了，還打什麼？」

「早結拜過啦。」嚴五福冷冷地說：「偏偏有人陰險狡詐，害死兄弟。」

「在我害死你之前，你早打算弄死我了。」蔡六吉也冷笑應對。「只是慢我一步。」

「妳們兩個也一樣呀！」牛頭不理嚴蔡兩老對話，又望著兩個女人說：「欲妃、悅彼是吧，兩位大姊大，妳們在底下不都混得風生水起，走到哪都有人伺候，連地獄都不用待嗎？妳們也上來瞎攪和幹啥？」

「現在不上來玩，再過些年成魔了，就很難上來了。」欲妃嘻嘻一笑。「是吧，悅彼妹妹。」

「是呀。」悅彼點點頭，說：「蔡小弟弟送了張符給我，不來白不來；而且摩羅王在底下發出追殺令，說在陽世有個仇家，誰替他帶那人下去，他就還誰一份大禮、欠誰一個人情——摩羅王的人情，那多珍貴呀，我當然得上來替他找找囉。」

「摩羅王？上次被太子爺乩身打回陰間那傢伙？」牛頭哦了一聲，轉頭對王智漢說：「那個乩身不就是你常提起的傢伙，他人死去哪了？怎不出來幹活？」

「這麼巧，你認識他呀？」悅彼附著嚴寶老婆，雙眼閃閃發亮地望著王智漢。

「……」王智漢一時不知該怎麼回應，只好聳聳肩。「昨晚就聯絡不上人了，妳想找他聊天，我可以替妳約他出來喝杯茶，不過妳們行行好，別再搞活人了。」

「陰差哥哥，我給你個面子囉。」欲妃拍了拍牛頭胸口，點點頭，說：「再這麼打下去也沒意思，女人小孩都是兩邊老婆小孩，眞打一定要打壞的，今天到此爲止吧。」她說到這裡，望向嚴五福。

嚴五福默然半晌，看著蔡六吉，揚了揚手機，說：「兄弟，另外約時間，把話一次講清楚。」

蔡六吉低頭瞅了牽著他手的小女孩一眼，見她右臂上已出現凍傷，便點了點頭。

拾伍

「我也不知道啊……大岳問我要不要跟他混，我就跟囉……」

廖小年拉了張板凳，坐在工寮門邊，望著天上流雲。

韓杰在幾分鐘前隨口問他加入五福會的緣由。

他過了好半晌才回答，也不是擺架子，而是眞的想不出啥理由。

「沒人生目標，不知道將來想幹啥，跟著朋友鬼混，朋友要你幹嘛你就幹嘛，朋友說哪裡好玩，你就跟去玩。對吧？」韓杰呵呵地笑。「跟我以前一樣。」

「是喔……」廖小年轉頭瞥了韓杰一眼，露出一副「那你有什麼資格講我」的神情。

「你混得比我以前好。」韓杰說：「我以前爛透了。」

「你以前怎樣關我屁事啦……」廖小年抓了抓頭，說：「你快點幹好不好。」

「你到底要我幹啥啊？」韓杰笑著說。

「幹她啦……是那個什麼欲妃大姊大的意思啦，她要我們想辦法讓你幹她啦。」廖小年指著陳亞衣，無奈催促。「你說了一上午廢話，快幹啦……」

「小子，你摸著良心問自己，這樣做對嗎？」韓杰問。

「問個屁喔！我幹嘛問自己啦？」廖小年惱火地反手搥了一下工寮牆壁，又痛得彎腰揉手。

「軟綿綿的拳頭。」韓杰呵呵笑：「有興趣可以找我學打拳，不過要付學費。」

「學你媽啦！」廖小年氣罵，突然聽見了什麼，站起身來望向遠處——幾輛廂型車停在工寮外的山道上。

車門打開，嚴寶、馬大岳紛紛下車，廖小年連忙上前迎接。

韓杰盤著腿、雙臂掛在籠外，將臉貼在鐵籠柵欄上往外瞧，他的視線角度只能稍微從這邊的入口見到嚴寶等人走入另一處模樣古怪的工寮內——那處工寮的鐵皮外側還特地釘了大片厚重的黑色防水帆布，將整個空間覆得密不透風。

「哼哼，從十八層地獄上來的傢伙，還是會怕光啊。」韓杰嘿嘿一笑，只見馬大岳等人前腳剛走進，立時癱軟倒下。

「怎麼就你一個人？」「其他人呢？都叫來幫忙啊！」「拿涼的、拿涼的！」「怎麼現在愛堂的小兄弟這麼不中用啊，哈哈哈。」

古怪工寮內外起了點小騷動，嚷嚷吆喝嬉鬧的，有人也有鬼，廖小年和幾個在各處把風、守衛的愛堂小伙子全聚了上來，將作爲忠堂前輩們「身體」的夥伴抬至陰涼處，脫下他們的外套，朝他們搧風，還遞上運動飲料給他們喝——

此時正値酷暑，炎陽高照，嚴五福白晝出征，即便附著人身也覺得燥熱難耐，下令愛堂小弟穿著厚重外套、戴上大帽和太陽眼鏡，從上午打到午後，包括嚴寶在內所有愛堂出戰小弟可都熱得接近虛脫。

廖小年等人將其中幾個雙腿發軟、虛脫無力的夥伴拖進囚禁韓杰的工寮裡，有人拿了水管沖淋馬大岳幾人雙腿，有人提來保冷箱用冰毛巾蓋上他們脖子。

「哦，有準備喔。」韓杰見這批小伙子好像稍微演練過中暑防治，沒有直接對著夥伴大沖冷水，不禁啞然失笑。

韓杰這一笑，引得幾個愛堂小弟紛紛轉頭看他，卻也沒說什麼，繼續忙著伺候出戰夥伴；有些人不時回頭，偷瞧陳亞衣赤裸的身子。

陳亞衣全身抱成顆球、窩在鐵籠角落，一動也不動。

「幹嘛？沒見過女人啊？」韓杰哼哼地說。「可以回家看老媽呀，還是你們老媽都不要你們了，所以你們這些沒人要的小孩才跟著鷲三頭頭鬼混，舔他的屁股、喝他的老奶？」

韓杰一面說、一面調整姿勢，從盤腿改為蹲姿，兩條胳臂倒是仍掛在鐵籠外。

「操你媽！你說什麼？」一個年紀約莫十八、九歲的愛堂幫眾氣憤大罵，從角落抄了根金屬水管走近鐵籠，怒瞪韓杰。

「幹嘛？拿根棒子想敲我啊？知不知道要敲哪裡？」韓杰將腦袋抵在鐵籠欄杆間，指著自己腦門，說：「這裡。」

「你以為我不敢？」那人怒瞪韓杰。

「敢的話就敲啊。」韓杰抬頭瞥了他一眼，又低下頭將腦門朝向他。

「你別動他，欲妃姊說的……」廖小年連忙提醒。

那人猛一棒砸在鐵籠欄杆上，將陳亞衣嚇得一抖，身子抱得更緊，將頭埋在胳臂彎裡。

「你打哪裡？」韓杰抬起頭，一臉輕視地望著他，說：「這麼近你也打不中？你是沒大腦還是沒膽子？」

「操！等欲妃姊玩膩你就知道了！」那幫眾朝著韓杰大吼，又往鐵籠重重砸來一管。

韓杰一把抓住了鐵管。

那幫眾緊握鐵管，但力氣沒韓杰大，被拉近幾步，正覺得不妙，想鬆手已來不及，韓杰已一把握住他的手腕。

韓杰拉著對方胳臂向後一退，將那人胳臂拉入籠裡、身子撞上鐵籠欄杆上。

「哇！」那人驚慌嚷嚷，幾個夥伴連忙上前想拉他，不料大夥一出力拉，他反而激烈慘叫起來——

因爲韓杰用雙手緊握住他食指，籠外幾個人硬拉，將他手指拉脫臼。

「放手！」「你想幹什麼？」幾個年輕人慌張叫嚷，還有人拿水管往韓杰身上亂噴。

「爽喲，謝謝你替我沖涼呀。」韓杰呵呵地笑。「沖乾淨點，順便拿套衣服給我。」他說到這裡，將那人的手反扭，湊到他耳邊說：「聽見沒，叫你拿衣服呀。」

「衣服、給他衣服，快、快點！好痛呀！」那人被韓杰抓著脫臼食指緩緩擰轉，痛得慘叫起來。

「什麼？」「要給他衣服？」「可是欲妃姊……」廖小年等幾人一時不知所措。

「你朋友不想救你，那你自己脫褲子好了。」韓杰說。

「哇！拜託你們……給他衣服，我的手指斷了啦……」那幫眾一面慘叫，一面用單手解開皮帶，努力脫下牛仔褲。

一旁幾人見狀，只得隨手脫下T恤塞入籠中。

韓杰拿了一件往後扔。

陳亞衣接過T恤，也顧不得是件臭男人髒衣，手忙腳亂地往身上套，又接住韓杰扔來的牛仔褲急急穿上。

「幹！王八蛋──」陳亞衣穿上衣褲，憋了一夜的怒氣登然爆發，湊到韓杰身邊對著那幫眾胳臂一陣亂搥。

「不對不對，要抓這裡。」韓杰扭著對方手腕，將他脫臼食指跟小指轉向陳亞衣，教她抓牢，自個兒則趁機穿上另一條牛仔褲，皺眉頭抱怨：「如果不是光著屁股，我還眞不想穿其他男人的臭褲子，媽的！」

「王八蛋！」陳亞衣暴怒，抓住那人食指、小指亂拗起來。

「哇──」被陳亞衣抓著斷指的愛堂幫眾痛得尿濕了四角褲。

「妳想幹嘛？」「快放手啊！」其他人見狀，急得不知所措，有人撿起地上鐵管，伸進欄杆要打陳亞衣，被韓杰一把抓住，嚇得趕緊鬆手棄管，免得也被扳手指。

韓杰一手握著鐵管，一手伸出鐵籠，對著廖小年等人揮著。「來來來，哪個人過來跟我握個手。」

「握什麼手啦，叫他們把鑰匙交出來──」陳亞衣怒吼扭著那幫眾兩隻斷指，一副吃炸雞時拆卸雞翅的模樣。

「亞衣？怎麼了亞衣，誰欺負妳啦？」苗姑在小籠中聽見陳亞衣怒吼，也急躁呼應起來。

「什麼？」「鑰匙不在我們身上啊！」「要寶哥答應才能放人啊……」幾人驚慌呼喝，湊近想救人，又被韓杰嚇退。

稍遠處，廖小年從馬大岳口袋裡摸出鐵籠鑰匙，卻遲疑不敢交出。

「啊！那小矮子手上不就是鑰匙嗎？快打開籠子放我出去，聽到沒有！」陳亞衣眼尖，氣憤朝著廖小年大叫，突然感到手上一陣灼熱，連忙鬆手尖叫，向後退開。

那幫眾斷指手掌和胳臂皮膚隱隱浮現紅色紋路、手掌透出火光；他腦袋不自然地轉向鐵籠，笑吟吟地瞧了瞧陳亞衣，又瞧瞧韓杰，說：「小弟弟，你搞完了嗎？」

「妳來啦。」韓杰將陳亞衣推至籠角，望著被附身的幫眾說：「妳想栽贓我有很多辦法，不用這麼麻煩。」

那幫眾吸了口氣，暈死倒地，欲妃現出形體，蹲在籠前，媚笑問：「例如呢？」

「例如……」韓杰又將臉湊近鐵籠欄杆，指著自己脖子。「大姊妳直接掐死我，帶我下去，叫妳的摩羅大王賞點小錢，跟牛頭馬面說一聲不就行了。」

「這方法用來誣陷一般人是可以。」欲妃搖頭微笑：「但你是太子爺乩身，地府也得給太子爺面子，我得弄些更厲害的證據，例如——一具留有你體液的女人屍體，或是玩更大點，你多搞幾次，搞大她肚子，然後一屍兩命……」

「哇！妳心理變態啊！」陳亞衣聽得毛骨悚然，忍不住尖叫怒叱。

「對呀！」欲妃聽陳亞衣罵她，卻笑得花枝招展。「不然怎麼成魔呀？」

「妳這女鬼……」陳亞衣還想再罵什麼，突然身子一顫，眼神丕變，雙瞳紅光滿溢，朝韓杰眨了眨眼。

韓杰默不作聲，瞥了瞥籠外，見廖小年等人手忙腳亂地將受傷夥伴拉遠，外頭不見欲妃身影，知道她已上了陳亞衣的身，又見陳亞衣神情嫵媚，隱約猜到欲妃意圖，只能默不作聲。

「嗯，這籠子裡真的一點氣氛也沒有，難怪你提不起興趣。」欲妃附著陳亞衣，朝廖小年勾勾手指。「鑰匙拿來吧，我想換個地方玩。」

廖小年見欲妃親自下令，便持著鑰匙上前打開籠門上那大鎖頭。

「這裡人多，我們找個安靜的地方談情說愛。」欲妃跨出籠子，轉身對韓杰勾勾手指。

「好啊。」韓杰點點頭，緩緩步出鐵籠，手裡卻還握著搶來的鐵管。

他右手提著鐵管，左手湊在嘴前，東張西望、歪頭沉思，像在盤算著什麼。

「快來呀，你在想什麼？」欲妃見韓杰沒跟上，便操控著陳亞衣回頭伸手拉他。

韓杰左手本來掩著嘴角，突然飛快伸出，一把握住陳亞衣伸來的手腕。

「喔！」欲妃神情一變，陳亞衣胳臂赤紅紋路爬開，往韓杰手掌爬去，卻被韓杰手掌上閃現的光芒驅退——

韓杰手掌心上，有一枚小小符印。

以血畫成。

韓杰拋出手中鐵管，砸倒一個撲來的嘍囉。

再用右手揩了揩嘴角血跡，按上陳亞衣額頭，飛快畫下一個血符印才鬆手放開她。

他沒香灰、沒尪仔標，只能掩嘴假裝沉思，咬唇引血畫符。

陳亞衣哇的一聲，抱頭怪叫，在地上打起滾來。

韓杰三拳兩腳又打倒三個圍上來的嘍囉，正要往囚禁苗姑的小籠奔，想放出苗姑幫忙，腳踝卻被陳亞衣一把抓住，翻倒在地。

陳亞衣動作快得如同獵豹，一把撲上韓杰後背將他壓在地上，她按在韓杰後背那片張狂血痕上的雙手，以及騎跨在他腰際的雙腿，都隱隱冒出陣陣蒸煙——韓杰背上血痕，是太子爺以火尖槍畫出的印記，使他不受惡鬼附體。

陳亞衣身子先誇張後仰，再猛地彎下，前額像是砲彈般重重撞在韓杰後腦上，發出一聲極誇張的巨響。

廖小年在內的嘍囉們聽了這聲撞響，都不由抖了一下，以為韓杰腦袋肯定要開花了，但見韓杰伏在地上痛苦掙扎一陣，竟然沒死；陳亞衣額頭上則花花亂亂得紅了一片——欲妃的赤紅刺青像活的一般，將韓杰畫在陳亞衣額上的驅鬼咒推擠變形，破壞了血符術力。

陳亞衣起身，吁了口氣，又彎腰抓住韓杰腳踝，拖著頭昏眼花的韓杰往外走，一面說：「小弟弟，我勸你別白費心機囉，我快成魔了，一般雞毛蒜皮的小法術我才不放在眼裡。」她說到這，頓了頓，轉頭對廖小年說：「你們準備的藥呢？沒給他吃？」

「他……他不吃……」廖小年連忙從小桌拿起一個小藥瓶，遞給被欲妃附體的陳亞衣。

陳亞衣接過藥瓶，媚笑幾聲，轉身拖著韓杰往外頭偏遠一處較小的工寮走去。

鄰近幫眾聞聲趕來，追問剛剛這裡的騷動，將被韓杰扭脫指骨、尿一褲子的夥伴抬出，準備送去讓忠堂前輩瞧瞧，看有沒有會跌打接骨的。

廖小年雙手抓著一片摺平的瓦楞紙箱替馬大岳等人搧風，不時探頭望向窗外，遠遠瞧著陳亞衣將韓杰拖進另一間小工寮裡。

他低下頭，有些心虛。

馬大岳倚牆吸著冷飲，感覺恢復了點力氣，突然瞥見有道灰色小影自工寮門口竄入，猛地挺身坐起，伸長脖子想瞧個清楚。「哇！那是啥小？」

「什麼？」廖小年呆了呆，與馬大岳身旁幾人循著他的視線看去，見他望著對面堆著雜物的層架嚷嚷，卻沒瞧見任何東西。

「這山上有這麼大的蟲呀？」馬大岳不安地東張西望起來。

「什麼蟲？」「你看到什麼了？」廖小年等不解地問。

「我看到一隻大蟲鑽進架子後面了！」馬大岳喝道，用手比畫剛剛見到的「蟲子」。

「幹，是你眼花吧！」「誇張……」幾人見馬大岳雙手比畫出的「蟲子」大小，約莫有餐盤寬闊，紛紛訕笑起來。「有人腦袋熱壞囉！」

「什麼眼花，明明就是！」馬大岳撐身站起，突然覺得腦袋一陣暈眩，差點跌倒，被廖小年扶住。

「就說你眼花吧，站都站不穩了……」「好好休息啦！」大夥呵呵地笑。

「幹咧……」馬大岳不服地往架子走去，廖小年跟在一旁。「大岳，你到底見到什麼蟲？」

「我……我哪知道……」馬大岳抄起牆邊的掃把，矮著身子往雜物層架底下捅了幾下，再敲敲層架。「灰色的、很多腳、身體很怪……」

「哪有那種蟲啦？」大夥兒又哄笑一陣，但隨即安靜下來。

喀啦喀啦——

所有人都聽見一陣細碎聲響從雜物層架中發出。

喀啦喀啦、喀啦啦——

馬大岳持著掃把往層架雜物堆戳了戳——喀喀啦啦啦喀啦啦！雜物堆震動起來，後頭真的有東西在鑽動。

「真的有東西！」所有人瞪大眼睛圍上，本來那幾個熱到中暑、躺地休息的傢伙也個個探直身子望向層架，討論起馬大岳口中的「大蟲」，究竟是老鼠還是貓？

「是蟲啦！我看得一清二楚！」馬大岳叫嚷著，又舉起掃把戳了戳層架。

卻再無動靜。

他大著膽子湊近，徒手一件件翻動檢視，卻什麼也沒發現。「奇怪了，跑哪去了？」

喀啦啦——異聲再次響起，卻不是自層架發出，而是囚著苗姑的小籠。

馬大岳皺眉、拿起掃把走近覆著符籙帆布的小籠前，和廖小年互瞧一眼。廖小年怯怯地說：「大岳，別動這籠子，裡頭關著一隻老鬼，要是跑出來就麻煩了……」

「不是貼了符嗎？」馬大岳說。

「所以要你別亂動呀……」廖小年說。

兩人正猶豫間，帆布又撲撲動了起來，裡頭有個東西正往外推著帆布。

「喝！」兩人同時後退一步。「大岳，叫你別亂動籠子！」「幹，我哪裡動籠子了！是裡面那老鬼……喂！老太婆，妳……妳想幹嘛？」

馬大岳舉著掃把喝喊，見籠子外那塊貼滿符籙的帆布仍不時晃動，一時也不知該不該掀開來檢視。

更多幫眾聚來，你看看我、我看看你，猶豫不知該不該將這情形報告嚴寶，卻又擔心倘若籠子裡真只是老鼠、野貓之類的東西，恐怕要惹得老大和前輩們不悅了。

馬大岳啊的一聲，像是想到了個主意，他拿出手機開啓攝影功能，湊近籠旁，輕輕掀起帆布一角，將手機伸入內側拍攝幾秒，再取出播放。

大夥兒全湊去瞧。

十來秒的影片裡，籠中空空如也，什麼也沒拍到。

拾陸

陳亞衣將韓杰拖入這附近最角落的一處小工寮，關上門。

這裡空間雖小，卻整潔乾淨，地上鋪著張蓆子，有張小方几；牆邊擺了幾個嶄新櫥櫃，裝著衣服首飾，一扇小窗旁還吊著風鈴綴飾——儼然是欲妃的私人套房。

韓杰吁了口氣，勉強回過神來，正要抹血再畫符，卻被陳亞衣緊緊抱上擁吻——

陳亞衣用雙唇輕抿著韓杰下唇，隱隱響起一陣油煎生肉時的焦響；她的舌頭上爬滿紅紋，滾著欲妃擅長的地獄火，焦黏起韓杰下唇傷口，止住血源。

「你一個大男人還害羞呀？裝模作樣什麼？」陳亞衣嘻嘻笑著，將韓杰推倒在房中蓆上，騎跨上他腰際，扭了扭屁股脫下那件寬大T恤，對著韓杰展示陳亞衣的身體。「送上門的丫頭，你不想要？」

「聽完妳的計畫，我魂都嚇飛了……」韓杰奮力掙扎想起身，又被陳亞衣按著雙腕壓回。

陳亞衣雙腕上一道道紅色紋路如蛇爬動，手勁極大，牢牢將韓杰雙腕按在地上；她張口伸舌挑了挑，舌尖上一條條紅紋滑溜滾動，自舌上抖出，鞭一般捲來剛剛那個小藥瓶，還靈巧扭開蓋子，捲出一堆藥丸入口，低頭與韓杰深吻。

她舌上紅紋捲著一顆顆春藥往韓杰胃裡送——此時她是要強逼韓杰與陳亞衣交合，除了剛剛爲了止血的吻帶火外，其餘親吻擁抱自然不燒不燙，而是香馥柔軟。

「妳要找我麻煩有很多方法，何必害人家呢？」韓杰沒拿法寶，肉身力氣不如道行深厚的欲妃，雙手被按在地上，動彈不得。

「幹嘛？」欲妃臉蛋唰地從陳亞衣臉龐冒出，一雙滿布紅色刺青的雙臂也從陳亞衣胳臂張開，猛一看還以爲陳亞衣彷彿有雙頭四臂。

欲妃用自己的雙手輕捧陳亞衣臉蛋，對韓杰說：「你心疼她，你跟她很熟？你們是朋友？」

「不是。」韓杰搖搖頭。

「那你憐香惜玉個什麼勁？」欲妃笑呵呵地捏著陳亞衣的臉蛋、鼻子說：「你以爲這丫頭年紀輕什麼都不懂？呵呵，你知道嗎？我附上誰的身，就能看見她的心、她的過去——」

「唔……唔唔……」陳亞衣驚覺自己正赤裸上身騎跨在韓杰腰際，還按住他雙手，驚慌掙扎起來，但她全身爬滿紅紋，受欲妃力量控制，無法動作。

「小小年紀睡過這麼多男人呀，一個個又老又醜，真不挑，哦！原來呀，人人搞完都給妳錢，妳是出來賣的！」欲妃閉著眼睛，與陳亞衣臉貼臉——她大半邊臉融進陳亞衣臉中，與她共用一部分大腦，說：「什麼，妳連自己養父也要呀？哎呀，一次、兩次……哇，數不清囉！妳到底跟那男人搞了幾次呀？」

陳亞衣左臉和欲妃右臉融在一起，左眼亮紅紅地像熔岩，右眼淚盈滿眶，滴答落下。

她神情痛苦不堪，被強逼揭開塵封在記憶深處的厚重箱子，回憶起許多本來一生都不願再想起的事。

韓杰抿著嘴巴，默默無語望著陳亞衣那隻落淚的眼睛。

一滴滴眼淚彷如流星，沉重墜落在他的臉上。

有滴眼淚直接落入他眼中，像幫他點了眼藥水一樣。溫溫熱熱的眼藥水。

欲妃讓臉融回陳亞衣臉中，完整附回她身子，她仍與韓杰面對著面，卻鬆開右手，往下身探，開始解陳亞衣的牛仔褲；她見韓杰不再出力反抗，嘿嘿笑說：「知道她經驗豐富，你也等不及了對吧？」

韓杰瞥眼望了望陳亞衣雙乳，沒有應話。

「現在是你墜入地獄之前，最後一次快樂的時刻了，好好把握吧……」陳亞衣將臉貼上韓杰耳際，嬌媚呢喃碎語，跟著將身子探前往下伏，將胸脯往韓杰臉上湊近。「你表現得好，哄得我開心，我說不定會幫你向摩羅王說點好話，知道嗎……」

韓杰微微伸長脖子，將自己的臉埋進陳亞衣胸間。

然後張開嘴，伸出剛咬破的鮮紅舌尖，用舌頭在陳亞衣胸間畫了個小小的咒印。

「喝——」陳亞衣瞪大眼睛、露出怒容，猛地挺直身子，右拳重重往韓杰的臉搥下——

韓杰側頭閃過，讓陳亞衣這拳搥在地板上。

韓杰左手抓住陳亞衣右腕，伸出血舌也在上面舐畫上一枚血符，她手腕炙熱滾燙，幾道紅紋如火燃燒，令他覺得自己猶如在中秋烤肉時，用舌頭舔烤肉架鐵網一樣。

即便劇痛難當，他還是畫完那枚小印，進一步封住欲妃力量，陳亞衣右臂一垂，暫時脫離了欲妃控制；欲妃胸前、右臂受制，怒吼著驅動紅紋推擠韓杰的血符。

韓杰立時將目標轉向陳亞衣左手，她左手還按著他的右手，腕上紅紋更加炙熱，已將他右手腕皮肉燒紅一片。

這次韓杰並未伸舌舔火，而是舔舐自己左掌，在左手掌上舐出個血印，再一把握住陳亞衣手腕，蓋章一般，直接將符印蓋上陳亞衣左腕。

「吼——」欲妃怒吼一聲，猛地挺起身子，額心火紋閃動，上身如拉滿的弓，要再賞韓杰一記頭錘。

韓杰下身還被壓著，只能舉起雙臂擋，卻沒等到陳亞衣的頭錘砸下——

有一隻灰色大紙蜘蛛，不知何時攀上陳亞衣的腦袋，頭胸複眼閃動著奇異光芒。

大紙蜘蛛背上還攀著兩隻小紙蜘蛛。

小紙蜘蛛八足底下分別壓著東西。

一塊彎折的黑色牌位。

和一個金屬菸盒。

苗姑歪斜扭曲的身子閃現在大紙蜘蛛上方，雙臂揪著陳亞衣雙肩，齜牙咧嘴，憤怒大吼：「何方妖孽，霸佔我外孫女身子？快給我出來——」

「老鬼？妳怎麼逃出來了？」陳亞衣瞪大眼睛，驚怒望著頭頂上的苗姑；她額上火紋炙熱亮起，頭上的紙蜘蛛即刻燃燒起來。

兩隻小紙蜘蛛在大紙蜘蛛燒起前，分別抱著牌位和菸盒，一左一右高高躍起。

苗姑探手抓住自己那塊彎折牌位。

韓杰左手接住菸盒，挺坐起身，右手沾了舌尖血在陳亞衣咽喉也畫上一印，同時牢牢掐住她頸子。

「喝——」欲妃憤怒吼叫，陳亞衣身上紅紋爆發，唰地將苗姑震飛離身，也將韓杰畫在陳亞衣身上數枚血印一口氣驅散。

欲妃重新取回陳亞衣雙手控制權，左手握住韓杰右手，右手則往韓杰頸子掐去。

韓杰本能抬起左手護衛頸際，也被欲妃一把抓住。

「好討厭的一雙手。」欲妃哼哼笑著，陳亞衣兩隻手浮現濃密紅紋，緊抓韓杰雙手，燒開熊熊烈火，想一口氣將韓杰雙手燒成焦炭，讓他再也無法畫符。

「哇……等等！等等！」韓杰雙手被牢牢抓著，燒成兩支劇烈火把，驚慌叫嚷起來：「臭婆娘，妳想整死我啊——」

「哦？怎麼突然求饒啦？終於受不了啦？你這樣下去之後怎麼熬？」欲妃尚不明白韓杰爲何一改先前冷靜模樣，驚恐慌亂起來，便見陳亞衣與韓杰對抓的手掌間耀起陣陣金光——

兩人手掌間抵著的是韓杰的金屬菸盒。

金屬菸盒被欲妃的地獄火燒得滾燙發紅，緩緩震動幾下，啪的一聲，蓋子彈開，耀起刺目金光。

陳亞衣撇頭閉眼，苗姑嚇得抱頭竄到角落。

「哇！一次燒掉太多張啦——」韓杰身體觸電般痙攣顫抖起來。

小小的菸盒如同爆發火山，炸出滾滾紅流，一道道紅流在小工寮裡四處亂竄，捲上陳亞衣四肢——是四片混天綾的尪仔標同時燒燬所產生的效果。

陳亞衣身子猛一震，欲妃逃出她體內，攀在天花板上，揮手驅動幾團煉獄赤火砸向韓杰。

一團團煉獄火赤紅嚇人，彷彿可以將一切燒成灰燼。

但下一刻，卻被自地竄起的十八條火龍捲上咬碎。

十八條火龍來自於菸盒裡兩片九龍神火罩尪仔標。

「三昧眞火？」欲妃瞪大眼睛，望著自己得意的煉獄火被一條條火龍當成食物吞噬。

「啊……操……我操……」韓杰呻吟怒罵粗言穢語，全身激烈顫抖，痛苦地單膝撐身蹲起。

他的背後金光閃現，豎起四柄火尖槍；雙臂上金光流溢，繞成五個乾坤圈；一雙小腿內外掛了三雙風火輪。

「嘎！」四隻大小不一的土黃小豹在韓杰腿前橫列成隊，其中兩隻嘴裡還咬著金磚，回頭將金磚吐在韓杰腳邊。

「妳這臭婆娘……」韓杰費力站起，揚開雙手，挽住四周亂捲的混天綾，昂起頭，望向欲妃，喃喃碎罵：「我現在……沒帶蓮子啊……」

「蓮子？」欲妃被暴怒韓杰一瞪，見他周圍這副陣仗，略起怯意，但又不願示弱，雙手一揚，令全身紅紋轉眼密集數倍，眼耳口鼻都冒出火來，厲吼一聲，托著巨大火焰往韓杰撲去。

韓杰微微弓身，雙臂一舉，指揮滿屋混天綾捲上欲妃手腳，和她僵持拉扯起來，在小小的工寮裡轉起圈來；欲妃鼓嘴吹出大片地獄火，沿著混天綾燒上韓杰全身，卻被纏繞在韓杰身上護衛的十八條火龍咬碎驅散。

韓杰身上同時承受煉獄火焰和三昧眞火燒灼，再加上二十餘片尪仔標同時發動時各種副作用之苦，此時只覺得天旋地轉、眼冒金星，已分不清各式痛楚和各種煎熬感受究竟從身上哪兒發出。

他喝喊幾聲，腳下四頭小豹唰唰撲向欲妃，數條混天綾捲起兩塊金磚，纏上四柄火尖槍，八爪章魚般追打起欲妃。

欲妃被一塊金磚砸中胸口，哎呀一聲竄逃出工寮。

韓杰揮動混天綾甩射火尖槍，轟隆一聲將小工寮整面鐵皮牆都打爛崩飛，踩著風火輪暴怒追擊欲妃。

欲妃撫著胸口傷處，回頭見韓杰轉眼竄來，嚇得花容失色，但見韓杰竟拖著幾柄火尖槍竄過身邊，失控暴衝車輛般撞進遠處另一間工寮裡。

「怎麼回事？」嚴寶等五福會幫眾聽見外頭騷動出來查看，見韓杰周身金亮火紅，一連撞穿好幾間工寮，見人打人、見屋拆屋，全嚇得抱頭鼠竄、亂成一團。「這小子是太子爺乩身！」「太子爺降駕啦？」「快逃啊——」

韓杰轟隆撞裂了一棵樹，隱隱覺得肋骨說不定都撞裂了，低頭看了看腳上那三雙風火輪，陡然醒悟數十片尪仔標同時使用力量雖大，但超出他身體負荷，使他難以控制，索性抓著兩柄火尖槍，磅啷往腳下插了插，刺毀兩雙風火輪，跟著將雙臂上五只乾坤圈抖下四只，往火尖槍上一套。

跟著他抓起第三柄火尖槍，往欲妃猛力擲去，命令四頭小豹去獵她，他正要追去，卻見到陳亞衣穿回了T恤、抓著苗姑牌位奔出小工寮。她的動作古怪而俐落，正被苗姑附體，她想逃，卻被嚴寶指揮著愛堂幫眾團團包圍。

那些愛堂幫眾人人眼睛閃著異光，身體裡附上忠堂罪魂前輩。

此時剛過正午，烈陽曬得皮膚發疼，好幾個差點中暑的愛堂幫眾連外套都來不及穿，身上隱隱透著蒸煙，身子裡的忠堂前輩們焦躁氣憤，齜牙咧嘴地想盡快制伏陳亞衣。

嚴五福附著嚴寶，一把抓住陳亞衣胳臂，正要打她，見韓杰竄來，背後的混天綾張得猶如開屏孔雀，嚇得趕緊鬆手放人。

韓杰攔腰摟上陳亞衣腰際，踢翻好幾個攔路幫眾，往前直衝竄逃，才逃出沒多遠，突然撲倒在地。

他覺得全身劇痛、腦袋暈眩、呼吸困難、眼前亮晃晃的什麼都看不清——七種法寶、二十餘片尪仔標的副作用交疊加成下，令他難受得透不過氣。

他狼狽地掙扎起身，又扯下好幾條混天綾、扔下兩塊金磚，抱起陳亞衣急急往山下逃。

「那傢伙受傷了？」「快把他們抓回來——」嚴五福附著嚴寶憤怒大吼：「要是讓那丫頭跑回蔡家，替他們寫更多地獄符、招來更多幫手，那我們就輸定啦！」

「是……是是！」馬大岳連忙招來廖小年，領著部分愛堂幫眾，騎車一路追下山。

其餘愛堂幫眾和忠堂前輩們，則與欲妃聯手對付韓杰留下的四頭小豹。

那小豹是豹皮囊所變，能吞惡鬼——但不吞活人，忠堂前輩們見兩個夥伴轉眼便給小豹吞下，嚇得趕緊竄進活人幫眾身中躲藏。

欲妃是將要成魔、道行深厚的地獄厲鬼，即使不附人身，也能在白晝活動，但她此時沒戴著遮陽草帽，本便讓烈陽曬得難受，左臂又讓隻小豹咬著，眼見另外三隻小豹掉頭追來，只得奮力催動大片煉獄大火，與小豹們全力搏鬥起來。

嚴寶的兒子哆嗦地躲在媽媽背後，遠遠目睹外頭騷動過程。

拾柒

「在那！他們在那——」

四輛摩托車、八名愛堂幫眾在巷弄間騎竄，包抄追逐韓杰和陳亞衣。

二十多分鐘前，韓杰踩著風火輪飛竄下山，再也支撐不住，只得褪去多數法寶，僅留一條混天綾和風火輪防身。他眼前金亮刺眼，看不清四周動靜，雖腳踏風火輪卻不停撞牆碰壁，與五福會幫眾距離逐漸拉近，只好躲入小巷弄裡。

此時韓杰臉色蒼白、滿頭大汗、全身不停顫抖，早已抱不動陳亞衣，反而被她托胳臂用肩架著走——陳亞衣仍被苗姑附體，力氣勝過常人不少。

「他們追上來了？」韓杰眼睛看不清楚，聽見引擎聲時遠時近，急急地說：「妳們別帶著我，快找地方躲起來……」

「道友，你這麼說就不對啦，我苗姑像是忘恩負義的人嗎？」苗姑用陳亞衣的身子一把將韓杰揹在後背，加速急奔起來，還呀哈哈笑個不停：「我說太子爺的法寶眞是厲害，讓我大開眼界，好過癮呀！不過還是比不上我以前……嘻嘻、嘿嘿嘿……」

「我什麼時候……對妳有恩啦？」韓杰感到陳亞衣揹著他在防火窄巷裡跑得飛快，遊刃有餘，知道苗姑道行也深，便也放下心讓她揹著跑。

「要不是你打退那女魔頭，我們可逃不出來呀！」苗姑恨回想：「那女魔頭好兇呀，嚇死我啦，我生前死後都沒見過那麼兇的女鬼！」

「那是快成魔的地獄惡鬼……」韓杰說道，突然聽見引擎聲自後逼近，連忙回頭，模糊視線中隱隱見到馬大岳騎車載廖小年追來。

前頭巷口也停下一輛機車，後座的五福會幫眾眼睛閃閃發光，舉起一把大榔頭，身子裡附著個忠堂罪魂。

被附身的幫眾吆喝跳下車，舉著榔頭殺進窄巷，讓竄來的混天綾轟隆擊倒在地。

「打到沒？」韓杰向前拋出混天綾，卻看不清究竟有無擊中。

「打到啦！」苗姑哈哈大笑，揹著韓杰往前飛奔，轉眼奔到那名掙扎要起身的幫眾面前，啪地一腳踹在對方臉上，蹦起好高，躍出巷口，嚇得留在機車上的人棄車逃跑。

馬大岳見陳亞衣竟能揹著韓杰躍過一個人，緊急煞車，以免壓到倒在地上的人。巷子外，韓杰發現陳亞衣彎腰扶起機車，連忙問：「老太婆，妳會騎車嗎？」

「當然會呀，怎麼不會？」苗姑瞪大眼睛。「道友，你當我古代人呀，以前我不騎車怎麼到處替人驅邪趕鬼呀。而且亞衣也有機車啊，我也騎過……」她一面說、一面催起油門。

韓杰還沒坐穩，車子便往前急竄，差點把他甩下車，連忙用混天綾將自己與陳亞衣捲在一塊，還蹬了蹬腳，讓風火輪送至腳底板，當成了輔助輪。

「嘎呀，這車怎麼這麼好騎——」苗姑哇哇大笑，大催油門在小巷興奮狂飆，只覺機車好似裝上了先進陀螺儀，怎麼傾斜過彎也不會倒，卻沒發現是韓杰在後座用雙腳踩著風火輪穩定車身。

「騎慢點、騎慢點！老太婆妳聾了聽不見是吧！」韓杰在後座大叫：「我眼睛看不清楚，現在這裡是哪裡？」、

「我怎麼知道是哪裡？我又不認得這裡！」苗姑嚷嚷回嘴。

「這裡是桃園！」陳亞衣雖被苗姑附體，但意識清醒，還能插嘴說話，她見到路牌，驚覺嚴寶的據點竟位於桃園山上。她瞥了後照鏡一眼，尖叫：「那些人又追來了，好煩啊！」

「什麼？桃園！」韓杰連忙說：「那去三順路劉媽家！」

「三順路……劉媽家？」陳亞衣與苗姑先後問：「誰是劉媽？」

「別囉嗦，快……」韓杰大叫，背部被駛近的愛堂幫眾持鐵管重打一棒，痛得揮臂還手，卻什麼也沒打著——他眼前金亮一片，什麼也看不清，只能抬臂格擋，被敲了好幾下，總算抓住鐵管、確定了對方位置，抬腳一踢；他附著風火輪的腳力可不小，一腳踢在後座幫眾小腿上，痛得那人哀號亂動，連帶使得整輛車搖晃幾下，轟隆摔車。

「外婆，車讓我來騎，妳——」陳亞衣呢喃自語，似與苗姑討論戰術，不時瞥視後照鏡上自右後逼近的馬大岳。

後座上的廖小年拿著手機回報追擊狀況。

「呀哈哈哈！」苗姑似乎覺得陳亞衣的計畫有趣，開心尖笑起來。

陳亞衣身子一抖，取回控制權，接替苗姑騎車；韓杰感到車速減緩，不解地問：「找不到三順路？」

「我對桃園又不熟，要用手機查地圖……」陳亞衣減緩車速，讓馬大岳追上。

「手機？妳哪來的手機？」韓杰正愕然，後背又捱了左側追兵一棒，連忙再抬手格擋，還不時蹬腳回踹。

「用搶的。」陳亞衣冷哼，突然輕按煞車，讓兩輛追車與她左右並行，還對韓杰說：「左邊交給你。」說完，出腳踹右邊馬大岳的車。

「搶？妳怎麼搶？」韓杰焦躁地與左側追車糾纏起來，後座的人舉著鐵棒想打他，被韓杰抬腳用風火輪逼退。

「這樣就搶到囉。」苗姑呀呀尖笑——笑聲來自右車後座的廖小年喉間。

原來陳亞衣放緩車速、出腳踢車，爲的是讓腳觸著廖小年身子，讓苗姑不用曬著陽光便能轉進廖小年身上，用他手機。

「哇！」馬大岳感到背後傳來一陣涼意，驚恐嚇問：「小年你怎麼了？怎麼笑得像個老太婆似的？」

「這電話怎麼用？地圖怎麼看？」苗姑研究著廖小年的手機，聽馬大岳這麼說，怒罵幾聲，用前額磅磅撞擊馬大岳後腦——轉而附上馬大岳，還回頭瞪了一臉茫然的廖小年，「小王八蛋，快用手機查三順路劉媽家。」

「啊？三順路？劉媽家？」廖小年意識還迷迷糊糊，差點弄丟手機摔下車，連忙穩住身子，一時還搞不清楚發生什麼事，只覺車勢變得顛簸搖晃，急忙問：「大岳，怎麼了？」

「什麼怎麼了？叫你看地圖找三順路呀！」馬大岳回頭怒吼，是苗姑的聲音。

「是呀，快查三順路！」陳亞衣將機車駛近他們，不停轉頭怒瞪廖小年，後座的韓杰被左方追兵打了幾棒，大怒一踹，踢出風火輪，將對方連人帶車踢翻，也轉頭朝著廖小年怒吼：「操你媽，叫你查你就查——」

廖小年見馬大岳被苗姑附身，其餘夥伴全摔車，孤立無援，只好乖乖照辦，開始查三順路的方向、位置、距離，逐一向陳亞衣報告。

陳亞衣與附著馬大岳的苗姑騎著機車左彎右拐，終於轉進三順路，沿路找了半晌，在一處公寓前停下。

公寓一樓大門半敞，隱約可見陽台、客廳，都是尋常人家模樣。

「有沒有人呀？」陳亞衣攙著韓杰，稍稍推開半敞鐵門，客廳紗門後佇著一隻橘貓。

橘貓體型壯碩，項圈懸著一枚拇指大的符包，一雙眼精銳嚇人，直勾勾盯著陳亞衣等人。

苗姑附著馬大岳，一手勒著廖小年，想往屋裡闖，被韓杰伸手攔下。

「劉媽、劉媽在嗎？」韓杰一面喊、一面跟她們解釋：「進這屋子得守規矩……要是得罪人，可吃不完兜著走。」

「啥？」苗姑不解地問：「屋子裡到底是誰那麼大牌呀？」

「老太婆，就是大牌我們才安全……」韓杰捧腹揉頭，他身上沒蓮子可吃，二十餘張尪仔標的副作用慢慢發作，效力逐漸相疊加強，令他痛苦不堪。

「喂喂喂，小子，你別醜化我，我哪裡大牌啦……」一個婦人說話聲音自屋內傳出。

「我一點也不大牌，大牌的是我家客人。」

橘貓回頭喵嗚幾聲，客廳裡走出一個五十餘歲的鬈髮婦人，她拉開紗門，望著韓杰，再將視線放到馬大岳身上。

「劉媽，別緊張……他們不會亂來……」韓杰一下子不知該怎麼解釋苗姑和陳亞衣的來歷，只能說：「我被仇家追殺……能不能借妳家地下室躲一晚，等尪仔標副作用退了……」

「能呀。」劉媽聳聳肩，將紗門拉得更開。「你這次惹上誰啦？」

陳亞衣攙著韓杰入屋，只見陽台雜物箱子堆積如山，角落塞了張小供桌，供著一尊小土地神像。

劉媽家客廳和尋常人家沒有太大分別，只是供桌面積異常地大，由好幾張木桌併成一塊兒，靠牆一端還立著高聳木架，桌面、層架上擺滿各種材質的大小神像，大的有數十公分高、小的比胡椒罐子還小。

百來尊神像中，知名的、不知名的彼此交鄰錯置，擁擠程度和通勤時間的大眾運輸不相上下；其中甚至不少是重複的，例如太子爺像有三尊，關帝像有五尊，觀音、媽祖像也各有三、四尊。也因此，乍看之下甚至有點像專賣二手神像、雕塑藝品的舊貨攤貨架。

供桌上除了神像，沒有尋常家戶慣放的香爐、酒杯、燭光燈等東西，只在角落擺了一只老舊小檀香爐，微微透出幾縷淡淡煙絲。

「你受傷啦？用了哪片尪仔標？」劉媽領著陳亞衣走過客廳，往屋裡去。

他們經過一間主臥室格局的大房，裡頭是間工作室，擺了幾張桌子，上面也堆滿各式各樣的神像。

一個五、六十歲的中年男人，坐在最大張的木桌前，捏著支圭筆，托著一尊木像仔細端視；男人聽見眾人腳步聲，回頭往門外瞧了幾眼，與陳亞衣目光交會，沒說什麼，又將視線拉回手中木像，片刻後才在木像上落下幾筆。

「那是我老公，他才是這家裡最大牌的傢伙。」劉媽哼笑：「比所有『客人』還大牌。」

「劉大哥是全台灣最厲害的神像修補師……」韓杰搭腔。

「喂，你這小子……」劉媽瞪大眼睛，手扠腰說：「沒搞錯吧，你叫我劉媽，叫我老公劉大哥，好像我比他老一樣！我比他小三歲呢！」

「是……是是……不好意思，劉媽……不，劉姊……」韓杰捧腹乾嘔，渾身不停抽搐顫抖，二十幾片尪仔標副作用愈發嚴重。「行行好，賞我杯竹葉水吧……」

「我去泡竹葉水，你忍忍啊。」劉媽領著他們轉至廊道盡頭，打開一扇門，門後有條通往地下室的樓梯，她按開樓梯上方的燈，對陳亞衣說：「我去泡竹葉水給阿杰，樓梯走到底的牆上有電燈開關；這樓梯陡，妳帶他下去時小心點，要是站不穩，別硬撐著，放他滾下樓沒關係，反正他摔不死。」

陳亞衣點點頭，攙著韓杰往下走，走沒幾步，韓杰沒事，她卻哎喲一聲腳下一滑，拉著他滾下樓梯，兩人在樓梯末端撞成一團。

「亞衣呀，沒事吧！」苗姑用馬大岳身子勒著廖小年急急下樓，按開燈，只見這地下室有數十坪大，四面牆旁堆滿大小木櫃、雜物，中央空曠處擺了兩台除濕機和幾張桌椅。

苗姑指揮廖小年把韓杰和陳亞衣攙至空曠處。陳亞衣手腳上還帶著淡淡灼傷痕跡，眼神迷濛，已力竭虛脫；韓杰則觸電般在地上打起滾來。

劉媽端了一大壺水下樓，見他這副模樣，不解地問：「你到底用了幾張尪仔標，怎像鬼上身吶？」

「沒時間數……加起來有二十幾張吧！」韓杰頭部與四肢不時閃現火灼傷痕，頸子也浮現一道道勒痕，臉色一會兒黑青一會兒紅；這些尪仔標的副作用通常會等韓杰遠離險境，才會逐漸加劇，直到最嚴重的程度——差不多就是現在了。

「一口氣用二十幾片？你又惹上哪位魔王呀？」劉媽瞪大眼，將鐵壺和杯子放到他面前。「光喝竹葉水可能不夠，你把竹葉也吞了吧。」劉媽說完，又轉身上樓。「我去多拿點竹葉給你乾嚼。」

韓杰掙扎起身，也不用杯子，打開鐵壺蓋就著口喝，喝了幾口還伸手撈竹葉往嘴裡塞。

劉媽準備好大把竹葉正要下樓，卻聽見劉爸無端叫喊，倉促間將竹葉直接扔下樓，急忙奔回一樓。

她差點和奪門而出的劉爸撞在一塊兒，只見劉爸手上捧著兩個孩童拳頭大的小木像，木像上緩緩爬動焦紋，微微冒起絲絲縷縷的煙——

如受無形雷射燒灼。

「哎呀，這是……」劉媽見小木像這般異樣，意識到什麼，急急轉向客廳，劉爸也立即跟上。

夫妻倆來到客廳，一股股自小檀香爐升起的幾股煙流，活物般地在大供桌上方流轉。

他們佇在大供桌前，呆愣愣地望著桌上一尊不起眼的黑褐色小木像。

一股股煙流旋繞上木像周身，宛若披著風、戴著雲。

木像兩隻眼睛隱隱閃動金光。

拾捌

入夜後的地下室，韓杰恍恍惚惚地癱躺在水泥地板上，望著昏黃小燈發愣，他灌了好幾壺竹葉水，肚子裡塞滿嚼碎的竹葉，赤裸的上身和牛仔褲都濕淋淋的，微微透著蒸煙，滿身灼傷退了又起、起了又退。

陳亞衣窩在一張摺疊椅上，她吃過晚餐、洗過澡，換上劉媽從女兒房間翻出的舊衣，手腳上的灼傷也已裹上厚重紗布，昏昏沉沉、半夢半醒。

「哎呀，那女鬼好厲害呀——」苗姑仍霸著馬大岳身子，蹺腳和劉媽在摺疊桌前喝酒吃菜，述說先前經過。「我不管生前還是死後，都沒見過這麼厲害的女鬼喲，嘿嘿嘿、嘿嘿……」

「那根本不是普通女鬼……」韓杰有一句沒一句地搭話：「她已快成魔，她用的火不是普通的火，是地獄裡的火……」

「是呀是呀！」苗姑瞪大眼睛，指著高燒不退的陳亞衣說：「她附著我外孫女的身，害得我外孫女中了火毒，手腳都燙紅啦！」說到這兒，她轉頭望著瑟縮在腳邊的廖小年，伸手敲了他腦袋，罵：「臭小子，你快給我說清楚，你們五福會從頭到尾到底在搞什麼鬼？」

「哇！」廖小年的左腳和馬大岳右腳被一條紅色尼龍繩綁在一起，他被苗姑用馬大岳的手一敲，痛得摀頭唉叫，無奈地說：「寶哥說他以前在美國常被當地幫派欺負，後來長大自己也想搞個幫派，聽說自家以前有個五福會曾經很威風，便想重振五福會，但一直搞不太起來……親戚長輩也不支持他。後來他回台灣自己闖蕩，招了一批小弟，包括我跟大岳……」

廖小年繼續說：「他沒見過他伯公，但心裡崇拜伯公，聽說我阿公開廟會通靈，想請我阿公幫忙讓他見見伯公，但我阿公那時已經過世了……有天我回老家幫著整理阿公生前遺物，找出一個小箱子，裡面裝著地獄符印章跟一大疊地獄符，還有阿公的筆記本……我無聊照著筆記燒符玩，誰知道眞的燒出一隻鬼，跪在地上向我磕頭謝我……我把這件事告訴大岳，大岳覺得這符有搞頭，帶我研究了一陣子，學會在符上寫名字找特定對象後，就向寶哥報告，幫寶哥叫來他伯公……寶哥本來只想見他伯公一面，請教伯公如何經營好幫派，但伯公老爺要寶哥替他報仇……還報了很多名字給我，要我一個個寫在符上，全是被蔡家殺死的忠堂前輩……」

「啊呀？等等，你剛剛說你們研究一陣子後才知道要在符上寫名字？」苗姑不解問：「所以之前你們玩掉的符都沒寫名字呀？地獄符沒寫名字，燒下去，誰撿著就是誰的……」

「對呀……」廖小年點點頭，繼續說：「欲妃姊說她見到有個傢伙撿了張符，便搶來用，跟著忠堂前輩們找上寶哥，說她可以幫忙，但也要寶哥幫她忙，替她寫更多地獄符。欲妃姊在底下名氣很大，伯公老爺很尊敬她，一口就答應她……後來阿公的符用光了，我又寫了一批新符，跟大岳約好試符，結果碰上他……」

廖小年說到這裡，無奈指了指韓杰。

「你該謝謝他。」劉媽淡淡地說。「照你剛剛說的，前一批符是你阿公寫的，燒完了，你自己又寫了一批——但是被阿杰擋下來。如果他沒攔下你那批符，那批符請上來的鬼幹的所有壞事，都得記在你的帳上，你那本『人間記錄』會非常精彩。」

「我那本……人間記錄？」廖小年聽劉媽這麼說，不由得一愣。

「每個人都有一本人間記錄。」劉媽說：「死後下去，陰差會審你整本記錄來決定要讓你上大輪迴盤，還是把你打下十八層地獄。」

「那……」廖小年低下頭，心虛惶恐地問：「前一批符請上來的鬼……做的事情，我也有份嗎？」

「廢話！你當然有份！小王八蛋，那死老鬼要你在符上寫名字你就寫，你幫惡棍害人，肯定要下地獄啦！」苗姑氣呼呼地又敲了他腦袋幾下。「有夠笨的小子！」

「媽的……」韓杰哼哼地插嘴：「老太婆，好意思說人家，妳們不也幹一樣的事嗎？」

「誰說的！」苗姑呀呀大叫抗議：「我和亞衣是替天行道吶！嚴家殺了蔡家那麼多人，我不幫蔡家，蔡家豈不要被殺光啦！」

「妳要幫人也要用對方法，妳替蔡家請來另一個大惡棍，這不是害我同時得對付兩個惡棍嗎……我操……」韓杰痛苦啐罵：「再加上一個更兇的地獄魔女上來找我麻煩，媽的……快成魔還不算是魔，你嫌人家身分低，不屑親自出手是吧……王八蛋……」

「哇道友你講就講，幹嘛罵人呀！你才王八蛋！」苗姑怒叱韓杰。

「哎喲。」劉媽呵呵笑著說：「苗姊，他不是罵妳呀，他是罵他上頭。」

「他上頭？」苗姑愣了愣，說：「他罵太子爺吶？」

「是呀……」劉媽點點頭，轉頭對韓杰說：「你也不能這樣說，神明也就一雙眼睛，不可能隨時隨地盯著所有人，所以才要你們幫忙呀，說不定他還不知道發生了什麼事呢。」

「不知道？最好是不知道……」韓杰眼前仍亮晃晃地糊成一片。「他……那小子……」

「哎喲，道友，你們現在年輕小輩對神明說話都這麼沒禮貌呀！」苗姑聽韓杰語氣粗魯，出言教訓。「想當年我們呀……對神明可尊敬啦！」

「尊敬個屁！」韓杰身上不時發出奇癢，伸手去抓，又會抓到火灼傷痕，痛苦不堪。「老太婆，妳知道我爲什麼找上妳嗎？因爲太子爺吩咐——他派給我的籤令上，說有民間陰神附身活人術士招鬼搗蛋；誰知道背後還牽扯這麼一大串難纏的肉粽，媽的，消息不報清楚點！每次都這樣整人……混蛋！我……我操……」

韓杰說到這裡，又連連嘔吐，將剛剛吞下的竹葉全吐了出來，嗆咳不休。

苗姑聽韓杰喊她「陰神」，靜默好半晌，食慾全無，突然哇嗚一聲哭出聲來：「陰神……原來我現在在神明大人眼中變成了陰神吶！我只是……幫亞衣討口飯吃呀……我不做這些事，我們家亞衣怎麼辦喲……亞衣命苦，沒我帶著她，早給人欺負死了，嗚嗚……亞衣喲……」

苗姑瘋瘋癲癲、時哭時笑，一會兒指揮廖小年替韓杰清理嘔吐穢物；一會兒逼問廖小年地獄符的由來；一會兒又對著劉媽等人訴苦自己和陳亞衣當年的遭遇；一會兒忘了自己爲什麼哭，又好奇地向劉媽打探韓杰過往故事，聽得嘖嘖稱奇。

廖小年起初只覺得自己倒楣透頂，但接連聽聞韓杰和陳亞衣的經歷，才知道，比起許多人，自己其實幸福多了——

苗姑自幼便能聽鬼聲、見鬼形，天生具有靈通之力，長大後當了靈媒。她為人海派熱心、交遊廣闊，一聽說哪兒鄉鎮有鬼魅作祟，或是出現天災禍事，就自告奮勇趕去幫忙，多年下來當真救了不少人。

在某次機緣下，她被神明看中，成為乩身，得到神力加持，愈加意氣風發。

苗姑雖然熱心，但個性急躁、容易衝動、行事不計後果；在那之後的某年，她愛上了個有婦之夫，兩女一男幾番激烈爭吵，元配家勢力大，屢次找人當街攔人羞辱，苗姑盛怒下竟動了歪念，想藉靈通之力請鬼報復男人元配。

那是個風雨交加的夜晚，苗姑起壇作法。

作法前，或許因為心虛，她偷偷將神明賜與的法器貼上符籙封條、裝袋交給親戚保管，擔心被神明察覺她醜陋的舉動。

那壇法事最終失敗了。

一記落雷劈爛了她的小法壇，燒焦她的手腳，嚇得她魂飛魄散，跑去親戚家中討回法器，卻發現她那寶愛的神明法器，無端端變成斑斑片片的腐木和焦灰。

此後，她不但失去了乩身身分，甚至連原本的靈通之力也消失大半。

跟著，她發現自己懷上男人的孩子。

但男人早和元配和好如初，不願再見她一面。

她偷偷生下孩子，是個女娃，獨自帶了個把個月，每日與女兒說話解悶。元配收到了風聲帶人找上門來，痛打她一頓，還搶走她女兒，想徹底斷絕她與丈夫之間的瓜葛。

苗姑受不了接連打擊，終於瘋了，每天在街上胡言亂語，被親戚帶回家中軟禁在漆黑小房裡。

她每天蹲在小房窗邊，和窗外來來去去的鳥兒竊竊私語。

她把一粒粒飯粒排在窗邊等鳥兒來啄，要牠們幫忙捎些話給女兒，她好想見她一面。

不知道經過多少個日子、排了多少飯粒，也不記得對多少鳥兒講了多少次相同的話。

她開始餵鳥兒飯粒時，親戚家中忠心耿耿的小黃狗才出生，直到她女兒當真找上門，當年那小黃狗不知第幾胎的孩子剛走不久。

二、三十年就這麼過去了。

年邁的苗姑見到女兒抱著外孫女喊她外婆時，忍不住驚喜地哭喊那些鳥兒的名字，一一向牠們道謝，謝謝牠們終於替自己找回女兒——雖然她口中的鳥兒名，其實是在無數鳥兒身上輪來輪去，早不知輪了多少代；雖然她不知道女兒自始至終都沒碰上哪隻鳥兒捎消息給她，而是自己打聽到身世找上門來。

苗姑女兒處境自然也不好，她被從苗姑身邊奪走後，起初幾年，終究和父親有血脈關係，日子過得不算太差，但她父親命短，在她十餘歲時便過世了——這令她在家中的處境，彷佛從凡世跌落陰間。

她被父親元配發配到遠親經營的工廠裡工作，聲稱要教她學習自食其力。工廠漆黑陰暗，終日瀰漫著可怕的臭味，她每天做的事就是協助其他年長她許多的同事們，反覆將一桶又一桶不知從哪兒弄來、本不該給人吃的東西，東摻西攪、煮過一遍又一遍後，轉手賣給人吃。

她在那恐怖的地方待了一段時間，飽受欺凌，終於受不了逃了出來，流浪了一陣，餓到不行翻垃圾桶找東西吃時，被一個醉醺醺的酒店小姐請吃了頓豐盛的清粥小菜，推薦到自家酒店工作。

不久之後，她便發現自己有了身孕。

她甚至搞不清楚這孩子究竟是在那恐怖工廠，還是酒店裡懷上的。

又過了幾個月，陳亞衣在一群醉醺醺的酒店小姐通力合作接生下，降臨到這個世界。

陳亞衣和媽媽住在酒店一間小儲藏室裡，那兒本來堆滿雜物，在其他小姐聯名向經理要求下，經理勉強答應暫借給她媽媽當成落腳處。

一坪大的小空間裡，左邊擺了張破床墊，右邊擺著小桌、小櫃，放些化妝品和私人用品，在陳亞衣出世前，她媽媽在這小空間裡已窩居了好一段時間。

在陳亞衣很小的時候，一直相信自己有十幾個媽媽——

每個都濃妝艷抹、每個都醉醺醺的、每個都會抽菸、每個都會笑呵呵地送她些零食玩具、每個都會對她哭訴這天又碰上了哪個殺千刀的心理變態王八羔子。

那些媽媽們口中「殺千刀的心理變態王八羔子」似乎有個較短的簡稱——男人。

在媽媽們耳濡目染下，「男人」這兩個字對陳亞衣而言像怪獸一樣可怕。在她很小的時候，一見到酒店經理就會嚇得直發抖；等她稍大一點，便會用媽媽們送的玩具手槍，躲在角落襲擊酒店經理——然後博得媽媽們的齊笑鼓勵，她們要她親生媽媽別擔心，說會把她訓練得很好，讓她從小就對「怪獸」抱持警戒心。

陳亞衣五歲時，有天她媽媽哭著向姊妹們鞠躬告別，辭去了酒店工作。

因爲碰上了個男人說要養她一輩子、帶她環遊世界。

她媽媽抱著她和美夢走進那男人的家裡，很快就發現美夢不但是夢，還是個惡夢。

她媽媽帶著一身照三餐打出來的傷痕，牽著她回到原本的酒店，求經理再給她一次機會；經理儘管不介意她回來上班，但這間酒店小本經營，背後沒什麼靠山，男人找上門來大鬧幾次後，只得請她另謀高就。

那時她媽媽心中最後一線生機，就是傳聞中的生母，苗姑。

酒店裡的媽媽們湊了點錢，讓她媽媽帶她一路找回原生家鄉，找著了苗姑。

苗姑見到女兒和外孫女，開心得像是年節喜慶，但陳亞衣媽媽卻又跌入了另一個冰窖般手足無措——她是來求援的，但苗姑似乎比她和陳亞衣更須要幫助。

當年收留苗姑的親戚比苗姑還年邁許多，已經連話都說不清楚，噫噫呀呀替陳亞衣母女張羅了頓晚餐，吃完了飯，還向陳亞衣媽媽討錢，說是要她償清多年來收留苗姑的花費。

陳亞衣媽媽只得將姊妹們湊給她的錢分出大部分給那親戚，向他借住幾天，盼就近找份工作，同時苦思接下來的人生到底該怎麼走下去。

那幾天，苗姑被放出小房間，牽著陳亞衣在小院子裡看花、看蝴蝶、和鳥兒說話，還教陳亞衣摺紙。

苗姑說自己用親戚給她取暖當被蓋的舊報紙摺出來的紙鳥兒是活的——不是每次都會活，十次中總有一、兩次，紙鳥兒會努力振翅往上撲拍幾下，像是想要飛出窗去，替苗姑尋找親生女兒。

當時陳亞衣不相信。

苗姑摺了好幾隻紙鳥兒給她看，沒一隻能飛。

苗姑不服氣，正想繼續嘗試，男人便找上門。

陳亞衣媽媽見到面如惡鬼的男人，已放棄反抗，向苗姑深深鞠了個躬，默默牽起女兒，跟在男人背後，隨他走遠。

陳亞衣不時回頭，望著還不知道發生什麼事的苗姑。

她們隨著男人回家，迎接美夢破碎後的生活；男人自行仲介兼任馬伕且抽成十成，陳亞衣媽媽開始了接客生活，她心想這或許是唯一能養活女兒的方法了——唯一的條件，是請求男人讓她定時寄點錢給照顧苗姑的親戚，稍微改善一下他們的環境，只要男人答應這微薄的請求，她便再不反抗。

男人聳聳肩答應了。

陳亞衣媽媽再次反抗男人，是陳亞衣十歲的時候。

那一次，她媽媽反抗得十分激烈，激烈到想將男人生吞活剝。

男人將她腦袋按上了牆，力道大得在牆上留下一塊紅色痕跡。

男人將媽媽裝進一個大袋子裡，稱要帶媽媽去看醫生，返家後，對陳亞衣說媽媽生了重病住院治療，治療費用非常花錢，他身上沒錢，問陳亞衣有沒有錢。

陳亞衣哭著搖頭說沒有，男人說自己可以教她怎麼賺錢。

陳亞衣說不要。

但沒有用。

這是她第二次說不要也沒有用。

在第三次、第四次、第五第六次後，她連不要也放棄說了。

她開始接替媽媽的位子，替男人賺錢。

她想起很久以前那些「媽媽們」形容怪獸的模樣，她覺得她們說的一點也沒有錯。

漸漸地，她發現怪獸們的某些規律，例如把自己弄得又髒又臭時，家裡那隻怪獸會對她不那麼感興趣；月事來時，有些怪獸會興致全無，收起毒牙；當然也有例外，有些怪獸反而會更加興奮——這讓她想起過去某些媽媽們口中「殺千刀的心理變態王八羔子」的模樣。

她時常在夜裡和清晨望著窗，回想外婆和她說的故事，並對偶爾經過窗邊的鳥兒低聲叫喚，也會留下幾粒米在窗邊吸引更多鳥兒；她沒意識到這是自己潛意識裡發出的求救訊號，她不敢直接反抗怪獸。

當時媽媽激烈反抗換得的結果，始終深深烙印在她腦海裡揮之不去。

她也開始學苗姑一樣摺紙，雖然摺得很醜，但在床邊擺成一排似乎能令她不那麼寂寞。

這樣的日子從寒冬到酷暑再到深秋，反覆不知幾輪，直到有一天，她伏在窗邊，憑著想像和鳥兒對話一陣，突然驚覺部分內容似乎不像是「幻想」，而是當真聽見一些聲音。

聲音跳過了她耳朵，直接傳進她腦海裡——

「亞衣，妳在哪裡喲？外婆好想妳喲。」

「亞衣，妳媽媽呢？我還不知道妳媽媽叫什麼名字呀……我還沒給她取名字，她就被那女人搶去啦……」

「亞衣，妳可以來看看外婆嗎？外婆再教妳摺新的小鳥兒呀！嘿嘿！」

那天晚上，陳亞衣鼓起畢生最大的勇氣，趁怪獸熟睡，偷了他的錢，逃離了那個又髒又臭的家。

她裹著厚外套一路走向火車站，沿途警戒四周有無出現其他怪獸。

她甚至不知道火車站究竟在什麼地方，但不知怎地，每當她覺得迷路時，就會有一、兩隻鳥兒飛過身邊，像要指引她接下來該往哪兒走。

她來到火車站，站在售票機前茫然無措——她根本不知道要坐到哪一站，她無措的舉動惹來了站務人員的關切，她支吾帶過趕緊逃遠，她好怕被人發現她偷錢，被警察抓去警察局，然後通知怪獸來接她。

她遠遠循著火車鐵道往南走，依稀還記得苗姑家鄉的大致方向——當年她隨媽媽離開時，即便上了火車，也一直將臉貼在窗邊，望著苗姑家。

這是一段漫長的旅途。

所幸怪獸的皮包有夠大包，裡頭鈔票厚厚一疊。

她沿途買了許多過去不曾吃過的昂貴零食糖果，她花起這些錢一點也不心虛，因爲這些錢本來就是她賺的。

餓了就買些麵包零食果腹、睏了就窩在隱密的地方暫歇；鳥兒們沒有離開她，而是時來時去，不停傳來新的消息給她，也替她捎去消息——

「亞衣，妳現在到哪兒啦？」

「我不知道……站牌上……寫著……唔，我不認識字，外婆，我沒有上過學……」

「沒上學又怎麼樣呀，外婆也沒上什麼學呀！妳快來吧，來了我教妳摺蜘蛛。」

「蜘蛛……是那種八隻腳的大蟲？」

「是呀是呀！蜘蛛很厲害呀，爬得好快呀，嘻嘻！」

「外婆，可以教我摺小狗嗎？」

「哇，小狗那麼大一隻，要用好多報紙呀——不過沒關係，我想想怎麼摺，想好了就教妳，妳快來呀！」

「好！」

陳亞衣吃飽睡飽就繼續趕路，偶爾也會用撿來的舊報紙摺些小東西帶在身上，有時她隱隱覺得口袋裡的紙東西似乎活了，會伸伸腿、張張翅什麼的，取出來看時，那些紙東西又不動了。

直到她找到苗姑那老屋時，已經是逃家三週後。

其實苗姑老家離她家並沒有眞的那麼遠，但以一個十來歲小女孩的腳程，外加靠著鳥兒傳話帶路東繞西找兼躲怪獸的情況下遠行，三週能找著目的地，已經算快了。

她在苗姑老家前敲了好半天門，還繞至後院對著苗姑小房方向喊了許久，都沒得到任何回應。

有些鄰居注意到她行跡古怪前來關切，告訴她收留苗姑的老親戚數個月前已過世了。

至於苗姑，則早在數年前某個深夜，不知爲何搖搖晃晃地逃出屋外、衝上馬路，被一輛車撞著，當場就死了——

就在陳亞衣母女和苗姑離別的那個晚上。

當時苗姑見陳亞衣母女隨著男人走遠，起初默默等著，直到親戚趕她進屋，她才意識到她們恐怕要一去不回，而她又得繼續過著和鳥兒說話的日子，驚慌大鬧，不願回房，甚至衝出屋想找回女兒和外孫女，卻找丟了自己的命。

陳亞衣聽鄰人這麼說，一時還反應不過來，只當鄰人搞錯，又或者是自己聽錯了，她繼續在附近遊蕩、往人少的地方躲藏，和擦身而過的鳥兒有一搭沒一搭地聊著。

「亞衣呀，現在天還亮著，晚點妳再來呀。」

「多晚呀？」

「至少等太陽下山呀。」

「太陽下山我再敲門嗎？」

「不用敲門，家裡沒人，妳敲門也沒用呀，妳直接翻牆進來吧。」

「翻牆……」

她對鳥兒捎來的訊息深信不疑，等夜深人少，她繞到苗姑老家後院，踩著路邊機車翻過矮牆，跌入後院。

她躡手躡腳地來到苗姑小房間外喊了幾聲，見無人回應，便繞著屋子找，找著了後門。後門沒上鎖，她開門進屋，在屋裡逛了逛，隱隱嗅到淡淡的臭味。

這時的她還不知道，這是照料苗姑的老親戚數個月前在屋裡死去多日所遺留下的氣味。

她在好幾間房往返好幾次，都沒找著苗姑。

她來到客廳，靜靜站著，腦袋混亂一片，開始認真思索數小時前鄰居的話，老親戚死了、苗姑也死了，現在想想，媽媽數年前應該也死了。

那接下來該怎麼辦呢？

她站在客廳痛哭失聲——她好久沒哭了，和怪獸住在一起的時候她不敢哭，一哭就會被打，接客的時候也不能哭，哭了那些客人會告訴怪獸，怪獸一樣會打她。

但現在她除了哭，也不知該做什麼才好了。

「亞衣、亞衣，妳來啦！我的外孫女喲，妳怎麼哭啦？誰欺負妳啦——」

「外婆？」陳亞衣聽見了苗姑的聲音，止住了哭聲，東張西望，想找出聲音來源。

「這邊、這邊喲……」聲音自客廳角落一處供桌上發出。

「啊？外……婆……」她躡手躡腳往供桌走去，一面低喊、一面張望，終於發現，聲音是從一塊扁平的褐黑色牌位傳出。

那牌位平放在供桌中央的神像旁邊，木板上裹著符籙，上頭還壓著一尊較小的神像。

「亞衣喲，我被壓著動不了！妳得搬開神像、把符撕下來……」苗姑的聲音這麼說。

「啊……」陳亞衣雖然對這情形感到震驚，但在這之前，她已經和鳥兒對話好一段時間，此時跟塊牌位說話，似乎仍在能夠接受的範圍內——她照苗姑吩咐，恭恭敬敬地搬開小神像，取起牌位，撕下牌位上厚厚的黃符。

「別太大力摔著了神像，對神明不敬喲……」

她覺得握著牌位的手微微發麻。

有股微弱電流在手心扒搔。

「亞衣！妳躲在裡面對不對？」怪獸的聲音猝不及防自外響起，令陳亞衣從頭皮到腳底板都發麻起來——當時她想不透怪獸怎麼能這麼湊巧剛好找上門，事後她間接打聽，才知道怪獸一發現她竊錢逃家便找上這兒，還向附近鄰居聲稱養女失蹤，發給他們照片，拜託鄰居一旦見到照片中的女孩立刻通知他，好讓他趕來逮人。

她聽見怪獸喊她名字時，腦袋一片空白，本能躲進供桌底下，大氣也不敢喘一聲。

怪獸喊了幾聲，沒了動靜，過了一會陳亞衣探頭出來，卻又聽見後門方向發出聲音——

她知道怪獸和她一樣，翻牆進來了。

她哆嗦地縮回供桌下，緊閉起眼睛，幻想自己在作夢，或許眞實的自己此時正蜷縮在田邊睡著，根本還沒抵達這兒呢。等睡飽睜開眼睛來到這裡時，說不定外婆會笑呵呵地迎接她，教她摺紙鳥紙蜘蛛——

「亞衣。」怪獸進屋了。

陳亞衣顫抖地繼續說服自己一切只是夢，就連怪獸找到供桌前喊她，她都不願睜開眼，直到怪獸伸手揪住她頭髮將她往外拖，她才睜開眼驚恐求饒：「對不起、對不起……我錯了……我來找外婆，嗚嗚……」

「結果妳找到了嗎？」怪獸兩隻眼睛在黑暗中亮晃晃的十分嚇人。

「沒有……」陳亞衣哭泣說：「外婆……不在了……」

「嗯。」怪獸點點頭，揪著她頭髮的手更加用力，搖來晃去問：「那妳偷走的錢呢？」

陳亞衣哆嗦地將怪獸的皮夾取出奉上。

怪獸接過皮夾，賞了她一巴掌，力道極大，將她整個人搧倒在地。

他打開皮夾數錢，陳亞衣則強耐著疼痛暈眩迅速掙扎起身、立正站挺——這是她在怪獸嚴格訓練下培養成的服從習性——掙扎、哭叫、求饒都沒有用，只會讓處罰永無止盡；只有乖乖站好、不吭一聲，滿足怪獸所有要求，才能讓處罰結束。

怪獸默默數錢，突然一腳踢在陳亞衣肚子上，將她踢得向後撞上供桌，摀著肚子跪下。

「小婊子，妳花了不少嘛！」怪獸大步上前，隱約見陳亞衣手裡緊抓著個東西，便問：

「妳手裡拿什麼？妳想拿那東西打我？」

「不……不是……」陳亞衣連連搖頭。

「那是我的牌位呀！咳咳、噫呀？我出來啦？」苗姑的聲音陡然響起。「哎呀，亞衣……妳把符撕下來啦？」

「啊？我……」陳亞衣手足無措，她感覺苗姑的聲音是從自己體內直接發出的。

「啊？誰呀？」怪獸先是一驚，以為屋中有人，左顧右盼半晌，盯著陳亞衣。「妳裝神弄鬼想嚇我呀？」

「不是不是……」陳亞衣驚慌搖頭。

怪獸又一巴掌打在陳亞衣臉上，將她身子打得搖搖欲倒。

「你打亞衣幹啥？」苗姑怒罵聲暴起。

陳亞衣動作迅速得像影像快轉，迅速站穩身子，還了一巴掌在怪獸臉上。

這巴掌響得有如雨夜雷擊，力道驚人，將怪獸打翻在地。

「哇……妳……賤……」怪獸完全無法想像陳亞衣竟然敢反擊，以致於驚怒得連話都說不清楚。他發狂掙起撲向陳亞衣，緊緊掐住她頸子，將她往牆上壓，要像幾年前一樣，讓陳亞衣的腦袋也在牆上染出一片怵目腥紅。

「臭男人，你想幹啥呀？」陳亞衣的動作俐落如野猴，還是隻力大無窮的野猴，她扭開怪獸雙手，擲鉛球般將他甩去撞供桌。

怪獸摔得七葷八素，被陳亞衣跨騎上身，臉上轟隆隆捱了好幾拳，鼻骨斷折、唇破齒落，人也暈了。

陳亞衣撿起牌位奔逃出屋，一路上她覺得好不眞實，以爲自己眞的在作夢。她的身體會自己動，不用出力也跑得極快，她奔出道路、躍進田裡、在田上小徑奔跑；苗姑不停在她耳邊說話，樂不可支，她也開心得與外婆一搭一唱。

「那晚妳媽媽帶妳走了之後，我跑出去找妳，怎麼找都找不到呀，我好難過，然後不知道爲什麼，我就死掉變成鬼啦——啊呀我想起來了！我是被車撞死的……現在那些車子越來越大台，眞是好可怕呀！」苗姑噫噫呀呀地對陳亞衣述說她那晚後的經歷。

老親戚替苗姑收了屍，立了塊便宜牌位供起，偏偏苗姑陰魂不散，時常半夜哀哭到天明，老親戚心中驚恐，又怕擾著鄰居，請了法師將苗姑牌位封住，壓上神像，日夜祭祀，這才令苗姑不再作祟。

直到老親戚死後，供桌無人上香祭祀，壓制苗姑的神力漸漸退散，在牌位中沉睡的苗姑才醒轉，開始大呼小叫，卻無法離開牌位。

苗姑的叫喚聲引來幾隻鳥兒，那些鳥兒開始替苗姑向外傳遞訊息，本來這樣單方面傳訊很難得到回音，但後來苗姑從鳥兒們捎回的消息中得知在遠方有個女孩，似乎和她一樣，用同樣的方式傳吐心聲。

女孩的心聲哀淒苦楚到了極點。

祖孫倆便這麼透過鳥兒聯繫上，直到陳亞衣終於找著苗姑牌位，搬開神像、撕下黃符。

「嗯！那臭男人是妳媽媽的男人，那妳媽媽呢？」苗姑這麼問。

輪到陳亞衣講她的故事了。

她講了好久，邊講邊哭，從深夜泣訴到天明，直到嗓子啞了、眼淚也流乾了。

她和苗姑坐在田邊，看著日出，然後返回老親戚家中，找著了剛醒來的怪獸。

因爲苗姑聽完陳亞衣的故事後，覺得光是打斷怪獸鼻梁和幾顆牙齒實在太便宜他了。

苗姑上了怪獸的身，與陳亞衣翻牆離開。

他們來到熱鬧的街上，吃了頓豐盛的牛排，搭上火車返家。

苗姑雖然腦筋瘋癲，但想起整人把戲卻是十分精明。她翻著怪獸的通訊錄四處打電話向朋友打探消息，輾轉打聽到幾家地下錢莊，拿著身分證跑了好幾趟，借了數百萬。

陳亞衣則照苗姑吩咐，每日在家整備行囊、乖乖等垃圾車，將家中一切和她有關的證據全打包扔了。

在錢莊收帳日當天夜裡，陳亞衣穿上雨衣、揹著裝有數百萬鈔票的背包隨被苗姑附身的怪獸，主動找上地下錢莊。

陳亞衣當然沒進去，而是一個人在鄰近便利商店等。

苗姑則附身怪獸，和一群身上刺龍畫鳳的男人們展開談判——她的談判方式就是將一只裝著滿滿大便的手提箱打開，整箱砸在錢莊大哥臉上，還拉開褲子拉鍊，掏出胯下那東西對著眾人小便。

這時他那東西除了小便外，也沒辦法再幹其他事了。

因爲這幾天苗姑一想起陳亞衣哭訴怪獸行徑的樣子，就忍不住找棍棒槌子敲敲那東西，將那東西都敲得不太像那東西了。

因此就連小便時灑出來的水形都很奇怪，像壞掉的灑水器斷斷續續三百六十度灑水。

苗姑生前是靈媒兼乩身，道行深厚，附在人身上能隨心所欲控制宿主清醒或失神，砸他胯下那髒東西時，當然得讓怪獸醒著但不能開口說話；跟錢莊談判時，則讓怪獸暫無意識。

怪獸再度恢復意識時，是在他尿完一地，胯下那東西還掛在拉鍊外，並將一個菸灰缸砸在錢莊二哥嘴上的下一刻。

他呆愣愣地問大家這裡究竟發生了什麼事。

所有人圍了上來。

玩過癮的苗姑離開了怪獸身體，嘻嘻嘿嘿地竄去便利商店，附回陳亞衣身中，喝光冰飲，揹著裝滿鈔票的大背包離去。

這晚之後，她們再也沒聽過怪獸的消息。

陳亞衣和苗姑租了間房子，找了間夜校就讀，過起新的生活；在苗姑指點下，陳亞衣課餘時，也開始接些收驚、驅鬼的差事來幹。

苗姑雖然瘋癲，總算也記得過去自己擔任乩身時曾找過幾個陰神術士麻煩，因此平時常懷戒心，碰上正宮大廟總會繞道而行，也提醒陳亞衣得準備些能夠破解神靈法器的祕密武器，以防正牌乩身上門找麻煩——過去她擔任乩身時，便處理過幾個與陰神同謀、興風作浪的江湖術士。

苗姑道行深厚，尋常惹事小鬼自然不是她的對手，幾年下來，逐漸打響名號，大夥兒一傳十、十傳百，漸漸開始有些道上兄弟上門求助陳亞衣擋煞解厄。

苗姑過去當靈媒時便常插手江湖糾紛，對黑道鬥爭時私下找江湖術士的陰招把戲瞭如指掌，那些小兄弟們慢慢發現，大小紛爭裡，只要請了苗姑幫忙，勝算便拉高不少，即便搶不贏地盤，也可以整得對方雞飛狗跳。

起初苗姑和陳亞衣的名聲傳進蔡七喜耳裡時，他只當是那些打輸架的地痞癟三們推托卸責的誇大其詞，又或是裝神弄鬼的騙子自吹自擂——雖然許多年前，他確實認識一個靈媒苗姑。

而當嚴五福對蔡家全面復仇時，驚恐無措的蔡七喜，終於又想起了這個苗姑。

於是，陳亞衣接到蔡七喜祕書打來的電話，隻身前往蔡七喜大宅，與年邁的蔡七喜會面長談。苗姑附著陳亞衣的身，噫噫呀呀地對蔡七喜對話一陣，蔡七喜這才相信，陳亞衣身子裡的苗姑，確實就是許多年前替六吉盟內一個小兄弟驅邪的厲害靈媒。

只不過那時六吉盟的當家蔡萬龍從早到晚忙著整備他那六吉企業大本營，召集人馬要和仇家決一死戰，接到蔡七喜電話僅隨口敷衍；蔡七喜只得親自趕去勸蔡萬龍無論如何要去見苗姑一面。

蔡七喜怎麼也沒想到，他才剛到六吉企業，嚴五福便已上了他的身。

接下來的發展，激烈得令所有人措手不及。

拾玖

馬大岳拍了拍廖小年的臉。

此時已近天明，苗姑附著馬大岳的身和劉媽聊了一整晚，直至清晨終於離體返回陳亞衣懷中的牌位裡休息，劉媽也上樓睡覺。

馬大岳清醒時，韓杰猶自昏睡，陳亞衣仍高燒不退。他觀察一會兒，大著膽子扳腳咬開綁在他和廖小年腳踝上的尼龍繩，喚醒廖小年。

廖小年驚醒，正想開口說話，便被馬大岳摀住嘴巴。

馬大岳指指腳踝、指指韓杰和陳亞衣，最後，指指樓梯口。

廖小年呆愣半晌，知道馬大岳準備要逃，也點點頭。

兩人大氣也不敢喘一聲，躡手躡腳地上樓，推開半掩的門，在門口探頭張望好半天，這才放膽往外走。

他們走過擺著大供桌、供了百來尊神像的客廳，輕輕撥開紗門，與窩在土地神供桌上方紙箱裡的碩大橘貓對望幾眼，一同舉起食指豎在嘴前，對貓比了個「乖乖別出聲」的手勢。

「這什麼鬼東西？」馬大岳正要開門，見鐵門大鎖上懸著兩個孩童拳頭大的木像。

小木像造型渾圓抽象，外表爬滿用火燙出的焦黑輪廓線，五官扭曲滑稽。

馬大岳輕輕推開門，領著廖小年閃身出屋，半掩上門，發現自己的機車就停在不遠處，他們急急奔去，見車鑰匙都還插在車上，驚喜得差點叫出。

奇怪的是，機車手把上，也掛了兩個小木像。

與大門內那兩個一模一樣。

「什麼鬼啦！」馬大岳扯下小木像隨手一扔，他擔心發動引擎的聲音吵醒底下苗姑，又殺出來附他身，便與廖小年一左一右將車推出老遠，才上車駛遠。

他們一直騎出好遠，才敢停下，尋找公共電話；兩人手機都在苗姑那兒，皮夾倒是還在身上，趕緊上便利商店買了張電話卡。

店員眼睛閃亮亮的，找零時還塞了對小木像在廖小年手上。

又是一模一樣的兩個小木像。

廖小年愣然，馬大岳則捧腹怪笑：「原來是便利商店集點贈品喔？難怪一直看到啊哈哈哈……」他大笑完，將那對木像扔回結帳櫃台。「還你啦，醜死了，我們才不要這種屁公仔！哈哈哈哈！」

馬大岳拿著電話卡奔出便利商店，見一旁公共電話機上也擺著一對一模一樣的小木像。

「幹怎麼到處都是啦！」馬大岳愣然想笑卻笑不出來，迅速撥了電話給五福會夥伴，說明昨日追逐經過，要他們盡快趕來支援。

「是、是是是！三順路……我連門牌號碼都記得——」馬大岳報上劉媽家門牌地址，握著拳頭忿忿不平地說：「我和小年就在巷口便利商店外面等你們會合！」說完，掛上電話，和廖小年蹲在便利商店前吃著剛剛和電話卡一同買來的早餐。

「眞看不出來那傢伙這麼難纏，連欲妃姊都拿他沒轍……」馬大岳邊抱怨昨日變故，邊拆著飯糰，碎碎罵著：「這飯糰包裝怎麼這麼難拆啦幹！」

唸了幾句，原本動作焦躁的馬大岳突然僵止，發了好幾秒呆，直到廖小年喊他數次，才開口問：「你有沒有聽到什麼？」

「聽到什麼？」廖小年不解。

「電話聲。」馬大岳站起身東張西望，盯住剛剛用過的公共電話。

「電話聲？」廖小年正覺得困惑，便見到馬大岳走向公共電話，接起來，湊在耳邊細聽起來，還不時點點頭。

「是、是是是……是是是……」馬大岳掛回電話，扔了飯糰，拉著廖小年就上車，也不等對方坐穩，便急催油門加速駛出，差點將後座的廖小年甩下車，嚇得他急嚷：「大岳，怎麼回事？你跟誰講電話？」

「上頭派了任務給我們，是急件！」

「啊？寶哥打到公共電話找你？他怎麼打的？直接手機按回撥嗎？我怎麼沒有聽到電話聲？他要我們做什麼？」

「先買兩頂安全帽。」

「安全帽？」

「對！這趟任務路途遙遠，行車安全很重要、交通規則要遵守，否則害人又害己。」

「啊？你剛剛說什麼？車程很遠？老大要我們去哪裡？」

「往南。取香。」

「往南……取香？」

「對！」馬大岳點點頭，再次加速催動油門。「取、香！」

□

韓杰睜開眼睛、坐起身來、左顧右盼。陳亞衣窩在摺疊躺椅上，抱著苗姑牌位沉沉睡著，但馬大岳和廖小年卻不知去向，他急急起身奔去廁所也不見兩人，覺得不妙，三步併作兩步衝上樓，卻見劉媽悠哉地在陽台餵貓。

「那兩個臭小子跑了？」韓杰急問。

「大概吧。」劉媽不以爲意。「你沒事抓兩個小混混上我家，我總不能拿條鐵鍊把他們鎖起來吧，你把我家當地牢呀。」

「我怕他們回去通風報信，帶人回來找妳麻煩呀……」韓杰無奈地說：「我知道劉媽妳面子大，但那些小流氓眞要找麻煩，防不勝防，你們一家子總要出門吧……」

「是呀，你看你給我惹了什麼麻煩，你得負責善後呀！」劉媽開了個罐頭倒進大橘貓餐盤裡；大橘貓緩緩咬著肉，不時抬頭睨視韓杰，像在嫌他囉嗦，打擾了自己美好的早餐時光。

「……」韓杰攤了攤手，說：「我尪仔標都用完了，得回家準備一下，妳替我看著那小妹和老太婆一上午，沒問題吧？」

「你放心吧。」劉媽淡淡一笑。「上頭全安排好了。」

「上頭安排好了？」韓杰呆了呆，抬頭瞧瞧天花板。

「是呀。」劉媽收拾了空罐頭，來到大供桌前，替小檀香爐補充新香。

□

韓杰返回東風市場時見到一個女人在市場樓房入口處徘徊。

他微微一凜，默不作聲。

女人見到韓杰，朝他揮了揮手——是王書語。

韓杰走近，問：「妳找我有事？」

「嗯。」王書語點點頭，遲疑了一下，說：「我想再向你請教……之前在我家聊過的事情。」

「這麼想見妳的愛人？」韓杰冷冷地說。

「或是……」王書語點點頭。「帶幾句話給他。」

「我說過了，沒辦法啊。」韓杰攤了攤手，自顧自上樓。「我沒在替人幹這種事的……」

他走至樓梯轉角，悄悄自扶手底部摸出一片尪仔標放入褲袋。

王書語跟著他上樓，跟著他走過漆黑焦痕的廊道，跟著他來到家門前。

「妳這樣跟著我也沒用呀。」韓杰取出鑰匙開門，回頭皺眉瞪了王書語幾眼。

「可是，我還是有很多不明白的地方……」王書語低下頭，語帶哽咽。「就當陪我聊聊天，好嗎……」

「……」韓杰開門進屋。「我家很亂喔。」

王書語跟進房，打量起韓杰貼滿廣告傳單、海報、報紙的怪屋子。

「冰箱裡有喝的，自己動手吧。」韓杰進房後，上廁所撒了泡尿，尿完便還自顧自沖了個澡，過程中連門也沒關。

王書語開冰箱拿了罐啤酒打開來喝，走到廁所倚在門邊，不時朝裡瞧上幾眼。「喂，你想遮住被煙熏黑的牆，爲什麼不用油漆，要把房子貼成這樣？」

「牆上那些焦黑痕跡是枉死住戶的怨念，油漆蓋不住，漆完沒多久又黑了。用紙貼上省事方便，也不用三天兩頭聞油漆臭。」

韓杰站在浴缸中沖澡，隨口回答，他握在手裡的蓮蓬頭柄上，也用橡皮筋綁了一片尪仔標。

他身旁牆上釘著幾根釘子，用長尾夾也夾了幾片尪仔標。

他在家中各處，甚至整座東風市場樓頂、窗邊、樓梯把手底下藏滿尪仔標，讓他在必要時刻，可以隨手取來使用——一年多前與第六天魔王一戰，讓他明白即便身處在群鬼圍繞的東風市場也未必安全；要是在洗澡、大便、睡覺時剛好有敵人殺進來，隨手拿尪仔標用絕對比摸黑找菸盒方便許多。

他圍著浴巾走出廁所，與王書語擦身而過，走進房間套上衣褲，擦了擦頭髮出來，也取了罐啤酒，打開就喝，又從冰箱裡拿出一小碗冰鎮蓮子來到餐桌，隨手抓出五、六顆塞進嘴裡。

他瞇著眼喝酒嚼蓮子，邊瞅著王書語微微笑，彷彿吃下了定心丸。

「這是什麼？」王書語湊近瞧了瞧，見碗裡裝著蓮子，不免覺得好笑。「我沒見過有人喝啤酒配蓮子的。」

「很棒喔，要不要試試？」韓杰托碗舉向王書語，示意她嚐嚐蓮子的美味。

王書語苦笑搖搖頭，拉了張椅子在韓杰面前坐下，望著他。「韓大哥，你愛過人嗎？」

「愛過呀。」韓杰點點頭。

「你知道失去一個人的感受嗎？」王書語問。

「知道呀。」韓杰點點頭。

「那你知道……失去一個人後，要怎麼走出來嗎？」王書語問。

「……」韓杰默默喝著啤酒，說：「找另一個人，不過……」說到這裡，他頓了頓才繼續說下去：「但也有可能，踏上另一條不歸路……」

「就不能踏上幸福美滿之路嗎？」王書語問：「一定要踏上不歸路？」

「那妳快去找一條幸福美滿的路呀。」韓杰哼哼地說：「纏著我問路也沒用。」

「如果……眞有條幸福美滿的路，你能陪我一起走嗎？」王書語將椅子拉近韓杰，伸手輕輕按上他胳臂。「幫我走出這條不歸路……」

「對不起，我幫不了妳……妳那條路太坎坷了。」韓杰冷笑，啜飲冰啤酒，又抓了把蓮子丟入口大嚼。「又是刀山、又是火海、又是冰窖的……嚇死人了，我沒興趣。」

王書語臉色微變，但旋即恢復正常，低下頭幽幽地說：「我只是想知道，他在底下，過得好不好……」

「少來了。」韓杰哈哈一笑，捏著一顆顆蓮子，用拇指彈進口裡。「底下的事，妳比我清楚多了，不是嗎？」

王書語盯著韓杰，神情冷峻，雙眼隱隱閃現青光。「你發現啦？」

「遠遠見到妳就發現啦！一身陰氣重得我用鼻子都聞得出來。」韓杰冷哼，「妳當我十幾年乩身幹假的？」

「哼。」王書語大口喝完啤酒，隨意捏扁罐子一扔，從桌上取了面鏡子照臉，捏了捏自己臉頰。「我以爲我演得很好呢，這麼漂亮的女孩子，心裡藏了個早逝的情人，這麼多年只有在夢裡才能見到他。你說，多淒美的故事呀。」

「是呀。」韓杰說：「看在這麼淒美的份上，妳就別搞人家了，離開她的身。妳想玩，我陪妳玩。」

「那怎麼行，直接陪你玩，豈不是便宜你。」王書語笑著解開自己襯衫鈕子。「我就是想用陽世女人勾引你呀！」

「媽的……」韓杰扔了啤酒罐，伸手抓住她的雙手。「妳們這些傢伙在底下是同一個老師教出來的？把戲怎麼都一樣？」王書語兩手比冰柱還冷，幾乎要黏住他的雙掌。「一個是火，一個是冰？」

這附在王書語身上的女人正是悅彼。

「火？」悅彼驚訝地問：「欲妃也找上你了？」她剛問完，突然感到韓杰手掌發暖，見他臂上筋脈血管隱隱流竄一陣陣亮紅，驅退了寒冰術力，連忙放手，霍地退開幾步，發現韓杰口鼻微微冒著火光。

韓杰淋浴時便吞下一片尪仔標——九龍神火罩。

他把碗中最後幾顆蓮子也丟入口嚼，一整碗冰涼香甜的蓮子，讓他即便吞了九條燃著三昧真火的火龍也不感疼痛。

韓杰平時也會拿蓮子當零食來吃，這些蓮子效力極佳，僅一、兩顆便能抑制尪仔標的副作用，韓杰此時配啤酒一口氣吞下整碗蓮子，自然不是嘴饞，而是推測眼前的悅彼道行應該不下欲妃。

前兩日的經驗告訴他，單用一、兩片尪仔標是對付不了這種道行極深厚，再沒多少年便要成魔的地獄囚魂。

「妳們都是第六天魔王的手下嘍囉？」韓杰放下空碗，變魔術般捏出兩片尪仔標在手上把玩——碗底也黏了尪仔標，餐桌上一些雜物、罐子，甚至廢紙底下都藏有尪仔標，他沒事便隨手演練快速發動尪仔標的各種手法。

「摩羅王是大家的老大哥，他老人家現在的心願之一，就是把你拉下去陪他聊聊天。」悅彼這麼說。嚴蔡兩家交換人質時，她聽出面阻止兩方火拚的牛頭說王智漢認識乩身韓杰，便遠遠跟蹤王智漢返家。

她推測王智漢和牛頭似有交情，不想打草驚蛇、惹上陰差，並未直接找上對方，而是從王智漢左鄰右舍下手——

她與欲妃一樣，附上人身能窺視那人心思記憶。她從幾個鄰居記憶中大致摸清王智漢家中幾名親人樣貌——王書語才下班返家，便被悅彼附了身，撥了通電話回家對母親稱要加班，轉頭離去。

因此直至此時，王智漢夫妻也不知道女兒竟在韓杰家喝啤酒。

悅彼從王書語記憶中辨識韓杰相貌，並從與王智漢茶餘的飯後閒聊，聽聞這乩身住在一個叫作「東風市場」的鬼地方。

悅彼附著王書語找來東風市場，向幾名鄰居問了韓杰下落，知道韓杰尚未返家，便耐心等待——她知道王書語曾和韓杰聊過逝去的男友，便以這話題向韓杰搭話。

「我不想陪他聊天。」韓杰哼了哼，突然探頭朝她背後嚷嚷。「喂喂喂，沒你們的事，快回去睡覺，我來處理就行了。」

王書語回頭，身後窗邊鬼影幢幢，並注意到整間屋子微微瀰漫著古怪焦味——她的到來驚動了這些老鄰居。

「韓大哥……」王小明從窗外探頭進來，上下打量王書語。「眞的不用幫忙嗎？」

「你別看人家漂亮。」韓杰哼哼地說：「人家是第六天魔王的朋友，道行可高了，快要成魔了。」

「什麼，又是第六天魔王……」王小明瞪大眼，連忙縮回頭。

「你住在一個很有趣的地方呢。」王書語瞇起眼，微微仰著身子、張開雙臂，周身旋起冰風，表情像在享受這些焦煙香味。「有一群不錯的朋友。」

「是呀。」韓杰站起身，手中兩片尪仔標耀起光芒，一紅一金。

下一刻，王書語撲向韓杰，伸手掐住他脖子。

韓杰讓她掐上頸子，雙手扣住王書語手腕，鼓嘴朝她臉上吐出幾條火龍，火龍疾速繞上王書語頭臉——韓杰諸法寶上的火，只會傷妖邪鬼魔，不傷陽世活物。

幾條小火龍泥鰍般往王書語口鼻裡鑽，卻突然結凍，變成一條條冰龍，動作僵凝遲緩崩裂落下。

韓杰抓著王書語雙腕，手上金光化成兩只乾坤圈，其中一只形似手銬圈住王書語雙腕，即刻縮小，將她雙腕牢牢鎖住；韓杰鬆開一手，將另一只乾坤圈扣上王書語腦袋，也飛梭縮小，箍住王書語頸子。

同時，他臂上紅光竄出了混天綾，流水般捲上兩只乾坤圈，猛地一扯，自他頸上扯開，反推向她頸子——喀啦一聲，兩只乾坤圈像是變魔術般鎖在一起，當眞成了副鐐銬，將她雙腕鎖在頸前。

「你就是用這些東西打贏摩羅王？」王書語神情疑惑，微微出力，雙腕冰風旋起，混天綾瞬間凍成冰片，啪啦崩出裂痕。

韓杰可不給她掙脫機會，上前捏她臉頰、掐開她嘴巴，又將兩條火龍吹進她嘴裡，並將她一把推倒在床上。

韓杰見王書語兩頰鼓起想吐出火龍，立刻伸手捂住她嘴巴。

但他才剛捂上，手背隨即穿出一支冰錐，接著整個身子被她背下炸開的冰風掀起，轟隆撞上天花板上的大吊扇。

王書語倏地站直身子，一把扯裂鎖著她雙手和頸子的混天綾，不等韓杰摔下，舉手一揚，四支長矛般的冰柱迅速向上突刺——一支削過韓杰胳臂；兩支刺穿他腰肋和大腿，將他釘在天花板上；最後那支正往臉射去的冰柱被他撇頭閃過，插在天花板上。

王書語手一搖，四支冰柱尾端飛快纏結生長，纏聚成巨大冰爪，要將韓杰扯裂，但韓杰腿腰上的冰柱漸漸溶了——韓杰體內還有火龍，一股股烈火從他傷口隨血濺出，有如火山熔岩。

火血點點滴濺在王書語臉上，刺痛了悅彼，她附著王書語身子猛地彈遠，彷如一隻四足蜘蛛飛貼在床頭上方牆面上。

韓杰拖著大吊扇重重墜地，掙扎單膝蹲起，撫著腹部傷口，仰頭望著王書語，碎碎唸著：「你別多事……」

「啊？」王書語呆了呆，抬頭一看，有隻小文鳥飛在她頭頂上方，扔下一枚小圓片——尪仔標。

尪仔標在空中燃起紅火。

王書語要閃身避開，卻驚覺貼在牆上的四肢被金光纏上，金光自牆上一張張廣告單背面透出——一些廣告單後面，有韓杰寫下的金磚符咒。

王書語被金光絆著，沒能逃離那片落下的尪仔標，被撒了滿頭火龍。

火龍在她頭臉、全身亂竄。

悅彼鼓動全力、催發冰風，一鼓作氣震開火龍、壓制金光，落回床上，卻覺得腳下也滾燙如火——幾張壓在床單下的尪仔標，也被韓杰滴落的血火引燃發動。

韓杰撲躍上床，一手甩動混天綾捲繞王書語身子，將她按上牆，另一手則指揮床上、牆壁竄出的金光紅火，往她身上層層裹去。

十二片乾坤圈箍著王書語四肢，混天綾穿針引線繞過每只乾坤圈，連連打出死結，要將她身中的悅彼五花大綁。

韓杰抓著一塊金磚，直接當成大粉筆，撥開王書語劉海，在額上飛寫符咒；寫完額頭寫雙頰，寫完雙頰寫脖子，寫完脖子還一把扯開襯衫領口的兩顆釦子，在她鎖骨胸間也寫上一道金黃符籙。

王書語臉上爬現雪白怪紋，雙瞳閃爍白光，痛苦怒吼，還沒多吼幾聲，嘴裡又被塞了一片剛發動的九龍神火罩尪仔標。

火龍在王書語口中炸開。

韓杰隨即掀起王書語襯衫下襬，在她小腹上也寫上金符。

「韓大哥！」王小明冷不防尖叫出聲——他半顆腦袋自鐵門底下探出，貌似蹲在門外窺視許久，他大聲提醒：「你為什麼跳過奶奶不寫？」

「你給我滾遠點！」韓杰被王小明的舉動惹怒，將手中金磚捏碎，飛快寫了道小符往鐵門扔去，將王小明震飛穿出好幾道牆，滾到對門老鄰居家中，捂著被金光刺痛的雙眼哀嚎不已。

韓杰蹲低身子，在王書語大腿牛仔褲上寫起金符，腦袋上乍然一陣冰冷，悅彼鼓動全力扯斷幾條混天綾，一把揪住韓杰頭髮將他拉高，往他腰際傷口猛搥一拳。

一陣猛烈冰寒自被冰柱穿透的傷口鑽進韓杰體內，幾乎要將他腹間臟器都凍結，韓杰連忙抓住王書語手腕，指揮火龍壓制冰術，有些後悔沒聽王小明建議，跳過胸部沒寫金符，讓悅彼得以喘息反擊。

他伸手再扯王書語襯衫想將符補上，卻見王書語張大嘴巴，吼出一陣更激烈的冰雪風暴，將他整個人震飛老遠。

王書語躍下床，也不顧四肢鎖著十餘只乾坤圈、拖了數條混天綾，一腳踢開鐵門，衝出屋去。

她奔出韓杰家，並未往樓梯方向逃，而是直接躍上門外左側牆面上的窗，想要跳樓。

她一腳踩上窗沿，正要往下躍，腰際卻被追至門邊的韓杰甩出混天綾緊緊纏上。

韓杰一手揪著混天綾、一手拉著門欄，試圖將王書語身子拉回，同時，他腳邊奔過幾隻豹皮囊化成的小豹，紛紛奔向王書語，咬住綁在她身上的混天綾幫忙將人拉回。

四對風火輪。韓杰感到悅彼力大無窮，連忙一拳擊裂鐵門上一個塑膠小盒，小盒炸開一團金火，落下

八隻風火輪在韓杰指揮下竄到王書語後背，有的附上小豹後腿，有的與混天綾纏在一塊兒，一同往反方向拖拉；韓杰也衝上去拉她胳臂，這才將王書語逐漸拉回。

「啊！啊——」王書語發狂吼叫，忽然咬舌，舌尖濺血。

幾枚血點在空中變形凍結、猶如細小飛箭，倏地飛射出窗。

同時，王書語雙眼一翻，身子飛速被韓杰與小豹聯手扯回，後腦重重撞在韓杰臉上，兩人倒成一團。王書語暈厥不醒，韓杰被撞斷了鼻子，血流滿面掙扎站起，昏昏沉沉地將她拖回家中，隱隱感到她身上已無邪氣，知道悅彼離體逃走。

「媽的……」韓杰將王書語扔上沙發，對著鏡子咬牙扳正鼻骨，還去後陽台從蓮花水盆裡採了截蓮藕，嚼成泥狀敷上腹部傷處。

韓杰回到客廳，驚見王書語像隻猴兒般，歪頭歪腦袋地蹲在沙發上，隨手將沙發上的雜物、垃圾扔遠，再令幾隻小豹叼回給她。

王小明等「老鄰居」紛紛從四處家戶出來，湊到韓杰家門口往裡張望，發現王書語臉泛金光，睨著眼睛瞪視他們，嚇得一溜煙又不見影蹤。

「老大，你這什麼意思？」韓杰愣愣地望著王書語。

「什麼什麼意思？」王書語托著臉頰，轉頭睨視韓杰。

「你老人家難得下來，不降駕打魔女，卻附在王仔女兒身上逗小豹子玩？」韓杰拉了張

椅子坐下，與被太子爺降駕附身的王書語大眼瞪小眼。

「跟我打？她什麼身分？」王書語冷冷地說：「摩羅在底下的嘍囉，沒有一千也有八百，每個都要我親手收拾，那我養你這乩身幹啥？哼，竟然給她逃了，沒用的傢伙！」

「是是是，我沒用。」韓杰沒好氣地應。「所以你下來到底什麼事？專程來教訓我？」

「當然不是。」王書語站起身，說：「我來派工作給你。」

「派工作給我？」韓杰愣了愣，轉頭望向小文。「我的工作不都是讓那傻鳥指派嗎？」

「你不常嫌那傻鳥叼出來的籤紙講得不清不楚嗎？我怕你誤事，專程下來面對面講仔細點。」王書語哼哼道：「這件工作牽連得廣，難得有人託我幫忙，你替我好好幹，幫我做個人情。」

「你也懂做人情？」韓杰哦了一聲，呵呵地笑。「我以爲你是獨行俠。」

「獨行俠偶爾也須要套點交情，不然惹了麻煩沒人願意幫忙。」王書語見韓杰生啃那半截蓮藕，便蹦下沙發，搶走蓮藕，在手上翻了翻，還吐了口口水上去，只見蓮藕綻放金光，飛快生長變化，藕身越拖越長，還長出新莖嫩葉，開出朵朵蓮花，結成蓮蓬，生了滿滿蓮子，才將這一大團帶蓮藕帶葉的大蓮花團抛還給韓杰，說：「全吃光，吃完睡飽點、養好精神，這是件急件，這兩天隨時得上工，可別搞砸啦！」

韓杰見那幾個蓮蓬像爆米花般彈出蓮子，接了幾顆吃進嘴裡嚼嚼吞下，只感到源源不絕的暖流自胃裡溢散開來，身上幾處傷處都癢孜孜地飛快癒合，他咬了一口蓮藕，香甜可口，突然有些警覺。「這算是我向你借的，還是你額外打賞的？」

「還沒想過，以後再說。」王書語手扠腰說：「你別跟我計較這些東西，今晚工作做好，一切好商量。」

「……」韓杰莫可奈何，只好問：「到底是什麼工作？」

「保鏢。」王書語這麼說。

「保鏢？」

「我要你去保護一個人。」

「誰？」

貳拾

她孤獨地站在漆黑之中。

不知過了多久，隱約聽見一陣熟悉且令她作嘔的猙獰笑聲。

她回頭，見到一扇半掩的門，自門後傳出的噁心笑聲，像把尖銳的鑰匙，鑽進她心中割扯好幾圈後，揭開了被她塵封深藏起來的老舊鐵箱——

她推開門，見到過去的怪獸和自己。

她大步奔去，撿起地上的酒瓶就往怪獸後腦勺重重一砸，一把牽起過去的自己轉身就跑，邊跑邊斥責著比現在矮小許多的過去的自己，氣罵她爲什麼像隻膽小老鼠不敢勇敢反抗怪獸。

但她只罵兩句，便難過地流下淚來，握著那小小還打著哆嗦的手，明白那時的她就算拿起酒瓶也打不痛怪獸，只會讓他更加殘暴、更加理所當然地使用各種花招處罰自己。

那時她只能間接、被動地把自己弄得更髒一點，希望怪獸對她失去興趣。

髒得連出門買東西吃時，都令左鄰右舍對她議論紛紛。

「骯髒鬼、不洗澡、垃圾蟲、偷尿床！」鄰居小孩常常在背後這麼喊她，或直接跳到她面前這樣喊。

「……」她對鄰居小孩們的羞辱跟挑釁沒有太大感覺，反倒是有些羨慕他們，不用靠奇怪的方式就能避開危險；她很想跟他們做朋友，但她知道他們才不會跟她做朋友。

因爲她髒得要死。

她聽見背後腳步聲逼近，一隻大手自後掐上她脖子，她從那隻手的觸感、力道和臭味就能認出那是怪獸的手；驚恐、憤怒、哀傷的情緒一下子積滿胸口，她回頭朝怪獸揮拳怒吼。

她的拳頭漆黑如墨，還沒打著怪獸，他便先讓她的怒吼聲轟得向後飛遠，撞在牆上砸了個四分五裂。

她還沒弄清楚眼前究竟是怎麼一回事，突然聽見四周響起一聲聲叫喚。

「亞衣、亞衣呀……亞衣？亞衣呀……妳怎麼啦？」

「外婆？」陳亞衣牽著過去的自己，四顧張望。「外婆？妳在哪邊？這裡是哪裡？」

她剛問幾句，突然感到周圍越來越熱，眼前亮紅一片，像是失火了般。

哀淒的哭聲迴盪四面八方，有男有女、有老有小，還摻雜著苗姑的呼喊：「亞衣？亞衣妳醒醒呀！妳怎麼啦？」

「外婆？怎麼回事？」陳亞衣驚慌急問，牽著年幼的自己穿梭在火場中找尋逃生出口；她發現自己的雙腳踏在火中顯得有些蒼白，彷彿一雙白色石膏像，踩著哪兒，哪兒的火便漸漸轉小。

她奔跑一陣，覺得腳下踩著了東西，低頭一看，竟然是個婦人；那婦人身子燃著火，一動也不動，似已活活燒死。

她驚駭之餘瞥見婦人懷中還摟著嬰孩。

嬰孩雙手亂晃，竟還活著。

她連忙抱起嬰孩繼續牽著自己奔逃，隱約見到一些人影泡在火海裡向她求救，她奔去一個離她稍近的人那兒，那人身子焦黑一片，已燒得四分五裂。

「亞衣呀——」苗姑的叫嚷聲時近時遠，遠時如在天邊，近時似在耳旁。

「外婆、外婆……」陳亞衣摟著嬰孩，眼睛讓刺鼻濃煙熏得模糊一片，連忙搖著年幼自己的手，說：「幫忙……看看外婆在哪裡？」

「外婆？誰是外婆？」年幼的自己怯弱地問：「妳又是誰？」

「我是……」陳亞衣猶豫幾秒，才道：「我是更勇敢的妳。」

「妳是……更勇敢的我？」年幼的自己聽不懂這樣的形容，顫抖問：「妳要帶我去哪裡？」

「我們要逃出去，我們要找外婆。」陳亞衣這麼說。

「為什麼要逃出去？為什麼要找外婆？」年幼的自己問。

「不逃出去，會被燒死在這裡！」陳亞衣愕然答。

「燒死……」年幼的自己面無表情，「就燒死吧……」

「……」陳亞衣一時無語，她甚至無法責備她。

因為她以前確實是如此想的。

「不可以！」陳亞衣大叫。她現在的想法和以前有些不同了，她抱著嬰孩，硬牽著過去的自己繼續往前。「妳要活下去，快幫忙找外婆！」

「人爲什麼要活著？」

「我不知道！」

「我爲什麼被生在這個世上？」

「我怎麼知道，去問媽呀！」

「媽媽她……已經不在了……」

「外婆還在！」

「外婆是誰？」

「外婆就是媽媽的媽媽！」

「我爲什麼要活著？」

「因爲我要妳活著！」

「妳是誰？妳憑什麼管我？」

「因爲我就是妳——我要妳活著，我要我自己活著！」陳亞衣怒叫，懷中嬰孩突然狂暴掙扎起來，且炙熱燙手，像抱著一團火球。

嬰孩轉眼變成欲妃的模樣，飛竄到她背後，環臂勒住她頸子，在她耳邊嘻嘻笑地呵出焦灼熱風，將她耳朵都燙得焦了。

年幼的自己嚇得鬆手癱倒在地。

陳亞衣試圖反抗，但欲妃力大無窮，自己如何反臂拐她肘子，甚至用後腦撞她臉，她也不痛不癢。

一股怪異濃煙自年幼的自己背後凝聚成怪獸的樣子，伸出醜陋髒手，在年幼的自己耳邊講了幾句話，然後起身自顧自走回漆黑的房間。

年幼的自己嗚嗚哭了幾聲，用手扒臉、揪著頭髮，也起身跟著怪獸往回走。

「回來，別跟他回去！」陳亞衣尖叫，不停用後腦撞擊欲妃。

年幼的自己停下腳步，回頭望著陳亞衣。

「別回去——」陳亞衣大吼：「沒錯，他會打妳沒錯……但那是以前，現在他已經不在了，妳再也不用怕了，外婆會保護我們！」

「外婆……」年幼的自己有些猶豫，前頭怪獸停下腳步，回頭望她。

怪獸兩隻眼睛閃爍著嚇人紅光。

年幼的自己猛地一哆嗦，急忙忙跟上。

「膽小鬼，妳給我站住！」陳亞衣喝道，也不知道是自己力氣變大，還是欲妃力氣變小，她開始拖著欲妃往前一步步追去。

但前方兩人腳步比她更快了些，與她越來越遠。

「妳以前打不過他，但現在不一樣了！」陳亞衣哭喊：「妳後來練了跆拳道！又練了柔道！妳個子比他矮、力氣不見得比他大，但妳一定可以打爛他的鼻子！他的手再伸過來，妳就扭斷他的手、把他手指一根根扭斷！」

年幼的自己再度止步，轉身凝望陳亞衣，似乎被她這番話打動。

「妳要對自己有信心！」陳亞衣拖著欲妃，奮力往前，急得哇哇大叫。「妳後來一直在努力，妳發誓過不再讓任何人欺負妳跟外婆，對不對？」

怪獸嘴巴咧開，不耐煩地催促起來，向年幼的小亞衣伸出手，要牽她。

小亞衣遲疑幾秒，抬起手。

「別給他牽——」陳亞衣對著年幼的自己放聲怒吼。

小亞衣蒼白的臉蛋逐漸有些發紅，甚至整個人都發紅起來。

甚至連個子都高了一、兩吋。

怪獸嘎呀呀地又說了什麼。

小亞衣望著怪獸、望著他伸來的手，似乎沒那麼怕他了。

「把他的臭手指折斷！」陳亞衣怒吼。

小亞衣全身更紅了，是被紅光照紅的。

紅光來自陳亞衣這頭，她腳下有個紅色圈圈，隱隱透著符籙文字，她全身都散發紅光。

欲妃仍在她耳邊吹風說話，將她耳朵都燙熟了，但她只顧著對年幼的自己喊話，一點也不理會欲妃的滾燙耳語。

小亞衣握住了怪獸的手。

「亞衣、亞衣呀——妳到底怎麼了？」苗姑著急的叫喚聲更大了。

□

「亞衣、亞衣！」陳亞衣站在地下室廁所裡，對著鏡子拍打自己的臉。鏡中的她神情急切，雙頰紅通通的像上了妝——是苗姑附著陳亞衣的身子，呼喊陳亞衣本人。

「妳身體怎麼這麼燙？臉怎麼這麼紅？妳中了火毒？」苗姑驚慌失措，突然感應到什麼，仰頭一看，急急附著陳亞衣的身子往外頭跑。

「那些傢伙殺來了！」她飛奔上樓，奔至客廳。劉媽單手抱著大橘貓站在前陽台大門前，扠腰望向門外。

門外站著一群刺龍畫鳳的人。

帶頭那人正是嚴寶。

嚴寶兩隻眼睛閃閃發光，朝屋內望了一眼，與陳亞衣「八目」相對。另外四目，自然是嚴寶身中的嚴五福，與陳亞衣身中的苗姑。

「人眞在妳這裡。」嚴五福這麼說。

「是呀。」劉媽點點頭，她的眼睛也閃閃發亮。「她出了這道門，你們要怎麼處置她我不管；但她人在裡頭，你們只能另外約時間了。」

「啊！妳……妳是……」苗姑察覺到劉媽身上的氣息，三步併兩步奔去陽台，探頭瞅著她正臉。「土地婆呀！妳是這裡的土地婆？妳上了這妹子的身？這是妳的轄區呀？幸會幸會，人家都叫我苗姑，妳叫我阿苗就行啦！嘿嘿、嘻嘻！」

劉媽也不與苗姑搭話，輕輕摸著大橘貓腦袋。

大橘貓懶洋洋地打哈欠，瞇眼睨視一群五福會成員，一點也沒把他們放在眼裡。

「……」嚴五福默默瞪視劉媽和陳亞衣許久，終於開口對陳亞衣說：「老太婆，算妳運氣好，躲進土地神的地盤裡……我警告妳，我可以放妳一馬，不過妳別再幫那姓蔡的，這是我們兩家私人恩怨，懂嗎！」

「你們兩家我誰也不幫！」苗姑嚷嚷回嘴。「我們是幫錢做事，這是我們的工作，不工作哪來的飯吃呀！」

「姓蔡的給妳多少錢，我出一倍！」嚴五福大聲說。「多殺他一人，再給妳們分紅，怎麼樣？」

「哇！這麼大方？」苗姑眼睛一亮，有些遲疑。「你這酬勞怎麼聽起來像是買凶殺人呀，這事是邪道呀！會遭天譴呀！」

「什麼『聽起來像是』買凶殺人，我就是要買凶殺人！」嚴五福哈哈大笑說：「有錢能使鬼推磨，有錢能使天遮眼。天譴？老太婆，時代不一樣囉……」

「喂喂喂！」劉媽抬高分貝，說：「你們沒王法啦，在土地神面前講買凶殺人？滾遠點愛怎麼談都行。」她對嚴五福說：「你們在底下都還有刑期對吧，我不管你們怎麼上來的，也不管你們上來想幹啥，總之別給我找麻煩，晚點這兒有些長官要來泡茶，你自認錢多膽子大到敢買天，儘管別走，等我長官來了你試著買看看；要是錢跟膽子不夠，就滾遠點，別把這兒弄臭了害我被罵！」

「哼……」嚴五福哼了哼，探長脖子往屋裡瞧，隱約瞧見客廳醒目大供桌上滿滿的神像，轉頭向五福會幫眾揮了揮手，指揮眾人上車。臨走前還不忘向手下討了支筆，隨手在一戶人家牆上寫下電話，對苗姑說：「老太婆，妳願意合作，隨時找我聊聊；我醜話先說在前頭，妳要是幫蔡家，我不會放過妳。」

嚴五福說完，上車準備離去，幾個小弟還嘀咕說：「大岳跟小年呢？」「他們不是說在巷口等我們會合？」「該不會被土地婆嚇跑了？」

苗姑望著五福會撂了狠話後離去，哼哼地對劉媽說：「土地婆呀，妳說那老傢伙是不是在騙人，他看起來就不是個好傢伙。嘿嘿……啊呀！我差點忘了我要講什麼了。土地婆，妳降駕降得正好，快替我外孫女看看到底怎麼回事，她發高燒、身子越來越熱、臉紅得像熟了一樣！是昨天那魔女火術……啊呀！魔女跟剛剛的老傢伙不就同一路嗎？我竟然忘了，我真是老糊塗了，怪不得大家都叫我瘋婆子！哎喲！」

苗姑剛說完，擠過劉媽身邊急奔出門，奔到巷子想喊回嚴五福的車隊，但車隊早已駛離巷子，她只得走至對門鄰居牆上記下嚴五福的電話號碼。

她喃喃唸著號碼，正想向劉媽借筆寫在手上，轉頭便見土地婆已經退了駕，劉媽像什麼事也沒發生，哄著大橘貓。

「土地婆就這麼走啦？」苗姑呆了呆，轉眼就忘了借筆這事，蹦回劉媽面前喊道：「妹子，幫我看看亞衣怎麼了，她……她……咦？」

「她怎麼了？」劉媽哦了一聲。

「我怎麼了？」陳亞衣恢復了原本的聲音，如大夢初醒。

「亞衣！妳……妳怎麼了？」苗姑仍附在陳亞衣體內，發覺她的身子不再熱燙，一點異狀也沒有。

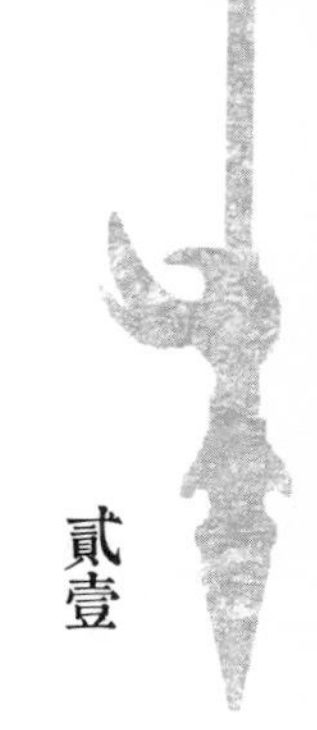

貳壹

馬大岳載著廖小年沿著濱海公路飛快飆駛，經過一段不算短的車程後，終於停下了車。

「到了？」廖小年左顧右盼，四周除了一些低矮透天公寓外，便只一座廟。「這裡是……哪裡？」

「新屋。」馬大岳下車，連車鑰匙也沒拔，領著廖小年往廟走去。

「新屋？桃園新屋？」廖小年跟在他身後，見他往廟裡走，便問：「你要借廁所？」

「廁所？」馬大岳回頭瞪著廖小年，沉沉地說：「也是，接下來路途遠，是該上個廁所。」

「呃……」對方神情語氣都有些反常，廖小年怯怯地問：「大岳你、你該不會……又被鬼附身了吧？」

「臭小子，什麼鬼附身！你說我是鬼嗎？」馬大岳怒瞪他，一把提著他後領拖去廁所。

兩人上完廁所洗了手，廖小年甩了甩水、隨手往褲子抹，卻被馬大岳提回洗手台，要他重洗一次。

「洗手要用肥皂。」馬大岳教導小孩洗手一樣，一個步驟、一個步驟指導著廖小年，抹上肥皂、仔細搓揉，才開水沖洗。

兩人洗完手往外走，廖小年懷著滿腹疑問，正猶豫著該不該問，就見馬大岳探長了手，從身旁大香爐裡抓出十餘支燒至一半的殘香，這才往機車走去。

「大岳！你拿人家香做什麼？」廖小年駭然大驚，回頭發現廟裡工作人員走出查看，連忙加快腳步跟上。

「拿好。」馬大岳將十餘支殘香遞給他，跨上車發動引擎。

「啊、啊！」廖小年接過香、跨上車，還沒坐穩馬大岳便催足油門往前駛出。廖小年差點被摔下車，急急問著：「大岳，老大到底要我們做什麼？」

「啊？」馬大岳呆愣愣地駛出老遠，聽廖小年不停問他，一下子回答不出來，他停下車，回頭。「老大要我們做什麼？」

「往南，取香。」廖小年眨了眨眼，答。

「取啥小香？」馬大岳困惑愕然。此時的廖小年臉上有種過去從未見過的肅穆神情，一副準備出陣砍人的模樣。「你怎麼了……」他隨口問，卻見廖小年正用食指和拇指將手中殘香的香頭一支支捻熄，驚愕道：「你在幹嘛？你拿香做什麼？」

「囉嗦！時間不多了，快騎車往南——」廖小年瞪大眼睛，大聲一喝。

這聲怒喝如虎吼獅嘯、如戰鼓雷鳴，將剛上完廁所的馬大岳嚇得又抖出幾滴尿，連忙催起油門往前騎。

「快點快點，怎麼這麼慢！你不是喜歡騎快車？」廖小年怒叱。

「大、大哥，請問……你是誰？」馬大岳哆嗦地問：「你不是小年，對不對……」

「我是小年。」廖小年答。

「可是……你……」身後廖小年的語氣和聲音，聽來與過去的他完全不同。

「可是個屁！叫你騎就行，問那麼多幹啥！上頭交代這工作急如星火，你再拖拖拉拉，耽誤了時間你拿什麼賠？」廖小年不耐怒喝。

「上……上頭？」馬大岳無奈又不解。「老大要我們去哪裡？」

「南下取香。」廖小年一面說、一面將那把捻熄香頭的殘香，對著後照鏡晃了晃。

「啊？拿那些斷香做什麼？去買一包新的不行嗎？」馬大岳問。

「新香有啥鳥用！」廖小年一把掐住馬大岳頸子。「你給我騎快點，不要再囉嗦了！」

「是……是是大哥！」馬大岳感到廖小年此時威嚴不下嚴五福，驚得連忙加速，但仍忍不住問：「那……你到底要我騎去哪？」

「南下……」廖小年朝著後視鏡瞪目咧嘴：「取香！」

馬大岳從後視鏡看到廖小年臉頰青筋畢露、兩隻眼睛高高凸出眼眶，連牙都尖銳許多，嚇得差點沒魂飛魄散，半句話也不敢再問，加速南下。

貳貳

悅彼躲在距離東風市場有段距離的高架橋底下發呆。

同樣快要成魔的她，雖然不像尋常惡鬼那麼畏懼炎陽，但日正當中還是被曬得頭昏眼花，只好躲到橋下喘口氣。

她雪白胳臂、大腿和小腹上除了片片火傷外，還有一圈圈撕裂齒痕——她在離體飛逃時，被幾頭後足附著風火輪的豹皮囊小豹飛追出窗緊咬不放，沿路纏鬥扭打好一陣，才將幾頭小豹全撕成碎片。

她的左臂傷勢特別嚴重，胳臂上除了齒痕，皮肉焦爛一片，那是她在與小豹纏鬥至終、筋疲力竭之際，被最後一頭小豹從屁股一路咬上胳臂，還化成豹皮囊吞噬她整隻手臂，她催動全力凍裂那豹皮囊，才能抽回手。

她不時低頭望著腹部，腹上地獄符印部分字跡被那些火龍的三昧眞火燒得模糊難辨。

突然，她似見到猛敵的貓般伏低了身子，雙眼精光乍射，直勾勾盯著遠處走來那個戴著寬大遮陽帽的女人。

女人是欲妃，穿著寬大風衣，手挽名牌皮包和一只購物紙袋，撐著一支洋傘，笑呵呵地來到悅彼面前，將大紙袋扔到她身邊，說：「太陽這麼大，戴頂帽子遮遮吧。」

悅彼瞥了紙袋一眼，裡頭是一頂和欲妃頭上相同款式的草帽，與一件風衣。

儘管炙熱難耐，她仍防備地望著對方，不敢伸手去拿帽子戴。

「幹嘛？怕我動手腳？」欲妃嘿嘿一笑，走至天橋底下，收了傘，敞開風衣——風衣裡僅穿著火紅色的貼身衣物，體膚和悅彼一樣，滿布火傷和齒痕，那是昨日山區大戰時受的傷，當時她與悅彼一樣，被大群小豹圍攻，苦戰好一陣才宰盡小豹。

欲妃見悅彼警戒地左顧右盼，呵呵笑道：「放心，我沒帶人，我不是來找妳麻煩的。」

「那妳想怎樣？」悅彼可不敢輕信欲妃，她吃過這女人的虧，也讓對方吃過虧，幾百年來，她們打架的次數多不勝數。

「我想跟妳合作。」欲妃笑著說。

「合作？」悅彼睜大眼睛，滿臉嫌惡，「上次妳也騙我合作，結果出賣我！」

「那麼多年前的事了，妳還記著？」

「廢話！怎麼會忘！」

「如果妳記性這麼好，那應該不會忘記我那次說過，想報前一次妳出賣我的仇呀。」

「那快一百年前的事了！」

「我出賣妳也四、五十年了吧。」

「哪有那麼久，我記得很清楚，只過三十七年！我常想，總有一天，要向妳討回來。」

「那好，我們先合作吧。」欲妃笑語：「過了這關，妳才有機會向我報仇。要是讓她們撿走便宜，那我們這次上來可賠了夫人又折兵了。」

「她們也要上來？」悅彼瞪大眼睛。

「遲早的事。」欲妃說：「單妳一個拿不下那乩身，妳現在帶著傷，姓蔡的老弟會怎麼想？嫌妳沒用？請更多打手上來？妳覺得他下一個會請誰？」

「……」悅彼沉默不語，思考著欲妃的問題。

「如果蔡老弟請她們上來，那這一局，就沒有我們的戲囉。」欲妃這麼說。

「妳想找我合作去逮那個乩身？」悅彼遲疑問：「我們兩個加起來，就能打贏他？」

「未必打得贏。」欲妃說：「我的提議是奪下地獄符印章，別讓姓蔡的請那兩個婊子上來，我們多找點自己人上來——妳應該心裡有數，我們這兩個老弟和他們的手下，全是幫派廢物；這兩批老廢物附著兩批小廢物，互相殺來殺去，跟白痴一樣，能成什麼大事？我們要找點有用的傢伙。」

「我又不懂寫地獄符，妳會寫嗎？」悅彼問。

「不會。」欲妃說：「但我在底下有位朋友會寫。」

「在底下！那妳也得先請他上來呀！」悅彼翻了個白眼。

「我手上沒有章也沒有符，沒辦法請呀。」欲妃耐著性子解釋：「所以我才找妳合作——會寫符的小妹妹本來被我們逮著，但又逃跑了；我猜姓蔡的身上還留著幾張符沒有用完，對吧。他那些子孫、手下的魂魄都在姓嚴的手上，他肯定想找回子孫的魂，對吧。」

「應該吧……」悅彼點點頭，想了想，說：「我記得蔡萬虎特地爲他父親、大哥，留下專屬的地獄符，他大哥好像叫蔡萬龍。」

「妳替我把符跟印都偷來。」欲妃神情興奮、雙眼發光，仔細說明她的計畫。「我先用符請我朋友上來，他懂得寫符用印，能替我們請上更多厲害幫手。我們兩個合作，擒下那乩身，送下去給摩羅大王，平分這功勞。」

她說到這裡，見悅彼面露狐疑，苦笑：「我知道妳不信我，但我提醒妳，比起我，妳跟她們的梁子結得更大，我沒說錯吧。妳剛剛說我們最近一次結仇才過三十幾年……但妳跟她們的仇更近、更凶、更恨，對吧。老實說，我也是。所以我不想輸給妳，但更不想輸給她們——要是落在她們手裡，結果如何，我可不敢想像。」

「合作吧。」她往悅彼走近幾步，對她伸出手，見她仍有疑慮，便以指尖在手掌上刻下一枚血印，向悅彼展示。

血印隱隱燃動著血火。

「……」悅彼望著欲妃手掌上的血印，不語半晌，終於也在自己掌心刻出同樣的血印，她掌心血痕裡淌出的是青血、微微冒著冰風。

兩人伸手互握。

火印與冰印貼在一起，閃動起陣陣詭異青紅光芒。

欲妃的手掌、胳臂上除了本來的紅紋，開始浮現起青紋，還隱隱結出冰霜；悅彼臂上同樣也閃動艷紅火紋，燒出團團紅火。

兩人本來一冰一火，此時猶如冰火交融。

她們在掌上刻下了「血盟咒」，互握生效後，彼此三魂七魄會調出一魂三魄與對方交換。在雙方同意解咒、換回原有魂魄前，兩人將同心同體；倘若其中一個重傷至魂飛魄散，另一個的魂也將逐漸毀壞、不得好死。

兩人睜開眼睛，都望著自己手掌心，掌心上的血痕逐漸癒合，只留下半青半紅的淺淺印痕。

悅彼望著欲妃，抬手湊近嘴邊，張口一咬，欲妃掌上立時出現一圈帶冰齒痕；欲妃望著自己手上那圈齒痕，也將手湊近唇邊，輕輕一吻，在齒痕上烙出一枚焦紅帶火的唇印，對方手上同樣也滋滋地焦出個一模一樣的唇形烙印。

「希望我們這次合作愉快。」欲妃笑吟吟地提起紙袋遞給悅彼。

「……」悅彼從紙袋中取出大草帽戴上，又拿出風衣披上——她比欲妃矮了大半個頭，風衣穿在她身上顯得寬大。

「不喜歡？我帶妳再去挑一件。」欲妃說。

「衣服大點好，現在這太陽不輸地獄火海。」悅彼問：「妳底下的朋友生前也是法師？會寫地獄符？他犯了什麼事在地獄受刑？」

「他不是法師，他原是陰司城隍。」欲妃答：「他十年多前被揭發收受賄絡，罪證確鑿，被打下十八層地獄，要待上很久。」

「底下十個城隍九個收賄，妳那城隍朋友收得特別多？還是收得不夠聰明？」悅彼不解。

「聽說他那件事玩出火，天上插手干預，罪證確鑿，他賴不掉。」欲妃呵呵笑說：「本來替他撐腰的閻王見苗頭不對，與他切割得一乾二淨，還多扣他幾條罪，讓他永遠也上不來。」

「這麼倒楣，他叫什麼名字？」

「司徒史。」

□

「悅彼姊，帽子很美，衣服也很美。」蔡六吉瞇著眼睛瞅著返回據點的悅彼。

「我倒覺得不怎麼樣。」悅彼摘下大草帽，胡亂扔在地上。「要不是今天太陽這麼凶，我才懶得戴這醜帽子。」她隨口答，正要脫去風衣，見蔡六吉和一票六吉盟老鬼望著她，又將風衣拉實，冷冷瞪著他們。「各位小弟弟，我比你們奶奶還老，別老這樣色瞇瞇地看著我呀……」

「呃……」蔡六吉等被悅彼這麼責備，有的愕然不解、有的心虛低頭、有的掩嘴竊笑、也有的大聲恭維說：「悅彼姊，您就算到了三千歲，仍然是貌美如花呀。」

「真會說話。」悅彼提著兩大袋購物紙袋，往蔡七喜別墅裡特地為她騰出獨享的睡房走去——六吉企業因凶殺案被警方封鎖、三喆旅館又被五福會攻破，蔡六吉一聲令下，將據點搬移到蔡七喜位於市郊的大別墅。

此時別墅內外除了隨蔡六吉上來的六吉盟罪魂前輩外，還聚著二、三十名六吉盟活人幫眾；這兩天蔡萬虎一有時間，便打電話向過去與蔡家有點交情的叔伯們調借人手支援。

悅彼走至樓梯口，正要上樓，聽見底下嚷嚷起來。。

「蔡老爺，萬虎哥打電話來，說接到陳小姐的電話了！」一名六吉盟活嘍囉，欣喜地拿著手機奔入客廳，向蔡六吉報告。「陳小姐想向咱們討尾款。」

「什麼？那臭丫頭不見一天，現在才冒出來討尾款！」蔡六吉不悅地嚷嚷，接過手機，與電話那端的蔡萬虎對話。「什麼！被五福會綁去，然後又讓她逃出來了！啊哈哈，那姓嚴的蠢蛋，笨得跟豬一樣，連綁個小丫頭都綁不牢呀。」

「也就是說陳小姐摸清了對方人手跟藏身據點啦？」蔡六吉弄明情況，興奮講著：「太好了！快帶她來見我，啊呀等等！我不大放心……那姓嚴的弄丟了人，絕不會善罷甘休，我親自去接你。乖孫，你放心，這裡有悅彼大姊守著。」

悅彼默默聽了個大概，才繼續上樓。

蔡六吉掛上電話，點了幾個跟班準備出發接應在外招募打手的蔡萬虎，臨行前還向悅彼報備，請她替蔡家看好別墅，可別讓五福會又殺進來了。

「你放心吧。」悅彼點點頭、關上門，走到一面等身長鏡前，對著鏡子呼了口氣，跟著脫去風衣、褪下襯衫、摘下手套。

那面大鏡子本來映不出悅彼的模樣，但被呼了口冰風，鏡面上結出一片薄薄冰片，便倒映出悅彼赤裸身體上斑斑片片慘烈傷痕。

她垮著臉檢視身上每一處傷口，雙眼漫出濃濃殺意，忍不住拿起手機撥了個號碼給欲妃，說：「欲妃姊，等我們逮著那臭小子，能不能讓我玩個兩天。我要拔光他的牙、切下他每一根手指，讓他哭著向我磕頭道歉。」

「妳開心就好。」欲妃在電話那端呵呵笑著。「說不定兩天還弄不死他，聽說那小子血流乾了也死不了，他的身體讓中壇元帥拿蓮藕補過，比一般活人強硬得多。」

「強硬才好，玩久一點。」悅彼恨恨地說。

「那妳有空多想點花招，到時候好好招待他吧。」欲妃說：「別忘了午夜拿著符、帶上印，到『三不管』會合。」

「好。」悅彼掛上電話，又檢視了半晌傷勢，越瞧越怒，從紙袋中取出長袖套上——剛剛她未在眾人面前直接脫去風衣，當然並非害羞讓六吉盟老鬼們欣賞她的身子，她實際年紀長得幾乎能做這些老鬼好幾代祖先的奶奶了。

她是不願讓蔡六吉知道她找韓杰打了一架，還打輸逃跑，受了一身傷，不僅面子掛不住，或許還會降低蔡六吉對她的信任——蔡六吉身上還帶著幾張沒用完的地獄符，倘若他懷疑自己身手、嫌棄自己戰力，那麼就有可能請別的傢伙上來，那些傢伙之中，很可能會有她的仇人。

譬如快觀。

譬如見從。

快觀、見從與欲妃、悅彼一樣，都是即將成魔的地獄惡靈，她們道行高深且貌美如花；她們都曾犯下重罪，卻仗著關係遊走地獄、陰間，並且都與第六天魔王有些交情，彼此爭風吃醋，互鬥了數百年。

比起欲妃，悅彼跟見從結下的梁子巨大得多。

要是蔡六吉招來見從幫忙，那麼悅彼目前在六吉盟裡的崇高地位很可能不保，見從不但會踩下她、更會踩死她，接收她現有資源去逮韓杰，獻給第六天魔王。

考慮到這一點，與欲妃合作確實是唯一的選擇。

悅彼套上長袖衣物，戴上絲絨手套，還在鏡子前撩起上衣又瞧了瞧腹上的地獄符印，符印字跡有些模糊，符效隨時可能消失，欲妃急著找她合作，也是因爲同樣的緣故——地獄符效力一旦消失，那些牛頭馬面就有理由押她們回陰間，雖然要用蠻力制伏她們可不容易，但在陽世反抗陰差的代價肯定不小，她們兩個在地上孤立無援，要是驚動神明，第六天魔王面子再大也保不了她們。

她對著鏡子用手順了順髮，端視自己美麗容顏一陣，才揮手收去鏡上冰霜，鏡子裡便只剩下衣物。

悅彼步出房間四處晃，她不論是道行還是在陰間的輩分，都比蔡六吉高出太多，在六吉盟裡擁有特權，想去哪兒都沒人會攔她。

也攔不住她。

她晃到別墅頂樓欣賞夕陽，聽見後頭有些聲響，轉過頭，是蔡萬虎老婆帶著女兒上樓。

蔡萬虎的老婆見到悅彼，有些害怕，牽著女兒想下樓，剛走至樓梯，就見悅彼已經笑吟吟地站在那兒。

「妳怕我？」悅彼問。「我是妳老公的爺爺請來保護你們蔡家的幫手耶。」

「謝謝妳……」女人擠出微笑，對悅彼恭敬地鞠了個躬。

「哪裡哪裡。」悅彼嘿嘿笑著，張開雙手，向女人展示自己一身新衣。她沒有說這些衣服是欲妃帶她上百貨公司買的，而是稱自己去店裡偷出來的。「現代女人衣服做得好別緻呀，比我那時漂亮多了。」

「是呀……」女人連連點頭稱是。「這麼美的衣服，穿在您身上，顯得更美……」

「聽說妳學服裝設計的？」悅彼問。

「以前有學過……」女人答：「跟萬虎在一起之後，就沒碰了……」

「那正好，有些衣服和化妝品，我實在搞不懂怎麼穿、怎麼用，又不能問那些老傢伙，妳教教我。」悅彼堆著笑臉這麼說：「行嗎？」

「啊……」女人一時找不著理由推托，只好苦笑點頭。「可以呀……」

悅彼與女人一左一右牽著小女孩下樓。

「好可愛呀，她幾歲呀？」

「過完生日，就六歲了。」

「她叫什麼名字？」

「如意。」

「如意？蔡如意？這麼老氣的名字，誰取的呀？」

「是我公公取的……」

「妳公公，就是蔡萬虎爸爸，就是蔡六吉兒子？他人現在在哪兒？該不會前陣子被嚴家宰了吧？」

「是呀……」女人隨口應話，牽著小女孩回房，悅彼則提來幾大袋衣物，轉進女人房裡，還對著廊道外一個年輕幫眾說：「我請大嫂教我怎麼穿衣服，你可別偷看喲，就算是蔡萬虎回來，也得叫他敲門，知道嗎？」

「是。」年輕守衛自然連連稱是。

「乖。」悅彼對他嘻嘻一笑，關上門，像個期待約會的小女孩，提著衣物來到女人床旁，從袋子裡取出一件件新衣，稱自己今夜要出席一場約會，見些老朋友。

女人細心向悅彼解釋每件衣服的穿法、搭配、適合出席的場合，替她從幾袋衣物中，挑了件皮毛大衣搭細肩帶洋裝，作爲悅彼今晚約會裝扮。

「好像還可以，妳先穿給我看看呀。」悅彼搖頭晃腦地望著攤在床上的大衣和洋裝，微笑望著女人。

「……」女人莫可奈何，只好脫下自己的衣物，換上悅彼的洋裝和皮毛大衣，此時正值盛夏，即便房中開著冷氣，穿上皮毛大衣也不免嫌熱。

悅彼張嘴呼出一口雪風，不僅捲走整室暑氣，還在房中盤旋，落下一片片閃動著淡青光芒的雪花，那些雪花飄在空中，在蔡如意身旁飛繞起來。

「哇——」蔡如意睜大眼睛，好奇地伸手去接那些雪花，雪花落在她掌心上，旋即變成了巴掌大的冰晶兔子或是小雪人偶，蹦蹦跳跳起來。

女人起初見房中飄起冰花，也覺得美、也佩服悅彼法術厲害，她不但不再感到悶熱，反而想將大衣拉緊些，直到聽女兒打了個噴嚏，才覺得雪風似乎過冷了，忍不住想開口請悅彼收去冷風。

她還沒說出半個字，整個人便彷如塑像般呆滯不動。

悅彼則消失無蹤。

「咦？悅彼姊姊呢？」蔡如意打完噴嚏，抬起頭東張西望，正奇怪悅彼怎麼一轉眼便沒了，回頭媽媽就笑呵呵地脫下皮毛大衣，裹在她身上，把她抱上床，還抓起被子覆在皮毛大衣外。

「姊姊有事要忙，妳乖乖，跟小兔子玩。」女人嘻嘻笑著，輕輕拍了拍被子——微微鼓成帳篷狀的被子，彷彿成了一座小雪屋。

蔡如意躲在小雪屋裡，外頭落下的雪花越聚越高，蹦出的小兔子和小雪人也越來越多，還鑽進她的小雪屋找她玩，她伸出手去抓它們，小雪屋外冷得如同冰窖，甚至比冰窖還冷。

悅彼附在女人身上，在小小的暴風雪中閉目漫步，幾分鐘後睜開眼睛，來到大衣櫃前拉開櫃門，從衣櫃裡一件西裝外套內側口袋拿出兩張地獄符。

兩張地獄符上都已署名，一張是蔡萬龍，一張是兩兄弟的父親，父子倆都被五福會誅殺，亡魂失蹤，不知是被陰差拘下，還是漂流人世，因此蔡萬虎留著兩張地獄符備用，等待時機招回他們。

悅彼附在女人身上，憑她記憶找著了蔡萬虎地獄符收藏位置。

她取得了符，還得拿到地獄符印章。

她平時未留心蔡六吉將印章藏在哪兒，此時只能從女人的記憶飛快搜尋關於木章的蛛絲馬跡，但由於女人並未參與六吉盟的作戰計畫，因此並沒有太多相關記憶。

她起身伸了個懶腰，來到床上雪屋前，交代蔡如意繼續乖乖待著陪小兔子玩，然後開門出房，與廊道裡的年輕守衛打了聲招呼，盯著他雙眼、拍拍他的臉。

年輕守衛呆然不語，女人則回了神，一時還不明白為什麼自己將手貼在自家小弟臉上，連忙收回，想說些什麼解釋。

還沒開口，又被悅彼附回身。

那名年輕守衛層級太低，腦中並無多少關於地獄符印章的資訊，很快被悅彼放棄，她又拍了拍他的臉，說：「悅彼姊要我替她拿點東西，你替我看著如意，別讓她亂跑喲。」

「是……」年輕守衛望著換穿細肩帶洋裝的大嫂走遠，忍不住朝她屁股多望了好幾眼，連連吞嚥口水。

此時蔡六吉出門接應蔡萬虎，整間別墅層級最高的自然就是蔡七喜了，悅彼附著女人來到客廳，問了留守幫眾幾句，聽說蔡七喜在書房歇息，便獨自轉去找他。

「這別墅大得不像話，找個人還要先問好幾個人。」她哼笑，找著蔡七喜書房，敲了幾下門，也不等蔡七喜應答便自個兒開門進去。

蔡七喜像具木乃伊般坐在椅上望著窗，這幾天他時常這樣。

「啊……淑芬，有什麼事嗎……」蔡七喜反應有些遲緩，直到女人走近他面前，才回過神來，但他隨即發現她的眼神不像姪孫媳婦，微微顯露驚愣神情。

「老頭子眞敏銳呀，是因爲大限已近的關係嗎？」悅彼嘻嘻一笑，在蔡七喜面前轉了個圈，說：「我請嫂子教我穿衣服，想用人身走走路，如何，漂不漂亮？」

「漂亮、漂亮，悅彼姊穿什麼都漂亮，但……但是……」蔡七喜怯怯地說：「悅彼姊這樣附著淑芬，不太好……」

「爲什麼不好？我只是想重新當當人、過過當人的癮，怎麼了嗎？」

「陰陽有別、人鬼殊途，鬼附著人身，總是不好，對人的身體不好……」

「你這話怎麼不去對你大哥說？他成天附著你姪孫呀，你們請我上來，不也總是要我附著人身做這做那的？」

「這……這……」蔡七喜被悅彼這麼反問，一下子不知如何回答，只好說：「這是我們六吉盟跟五福會的事，跟淑芬無關呀……唉，總是別波及無辜，我們這一生，已幹了太多損陰德的事了，下去以後、下去以後……唉……」

「哈哈！」悅彼見他這模樣，忍不住大笑。「你知道自己沒幾年好活了，這麼害怕下去受審呀——你們請我幫忙，不就是打算翻盤，把所有髒事全栽到嚴家身上嗎？」

「那也得……」蔡七喜唯唯諾諾地說：「也得成功了才行呀……」

蔡七喜沒說完，眼神陡然一變，微微閃動青光——悅彼懶得再與他瞎聊，直接附上他身。

「叔……叔公……」女人呆愣愣地望著蔡七喜，不明白自己怎麼跑到蔡七喜書房裡了。

「淑芬，妳不是要替我倒茶嗎？怎麼了嗎？」悅彼用蔡七喜的身子，裝出老沉的聲音，對女人說：「順便替我帶些點心，我好餓呀……哎喲……」

「茶？點心？」女人呆了呆，點點頭，出房替蔡七喜張羅茶水點心。

悅彼等女人出去，閉目幾秒又張開眼睛，伸手拉出書桌抽屜，從一個小盒裡找出把鑰匙，起身至大書櫃前取出幾本書，再從更深處摸了個帶鎖鐵盒，用鑰匙打開，裡頭正是那顆大木章。

「這老頭子真閒，把章藏得這麼隱密……」悅彼呵呵笑著，翻了翻蔡七喜抽屜，找了顆略小一號的印章放回鐵盒，上鎖歸位，又將幾本書原封不動擺好，再將鑰匙也擺放回去。

悅彼捧著地獄符印章坐回座位，忍不住哈哈大笑。要是蔡六吉令蔡七喜取章用時，蔡七喜打開鐵盒卻發現是自己個人私章，不知道是什麼表情。「這老傢伙應該會覺得自己老糊塗了，說不定一急之下腦溢血，當真活活急死了，哈哈！」

她笑了半晌，隨手找了個小紙袋裝好地獄符印章，等女人端回茶水糕點，笑著跟她道謝，將裝著地獄符印章的紙袋遞給她，說：「萬虎待會回來要用這東西，我睏了，想睡一會兒，妳替我交給他吧。」

「是……」女人接過紙袋，有些困惑，見蔡七喜默默喝起茶，便點頭告退——

悅彼附著蔡七喜，吃了口糕點、喝了口茶，旋即出門，附回女人身上。

蔡七喜呆然望著桌上的茶水和抓在手上還咬了一口的糕點，發了一會兒愣，又咬了一口，繼續望著窗，細數起過去大大小小的罪孽，不時搖頭苦嘆，再喝口茶、吃口糕點。

悅彼附著女人身子，拿著地獄符印章上樓，對廊道裡的年輕守衛拋了個媚眼，走回房裡，揚了揚手，收去滿屋風雪。

半分鐘不到，蔡如意便熱得從床上小雪屋鑽出，向女人嚷著小兔子和小雪人都不見了。

「它們在別的地方，媽媽帶妳出去玩，去找它們玩好不好？」悅彼笑嘻嘻地問蔡如意。

「好呀！」蔡如意瞪大眼睛，雀躍地蹦跳起來，但突然又有些遲疑，說：「可是爸爸要我們別亂跑，說外面壞人在等我們……」

「爸爸打電話來，要我們去找他，爸爸會保護我們呀。」悅彼拿了床上的大衣穿上，伸出手牽她。「走吧。」

蔡如意笑呵呵地跟著女人出門。

悅彼牽著蔡如意下樓要出門，被門口守衛攔下。「大嫂，外頭不安全……」

「房裡東西用完了，我想去買。」悅彼冷冷望著兩個守衛。

「大嫂妳要什麼，我替妳買吧。」一個守衛問。

「私人用品，我不想講。」悅彼這麼說。

「私人用品……是衛生棉嗎？」那守衛有些尷尬，抓著頭說：「那沒什麼呀，我替妳買，大哥交代……」

「是保險套呀。」悅彼瞪大眼睛。「你怎麼替我買？你知道萬虎喜歡戴哪種嗎？你們在想什麼？你們性騷擾我？」

「啊！」「不……不是！」兩個守衛驚恐搖頭、不知所措。

「那就給我讓開！」悅彼一把推開他們，牽著蔡如意出門。

守衛追在後頭，說：「大嫂，要不然我們載妳去，在店門口等妳，行嗎？」

「行。」悅彼停下腳步，點點頭。

兩個守衛立時備車，招呼母女倆上車駛出蔡七喜的華奢別墅，往街上駛去。

「媽媽，什麼是保險套？」蔡如意突然這麼問。

「是男人跟女人發生性行爲的時候用的一種東西。」悅彼回答。

「什麼是性行爲？」蔡如意又問。

「性行爲就是呢……」悅彼說到一半，見副駕駛座的幫眾回頭看她，又見駕車幫眾透過後照鏡看她，便說：「你們幹嘛？」

「大嫂……對小孩子講這個，不太好吧……」副駕駛座上的幫眾說。

「我看不出來你們還有道德感。」悅彼抿嘴一笑，突然指著街上一間大賣場說：「先在這裡停下，我想上個廁所。」

兩個幫眾莫可奈何，停了車，一個在車內顧車、一個陪同她們進入賣場。

悅彼進了廁所，先牽著蔡如意到一間隔間，對她說：「媽媽肚子痛，在這裡乖乖等媽媽幾分鐘，行嗎？」

「行。」蔡如意點點頭，乖乖坐在馬桶上。

悅彼微笑步出隔間，替蔡如意關上門，先扭開水龍頭洗了洗手，跟著轉入另一間隔間，用濕淋淋的左手捂著自己的嘴，再用濕淋淋的右手按著牆。

兩隻手立即結出冰霜，左手凍住了嘴、右手凍在牆上。

接著她離開女人，飛梭附上守在女廁外的幫眾身中。

那幫眾笑了笑，走入男廁，在小便池前撒了泡尿，玩玩具般把玩胯下那東西片刻，這才轉入隔間廁所。

他反鎖門，跪在馬桶前，將整個腦袋伸入馬桶，讓口鼻泡進水中。

只三秒，馬桶水便結凍成冰。

他扭了沖水開關，水箱裡的水洩下，卻因為底下結了冰，水無處可去，淹滿整座馬桶，直至溢到地面。

然後全結成冰。

於是他整顆腦袋都凍在冰裡。

悅彼離了體，飄浮在幫眾背後，嘻嘻笑地望著他清醒後驚慌掙扎的模樣——他的雙手凍在馬桶上、雙腿則凍在地板上，整個腦袋全卡在冰裡。

他後背劇烈起伏顫抖，完全無法理解自己究竟碰上了什麼情形。

悅彼在空中飄浮了兩分鐘，見他身子漸漸不動了，便飛離廁所，回到女廁，附回那叫淑芬的女人身中，解除冰封咒術，走出隔間，見到鏡子裡的女人嘴際、手掌都出現因為自己離體後驚恐掙扎造成的瘀傷，於是對著鏡子抿了抿嘴、揉揉腕，那些瘀傷當即消失無蹤。

她對著鏡子微微一笑，敲了敲蔡如意的隔間，牽她出來，帶著她從賣場另一處出口離去。

「媽媽，我們不坐大哥哥的車？」

「我們坐其他車，我帶妳去見一位姊姊。」

「姊姊？誰呀？」

「一位很漂亮的姊姊。」

「比悅彼姊姊還漂亮嗎？」

「沒有喔，悅彼姊姊比較漂亮。」

悅彼嘻嘻笑地牽著蔡如意搭上計程車，經過數十分鐘車程，來到一間咖啡廳。

悅彼報了姓名，在服務生帶領下走向一處四人座位。

那桌其中一側，坐著嚴寶的妻兒。

「啊！」蔡如意隨媽媽入坐，認出坐在她對面的同齡男孩，正是前兩日交換人質時嚇哭的小男孩。

「看不出這地方有這麼高級的咖啡廳。」悅彼呵呵笑著，這附近離市中心有段距離，也非高級住宅區，但這間咖啡廳菜單的價位卻接近市中心名店水準。

「快關門大吉囉。」嚴寶妻子——被欲妃附著，微微一笑，指了指窗外不遠處一棟倚山而立的古怪建築，說：「專做那間寺廟信徒的生意，這附近過去有好幾間這樣的店，聽說都倒了。」

「那是間廟？就是妳說的『三不管』？你們把蔡家的魂藏在那裡頭？」悅彼望了望那棟

古怪建築，外觀誇張奢華，門旁有塊小小的招牌——

玄極精舍

玄極精舍大門深鎖，門上滿布鐵鏽，門前雜草叢生，應該有段時間無人打理了。「裡頭拜的是什麼神？」

「那兒拜的不是神。」欲妃啞然失笑。「拜的是一個活人。」

「活人也能拜？」悅彼咦了一聲。

「什麼都能拜。」欲妃笑說：「那活人師尊前幾年很紅，信徒一個比一個有錢，人人搶著供奉他，生意做得挺大，但前兩年接連爆出他迷姦女信徒，兼一連串財務糾紛，就捲款跑了。」

「所以——」悅彼想了想，說：「那廟不拜神，所以天庭不管；無關鬼靈，所以地府不管；過去師尊關係好，凡人管不動，現在人跑了，凡人管不著，這就是妳說的三不管？」

「不止如此。」欲妃說：「主要是這廟的位置得天獨厚，背後有座陰山遮天，底下有奇石墊著地，廟裡挖了好幾層地下室，藏著金庫、納骨塔、貴賓招待所，躲在裡頭偷雞摸狗，天上瞧不見、地底聽不著，只要別鬧太大，當眞三不管。」

「但……我們接下來要鬧的事情不算小吧。」悅彼問。

「我們又不是要住在裡頭，不過就這兩、三天的事，等天上底下發現了，我們早把那乩身帶下去折騰了。」欲妃見餐廳服務生端來蛋糕飲品，便笑吟吟地說：「先吃東西吧，孩子都餓了。」

蔡如意大口吃起各式蛋糕、點心，喝著甜美巧克力飲品。

小男孩卻是滿臉愁容地默默望著面前那塊巧克力蛋糕，碰都不碰一下。

貳參

玄極精舍側門的鎖早已損毀，像被焊槍燒過。

欲妃的火術可不輸給乙炔焊槍。

從側門進入玄極精舍內部，僅須經過一條小廊，不必穿過正前方雜草叢生的廣場。

欲妃與悅彼牽著兩個小孩來到小廊盡頭，轉角處有通往地下的樓梯；閒置兩年的精舍早已斷水斷電，此時已經入夜，四周漆黑一片。

欲妃彈了彈手指，變出好幾團鬼火，飄浮在空中如盞盞燈火。

蔡如意嘴裡含著糖，哇的一聲，忍不住讚歎驚呼。

地下一樓至三樓設計高雅、施工精巧，幾處美麗造景庭園裡陳列著大大小小、風格不一的石塔木樓，宛如主題公園。儘管閒置了一段時間，但在一團團鬼火照映下，仍十分雅緻漂亮。

這兒是玄極精舍的地下納骨塔園。

幾處接待櫃台桌上還擺著精美的銷售傳單，位在庭園中央的塔位格數少、空間大，價位也較高，適合高級信徒數代同堂；而周圍的塔位格數密集、空間稍小，似公寓形式的集合式住宅，方便經濟實力較差的信徒往生後比鄰而居。

「真是天才。」悅彼望著空蕩蕩的塔位，聽欲妃說玄極師尊全盛時期，園區裡的塔位一位難求，不禁讚歎。「妳說摩羅大王欣不欣賞這樣的人才？」

「難說。」欲妃笑答：「那師尊的事蹟我也是聽人說的，沒見過本人。誰知道究竟是他舌燦蓮花，還是他的信徒比豬還笨——如果是後者，那就沒什麼了不起，摩羅大王未必看得上。」

「喔？」悅彼的視線停在遠方一處雅緻小木樓上。

「妹子眼睛眞利。」欲妃呵呵一笑。「我在那兒塔位四周動了點手腳，想遮著味道，但還是被妳看出來了。」

「你們把蔡家的魂全藏在那兒？」

「裡頭一百幾十條魂，蔡家人只佔一小部分，都是這陣子嚴老弟宰掉的傢伙，全收在一起，之後方便串供，大家口徑才會一致。」

「妳這麼有信心那些魂會順著你們的意思串供？」悅彼哦了一聲。「要對他們用刑？還是……」

「不必這麼麻煩。」欲妃說：「那些傢伙裡，除了一些少年，其他大都也幹過不少得下地獄的事情。我對他們說，只要配合我們串供，把事情全推給那乩身，誰會不配合呢？」

「這倒是。」悅彼說：「所以，我們什麼時候請妳朋友上來？」

「現在。」欲妃指了指底下。「我們再往下走。」

她們來到了地下四樓，看起來是交誼廳，有幾間寬闊大房。幾間大房裡的布置、擺設和情趣旅館十分相近，最大一間房超過二十坪，擺了張直徑達三公尺的正圓形大床，還有幾張八爪椅和造型奇特的金屬支架，兩面牆上懸著巨大的裸女畫像，掛著一條條皮鞭；敞開的幾個小櫃上，擺著琳琅滿目的按摩棒和千奇百怪的神祕器具。

「師尊品味真高。」悅彼忍不住笑了。

蔡如意攀上圓形大床，將大床當成遊樂設施蹦跳起來，以為自己來到遊樂園——這地方實際上確實可以歸類在遊樂園裡，算是玄極師尊的專屬樂園。

欲妃托著幾團照明鬼火走至大房另一端，拉開一張裝飾布幔，打開一扇金屬門，往裡頭彈了幾團鬼火，對悅彼說：「進來瞧瞧。」

悅彼任蔡如意在大床上蹦跳玩耍吃糖，自個兒走向欲妃前的金屬門，裡頭數坪大小，空空如也、四面徒壁——連同天花板、地板，全是金屬材質。

這兒是玄極師尊的私人金庫。

「這是三不管裡的最佳位置。」欲妃微微笑著說。「可以動手了。」

悅彼拿出兩張地獄符，欲妃則拿出事先備妥的朱砂筆，畫去原本蔡萬龍父子的名字，填上新名。

「這樣改有效嗎？」悅彼有些狐疑。

「之前嚴老弟的手下實驗過了。」欲妃說：「這些地獄符，不過就是張特殊工作證；寫上名字身分的符燒化了直接送到你面前，而沒寫名字的符，誰撿著都能用；至於同名同姓的符，誰拿了誰用，除非符上進一步標清細節身分，否則就連陰差也沒辦法追究這符的所有權究竟歸誰。」

欲妃剛改完名字，立刻施術燒了。

□

「喂，你叫什麼名字？」蔡如意嘴裡含著糖，在大圓床上蹦跳，跳得累了，見那小男孩坐在床角發呆，便湊過去和他說話。

「嚴孝穎。」小男孩答。

「你為什麼不吃東西？你肚子不會餓呀？」蔡如意問。

「……」嚴孝穎默默不語。

「你媽媽好厲害，會魔法耶。」蔡如意探了探頭，望向在大金庫裡燒符的欲妃和悅彼幾眼。

「她不是我媽媽……」嚴孝穎低下頭。

「她不是你媽媽？」蔡如意不解。「那她是誰？」

「妳不懂啦……」嚴孝穎將身子蜷縮起來，抱著小腿，臉埋在臂彎中。「她的身體是我媽媽，但……她不是我媽媽……」

「什麼？」蔡如意彎腰低下腦袋，試著從嚴孝穎臂彎和腿間縫隙看他的臉。「身體是你媽媽，又不是你媽媽？那到底是什麼？」

「是……女鬼……是妖怪……」嚴孝穎抬起頭，顫抖地看著蔡如意，「我們可能會被吃掉……」

「啊？」蔡如意愕然，「你媽媽會吃人？」

「妳要我講幾次？她不是我媽媽！」嚴孝穎有些激動，卻又擔心被聽見，壓低了聲音，湊近蔡如意耳邊說：「我猜妳媽媽也不是妳媽媽……」

「媽媽！」蔡如意笑著蹦下床，朝大金庫奔去，對著裡頭的悅彼說：「嚴孝穎說妳們不是媽媽，他說妳們會吃人耶！」

「哇！」嚴孝穎被她的舉動嚇得跳下床想逃，才奔至門邊，回頭望著大金庫裡欲妃的身影，嗚嗚地哭了，又自個走回床邊，抱膝坐下，不停啜泣。

「你在幹嘛？怎麼走來走去？」蔡如意回到他身旁問。

「我逃走的話，她會害死我媽媽……」嚴孝穎將頭埋在胳臂彎裡嗚嗚哭著。「都是爸爸啦，爲什麼要做這些事……」

「我聽不懂你說什麼，你不要哭了好不好？我請你吃糖呀。」她從袋子裡拿了顆糖要送嚴孝穎，見他臉埋在胳臂裡，便將糖從他胳臂下送去往他嘴巴塞。

「走開啦笨蛋！」嚴孝穎一把推開她。

「你很壞耶！」蔡如意被推跌倒地，氣得將那顆糖往他頭上丟，轉身跑向金庫告狀。

「媽媽、阿姨，嚴孝穎打我！」她剛跑進金庫，就見裡面多了一個人。

那人赤裸上身，僅穿一條破爛灰褲，全身像被切開了無數次，再被縫合無數次。

「媽媽……」蔡如意被這人模樣嚇著，抱著悅彼大腿，不停探頭出來偷望。「這醜八怪是誰？」

「聽說十年前是城隍爺。」悅彼笑咪咪地說。

「城隍爺？」蔡如意好奇地問：「那是什麼？」

「我不是……城隍……很久了……」那人聲音異常沙啞，垂著頭，望著印在自己胸腹間的地獄符印。「兩位大姊……妳們用地獄符拉我上來，有何貴幹？」

「司徒史老弟。」欲妃笑著說：「你十年苦刑熬得差不多了吧，快要再審了，你有信心嗎？」

「……」司徒史默然半晌，沙啞地問：「妳們……想我幫什麼忙？我……能換得什麼？」

「直截了當，爽快。」悅彼嘿嘿一笑。

「兩件事想請你幫忙——一、替我們寫地獄符，找些厲害打手上來拉一個人下去；二、栽贓那人一些罪名，讓他扛下重罪——這件事，你十分擅長，對吧。」欲妃笑吟吟地望著司徒史，說：「事成之後，我們帶你見摩羅王，在摩羅王面前替你說些好話，有摩羅王替你疏通，別說躲過重審，就算買回城隍位子也不是不可能的事——摩羅王現在確實也需要多找幾個陰司做內應，方便行事。」

「讓我……做回城隍……」司徒史聽欲妃這麼說，枯涸的雙眼微微閃耀起異光，不自禁地微微發抖，喃喃地說：「寫地獄符不難，難在必須蓋上印才能生效……」

「是不是這個印？」悅彼取出地獄符印章拋給司徒史。

司徒史接著木章，翻看檢視幾秒，連連點頭。「是，就是這個章……妳們，想請誰上來？」

「我第一個想到就是殺人狂許國海！」悅彼插嘴。

「索命老鬼林黑。」欲妃接著說。

「還有那個養一堆怪胎瘋狗的叫什麼……」悅彼一時想不起名字。

「我只知道他叫瘋狗王。」欲妃取出備妥的空白符紙，連同朱砂筆墨一起交給司徒史。

「他本名叫什麼來著？」

「瘋狗王……我認識，叫張虎彪……」司徒史沙啞地說：「這幾個傢伙都是瘋子，在底下發起狂來連鬼卒都嫌麻煩，妳們要請哪個上來？」

「當然都請上來。」悅彼和欲妃有志一同地說：「而且三個怎麼夠，有多少請多少，你把想得到、喊得出名字的殺人魔、大惡匪，全給我帶上來，想到多少請多少。」

「啊？」司徒史呆了呆，不解地問：「兩位大姊，妳們到底要拉什麼傢伙下去，需要這麼多殺人鬼？」

「一個很難打死的傢伙。」兩人望著彼此，彷彿能從對方眼神中看見韓杰身附法寶、橫衝直撞的模樣。

貳肆

夜晚，馬大岳和廖小年蹲坐在路邊一處黑輪攤車旁，配著提神飲料，吃上遲到多時的晚餐，神情呆滯望著對街那座大廟。

馬大岳身旁一個紅白相間的塑膠袋裡，有三大把用橡皮筋束著的殘香，三把香都差不多有球棒那麼粗；這是他們一整天由桃園新屋一路南下，從十餘座廟宇的大香爐裡偷出的殘香。

他們都不知道自己為什麼要這麼做，只知道對方身上附著東西，逼他這麼做。

黃昏時馬大岳曾藉尿遁試圖逃跑，跑出幾條街，一想到廖小年可能會被那東西活活整死，只好壯著膽子轉回廟裡，向廟裡工作人員買了張護身符，硬著頭皮想替廖小年驅鬼，卻被廖小年暴打一頓，鼻青臉腫。

廖小年痛揍馬大岳時，兩隻眼睛凸得讓馬大岳以為他兩顆眼睛會從眼眶中掉出來，不但身上疼痛，也嚇得魂飛魄散。

廖小年倒不記得自己揍過、恐嚇過馬大岳，只知道馬大岳也揍他無數次，只要他動作緩慢、稍有抱怨，甚至眼神不夠勤奮，馬大岳的巴掌都會落到他腦袋或是臉上。

兩人吃完黑輪，乖乖將垃圾袋和飲料罐帶去便利商店的垃圾桶丟，馬大岳下午吃完東西亂扔空罐，被廖小年以破壞環境清潔的名義凸著眼睛打了幾掌。

此時對街大廟早已閉門，但兩人像是早有準備，繞入一旁小巷翻牆進廟，躡手躡腳地來到正殿外空地的大香爐前，一個拿出沿途偷來的香、一個拿出打火機替香點火，兩人舉香對著閉門大廟拜了幾拜，插進爐裡。

「大岳，我們到底在幹嘛？」廖小年低聲說：「嗯……大岳，你現在是大岳嗎？」

「是啊……」馬大岳低聲答：「你現在沒被附身？你清醒的？」

「我是小年啊。」廖小年連連點頭。

「那東西已經不在了？」馬大岳東張西望。「如果我們現在逃跑，會不會被抓回來活活打死？」

「有可能……」廖小年連連搖頭。

「那東西到底是什麼？」馬大岳焦躁抓著頭。「該不會是流氓老兄還是那妹仔背後的死老太婆鬼請來的傢伙吧……」

「總之不是我們的朋友就是了。」廖小年喃喃道：「就不知道伯公老爺跟欲妃姊打不打得贏他……」

「應該可以吧。」馬大岳說：「伯公老爺跟欲妃姊都是從地獄上來的惡鬼，道行比一般孤魂野鬼厲害多了……」

「你們見過地獄嗎？」一道聲音自兩人腳下響起。

「沒有……」兩人一齊搖頭。

然後望向對方，驚覺剛剛那個問題，不是對方問的。

「剛剛你問我有沒有見過地獄？」

「我沒問啊，我還以爲是你問的。」

「那……誰在對我說話？」馬大岳左顧右盼，跟著伸手戳了戳自己胸間，怯怯地問：「是附在我們身上的大哥你在說話嗎？」他剛問完，喉間立刻響起另一道聲音：「不是！」

「是……是他嗎？」廖小年則發現了什麼，緩緩站起、探長脖子，指向遠處大廟一角。

「誰？那裡有東西嗎？」馬大岳朝他所指方向望去，那兒漆黑一片，什麼也沒瞧見。

「不、不是牆……是更遠，是……底下？咦？」廖小年呆了呆，突然發覺自己能看見牆後甚至地底下的東西。

「到底是啥？」馬大岳來到廖小年背後探頭探腦。

「好奇就去看看啊。」他回頭，眼睛青光閃爍，露出詭譎笑容。

「大……大哥，又是你？」馬大岳見廖小年身子裡的傢伙又現身了，連忙搖頭說：「不了不了……我不好奇，我還要顧著香呢……」

「放心，這些香，會燒得很慢。」廖小年一把抓住馬大岳胳臂，拖著他往前走。「你想看地獄，我就帶你去看看地獄長什麼樣子。」

「我沒說我想看地獄呀，你什麼時候聽到我說想看地獄了？」馬大岳驚慌尖叫。

「我不用聽的，我用看的，我看到你很想去地獄。」廖小年又瞪起眼睛，掐著馬大岳胳臂的力道漸漸加重。「你不想去地獄，爲什麼跟著那傢伙殺人？」

「我沒有殺人呀……」

「他殺人，你幫忙，這樣算不算殺人？」

「應該不太算吧……」

「算不算，你說沒有用，要閻王說才有用。」

「閻王？閻王是誰呀，閻王在哪裡？」

「啊，你還說沒好奇，明明就很好奇呀！我立刻帶你去看看。」

「我不是好奇……哎呀，我手要斷啦！」馬大岳胳臂劇痛，哀號求饒，被廖小年強拖到大廟角落。

那兒有處通往廟宇地下室的入口，裡頭有十八層地獄的布景設施，一旁有個售票小亭，門票一張四十元。

此時入口早拉下鐵門，售票亭裡漆黑一片。

「人家打烊了啦！」馬大岳指著售票小亭上的營業時間，對廖小年嚷嚷，回頭卻見本來無人的售票小亭裡，竟隱約可見坐著個老頭。

老頭點燃一根蠟燭，將臉湊在售票窗口瞧了馬大岳幾眼，說：「一張票四十元……」

馬大岳本想拒絕，但他知道自己再不掏錢買票，一旁的廖小年絕對會扳斷他的手，只好心不甘情不願地掏出四十塊扔進亭子售票口。

「兩個人，是八十。」老頭子說。

「臭小子，你連算數都不會？」廖小年惡狠狠地瞪他。

馬大岳連忙又扔了枚五十元硬幣進去。

老頭子也扔回十元硬幣和兩張票。

馬大岳撿起票，見到地獄遊覽室入口本已關上的鐵捲門，喀啦啦地緩緩上升。

兩人走了進去，循著樓梯往下，走過幾段地獄造景；這間廟大，底下的地獄造景規模也不小，且布景、人像都造得精美真實，頗有威嚇之感。

「大岳……這裡是哪裡？」廖小年恢復自我意識，害怕地問。

「十八層地獄……」馬大岳捲起袖子，檢視著剛剛被廖小年捏瘀的手臂，甩了甩手，確認臂骨沒斷。

「你帶我……進來這裡幹嘛？」

「不是我帶你進來，是你拖我進來……」

曲折的地獄遊覽長廊出口處垂下一道布簾，簾下隱隱透著光芒，左右壁面各自懸著一面木牌，分別寫著——

善有善報，惡有惡報。

不是不報，時候未到。

兩人都微微鬆了口氣，掀開布簾想往外走，見到眼前景象，卻又有些呆愣——

簾後樓梯並非向上，而是向下。

這趟地獄遊覽之旅，顯然還沒結束。

兩人惴惴不安地來到樓梯口，這條石梯陳舊古老，階上、扶手都遍布血污毛髮；這些血污痕跡的形狀，看起來像有許多傢伙被人揪著拖上拖下時，腦袋在階梯上撞出來的。

兩人隱隱感到不太妙，這條向下的樓梯跟前面那段相比顯得更恐怖、更逼真了。逼真到讓兩人覺得若真走下去，或許再也回不來了。

他倆甚至沒開口討論，便有默契地轉頭，想從入口處逃走。

他們撥開簾子，卻發現來時那條廊道也變得不一樣了——更加陰暗、更加冰冷，充滿了腐臭氣味和古怪聲響。

遠遠有個體型碩大、青面獠牙的大鬼，手拉鐵鍊，拖著一個身穿囚服、血流一身的老男人緩緩走來。

一旁有兩、三個小鬼，持著長鞭，不時在男人身上抽打幾下，小鬼同時噫呀一聲，發現了佇在廊道這端的馬大岳和廖小年，尖叫追來。

「喝！」兩人駭然大驚，只得轉回向下樓梯，繼續前進。

他們踩過一階階染血石階，越是往下，石階上殘留的血漿殘渣越是濃稠，後頭小鬼殺聲飛快逼近，轉眼便追到背後。

兩人嚇得回頭，幾個小鬼追人時竟手腳並用，像隻獸般在地上奔爬；一隻小鬼尖叫蹦上樓梯天花板，如壁虎攀著牆飛爬，跟著往他倆頭頂撲下。

「哇——」兩人驚駭大叫，腳下一滑，轟隆隆地一路摔滾下樓，一齊撲倒在樓梯盡頭處。盡頭地板積著數公分深的褐黑色積水，瀰漫著難聞的腥臭屍味。

兩人剛跌下樓，聽見樓梯上小鬼尖叫追下，顧不得渾身痛楚，驚恐掙扎起身，急急往前奔逃，遠遠見到前方站著一個老人，手裡握一根白蠟燭，正是剛剛售票亭子裡的老人。

他們狼狽奔去，哀求老人帶他們離開這個地方。

「不想下來，很簡單……別幹那些會下地獄的事，就不會下地獄啦。」老人咧嘴笑起。

「我……我到底幹了什麼事？」馬大岳激動揚手往老人肩頭揮去，卻像按在幻影上般撲了個空，撲跌在積水裡，濺了滿嘴腥臭黑水；這兒的積水比樓梯口附近更加濃稠，散發著濃濃血腥味，嚇得他起身連連乾嘔。

「別氣別氣，我帶你們上去吧……」老人被馬大岳窘迫模樣逗得笑了，托著蠟燭轉身就走，說：「這兒很大，出口有段距離，你們跟緊點呀，要是走丟了，可真回不去囉……」

馬大岳和廖小年趕緊跟上，四周漆黑一片，似無盡頭，舉目所見便只有老人手中的燭火和腳下褐黑腥臭的濃稠血水。

他們走了一陣，覺得血水水位似乎比剛剛更高，已淹至兩人小腿，且血水中似乎有東西在游動。

老人領著兩人來到一口井前，指著那井，對兩人說：「下去。」

「什麼？」兩人愕然，探頭往井裡一看，井裡無水，底下是一處石房，裡頭有好幾個頭頂尖角、口冒利齒的古怪巨漢，拖著一個個囚犯在底下走來走去。

他們將囚犯架上刑台，開腸剖肚。

一聲聲可怕受刑慘叫、尖吼，從底下傳出，鑽進馬大岳和廖小年的耳朵裡，嚇得他們齒顫膽裂。

「下去呀。」老人嘻嘻笑地指著這口井。

「你神經病，誰要下去啊幹！」馬大岳怒吼。

「放心，你們只是來觀摩體驗，沒有正式受審，我會叫他們下手輕一點。」老人這麼說，自個兒往井裡一躍。「你們不跟著我，我怎麼帶你們出去呢？」

「啊！」兩人驚駭地往井裡望，只見老人托著蠟燭站在囚室一角，笑咪咪地朝他們招手。

他們不想下去，卻又不知該逃向何方，此時周圍除了井口處有些微亮光外，其他地方全漆黑一片。

同時，血水水位飛快升高，轉眼淹上他們腰際。

水面甚至撲拍起波浪，似乎有些碩大的傢伙在血水中游動，越游越近。

兩人突然尖叫起來，顫抖地攀上井，蹲在井沿；他們雙腿爬滿各種古怪東西，有魚有蟹有蟲有水蛭有長蛇——這些東西的共通點，是會咬人。

水位繼續升高，淹過了井口，井口卻像封了層阻著血水流入的無形牆面，令血水水位持續高升，也未往井裡灌流。

也因此，兩人手搭著手，踩著井沿站直了身子，仍然讓血水再次淹上腰際。

他們覺得泡在血水裡的雙腿，可能已經被各種古怪的東西咬爛了。

幾條碩大的魚游到他們身邊，浮出水面，探出一隻眼睛瞧著他們，大魚的眼睛看起來像人的眼睛，閃閃發著紅光，它陡然竄起，一張嘴竟咬下了馬大岳右手。

「哇！」馬大岳望著自己被咬去右掌的斷腕，終於驚恐吼叫摔跌入井裡。

廖小年也哇哇大叫，屁股、後背被幾條食人魚之類的小怪魚撲上身，咬下幾塊肉，也跟著跌進井裡。

「早叫你們下來又不聽，學到教訓了吧。」老人笑嘻嘻地望著馬大岳，見他左手捧著缺了手掌的右腕，痛得在地上哭號打滾。

幾個古怪巨漢圍上兩人，拎垃圾般提起兩人，在他們脖子上套上厚重項圈，蹓狗一樣拖著他們往前。

兩人在痛楚和驚恐下，被拖行了百來公尺遠，見到一個又一個囚徒被架在各式各樣的刑台上，接受各式各樣的酷刑折磨，只覺得耳朵都快被慘叫聲吵聾了。

然後，他們也開始慘叫了。

是剛剛那些小鬼追上來，開始用長鞭鞭打他們後背；長鞭看似普通，但拖過地板能擦出火花，打在背上深可見骨。

「嘔……嘔！」廖小年捱了兩鞭，痛得吐了；一旁的馬大岳則在哀號慘哭時，被自己的鼻涕嗆著，邊哭邊咳。

「對不起，我們知道錯了，放過我們好嗎？」馬大岳又哭又叫。

「很多人被鞭子抽在身上時都乖乖認錯，但是一轉身，又換了張臉呀……」老人托著蠟燭走來他們身邊，望著他們說：「如果有人跪在地上，哭求你別傷害他，你會怎麼做？你會放過他，還是繼續傷害他？」

「我……我保證會放過他……」馬大岳這麼說：「我又沒拿刀殺人呀……」他說到這裡，見一個鬼卒拿著鐵鉗走向他，連忙改口哭喊：「是是是……我幫嚴寶老大做事，幫他向六吉盟報仇，我讓他們附在我身上殺人，很多人雖然不是我願意殺的，但也等於是我殺的啦……嗚嗚，對不起……」他口齒逐漸含糊不清，因爲鬼卒撬開他嘴巴，鉗住舌頭緩緩往外拔。

廖小年見馬大岳的舌頭被拉出好長，幾乎嚇到要發瘋，哭號哀求：「我們錯了，放過我們吧，我們願意改，我們眞的願意改……」

「刀子砍在身上，很痛的；鞭子棍子打在身上，也很痛的……這種事，不用人教，自己也知道。」老人繼續走、繼續說：「但是我不明白——」

「有些人怕苦，卻喜歡見別人受苦；自己怕痛，卻喜歡看別人痛……」老人轉頭，走近廖小年，與他並行，將臉湊到他臉旁，問：「這是爲什麼呀？」

「因爲、因爲……」廖小年滿臉涕淚和嘔吐物，還沒來得及回答，見他身旁馬大岳慘號一聲，舌頭被拔出口外，嚇得雙腿一軟，幾乎站不住。

兩個鬼卒伸手托住廖小年胳臂不讓他倒下，老人追問：「因爲什麼？」

「因爲……」廖小年的屎尿早在樓上的血池裡就嚇得漏光了，此時半點屎、半滴尿都擠不出來。「人很自私……」

「對，也不對。」老人笑嘻嘻地望著他。「有些人自私，有些人沒那麼自私；有些人壞，有些人沒那麼壞。」

巨漢繼續拖著兩人往前，鬼卒們拔去了馬大岳的舌頭，開始拔他的牙；廖小年的後背被鞭得爛了，不論是生理上的劇痛還是心理上的恐懼驚嚇，都已超出他的負荷，但他腦袋卻異常清醒，老人的話似電鑽，鑽入他耳朵、鑽進他的腦袋。

有個鬼卒當眞拿來了電鑽來到他面前，開始打量要從哪開始鑽。

老人繼續說：「沒那麼壞的人，死了輪迴轉世，重新來過；很壞的人，死了下來這裡，感受一下、體驗一下、明白一下——自己曾經對別人做過的事，究竟是怎麼一回事。」

老人說到這裡，望過馬大岳和廖小年眼睛，緩緩地說：「你們現在明不明白，當你們這麼對待別人時，別人是什麼感受？」

兩人點頭如搗蒜。

「你們喜不喜歡這種感覺？」

兩人搖頭搖得波浪鼓一樣。

「自己不喜歡的事情，就不要對別人做呀……」

兩人又如搗蒜般地點起頭。

「其實……仔細想一想，你們好像也沒那麼壞，對不對？你們還沒眞正殺過人，只是踩上了錯路，這條錯路，你們其實還沒走絕、還沒走到盡頭呀。」老人望著瘋狂點頭附和的兩人，微笑說：「你們現在，其實還有得選。」

兩人點頭點到快腦震盪了。

「求求你，放我們走！」「我們有得選，還有得選！」

「如果……」老人繼續往前走，巨漢也繼續拖著兩人往前，甩鞭的鬼卒繼續甩鞭，鑽人的鬼卒繼續鑽，鑽壞了鑽頭就換個新的。

「如果眞讓你們選。」老人走到兩人之間，左看看慘不忍睹的馬大岳，右瞧瞧亂七八糟的廖小年，說：「你們會選做一個怎樣的人？」

「好人！」「我們會……做一個好人……」

「我才不信咧！」老人瞇著眼睛呵呵笑著，笑得眼淚都滲出幾滴，直到笑累了，這才又說：「但是聽我的勸，你們就算做不成大聖人、大好人——」

也別做一個會下地獄的人。

更別做一個讓千千萬萬人流淚詛咒你下地獄的人。

老人喃喃自語，托著蠟燭繼續往前，馬大岳和廖小年也繼續被拖著往前。

漫長的刑室長道裡有一扇扇門，有些門敞著、有些門半敞、有些門時開時關。

有些門一開，衝出恐怖惡臭，裡頭無數張長桌，坐著一個個囚徒，人人面前擺著餐盤、手裡拿著杓子，舀起褐黑色東西往嘴裡送，上面爬滿蛆蟲；鬼卒們推著手推車、載著大鐵桶沿路巡桌，見誰面前餐盤將空，就提杓舀桶替那人補滿餐盤。

仔細一看，那些人屁股下坐著的不是椅子，而是鐵馬桶，一座座馬桶管線直通一處大坑，戴著口罩的鬼卒們，拿著長杓從大洞中舀出黑褐東西，塡滿鬼卒手推車載回來的空鐵桶。

有些門裡洩出冰風，裡頭的人渾身赤裸，個個凍成冰柱，面前擺著時鐘，滴答滴答永無止盡；有些門裡滾出熱氣，啪滋啪滋作響，人們排隊走上巨大油鍋往下躍，如下水餃般漂浮在鍋裡翻騰；有些門裡是高聳山丘，丘上是一柄柄豎直尖刃，丘上的人苦嚎亂爬，快爬到底時，就會被生著翅膀的鬼卒拎起，重新丟回山丘最高處……

「這裡不好玩，對吧……」老人前方打開一道門，門外透進光。

巨漢解開馬大岳和廖小年脖子上的鐵鎖，提起他們，往門外輕輕一放。

兩個人木然地站在門外，臉上掛滿鼻涕眼淚。

遠處大廟正門鐵欄外，可以見到廟的對街是他們剛剛吃黑輪的街邊。黑輪攤子生意不壞，客人來來去去。

兩人愣愣地回頭，背後是大廟的地獄遊覽室出口，此時非營業時間，出口外擋著一道鐵捲門。

鐵捲門上有個送信口，橫孔裡隱約透出熊熊火光和受刑慘叫聲。

「別忘了你們剛剛看見的東西，別忘了我說過的話。」老人的聲音自孔中傳出，迴盪在兩人耳際。「你們以前選的那條路，走到了盡頭，就會來到這個地方。幸好，你們的路還很長、你們還沒走到盡頭、你們還有得選……想再來陪我，還是永不相見，自己決定吧……」

橫孔裡，火光漸漸止息，四周像是什麼也不曾發生過。

兩人看看自己雙手、摸摸頭臉四肢後背，發現被拔去的舌頭和牙齒，自己摔斷或是被打裂的骨頭，被毒蟲怪魚啃去的肢體，被鞭打鑽刨得皮開肉綻的血肉，全都完好如初。

數十分鐘地獄遊，彷如一場夢境。

兩人癱軟倒地，哇哇大哭起來。

「幹，原來是作夢啊！嚇死我了，好家在呵呵……」馬大岳又哭又笑地想要說什麼，突然又捱了廖小年一巴掌。

廖小年眼睛又凸出來，瞪著他說：「你什麼你，香都快燒完了，還不取香！」

「啊？」馬大岳捂著臉站起，望向廟前大香爐，只見大香爐上那把香，不多不少正好燒至一半，連忙連滾帶爬奔去拔起香，小心翼翼地捏熄一枚枚香頭。

「動作這麼慢！你不怕惡夢成眞？啊？」廖小年凸著雙眼踢著馬大岳屁股，將香搶過，飛快捏熄所有香頭。

兩人跨上機車，都見到機車後照鏡上，又掛著那兩個見過許多次的古怪小木像。

他倆早已見怪不怪，馬大岳連摘下木像都懶了，趕緊發動引擎，繼續趕路。

兩小時後，他們繞過墾丁，沿途也取了香。

然後開始往北。

貳伍

「這就是悅彼大姊說的……那個精舍？」蔡萬虎望著深夜的玄極精舍。「爸跟哥的魂都在裡頭？」

「進去看看就知道了。」蔡六吉手一招，領著六吉盟罪魂們在前頭開路，後頭跟著一批六吉盟年輕小輩，從側門進入玄極精舍。

陳亞衣戴著鴨舌帽、揹著後背包，隨著活人成員一同走入精舍——

白天，她在劉媽家吃完午餐，帶著苗姑返回台北，聯絡上蔡萬虎。

蔡六吉領了批幫眾，接著了蔡萬虎與陳亞衣，沿路向陳亞衣追問受擄始末，以及五福會的工寮據點，聽說他那批人馬被韓杰打得人仰馬翻，可興奮暴喜，急得要回別墅整備人馬一鼓作氣擊潰五福會。

一行人剛回到據點，竟聽說悅彼帶著蔡萬虎老婆女兒出門購物。

且其中一個隨行護衛，溺死在賣場廁所馬桶裡。

蔡家騷動了數小時，刀槍備齊準備要殺去桃園找五福會拚命時，蔡萬虎終於接到妻子——其實是悅彼打來的電話。

悅彼在電話中輕描淡寫地說那隨行幫眾說話不禮貌，她只是略施小懲而已。她稱自己與欲妃達成協議，決定和蔡家長期合作，幫助蔡家剷除嚴家，要蔡六吉把人備妥，來玄極精舍進一步詳談，順便接回先前被欲妃藏在精舍裡的蔡家亡魂。

蔡六吉自然滿腹疑惑，但悅彼附著他孫媳婦、抱著他曾孫女，蔡萬虎瀕臨崩潰，加上兒孫亡魂都在對方手上，他也只能硬著頭皮帶人赴約；他怕倘若怠慢了悅彼、欲妃，惹兩位大姊不開心，轉向幫嚴五福，那蔡家可絕無機會戰贏這一局了。

陳亞衣走在隊伍最後，抬頭看著天上月光，回想著白晝那頓午餐，那是這些年她吃過最放鬆、最美味的一頓飯。

劉媽特地帶她上市場買了兩隻烏骨雞，要劉爸教她燉雞湯——過去她的雞湯是照苗姑教導的方式，添加古怪藥材和符籙，燉出來的湯能讓苗姑補魂養魄，但常人可嚥不下去。

劉爸修復神像的技術高超，廚藝同樣精湛，燉出兩大鍋雞湯，一鍋苗姑專享，一鍋給幾人當午餐主菜，搭著一鍋前晚滷肉和幾盤炒青菜、炒蛋，讓陳亞衣難得扒了兩大碗飯，吃得飽嗝連連。

劉爸話少，從露面到再見沒說上幾句話，但在廚房燉雞時隨口的一句卻令陳亞衣在心中咀嚼良久——

人活在世上，總要做些無愧良心的事。

吃飽了飯，劉媽問她有什麼打算。

她想了想，說要去跟蔡萬虎討回尾款，然後……然後如何，暫時還沒想到。她的語氣有些心虛，她本來以為劉媽會責備她不該再與那些傢伙有所牽連。

但她不和那些傢伙牽連，還能做什麼呢？

她沒讀什麼書，苗姑瘋瘋癲癲，祖孫倆根本不懂理財，當年用怪獸名義向錢莊借來的幾百萬，也差不多要花完了。

蔡家這筆生意酬勞比她近兩、三年收驚、驅鬼和替一些小混混出頭搶地盤的賞金全加起來還多，到手之後，再收手都不遲——或是做點小生意、又或是在鄉下買間小屋安身，之後再找份正當工作也不晚。

她在午餐飯桌上，結結巴巴地向劉媽傾吐她的計畫，講的時候，甚至不敢多看劉爸一眼，她自己不清楚這樣的計畫算不算是愧對良心。

劉媽卻沒有表示反對，甚至還給了她返家車資，替她招了輛計程車。

□

一行人來到玄極精舍地下納骨園區。

蔡萬虎見妻子站在一處木樓造型的納骨塔前，懷裡抱著沉沉睡去的蔡如意，急急奔去一把摟著妻子，她卻似笑非笑地望著他。

「猴急的小子，我不是你老婆。」悅彼呵呵笑著，將蔡如意塞回蔡萬虎懷抱裡。

「妳是悅彼大姊……」蔡萬虎望著眼神陌生的妻子，害怕問：「到底發生了什麼事？爲什麼妳要……」

「大姊，現在是什麼意思？」蔡六吉隱隱感到四周氣息凶險，周圍走出一個個惡鬼，有些他認得、有些他不認得，這些傢伙的共通點，就是與他一樣，全身遍布地獄刑傷。與他一樣，窮凶極惡。

「別怕，六吉老弟。」悅彼望著神情警戒的蔡六吉和手下幫眾，微笑道：「我之前和你說過，我上來是要對付一個人，現在我找著他了，就擅自向你借了地獄符印章用用，找些幫手上來幫忙。」

她說到這裡，揚手指過身旁罪魂，向蔡六吉展示己方陣容一般，得意地說：「這些傢伙都是地獄重刑犯，用來對付那傢伙，應該足夠，還可以留點餘力，幫你解決嚴五福。」

「哦！」蔡六吉聽悅彼說這些傢伙要對付嚴五福，而不是伏擊他，總算鬆了口氣，但仍有些遲疑。「大姊，妳想怎麼幫我對付……嚴五福？」

悅彼嘻嘻一笑，往蔡六吉身後指了指，他回頭，那批地獄罪魂後走出一個女人，還牽著一個小男孩。

蔡六吉與手下幫眾認出那是嚴寶老婆兒子。

兩個年紀較輕的活幫眾，急著想在蔡六吉和蔡萬虎面前逞威風，一見嚴寶老婆露面，便吆喝著上去抓她胳臂，但隨即鬆手慘叫——兩人手掌都燙得焦爛一片，像按在烤盤上般。

嚴寶老婆身中附著欲妃。

「大家可別失禮呀。」悅彼高聲笑道：「欲妃姊正式和我們合作啦，從現在開始，她說的話，就是我說的話，知道嗎？」

「大家聽到悅彼姊說的話了沒？」蔡六吉急匆匆地賞了那兩個魯莽幫眾幾巴掌，領著一票手下向欲妃鞠了個躬。

「以後大家就是夥伴了。」欲妃附著嚴寶老婆，微笑對蔡六吉說：「明天傍晚，我會把嚴五福騙來送死。」

蔡六吉連連道謝，悅彼又指了指佇在群鬼中那十年多前被摘去城隍烏紗帽的司徒史，說：「再介紹你一個朋友，那是司徒史，當過陰司城隍，整件事的後續法責問題他會一手策劃，大家得先串好供詞，你跟你蔡家人，不會揹上任何責任，甚至——」

「鹹魚翻身。」司徒史走到悅彼身邊，微微一笑。

陳亞衣遠遠望著司徒史，注意到他手上托著一顆木章，正是地獄符印章；此時悅彼和欲妃身上的地獄符已換上新的，整座納骨塔區上百地獄罪魂，身上的地獄符都是司徒史寫的。

「鹹魚……翻身？」蔡六吉不解地問。

「不用再下地獄。」悅彼這麼說，還望過六吉盟一票幫眾。「你們之中，待過地獄的，都不想回去；沒待過的，都不想下去，我沒說錯吧。」

連同蔡六吉在內，無論活幫眾、死幫眾，都一齊點頭。

如果可以選，誰願意下地獄呢？

「司徒史老弟負責編造整件事情前因始末，大家一起把供詞串熟點，回到底下，閻王放水也能放輕鬆點；這部分，得靠你六吉老弟出面哄哄你們蔡家亡魂。」悅彼與欲妃、司徒史，領著蔡六吉走向一處木樓造型靈骨塔。「一旦事成，以前被判下地獄的通通有機會免刑，還沒下地獄的也別擔心將來，大家聯手替摩羅王做事，陰陽兩地互相照應，有福同享，地上地下都能橫著走了。」

「兒啊、孫吶……」蔡六吉見悅彼揭開木樓上一面面小門，連忙伸手按上幾座骨灰罈，確實感應到罈中隱隱透著熟悉氣息，全是先前被嚴五福滅門的六吉盟幫眾家人，也包括蔡萬龍父子。

「他們剛死沒多久，魂還沒全熟，你現在喊醒他們，他們不一定認得你，我讓他們睡著，他們不會有事。」欲妃這麼說。

蔡六吉連連點頭，蔡萬虎跟在後頭，視線偶爾與欲妃對上，又快速轉開，心情十分複雜——嚴五福屠殺他蔡家，欲妃做其幫手，他雖不知每件滅門案欲妃的參與程度，但也無法將她與嚴五福完全切割，畢竟骨灰罈子裡，裝著他的父親和大哥。

「摩羅王老人家在底下有什麼吩咐？我幫得上什麼忙呢？」蔡六吉或許是當鬼當習慣了，似乎沒將欲妃視爲殺害他金孫、寵兒的仇人，反倒搓手巴結起她——欲妃、悅彼在陰間面子都大，加上背後有第六天魔王撐腰，倘若可以搭上這條線，那他和一票老幫眾或許眞可以擺脫地獄苦刑，甚至在地底建立個六吉盟總部呼風喚雨了。

「他老人家還沒吩咐呢。但現在還有些瑣事，要借你幾個活人幫眾跑跑腿。」悅彼笑著說：「第一、去買些汽油，能買多少買多少，把這地方好好布置一下，明晚一齊招待你的仇人和我的仇人；第二、去抓點人過來。」

「汽油小事一樁。」蔡六吉問：「但妳要我們去抓的人……就是摩羅王的仇人？」

「當然不是。」悅彼搖頭笑說：「要是你們抓得了他，我們也不用這麼麻煩了。我要你派點人去一個叫東風市場的地方，逮幾個住戶過來，不用多，一、兩個差不多了，最好留張紙條，把那傢伙引來救人——記住，要派活人擄人，別派鬼去，那傢伙鼻子很靈。」

「沒問題……東風市場是吧，那傢伙叫什麼名字？」

「韓杰。」

「啊？」陳亞衣不知悅彼口中的「摩羅」來頭，本來還暗暗猜測悅彼欲妃聯手招了滿滿惡鬼凶靈究竟要埋伏誰，聽悅彼說出韓杰名字，猛然一驚。

下一秒，陳亞衣更加駭然。

她見嚴寶老婆遠遠望向她，驚覺自己剛剛那聲低呼被欲妃聽見了。

欲妃牽著嚴孝穎走向陳亞衣，瞅著她冷笑說：「又見面了。」

「唔……」陳亞衣經過一日，對欲妃的歹毒還餘悸猶存，見她附在嚴寶老婆身中，兩隻眼睛微微散放邪惡光芒，慌張地說：「我……我也是來幫蔡大哥的，我們現在是同一陣線的夥伴，對吧……」

「是啊。」欲妃微微一笑，問：「妳背後的老太婆呢？」

「我外婆身子不舒服……」陳亞衣怯怯地說：「我沒帶著她，想說……幫蔡大哥寫完最後幾批符，收下尾款，去鄉下買間房子好好供奉她……」

「這麼孝順。」欲妃微笑地在陳亞衣身邊繞了繞，伸手在她身上各處口袋拍拍摸摸，意圖搜她身。

「牌位折壞了，我放家裡供著，沒有帶在身上……」陳亞衣低著頭說。

「嗯。」欲妃微笑點頭。「這樣好了，現在時間還早，這裡除了我和悅彼妹子，就妳一個姑娘，妳來照顧孩子好了。」

「照顧孩子？」陳亞衣有些爲難。「可是……我是來寫地獄符的……」

「現在有司徒城隍替我們寫符，但沒人顧孩子。」欲妃冷笑望著她。「是妳說我們是同一陣線的夥伴呀，既然是夥伴，大家分工合作。當然，如果妳不想當夥伴了，我也不勉強妳。畢竟妳還有當夥伴以外的用處，例如——」

「我、我……我來照顧孩子沒問題……」陳亞衣見欲妃眼中隱隱透出殺氣，想她或許還記著先前衝突，此時若當不成夥伴，只能當敵人了——她知道自己連當欲妃的敵人都不夠格，只能當玩物。

她見識過欲妃的手段，當她玩物的下場，連想都不敢想。

「那麻煩妳啦。」欲妃哈哈一笑，將嚴孝穎的手交到陳亞衣手上。

「是呀。」悅彼從蔡萬虎懷中抱回睡著的蔡如意，對他說：「大人辦正事，打打殺殺，別讓小孩子盯著瞧，對吧？」她問歸問，也沒等蔡萬虎應答，便抱著蔡如意來陳亞衣面前，將孩子交給她接手抱著。

「我來安頓他們。」欲妃領著陳亞衣往樓下走，回頭對眾人說。「你們繼續聊。」

□

由於夜已極深，疲累睏倦的嚴孝穎被帶到地下四樓招待所某間小房後，乖乖上床躺著，很快便沉沉入睡；蔡如意被陳亞衣抱到嚴孝穎身旁，早已呼呼大睡。

陳亞衣獨自在房中沙發坐下。

欲妃不知從那兒翻出一瓶紅酒，倒了一杯給她，說：「妳資質其實不錯，比上頭那些老傢伙有用多了，摩羅大王一向欣賞有才能的人，怎麼樣，有沒有興趣當摩羅大王的使者？」

「當摩羅大王……使者？」陳亞衣露出困惑表情。

「用凡人法師的說法，就是當摩羅大王的乩身。」欲妃笑吟吟地說：「摩羅王本來看中一個小子，但那傢伙不識抬舉；妳資質不輸給那小子，明晚宰了他帶下去時，我會順便向摩羅大王提起妳。」

「妳說的那小子，就是韓杰？」陳亞衣問。

「是呀。」欲妃說：「怎麼？妳跟他很熟？」

「不熟……」陳亞衣搖頭。

「那就好，妳乖乖聽我吩咐，摩羅大王不會虧待妳。」欲妃伸手輕撫陳亞衣臉蛋。「說不定許多年後，妳有機會做我師妹呢，嘻嘻。」

「妳們的計畫……」陳亞衣顫抖地問：「就是殺死韓杰，帶他下陰間，再扣他一些罪名，所以妳們想扣他什麼罪名……」

「越重越好。」欲妃說：「強姦啦、殺人啦，邊強姦邊殺人啦……」她說到這裡，見陳亞衣嚇得臉色發白，哈哈笑著說：「妳別怕呀，妹子，妳放心，現在不用妳當受害者了——我說過了，妳大有用處，負責受害的活人，我們已經有幾個人選了。」

陳亞衣瞪大眼睛，長長吸了口氣。

她見到欲妃說起「負責受害的活人」時，伸手往胸口指了指，又朝床上指了指——嚴寶老婆，與床上兩個孩子。

「妳是說，妳要把那男孩子跟……嚴寶老婆，當成陷害韓杰的犧牲品？」陳亞衣低聲驚呼。

「是兩個女人、兩個孩子。」欲妃笑著說。「夠他下地獄了吧。」

陳亞衣喃喃地說：「妳是說……連蔡夫人跟……」她望著床上的蔡如意，驚恐地問：「蔡大哥的女兒，都得……」

「妳千萬別告訴那姓蔡的呀。」欲妃冷笑。「不然害我和悅彼妹子要提早宰掉那堆小子，沒活人跑腿打雜，也挺麻煩的。」

陳亞衣忍不住顫抖起來，又聽欲妃稍稍說明，才知道原來欲妃、悅彼喊來蔡六吉稱要替他對付五福會，其實只想借他的活人幫眾跑跑腿、擄擄人，拐騙韓杰與五福會上門，讓所有人殺得屍橫遍野，不留一個活口、不走一隻亡魂，最後讓司徒城隍策劃，將所有人的口供「調整」成完全一致，到了底下，讓韓杰百口莫辯。

「整個劇本細節，大家還在討論。」欲妃嘻嘻笑地說：「但大致方向是太子爺乩身心懷不軌，使用地獄符挑撥兩幫派鬥爭，意圖從中謀利，波及無數活人，姦殺兩幫頭兒夫人、孩子。」

「什麼……」陳亞衣驚恐至極。「妳……妳要讓韓杰對那兩個孩子……」

「是呀，夠他下地獄了吧。」欲妃瞅著陳亞衣冷笑。「妳不當受害者，我只好找別人當了，還是妳也想陪他玩玩？」

「不……我……我……」陳亞衣嚇呆了，一時無言以對，突然想到什麼，說：「他……他不會那麼做的，妳之前不是試過了嗎？」

欲妃哈哈一笑，說：「沒錯，所以我請司徒史替我找了個專家上來。」

「專家？」陳亞衣不解。

「拍電影的專家。」欲妃說：「是個下地獄的導演，由他掌鏡拍攝姦殺證據，主角不見得非要那小子親自演出，我們會另外找替身演員。」

「這樣……會有用嗎？」陳亞衣不敢置信。

「在陽世法庭上，這把戲有沒有用我不知道。」欲妃說：「但在跟摩羅大王要好的幾個閻王面前，肯定有用。」

欲妃拍了拍陳亞衣的肩，起身出房，還回頭對陳亞衣說：「我是看在妳確實有資質、想替摩羅大王找個肉身的份上，才提前告訴妳，千萬別給我找麻煩，否則明晚兩位夫人加上兩個孩子的影片裡，會再多一個角色——要當一起吃香喝辣的夥伴，還是當人間煉獄裡的受害者，妳自己選。」

陳亞衣望著欲妃離去的背影，腦袋震驚得空白一片，蜷窩在沙發上，久久難以言語。

貳陸

韓杰站在病床前，默默望著昏睡不醒的王書語。

王智漢坐在病床前，嘴裡叼著一支筆，焦躁地不停抓著頭，喃喃地問：「你什麼時候可以處理好？」

「最慢就這兩天吧。」韓杰雙手插口袋，說：「上頭已經弄清楚狀況了，現在就等收網，我也在等指示……」

「有消息通知我，我帶隊跟你去……」王智漢不停握拳。

「省省吧……」韓杰沒好氣地說：「你當尋仇啊。」

「當尋仇不行嗎？」王智漢說。

「對方都是地底惡棍，你怎麼尋仇？」韓杰說到這裡，突然感到斜背包不停蠕動，連忙拉開背包，背包裡塞了個草編小鳥巢，小文叼著一卷紙從背包飛出，在病房中振翅飛繞。

「哇，你把鳥藏在包包裡？不怕悶死牠？」王智漢愕然道。

「這不是活鳥，是太子爺用蓮藕捏出來的道具，悶不死的……」韓杰無奈說：「那些傢伙隨時會有動靜，上頭要我大便也帶著這傢伙。」

小文叼著那紙卷其中一端，跟叼著根菸一樣，落在王智漢面前，呼出幾口煙，將熱騰騰的紙卷吐在王書語身上那條薄被上。

「喂！」王智漢與韓杰見那紙管隱隱透著香燒餘燼光點，七手八腳搶起紙管，燙得你拋給我我拋給你。

「蠢鳥……」韓杰打開紙卷仔細瞧了瞧，只見上頭密密麻麻十幾個名字。

變態殺人鬼李強

分屍人魔王國富

槍擊要犯林天旺

瘋狗王張虎彪

「這啥？咦？這些人……」王智漢湊上前去，啊呀一聲，認出籤紙上某些名字，有些是槍決犯人、有些是黑道要角，這些人的共通之處是已死去多年，或是被槍決，或是在幫派仇殺中喪命。

「這是那些傢伙招上來的打手。」韓杰看著這排名單，搖搖頭說：「都是些雜魚，沒半個能打的……媽的！」

「雜魚？裡頭不是槍擊要犯就是分屍殺人魔耶！」王智漢瞪大眼睛。「你這小子現在挑對手，不是魔王級的角色你嫌打不過癮是吧？」

「不是我挑對手，是我上頭挑對手。」韓杰翻了翻白眼說：「他說那兩個婆娘是第六天魔王嘍囉，不夠格做他對手，要我自己想辦法解決這件事。」

「哪兩個婆娘呀？」王智漢問。

「第六天魔王有四個姘頭——欲妃、悅彼、快觀、見從，專門幫他誘惑修道之人。」韓杰解釋：「她們是千年惡鬼，道行深厚，就差幾十年成魔，還沒進天庭監管名單內，歸陰間管轄，但現在其中兩個掛著地獄符，陰差無權干涉她們……」

「你打不贏那兩個婆娘？」王智漢問。

「一個就快要我命了。」韓杰說：「我身上掛滿法寶，頂多跟她們其中一個打平，晚上蠢鳥叼給我的最新消息說那兩個婆娘聯手了，現在這些名單，就是她們新請上來幫忙對付我的打手。」

「現在什麼情況？」王智漢困惑說：「你掛滿法寶頂多打平一個，現在她倆聯手，但你上頭又嫌她們身分不夠不屑跟她們打！那他到底要你怎麼做？」

「他要我動動我的豬腦。」韓杰翻了翻白眼說：「叫我別丟他的臉。」

「那你的豬腦想好戰術了嗎？」王智漢問。

「正想到一半。」韓杰哼哼地答。

小文倏地竄回韓杰背包，又扔了個紙卷出來，韓杰正接著，左拋右拋等待紙卷香跡字燒成，便聽見一陣奇異引擎聲自病房廊道外響起。

一陣詭譎青光接連閃過幾扇窗，一輛古怪重機停在病房門前。

一個傢伙穿著西裝，頸上是顆牛頭，將黑西裝袖子捲至上臂、襯衫只扣兩顆釦子、胸前掛著玉珮、把皮鞋踩成拖鞋，隨意將骷髏重機停在病房外，大步走進病房，氣急敗壞地罵：

「我幹他老師咧，連司徒史也叫上來啦！」

「司徒史……」王智漢呆了呆，一時記不起這個名字。

牛頭來到病床前，瞪著紅通通的牛眼瞅了韓杰幾眼，哼哼地說：「你就是王仔說的乩身？幹你們這些神明使者到底在想什麼？神明讓你們寫地獄符，是讓你們救急，不是讓你們當印鈔機在用的，你知道底下因為你們陽世法師寫的這些地獄符忙得快翻掉了嗎？」

「這些符沒一張是我寫的，這鬼規矩也不是我定的，這陣子我也忙得沒時間睡覺，都是在替你們地下這些傢伙擦屁股！」韓杰不悅地答，還對王智漢說：「他就是那個偷車的？」

「偷車的？」牛頭捏著西裝大力抖了抖，向王智漢抱怨：「幹你老師咧，你都跟別人這樣介紹我？」

「你們兩個，一個偷車、一個吸毒。」王智漢隨口答：「我是警察，不是媒婆，你想我怎麼介紹？」

「哦……」韓杰聽牛頭講話語氣，又瞧瞧他三七步站姿、抖個不停的腳、捲至上臂的西裝袖子、沒扣好的鈕釦，冷笑幾聲說：「原來是你。」

「啥小？」牛頭呆了呆。

「當初是你帶我下去的。」韓杰冷冷說：「那時候多謝你招待啊。」

「啊？」牛頭摳摳耳朵，扠起手說：「我聽不懂你說啥小，我帶你下去？去哪裡？」

「不認帳啊？」韓杰盯著牛頭頭上一雙角。「幹嘛，你怕我打你？怕變犀牛？」

「犀牛？」牛頭聳聳肩。「什麼犀牛？」

「牛角折下來，插在鼻子上，就是犀牛了。」韓杰笑著說。

「……」牛頭沉默兩秒，往前走了幾步，站在韓杰面前瞪著他說：「我聽不懂你在說什麼，不過我感覺你皮癢癢。」

「奇怪，被你一說……」韓杰先抓抓頭，又抓抓胳臂，再抓抓胸口，冷笑說：「真開始癢了……」他一面說，開始拗手指，發出咖啦啦的聲音。

「想治皮癢那簡單。」牛頭揪起韓杰領子。

韓杰舉手反扣上牛頭手腕；牛頭另一手握拳緩緩舉起；韓杰另一手探進口袋。

「喂喂喂……這裡是醫院，病床上躺的是我女兒。」王智漢胳臂攔在兩人相距十餘公分的臉前。「要打架改天約一約，我當裁判。」他對韓杰說：「上你家拳館打。」

「我無所謂。」韓杰冷笑，鬆手攤了攤。「如果他敢的話。」

「看在王仔的面子上，我饒你一馬，臭毒蟲。」牛頭鬆開韓杰的領子，瞪著他說：「我這輩子最恨人吸毒……」

「我這輩子第二恨偷車的，最恨的，就是你們這些陰差。」韓杰反唇相譏兩句，轉頭喊回小文，大步往房外走。「我要開工了，你們自己看著辦吧。」

韓杰走出病房，經過那輛骷髏重機，順手拍了拍骷髏頭造型大燈、扳扳上頭幾個小骷髏頭裝飾，哼哼地說：「這車真不錯，平常收不少？真好，我車都自己存錢買的。」

「幹！誰准你碰老子的車，那車很貴的！」牛頭朝外大吼：「而且也是我自己花錢買的！」

韓杰沒答話，揚手朝病房裡比了個中指，還用後腳跟拐了重機後輪一腳，大步離開。

「幹他老師咧！」牛頭見韓杰態度惡劣，還踹他車，氣惱地對王智漢抱怨起來：「這小子吃了炸藥？我有得罪他嗎？」

「你以前有沒有整過他？」王智漢問。

「誰整他啦？」牛頭哇哇地說：「我是整過不少人，但不記得整過他啊。」

「他以前被陰差帶下去時，一路上被整得很慘。」王智漢哼哼地說。

「我不記得有帶過他。」牛頭說：「我帶過不少人下去，殺人的、強姦的、什麼怪人都帶過，就沒帶過活人。」

「我記得他形容的牛頭的樣子有點像你。」王智漢：「像個流氓一樣。」

「底下每隻牛頭都長這樣子。」牛頭指著自己那顆牛頭，嘿嘿笑地答：「而且只有看起來像流氓的流氓，跟看起來不像流氓的流氓兩種——跟你們條子差不多。」

「去你個差不多。」王智漢爆了句粗口，說：「不過應該不是你，算算你們年紀，他下去時，你還沒死。」他說到這裡，頓了頓，繼續說：「他以前交過個女朋友，爸爸得罪了人，祖宗十八代的人間記錄都被改得面目全非，他爲了替那女孩修回人間記錄，惹上幾間城隍府，跟好幾路陰差打得天昏地暗，被整得很慘，發誓見牛頭就拔角、見馬面就拔毛，他沒拔你的角，已經很給你面子了。」

「幹，那關我屁事！」牛頭攤手喊冤，但想想又覺得好奇，說：「這麼大件事……我回去打聽一下。」

「對了，你剛剛說那司徒史，是不是以前整我們那個……」王智漢哦了一聲，像是突然想起司徒史這名字。

「幹你現在才想起來呀！就是那個吃狗屎的狗雜碎呀！我幹他——」牛頭講起司徒史，幾乎要把他生平懂得的髒話全罵出來了，氣急敗壞抱怨著：「連那王八蛋都掛上地獄符啦，我們拿他們一點辦法也沒有！」

貳柒

「小年，起來啦……」馬大岳拍打著廖小年的臉。「等等還有最後一間廟要跑……」

他喊了幾聲，仍叫不醒廖小年，突然臉色一變，嘴裡獠牙一下子生長半吋，怒叱一聲：

「給我起來！」

廖小年這才嚇得彈起，左顧右盼。「怎麼了？怎麼了？這是哪裡？」

「淡水啦……」馬大岳又恢復成自己的聲音說：「你睡昏啦？」

「淡水？啊……對喔……」廖小年抹著口水，昏昏沉沉地說：「我們回到台北了……」

他這麼說的同時，望向一旁機車上紅白塑膠袋裡四大把球棒粗的殘香，是他們花費一天一夜，環島一圈，從數十間大廟香爐裡竊得的。

兩人騎至淡水時機車無油，馬大岳徒步去買汽油，廖小年在河濱步道等待兼打起瞌睡。

他們坐在河濱道旁，望著斜下夕陽，喝著馬大岳自加油站廁所裝回來的自來水。

「大岳，太陽下山了耶……」

「對呀。」

「我好餓……」

「我也是啊幹。」

「沒有吃的嗎？」

「最後的錢拿去買汽油了，你要喝嗎？啊哈哈哈我怎麼這麼幽默！」

「……我們這樣，到底是在幹嘛？」廖小年喃喃地問。

「你別問了，你每問一次就被打一次……」馬大岳搖頭嘆氣替機車加油。

「就是說呀！」廖小年突然瞪大眼睛，揚起雙手，猛搧起自己巴掌。「你乖乖照做就對了，一直問、一直問，問什麼問！你看你哥兒們多認命，學著點好嗎？」

「大哥、大哥……你行行好，別打我小弟了。」馬大岳打起圓場。「嗯……兩位大哥，我們是不是跑完最後一間廟就沒事了？就不用下地獄了？」

「臭小子，想得美喲！」馬大岳剛說完，也像廖小年一樣，開始打起自己巴掌。「正事還沒做完一件就討價還價，惡性難改，這麼討厭的小子沒有教化可能，我看乾脆直接就地正法算了！」

「是呀，就地正法，省得麻煩。」廖小年連連點頭，和馬大岳伸手擊掌，兩人一齊往河濱道走，想翻過河岸步道欄杆跳河。「我們再找新人幫忙，這兩個直接送去地獄好了。」

「等等、等等！」馬大岳和廖小年嚇得哇哇大叫，連聲求饒：「拜託，我們知道錯了，我們會好好做人。」

「你們鑄下大錯，好好做人不足以抵償罪孽呀。」廖小年將自己腦袋壓在步道欄杆上，讓他看著河岸自己的倒影。

「你們還要我做什麼，我都照做，行不行呀！」馬大岳大叫，剛叫完，隨即挺直了身子，答：「行。」

廖小年感到壓他翻欄投河的那股怪力消失，怯怯地說：「你們……你們到底要我們做什麼？」他說完，立時又瞪著眼睛回答自己的問題：「取香呀，說了一百次了。」

「我們都環島一圈了，還要去哪裡呀？」馬大岳還沒問完就氣呼呼地回答了自己的問題：「關渡！」

「對，還有關渡。」廖小年身中的傢伙也點頭附和。

然後，兩人又花了點時間，將買來的汽油全灌入機車，往關渡方向前進。

數十分鐘後，兩人來到關渡一間大廟點香祭拜，再趁著廟方人員不注意時，從大香爐裡抽出剛剛插的幾支殘香，捏熄香頭，藏進袋裡。

兩人提著滿袋殘香，飢腸轆轆地走過廟外小吃攤，突然被一道聲音叫住。

「喂！那邊那兩個臭俗辣，對對對，就是在叫你們，過來、過來——」

馬大岳和廖小年呆了呆，循那聲音看去，只見聲音從一處小吃攤喊來，出聲桌是一家四口。

「臭俗辣？」馬大岳先是錯愕，跟著本能顯露出過去的流氓姿態，凶悍地朝那一家四口回罵：「歐巴桑，妳是在罵我們？」

廖小年則倒吸了口冷氣，認出那名婦人，正是昨晚囚禁他們一晚的劉媽，同桌三人則是劉爸和劉家子女。

「對呀！」劉媽用筷尾拄著桌子，說：「這裡就你們兩個臭俗辣，還有哪個臭俗辣呀？

快過來呀！」

「妳……妳想做什麼？」馬大岳也認出了劉媽，嚇得與廖小年面面相覷，都不知道怎麼會在這裡碰上。

「你們錢都拿去加油了，沒錢吃飯，是不是？」劉媽這麼說，又敲了敲桌面，說：「來來來，劉媽請你們吃頓飯。」

兩人又互望一眼，正不知所措，便舉起手，一個推對方後背、一個掐對方後頸，互相逼迫地往劉媽那桌走去，還說：「有人請吃飯還不吃？」「吃飽了才有力氣幹活呀！」

兩人走到劉媽那桌，只見劉媽兒子女兒都像是上班族，模樣平凡，兒子腳邊還擺著個寵物外出背包，裡頭裝的是劉媽家那隻看門大橘貓。

大橘貓懶洋洋地窩在背包裡，透過透氣口朝著兩人大打哈欠。

「你們怎麼這麼慢？」劉媽喊來服務生，擅自替兩人點了菜，隨口問兩人說：「我以爲你們上午就到了，帶全家來關渡，等了大半天，等到太陽都快下山了，你們才取好香……」

「什麼……」馬大岳和廖小年肚子餓得受不了，見新菜端到面前，狼吞虎嚥起來，聽劉媽這麼說，驚訝道：「我們身上兩位大哥果然跟妳有關……妳到底是……」

「我昨晚不是說了。」劉媽指了指劉爸：「我老公是修復神像的，我們家跟滿天神佛都有點交情，神明三不五時來我家泡茶聊天，你們自己找上門來，怪誰呢？」

「我……我們又不知道……」「我們知道錯了，阿姨，原諒我們行不行……」馬大岳和廖小年一面吃、一面求饒。「我們看過地獄了，我們會好好做人。」

「你們要好好做人？」劉媽眼睛亮了亮。「口說無憑，總要做點好事證明自己的誠心吧。」

「證明……怎麼證明？」馬大岳和廖小年呆了呆，問：「環島取香算不算證明？」

「環島取香？」劉媽說：「你們只是去香爐偷香而已，這算什麼好事？」

「喝！」馬大岳焦惱說：「偷……香？明明是那兩個混……混……兩位大哥逼我們做的。」

「他們是要你們去找人。」劉媽說：「你們取的香只是工具，現在工具準備好了，人還沒找回來，好事只成一撇，你們吃飽了，把人帶回來給劉媽看，我替你們說說情，證明你們有心做好人。」

「找人？」馬大岳和廖小年一頭霧水。「找誰呀？」

「昨天那個女孩。」劉媽說。「背後跟著個老婆婆的那個。」

「啊！救她？」「她在哪？」馬大岳和廖小年這才明白劉媽要他們找的人，是陳亞衣。

「她跟六吉盟的人在一起，我要你們把她帶回來。」劉媽指示。

「什麼！」馬大岳和廖小年駭然嚷嚷：「妳不是說她跟六吉盟的人在一起，那我們怎麼把她帶給妳？我們是五福會的人——」

「還在五福會！」馬大岳雙手突然不受自己控制，他身體裡的傢伙毛躁地端起碗，拚命將食物往他嘴裡塞。「你不是要做好人？還把自己當成幫派成員？哇——你嘴巴不小呀，怎麼吃這麼慢？吃快點好不好，太陽快下山啦！」

「怕什麼。」劉媽呵呵笑地說：「這兩位大哥一路陪著你，你們還不放心，我讓將軍也陪你們去吧。」

「將軍？」廖小年呆了呆，突然聽地上的寵物背包傳出喵嗚一聲，低頭望去，那隻大橘貓眼神銳利地望著他。

「你別怕，將軍不會咬好人。」劉媽兒子嘴裡還塞著食物，主動提起背包替廖小年揹上。「他會替你帶路。」

他還沒說完，將軍的爪子便從背包縫隙裡擠出來，在廖小年臉上扒出一條血痕。

「將軍，別這樣！」劉媽兒子立即拿起桌上衛生紙給廖小年擦血，苦笑說：「不好意思，可能你們還沒證明自己是好人，將軍還不信任你們。」

「可是……妳到底要我們……唔！」馬大岳嘴巴塞滿食物，大口嚼著，還有滿腹疑問，但突然自己站了起來，與廖小年一前一後走向機車。

「劉媽，時候不早了，我們得走了。」馬大岳身中的傢伙向劉媽打過招呼，與廖小年一齊跨上機車，發動引擎駛遠。

劉媽望著駛離的兩人，取出手機撥給韓杰，說：「那兩個小子已經出發了，你等的人來了嗎？」

□

「還沒……」韓杰窩在東風市場入口的加蓋管理室藤椅上與劉媽通電話。藤椅旁豎著鋁棒，小桌上擺了一罐洋芋片，透過洋芋片筒半透明軟蓋，隱約可見裡頭塞著滿滿的尪仔標。

韓杰打著哈欠說：「都六點半了，不知道那些王八蛋怎麼做事的……好、好，我知道，我會看著辦。」

韓杰結束與劉媽通話，抬胳臂枕著頭望燈發呆，見老爺子提著晚餐返家，便揚手與他打了個招呼。

「晚上有公會戰，幫忙打打吧。」老爺子不知第幾次對韓杰這麼說。

「今天晚上要打眞的。」韓杰揚了揚拳頭。

「打完眞的，下次記得開開遊戲呀。」老爺子說：「進來看看葉子帳號也好。」

「有什麼好看的。」韓杰沒好氣地說。「只是個遊戲帳號。」

「就是愛面子，偶爾承認自己想她會怎麼樣？哼！」老爺子碎碎唸，自顧自地上樓，大聲吆喝著提醒鄰居孩子晚上手機遊戲公會戰重點戰術。

葉子死後，老爺子接收了她的遊戲帳號，一人操縱數個帳號，也玩得有聲有色。

「承認了有什麼用……走了就是走了，又不會回來……」韓杰凝望遠方呢喃自語。

他窩得無聊，走出管理室揚拳伸腳，不時直上直下地蹦跳兩下、拐肘揮拳，像是個準備上擂台的拳手暖身——他的雙手當眞已纏妥繃帶，繃帶上還寫滿符籙金字。

除了繃帶，他衣褲內側、鞋底、腰間上多功能腰包，以及管理室裡的鋁棒和洋芋片筒外側，也全寫滿了符籙金字。

他站在東風市場外人行道上伸展熱身，不時左顧右盼，像是在等待著什麼，等了好半晌，又不耐地從口袋取出昨晚小文叼出的最後一張籤紙翻看——

摩羅姘頭已選妥地點，聚集地獄罪魂、布置重重陷阱，欲前往東風市場擄人逼你上門自投羅網。

「媽的，怎麼還沒來？」韓杰嘖嘖罵著，突然一輛廂型車駛到他面前，車門拉開，裡頭兩個模樣凶狠的傢伙探出頭來，瞪著他問：「喂！這裡是東風市場？」

「是呀。」韓杰點點頭。

「你是這裡住戶？」那人又問。

「是呀。」韓杰點點頭。

「你們這兒有沒有個叫韓杰的？」那人再問。

「有呀。」韓杰點點頭。

「這樣啊……」兩人上下打量著韓杰，在考慮眼前的人是不是好綁架的對象。

「別麻煩了……」韓杰一把將那兩人推回車裡，跨進車裡，轉身關上車門。

「哇，你做什麼？」車廂裡傳出一陣慘叫聲，整輛廂型車轟隆隆地上下震動起來。

騷動半晌，車門打開，韓杰走下車，進管理室提出鋁棒和洋芋片筒，又重新上車，關上門，大剌剌坐下，挪移屁股找了個舒適坐姿，對著前方椅上兩個身子交疊、鼻青臉腫的六吉盟幫眾和嚇傻了的前座駕駛說：「怎麼還不開車？不是來擄人？擄到人就開車啊！讓我等這麼久，操你們這些鳥蛋怎麼做事的！」

貳捌

「小狗、小兔子、小貓、大蜘蛛、小鳥……」

蔡如意伏在床上，數著滿床紙獸，手裡還托著一隻小小的紙蝶，不時朝紙蝶呼口氣，紙蝶便會撲拍飛起，在她頭頂繞繞，然後飛回她的掌心或是肩上；她捧著紙蝶，好奇地問：「姊姊，爲什麼妳摺的紙會動呀？」

「因爲我以前沒有朋友……都跟自己的影子說話，後來我外婆教我摺紙，我就跟紙鳥說話，一天一天過去，有一天，它們突然就動了……」陳亞衣盤坐在地板上，撕紙摺出更多紙獸——她在這小套房裡待了一夜一天，百無聊賴，見小桌下擺著幾本玄極師尊的著作，便撕開摺紙；欲妃、悅彼偶爾經過小房，見陳亞衣摺紙哄孩子，也未多干涉。

嚴孝穎抱膝瑟縮在小沙發上，伸手輕輕摸著眼前幾隻紙蜘蛛；紙蜘蛛抬起前足，輪流與嚴孝穎指尖輕觸，像在和他擊掌打氣。

「姊姊，爲什麼妳沒有朋友？」蔡如意問。

「因爲……」陳亞衣回答：「我常常不洗澡，身上很臭很髒……鄰居小朋友都罵我髒鬼、臭鬼、大便人、尿褲子人，沒有小朋友想跟我玩……」

「爲什麼妳不洗澡？」蔡如意追問。

「因爲……」陳亞衣不知該怎麼回答這個問題，也不知道自己現在究竟在做什麼——她本來只隨蔡萬虎來玄極精舍接應妻女，再替蔡家寫幾批新符，收取尾款後，就帶著苗姑去鄉下享福，再也不想捲入這種離奇糾紛。

誰知來到這裡才發現情況演變得遠遠超出她想像。

悅彼和欲妃聯手布了個天羅地網要來對付韓杰，並遊說她當摩羅大王上凡肉身，更計畫將五福會與六吉盟兩位夫人子女當成犧牲品，虐殺造假證據來誣陷韓杰。

她陪伴兩個孩子摺紙摺了一整天，腦袋裡不停浮現等會兒可能發生在他們身上的恐怖情景。

「人活在世上，總要做些……」她茫然摺紙，喃喃唸著昨天劉爸燉雞湯時告訴她的話。「無愧良心的事……」

「好小喔！」蔡如意見陳亞衣摺出一隻拇指大小的小金龜，輕輕往上一拋，小金龜振翅飛了飛，與旁邊幾隻小紙鳥追逐起來，樂得大叫幾聲：「姊姊，妳能摺出比金龜子更小的東西嗎？」

「能。」陳亞衣點點頭，反手在肩頭摸了摸，摸出一枚比蒼蠅稍大，乍看下以爲是碎紙屑，但輕輕拋起卻又能在空中盤旋許久的小紙蟲。「這是紙蒼蠅，我剛剛就摺好了，妳都沒有發現。」

「哇！妳什麼時候摺的？摺蒼蠅幹嘛呀？」蔡如意哇哇大叫，立刻丟下手中的紙蝶，招呼著腿上、身邊的紙蜻蜓、紙小鳥，去追那極小的紙蠅。

紙蠅飛逃一陣，鑽進陳亞衣領口裡躲著，幾隻紙蟲也往陳亞衣領口撲追，被陳亞衣吹了口氣，紛紛掉頭飛回蔡如意身邊，輕啄她脖子、耳朵，逗得她咯咯大笑。

「姊姊……」嚴孝穎抬起頭問。「妳外婆法術這麼厲害……可以趕跑我媽媽身上那個壞鬼嗎？」

「……」陳亞衣苦笑地搖搖頭。「我跟外婆加起來，也打不過她們……」

「姊姊，爲什麼妳外婆會法術呀？」蔡如意問。

「天生的，她以前還當過神明乩身……」

「乩身是什麼？」

「乩身是……神明下凡時的身體，神明會附在乩身身上，救人、趕鬼、守護蒼生……」

「救人、趕鬼、守護蒼生……」嚴孝穎插嘴問：「那……神明什麼時候來救我和媽媽？」陳亞衣答。

「我不知道……」陳亞衣茫然搖頭。

嚴孝穎像是還有話想問，但聽見門外傳來腳步聲，馬上低頭閉口。

叩叩——房門輕響幾聲，開了。

欲妃站在門外，對陳亞衣勾勾手指，要她出來。

「姊姊出去一下，晚點再回來陪你們摺紙……」陳亞衣摸了摸蔡如意的頭，拍拍嚴孝穎的肩，緩緩起身，隨欲妃出房。

走向金庫大房。

金庫大房裡那張碩大圓床前擺著支三腳架，架著一台具有攝影功能的數位相機。

一群罪魂圍著一個年輕傢伙。

年輕傢伙是六吉盟一個年輕幫眾，穿著皮外套，臉色驚恐鐵青，試鏡一樣，在那群罪魂面前走路轉圈，偶爾還擺出打拳姿勢。

「像不像？」欲妃向陳亞衣挑了挑眉。

「……」陳亞衣搖搖頭。「韓大哥帥多了……」

「我也這麼覺得。」欲妃揚了揚手，喊停眾人，笑呵呵地說：「小子你長相實在不像那傢伙，動作也學不像，這樣拍出來當證據呈上去，閻王爺很難做，不化妝實在不行。」

那年輕幫眾聽欲妃這麼說，本來鐵青的臉色登時變得死灰，連連說：「欲妃姊，再讓我練練看，不如……不如我戴個帽子什麼的？再不然，眞的不像的話，要不要換個人？小陳啊……小陳長得滿像他！」

「化妝師準備好沒？」欲妃不理他的建議，高聲問。

「欲妃姊、欲妃姊！」那年輕幫眾激動地想討價還價，被幾個罪魂架上一張椅子，按住肩頭；這些罪魂都是地獄重犯，各個道行深厚，年輕幫眾被他們壓著，像是被鐵銬銬著，動彈不得，只能連連慘叫。「我不要化妝、不要化妝！」

「化妝？」陳亞衣見那幫眾這麼哀求，不禁奇怪。

門外又走入一個傢伙，個頭矮胖，穿著寬大外套，外套上滿是口袋，口袋裡插著各種工具，手裡還提著一個小桶，裡面竟是不知從哪兒弄來的碎骨爛肉。

「陰間有許多厲害傢伙，有特別擅長化妝的。」欲妃對陳亞衣指了指那矮胖怪傢伙，他就是負責替年輕幫眾化妝的化妝師。

矮胖化妝師走到年輕幫眾面前，伸手在他臉上摸摸捏捏，回頭問欲妃。「要整成什麼樣子？」

欲妃遞去一支手機，螢幕上是韓杰照片。

「腮幫子太寬、顴骨太突、眼睛也不夠大……」化妝師看了照片幾眼，要那人自個兒端著相機將螢幕向外讓他看；年輕幫眾哆嗦著拿不穩手機，被另一個罪魂硬抓著手，讓他的手像手機架般抓牢手機。

化妝師挑剔一輪，轉頭對欲妃說：「不過我還是有辦法，只是……摩羅王真能擺平我的刑期？」

「你化得逼真點。」欲妃指著年輕幫眾手上的手機螢幕，說：「我叫司徒史想想辦法，讓那乩身替你扛下刑期。」

「那我得用上十二成功力了。」化妝師雙眼一亮，俐落地從口袋裡取出各種工具，開始幫年輕幫眾「化妝」——用大鐵夾夾碎對方顎骨、用榔頭敲碎他顴骨，再剪薄他嘴唇、切開他眼頭、削少他頰肉、捏窄他鼻骨……

跟著，化妝師從桶子裡撈出腐肉爛骨往他臉上糊、往刀口裡塞，捏泥偶般，將年輕幫眾那張淒楚的臉漸漸捏造得與韓杰越來越像。

年輕幫眾屎尿都灑了出來，卻叫不出聲——一個罪魂手伸進咽喉捏著他聲帶，不讓他吵人。

陳亞衣最初只瞧幾眼，便撇開頭不敢看，但欲妃在一旁輕攬她肩，扳正她的臉，要她睜眼看個仔細。

「妳連這場面都不敢看，那待會兒正式開拍，豈不嚇死了？」欲妃呵呵笑地說。「摩羅王不喜歡膽小鬼。」

「欲妃姊……」陳亞衣鼓起勇氣，說：「妳要讓韓杰下地獄，眞的……需要這麼多人嗎？從那些幫眾……裡隨便挑一個不行嗎？一定要用……兩個小孩嗎？」

「妳心疼他們嗎？」

「他們……都是好孩子。」

「這就對啦。」欲妃在陳亞衣耳邊說：「用最殘忍的方式殺害兩個會讓人心疼的好孩子，簡直喪盡天良、罪無可赦呀；那些幫眾都是些作奸犯科的壞蛋，讓他們演受害者，說不定反讓韓杰人間記錄添上幾筆功呢。」欲妃說到這裡，又補充說：「摩羅王不但不喜歡膽小鬼，更不喜歡濫好人。」

「前兩年摩羅王看上一個傢伙，壞透了，連我都有點欣賞，不過他天生資質比不上妳跟韓杰，法術學得慢，作爲摩羅王的身體有些不足，被韓杰打兩拳就受不了，可惜了。」欲妃笑著說：「這是場考試，妳得通過才行。」

「考試……」陳亞衣顫抖地說：「要考什麼？」

「考妳夠不夠資格當摩羅王的身體。」欲妃揮揮手，又喊來一個戴著琥珀眼鏡的傢伙，同樣渾身刑傷，也是地獄罪魂，身邊還跟著兩、三個嘍囉。

「他是等會兒拍片的導演，也是個天才，妳當他助理好了，協助他拍出完美的證據影片。」欲妃對陳亞衣介紹起導演。

「導演……」陳亞衣望著導演，只覺他琥珀色眼鏡底下的目光散發著猥瑣和殘忍。「他拍什麼電影？」

「我專拍會下地獄的電影，所以下地獄了。」導演咧嘴笑了，露出兩顆金牙。「專門賣給心理變態的有錢人看的，拍久了，我也變得有點變態……啊呀，說不定是我本來就變態，所以和那些老闆一拍即合，嘻嘻、呵呵。很高興欲妃姊給我這次機會，我好久……好久沒有這麼興奮了。」他說到這裡，向陳亞衣伸出手。「等會兒……合作愉快喲，嘻嘻……」

陳亞衣遲疑兩秒，見欲妃冷笑望她，只好伸手與導演相握。

她感到導演摳了摳她手心，見他轉頭瞥向遠處小房，淌出舌頭，雙眼流露出的光芒恐怖至極。

那是嚴孝穎與蔡如意所在房間。

陳亞衣忍不住望向欲妃。「如果，通不過考試……會怎樣？」

「通不過考試，摩羅王應該不會喜歡妳。」欲妃早料到陳亞衣有這樣的問題。「摩羅王不喜歡妳，妳就沒資格當我們夥伴，不當夥伴，妳就只剩下一種用途了——」

陳亞衣有些天旋地轉，且那導演又在摳她手心、瞅著她邪笑，笑得淌了滿嘴口水。

「就是讓這場戲，再加上一個女主角。」欲妃說完，留下驚駭至極的陳亞衣，獨自轉往玄極精舍一樓寬闊道場。

□

寬闊道場中聚集著百來人。

百來人分處兩邊，一邊橫七豎八躺倒一地、氣若游絲；一邊扠手站著，洋洋得意。

站著的都是六吉盟的人，倒著的都是五福會的。

蔡六吉扠著手，瞅著癱坐在他眼前、重傷無力的嚴五福呵呵笑，還轉頭向罪魂手下說：「咦，這畫面怎麼這麼眼熟呀？我是不是在哪看過呀？」

「好多年前也是這樣呀。」一個六吉盟老罪魂和蔡六吉一搭一唱。

當年酒樓裡，嚴五福中了蔡六吉埋伏，與一干忠堂手下被蔡六吉人馬殺盡，此情此景彷如時光倒流、歷史重現。接到欲妃通知浩蕩趕來玄極精舍的嚴五福和嚴寶，再一次遭到六吉盟埋伏，他們佔了地利，又有欲妃、悅彼聯手幫忙，殺得這批五福會活幫眾、死幫眾們毫無還手之力。

嚴五福又和多年前一樣，昂頭望著得意洋洋站在他面前的蔡六吉，先前一連串順利復仇行動，一舉化為烏有。

與當初不同之處，在於此時嚴五福的憤恨，不像幾十年前集中在蔡六吉一人身上，而是分出大部分給欲妃。

他盯著自廊道轉出、返回道場與悅彼有說有笑的欲妃，兩隻眼睛怒得要炸出火來——欲妃私自附著嚴寶老婆、帶走嚴孝穎的這一夜一天，不停回報五福會假消息，一會兒說請嚴夫人帶著兒子和自己在外逛街買衣服，一會兒說逛得太晚乾脆在外住宿一夜，一會兒又說碰上蔡萬虎老婆女兒還成功擄了她們，要五福會趕緊來玄極精舍與她會合……

「兄弟，你敗給我兩次。」蔡六吉在嚴五福面前蹲下，盯著嚴五福怒炸了的雙眼，說：「這次你嚴家，永世不得翻身了。」

「至少……」嚴五福咬牙切齒地說：「我也殺了你蔡家不少人。」

「是啊。」蔡六吉點點頭，說：「你殺了我蔡家不少人，嚇得我蔡家子孫把我請上來；算起來，我應該謝謝你了……」他伸手拍拍嚴五福的臉，調侃道：「我記得你以前最喜歡吃雞屁股，以後逢年過節，我會請手下供點雞屁股給你全家……哎呀，不過我記得地獄收不到陽世親友供品。唉，這也沒辦法，欲妃、悅彼兩位大姊連城隍爺都替我請上來了——所有的罪，你嚴家得全扛下來了。」

嚴五福聽他這麼說，整張被油鍋炸得焦腫變形的爛臉微微扭曲隆動起來，彷彿又被扔回油鍋中。

□

「什麼？擄到本人？」

道場一角，欲妃、悅彼盯著向她們報告擄人進度的蔡萬虎，互望一眼——負責去東風市場擄人要脅韓杰的幫眾們，竟碰上了韓杰本人。

「那帶他過來吧。」欲妃打了個哈哈。

「他做好準備了。」悅彼這麼說：「說不定他猜到我們想幹嘛了。」

「猜到也沒用。」欲妃說：「只要我們帶他下去，到了我們地盤，也只能乖乖吞下我們扣給他的罪名。」

「我們準備的人手夠不夠弄他下去？」悅彼問。

「妳也和他打過，沒看出他有個弱點？」欲妃說：「他仗著法寶厲害，但法寶用得多了，卻不太能控制自如，我們兩個聯手絕不會輸給他，再加上司徒史請上來的這批地獄打手，各個都是一時之選，慢慢磨都磨死他了。」

「好吧。」悅彼點點頭，拉高聲音吩咐蔡六吉：「蔡老弟，你的仇人我替你處理了；待會我們的仇人上門，換你出力幫忙喲。」

「這個當然！」蔡六吉連連點頭應答。

欲妃吩咐完，便與悅彼一起轉入廊道，往地下室方向走。比起欺負五福會，她倆似乎對底下即將開拍的偽造證據影片過程更感興趣。

蔡萬虎茫然望著重傷躺倒在血泊中的嚴寶，又望向爺爺蔡六吉。

蔡六吉猶自興奮，對嚴五福吹噓將來六吉盟得到了第六天魔王撐腰後的發展，還不時出言調侃嚴五福此時處境。

不知怎地，蔡萬虎沒來由地不安起來，一陣反胃作嘔感湧上，他摀著胸腹轉向廊道，往地下室走，迫不及待想見蔡如意。他整天幫忙爺爺指揮幫眾，好段時間沒看見女兒了。

欲妃和悅彼在離開前，不約而同地望了他一眼。

或許是她們眼神中流露出的神祕眼色，令他如此不安。

讓他如此想見見女兒，想知道她是否平安。

貳玖

「來來來，來大房間玩遊戲，大房間裡更好玩喲。」

悅彼向小房裡追逐紙鳥的蔡如意招了招手。

欲妃則走到沙發，伸手牽嚴孝穎。

嚴孝穎抱著膝蓋，不願讓欲妃牽——儘管此時欲妃仍附在他媽媽身上。

欲妃微笑著探身，將他從沙發上抱起，在他耳邊說：「怎麼啦？你怎麼在發抖？」

「妳……妳不是我媽媽……」嚴孝穎鼓起勇氣低聲說：「妳……妳到底想要幹什麼？」

「聰明的孩子，你馬上就知道了。」欲妃笑吟吟地說，與抱起蔡如意的悅彼一同走出房。

「亞衣姊姊呢？」蔡如意在悅彼懷裡左顧右盼。

「亞衣姊姊也在房間裡喲，她會陪我們一起玩遊戲。」悅彼這麼答。

嚴孝穎哽咽地問著欲妃：「妳……妳要把我們吃掉嗎？」

「吃掉？」欲妃呵呵一笑，壓低聲音在嚴孝穎耳邊說：「我們要玩的遊戲，比吃掉你們，還好玩一百倍喔。」

四周幾個罪魂提著汽油桶在整個地下四樓，乃至於上頭幾樓，來回淋灑汽油；空氣中瀰漫著濃濃的汽油味。

大群模樣可怖的地獄罪魂三五成群地聚在空曠處，人人身上滿布地獄刑傷，他們全是司徒史寫地獄符招上來的凶神惡煞，生前不是殺人魔就是黑道要犯——

這些被從地獄裡撈上來的傢伙，有些身上還滴著滾油、有些嘴角還殘留屎渣、有些身上的血孔還滲出血、有些拿著針線縫著自己被鋸裂的肢體。

他們完全同意欲妃和悅彼對他們提出的要求——

等會兒各憑本事，打死韓杰。

摩羅大王將會論功行賞，不但可以免除地獄刑期，還可以跟隨司徒史在陰間重新建立一支城隍據點，一起吃香喝辣。

此時甚至有兩、三個牛頭馬面圍繞在司徒史身旁，不時與他交頭接耳，像在提供底下還有哪些厲害貨色可以調上來捧個人場。

他們都是司徒史這前任城隍在陰間的舊部，收到他的符令，上來和舊長官聊聊近況，談這合作計畫。

司徒史一夜一天下來寫了百來張地獄符，此時按著一張已蓋上印的符，一手抓著朱砂筆，皺著眉頭，像是再想不出人選了。

欲妃遠遠見他這副認眞模樣，哈哈一笑來到他身邊，雙眼異光閃爍，報了個名字。「他沒那麼大名氣，你們沒聽過他，不過是個有趣的傢伙，等等說不定用得上。」

悅彼抱著蔡如意，在金庫大房門前等欲妃回來，本來有些不耐，但聽欲妃低聲說她報給司徒史的人名，忍不住尖聲笑起，說：「欲妃姊，眞有妳的！」

欲妃與悅彼抱著兩個孩子步入金庫大房，見導演領著嘍囉在大圓床前相機旁興奮地比手畫腳討論拍攝流程，貌似迫不及待準備開拍；同時負責飾演韓杰的年輕幫眾也「化妝」完畢，此時模樣乍看之下，與韓杰已有八成相似。

假韓杰呆滯地坐在沙發上，喃喃自語，精神崩潰。

「她人呢？」欲妃左顧右盼，卻不見陳亞衣。

「她說肚子痛，要上廁所。」導演指了指大房廁所。

欲妃將嚴孝穎扔上大圓床，走到廁所旁敲了敲門，說：「快點，要開拍囉。」

陳亞衣開門走出，臉色蒼白如紙。

「不是吧，妳眞怕成這樣？」欲妃見陳亞衣面無血色，不悅地皺了皺眉。

「欲妃姊，膽量是練出來的。」悅彼這麼說，將蔡如意放上大圓床，說：「來來來，準備開始玩遊戲了。」

蔡如意踮著腳，對牆壁架子上陳列的一支支情趣用品十分好奇。「那是什麼？」

「是寶劍，用來對付大魔王的。」悅彼取下一支怪異道具遞給蔡如意，指著小沙發上負責假扮韓杰的年輕幫眾，說：「等等大魔王會來欺負我們，我們要抵抗他。」

「大魔王？」蔡如意抓著怪異道具亂揮，呀呀笑著。「來呀來呀大魔王！」

嚴孝穎縮在床邊抱膝哆嗦。陳亞衣低著頭走來，攬住嚴孝穎的肩，還一把摟來蔡如意，一語不發。

欲妃和悅彼相視一眼，正想說什麼，導演已經搶先嚷嚷起來。「助理導演，妳做什麼？妳入鏡啦！那不是妳的位置，快過來，要開拍啦！」

陳亞衣望了導演一眼，又低下頭，不理他。

「怎麼了？」欲妃來到陳亞衣面前，說：「妳不想考試了？」

「我考不過……」陳亞衣搖搖頭。「妳們不能這樣，他們只是孩子……」

「可惜了。」欲妃搖搖頭，對導演說：「看來要用備用劇本了。」

「二號劇本更棒呀！欲妃姊！」導演興奮尖笑，與身旁嘍囉激動討論起原本的劇本再加上個年輕女孩，這戲劇張力能到達什麼程度。

「如意——」蔡萬虎的喊聲自房外響起，他遠遠奔來，被幾個守在房外的罪魂攔下。

「爸爸！」蔡如意聽見蔡萬虎叫喊，嚷嚷地跳下床，又被悅彼拎起，扔回床上。

悅彼走至門邊，對蔡萬虎說：「你下來幹嘛？事情還沒完，你不在上頭幫忙你爺爺？」

「悅彼大姊……」蔡萬虎伸長脖子往房裡探，見房內氣氛詭怪，不安地說：「妳附在我老婆身上好久了，能不能……上其他人的身？」

「我身子之前被等會兒要對付的傢伙弄傷弄醜了，才借你漂亮老婆的待待。」悅彼揚起胳臂，微微顯露出真身上被韓杰三昧真火燒傷的痕跡，笑著說：「這兒除了你老婆跟嚴寶老婆，其他活人能看嗎？我才不附他們身。」

「可是……我有些家事想和我老婆女兒講，」蔡萬虎望向大圓床上的陳亞衣，尷尬地說：「陳小姐也年輕漂亮，悅彼姊，不如妳……」

「可是我跟陳小姐要玩遊戲。」悅彼呵呵笑著說：「你別這麼急，等大家事情都忙完了再說家事好嗎？」悅彼說，欲妃突然湊來插口：「蔡小弟，還是你也想玩遊戲？」

「讓他也玩，他演哪個？」悅彼問。

「演觀眾。」欲妃笑著說：「讓他親眼瞧整個過程——加一場那小子綁著他，逼他看戲的戲。」

「哇——」導演罪魂彷彿聽見了絕妙點子，驚喜地蹦跳。「好呀！」

悅彼笑嘻嘻地將蔡萬虎拉進房裡，關上門。

蔡萬虎見房裡詭怪陣仗，心中不安漸漸變成恐懼，連忙拉高分貝說：「悅彼姊，妳們到底想做什麼？」

「我們想把韓杰拖下地獄，得扣他一些罪名，現在準備拍戲，作爲讓他下地獄的罪證。」悅彼指了指那化了妝的幫眾。「他負責演韓杰。」

「什麼……那……那……」蔡萬虎望著假韓杰，驚恐地說：「那關我們什麼事？爲什麼把我老婆女兒帶進來？」

「讓他當壞人，總要有受害人呀。」欲妃和悅彼互視一眼，笑著說。「等等委屈你們了。」

「什麼！」蔡萬虎駭然，他知道悅彼和欲妃在陰間輩分極高，還是個極惡魔王的好朋友，或許是因爲這樣，她們行事之間有些喧賓奪主；但直到此時，他終於才明白，悅彼和欲妃做事已不是什麼喧賓奪主的問題，而是徹頭徹尾地將六吉盟和五福會所有人都當成隨手可拋的棄子。

他壓根沒料到，爺爺此時還在樓上替她們埋伏韓杰，底下她們竟能這麼隨性地將他妻女當成了犧牲祭品——就和被挑出來假扮韓杰的幫眾一樣。

「阿公——」他猛地大吼，想向樓上的蔡六吉求救，但才喊兩個字，身子突然一顫，已被導演派的嘍囉鬼上了身。

嘍囉鬼附著蔡萬虎，坐上一張椅子，讓其他嘍囉綁妥他手腳，還在他嘴裡塞了團布，這才離體。

蔡萬虎瞪大眼睛，唔唔掙扎起來，被嘍囉們連人帶椅抬至大圓床旁，調整他座椅位置，讓他處於正好能看見圓床，也能被相機拍到的位置。

蔡如意見爸爸處境古怪，終於開始害怕，抱著悅彼大腿，說：「媽媽，他們在幹嘛啊？爲什麼把爸爸綁在椅子上？」

「別怕，我們要拍電影。」悅彼拍了拍蔡如意的頭。

導演對著負責假扮韓杰的年輕幫眾比手畫腳嚷嚷半晌，像在指導他演技。

假韓杰點點頭，搖搖晃晃站起，走到被綁在椅上的蔡萬虎面前——他胳臂彎上有幾個新鮮針孔，一旁地板還扔了兩支針筒，那是爲了讓飾演韓杰的幫眾在短時間內提高演技的助興毒品。

這些主意都是導演想出來的。這導演滿肚子創意巧思，讓他生前拍了不少支專賣變態客戶、極重口味的色情片，發了筆橫財，也令他死後下了地獄，獲得欲妃賞識，重新被招回陽世貢獻所長。

導演指揮著嘍囉，將相機對準蔡萬虎，喊了聲「Action」，開始拍攝。

假韓杰舉起雙手，磅硠硠地往蔡萬虎臉上揍了五、六拳，這幾拳力道極重，重得連假韓杰手指都有些挫傷。

蔡萬虎的臉立刻變得難看嚇人，鼻血染紅了脖子和胸口。

在最初幾秒裡，蔡如意和嚴孝穎嚇得連叫喊都忘了，過了好半晌，蔡如意才尖叫起來：「你幹嘛打我爸爸？」

假韓杰又賞了蔡萬虎兩巴掌，緩緩回頭，望著站在床上對他怒吼的蔡如意，轉身朝她走去。

導演不停在遠處打暗號，假韓杰便開始脫褲子，然後攀上床。

被陳亞衣一腳踹下床去，摔得四腳朝天。

「卡——」導演氣急敗壞對著陳亞衣怒吼：「妳做什麼！」

「你們不是要我演受害者嗎？受害者不做點反抗怎麼會逼真？」陳亞衣氣憤回罵，整個豁出去般。「你會不會拍片啊！」

「喝！」導演被陳亞衣這麼搶白，一時無話可說，只好焦躁罵起假韓杰。「女主角說的沒錯呀，她是受害者，當然會反抗；你給我認眞點，連女生都打不過，你有沒有用呀？」

假韓杰掙扎起身，像隻虛弱的獸喘息著，再次往床上蹦，又被陳亞衣踹下床。

「卡、卡卡卡——」導演焦躁抓頭大吼。

「把那人帶進來吧！」欲妃突然高聲打岔，朝外頭吩咐幾聲，跟著轉頭，對陳亞衣說：「女主角，妳要不要猜猜看，剛剛我向司徒城隍推薦了誰上來？」

「我不想猜……」陳亞衣搖搖頭。

「是妳認識的人。」欲妃笑著說：「我在妳的記憶裡見過他的樣子。」

陳亞衣摀起了耳朵。

一道身影在其他罪魂帶領下進入金庫大房，那傢伙身上滿是刑傷，神情茫然，彷彿還不知道發生了什麼事。

導演將那傢伙拉到假韓杰身前，嘰哩呱啦對他說明當前情況。

陳亞衣低著頭、摀著耳朵，沒看清楚那傢伙的樣子，但同時又很清楚那傢伙是誰。是怪獸。

欲妃或許已猜到她無法通過這場「考試」，不能當夥伴，只能當女主角，因此特地找來她這生最害怕、最討厭的傢伙上來，要讓他對自己和兩個孩子做出人類所能做出最恐怖的事情，以求拍出能把韓杰打下永世煉獄的完美證據影片。

怪獸在導演聒噪指點下，稍稍弄懂狀況，附上假韓杰身體。

假韓杰兩眼透出異光，咧嘴賊笑、淌下噁心的舌頭，喃喃地對著陳亞衣說起話來：「亞衣，妳怎麼……在這裡？妳把爸爸……害得……好慘……妳知道嗎？他們要我……嘻嘻、嘿嘿嘿……亞衣，妳看看我呀、看看呀……」

陳亞衣緊緊摀著耳朵，一點也不想聽怪獸說的任何話。

蔡如意驚恐地叫啞了喉嚨、嚴孝穎縮在陳亞衣背後嗚嗚哭泣。

怪獸附在假韓杰身上，緩緩跨上大圓床。

「三、二、一——」導演興奮得摘下琥珀墨鏡，兩眼滿布血絲，高聲喊：「Action！」

「兩位大姊，上頭有批陰差來了！」此時一個罪魂闖入，嚷嚷大叫。

「卡、卡卡！你搞什麼東西呀，你這……」導演本能地喊停，暴跳如雷要罵人，但剛罵出半句粗口，才意識到「陰差來了」這幾個字的意義，嚇得立時望向欲妃和悅彼。

「陰差？」欲妃和悅彼互望一眼。

「司徒城隍說來的那批傢伙不是他過去手下……」罪魂瞪大眼睛說：「那批陰差說有人舉報我們假造地獄符，要我們所有人全上去讓他們檢查地獄符是眞是假，否則他們要請求黑白無常增援，把我們帶回底下喝茶慢慢聊……」

「假造？」欲妃和悅彼皺了皺眉，走出金庫大房，大聲問司徒史：「老弟，你寫的地獄符有問題？」

「不！」司徒史大力搖頭，憤恨說著：「那批陰差裡帶頭的傢伙過去和我有過節，他故意來找我麻煩……我當城隍那麼多年，寫的地獄符絕不會錯；規矩是認印不認人，蓋上了眞印，當然就是眞正的地獄符！」

「符沒問題，那就沒問題，他們要查就給他查。」悅彼冷哼，與欲妃指揮著百來個地獄罪魂列隊準備上樓，還對司徒史說：「這批陰差什麼來頭？這麼不給面子？」

「帶頭那個叫作張曉武，當年就是他害我丟了城隍官位……」司徒史恨道：「我後來到了底下，偶爾聽見他的消息，才知道他當了牛頭。他們那間城隍府自命清高，老是跟其他城隍府唱反調，仇家不少，這麼多年，我一直等著報仇的一天……」

參拾

「全部給我排排站好——」

牛頭張曉武雙手扠著腰，帶著幾個牛頭馬面要五福會和六吉盟兩邊罪魂列隊站好。他瞪著一雙紅通通的牛眼，指著蔡六吉和嚴五福臭罵起來：「幹你們老師咧！我不是要你們安分點？你們以爲掛著地獄符就可以在陽世橫著走啦？沒錯啦，掛著地獄符眞的可以橫著走啦，但你們他媽的以爲地獄符可以掛一輩子？要拿下來的！你們知道不停惹事會有什麼後果嗎？你們知道惹毛快要過勞死的牛頭會有什麼後果嗎？」

「對啊！」一個個頭嬌小的陰差馬面穿著漆黑迷你裙套裝和厚底重靴，從她語氣和聲音聽來，生前約莫只是女高中生年紀。

馬面女孩手裡揚著甩棍，掀開每個罪魂身上的衣服，檢視他們胸腹上的地獄符，一面氣罵：「你們這些傢伙都待過地獄，逮到機會還想搞事，眞是不知悔改！」

蔡六吉扠著手，面無表情地盯著張曉武說：「陰差大哥，我們這裡在幹正經事，大家身上都有地獄符的……你無憑無據，一上門就說我們假造地獄符，你底下歸哪個城隍管的？」

「正經事？」張曉武瞪大一雙牛眼說：「你當我三歲小孩？你當我沒混過？這算哪門子正經事？兩票臭俗辣打得滿地是血、躺了一地、死了好幾個，你說這是正經事？你生前碰上條子臨檢也這樣說？你覺得條子會相信你這種話？」

「相不相信是一回事，有沒有證據又是一回事啊！」「既然牛頭大哥你生前也混過，你不知道條子就只能這樣辦嗎？不然你想怎樣啊？」六吉盟幫眾紛紛開口叫囂。

另一邊五福會的傢伙們面面相覷，慌亂無主，有兩、三個罪魂蹦了起來，伸手抹著肚腹上的地獄符，嚷道：「陰差大哥，我身上的地獄符是被人硬畫上去的，我……我知道錯了，帶我們回去啊。」「我現在自首行不行？」

「啊！你說什麼？再說一次！」張曉武揚著手擺在牛耳朵旁，像聽見天上掉下來的禮物，立刻借題發揮起來：「終於有人承認啦！表示真的有人假造地獄符囉！」他來到五福會幫眾面前，拉起他衣服，盯著肚腹上的地獄符左顧右看，不時伸指戳戳他肚子，橫看豎看那都是真正的地獄符，但他嘴上仍說：「效果挺逼真的、還會發光呀。原來現在偽造技術這麼高明呀，有必要好好調查一下──還有哪個乖孩子主動承認？」

「喂！他說符是被人畫上去的，沒有說符造假！」「你別移花接木呀。」「臭瘸三打打不贏想投靠條子，混蛋！」六吉盟罪魂們憤怒叫罵起來。

欲妃與悅彼領著大批地獄罪魂擁上一樓道場，將張曉武等幾個牛頭團團圍在中央。悅彼說：「哎喲又是你這牛頭，你真閒呀，其他地方都沒事做，專找我們麻煩？」

「沒事做？開什麼玩笑，我城隍府桌上的案件公文多到能當床睡了，妳們還想額外讓我加班呀？」張曉武扠著手，氣憤來到欲妃和悅彼面前，歪頭打量她倆胸腹上微微透出的地獄符印紅光。「有人燒符舉報這裡有混蛋偽造地獄符騙吃騙喝，到底是誰？快給我承認喔！」

「是真是假，你自己看。」欲妃還附著嚴寶妻子，索性解開衣服，對著張曉武和兩派幫眾敞胸露腹。

嚴寶呀地一吼，從地上跳起來要和欲妃拚命，被欲妃一揚手打飛好遠，摔在地上抽搐。

嚴五福吆喝著己方幫眾起身，想趁亂拚死一搏。

「喂喂喂！給我安分點——」張曉武等牛頭馬面見情勢混亂，紛紛抖開骷髏甩棍、拔出電擊佩槍，背貼著背，指著眾罪魂。馬面女孩高舉手機，威嚇地喊：「我們有錄影存證喔，通通會留下記錄喔！」

「老兄，這裡交給我們處理就行了，你們別插手，去喝杯咖啡吧。」幾個司徒史舊屬遠遠朝張曉武等陰差喊話。

「哎喲哎喲！」張曉武探長了脖子，也瞧見那幾個牛頭馬面。他領著己方手下沿路大力推開擋路罪魂，只覺欲妃帶上來的這批傢伙，比六吉盟、五福會罪魂幫眾還要凶惡許多，個個殺氣奔騰。

馬面女孩拿著手機比對眾魂身分，不時驚呼尖喊：「媽呀，一個比一個大尾，不是殺人魔就是槍擊要犯，今晚你們到底開什麼聚會呀？」

張曉武走到司徒史面前，扠著手，牛鼻子扭了扭，朝司徒史臉上噴了口氣，說：「好久不見呀，城隍爺，你也上來啦。」

「嗯。」司徒史雙眼綻放青光。「風水輪流轉，小子，你想不到我有翻身的一天吧。」

「翻身？我翻你娘！你哪裡翻身了？」張曉武一張牛嘴近得幾乎要咬著司徒史鼻子了，

口水噴得他滿臉都是。「不過就掛上地獄符，我暫時沒辦法拖你回去而已，你們到底在玩什麼把戲？寫符的傢伙在哪？」

「地獄符，認章不認人，這規矩定很久了。」司徒史揚起手中那顆木頭地獄符印章，淡淡地說：「你不服，自己找管道向上頭申訴，掛著地獄符的罪魂在陽世只聽寫符法師指揮調度，一切功過罪責，回到底下也有地府專責單位審判，整件事情，沒有你插手的餘地。」

「幹你老師咧，叫寫符法師出來啊！」張曉武怒瞪司徒史，在他耳邊大吼：「章明明在你手上，你就是寫符法師吧！你當我不知道城隍會寫地獄符嗎？」

「陰差弟弟，你別急。」欲妃插嘴說：「待會兒法師就要來了，我們會和他把話說清楚，天亮之前，這裡所有魂會乖乖回陰間，一個也不留下，行嗎？」

「不行！你們看過電影沒有，一箱鈔票裡上面幾張是真的，翻開來裡面是白紙。」張曉武扠腰搖頭說：「我要確定你們每個肚子上掛著的都是真符才走，來來來，一個個排隊排好讓我看肚子。」

「你說有人檢舉，到底是誰檢舉的，叫他出來對質啊！」罪魂們騷動起來，朝著張曉武怒吼叫罵。

「媽的，檢舉人身分可以隨便透露給你們知道嗎？」張曉武大喝，揚起手上一張符令。「有陽世法師燒一大堆急令往底下檢舉，我能不處理嗎？」

「又是哪個陽世法師？」「鬼扯，分明是你瞎掰的！」「快滾，臭條子！」眾罪魂們嘩地圍上張曉武，與幾個陰差對峙起來。

「陰差了不起呀？」一個罪魂竄到張曉武面前，伸指戳了戳他胸口。「你分明是找麻煩嘛。」

「……」張曉武揚起甩棍就往他腦袋重重一砸。「喔！抓到了，你敢襲警！」

「喝！」罪魂們見張曉武突然動手，紛紛吼叫起來。「陰差亂打人呀！」

「混蛋，你是人嗎？」厚底靴馬面等一票陰差紛紛舉起電擊槍，叱退圍上來的罪魂們。

「幹嘛、幹嘛？要造反啦！」

張曉武磅硠硠地將罪魂敲倒在地，扠腰瞪著他說：「就是找你麻煩怎樣？」

「呀——」

遠遠一聲驚呼吸引所有人的注意，大夥全往聲音方向望去。

一高一矮的兩個傢伙站在道場側門邊朝裡頭探頭探腦，像走錯路的孩子，呆立在門邊。是馬大岳和廖小年。

「這裡是怎麼回事？怎麼那麼多人？」廖小年愕然。

「不對，這些不是人，幾乎全是……啊！」馬大岳駭然驚叫：「那不是大嫂嗎？啊！是寶哥！伯公老爺！怎麼……」

五福會幫眾見了他們，一時也不明白失聯一晚的兩人，怎麼會在這時候現身。

六吉盟裡腦筋動得快的傢伙立時高聲說：「操！就是他們向陰差檢舉的對吧！」「分明是謊報！是造謠！是誣告！」「把他們抓起來！」

「什麼？謊報？造謠？我聽不懂各位大哥說什麼呀？」馬大岳和廖小年駭然要逃，立刻被飛梭竄來的罪魂們阻在廊道裡，逼回寬闊道場。

帶頭攔人的罪魂背上揹著個大木箱子，身旁牽著十餘隻惡犬魂，這些惡犬魂像是久經訓練的士兵般，圍著馬大岳和廖小年狂嚎猛吠。

馬大岳和廖小年嚇得連連解釋：「各……各位大哥，我不知道你們說什麼，我們是來找人的……」「是呀，我們在找一個女孩子，她……她被關在這裡，有人知道嗎？」

馬大岳勉強擠出笑容，裝熟般向離他最近的一個削瘦罪魂打著哈哈說：「大哥，你……你見過她嗎？」

削瘦罪魂面無表情地將手中短刀捅入馬大岳肚子。

「哇！」馬大岳駭然往後退，後背撞上一個高壯罪魂前胸，那高壯罪魂比瘦高的馬大岳還高出半個頭，身子有他兩倍寬，揚起胳臂一把勒住他頸子，猛力用額頭撞他後腦，力道大得像在敲鐘，想將自己的魂敲進馬大岳身中。

「喝！」廖小年則被幾隻惡犬魂咬著小腿壓倒在地，一隻惡犬吼的一聲，撲上他後背，狠咬背包上的寵物籠蓋口，想將裡頭那咆哮亂叫的橘貓將軍揪出咬死。

下一刻，情勢丕變。

勒著馬大岳的壯漢罪魂連續兩下頭錘猛撞，不但沒有成功附進馬大岳的身子，反倒將自己撞得頭暈眼花，鬆手退開；削瘦罪魂上前拔出插在馬大岳腹部的刀，正要再捅下一刀，卻被馬大岳抓著手腕，一巴掌搧倒在地。

廖小年則俐落扭身一肘打歪惡犬的嘴，跟著從地板翻身撲地，像隻野獸低伏在地上，對著一群惡犬咧嘴回吼。

大橘貓將軍自主揭開背包外掀蓋，爬上廖小年肩頭，先是伸了個懶腰，跟著豎直尾巴、伏低身子、渾身橘毛倒豎，瞅著群犬低吼哈氣，一如發怒雄獅。

馬大岳和廖小年兩人四隻眼睛都閃閃發亮，嘴巴冒出獠牙，對周圍地獄罪魂怒罵：「大膽惡鬼，膽敢攔路！」「你們將陳亞衣擄去哪啦？快交出來！」

馬大岳突然哦了一聲，彎腰側頭，傾聽幾秒，指地大喊：「在地下！」

廖小年盯視地板，連連點頭。「對，在地下！」

「快！」兩人再次轉身往外奔，大批罪魂竄去要攔，紛紛將刀子往他們身上招呼，兩人揮拳還擊。

「這兩人身上附著是誰？」「摩羅大王要招呼的傢伙就是他們？」「上呀，先搶先贏！」「別跟我搶，混蛋，讓我捅兩刀！」大批罪魂開始圍捕馬廖二人，都以為他們就是欲妃、悅彼今晚仇家。

欲妃和悅彼倒是傻眼，試圖阻止群囚騷動追人。「等等，這兩個傢伙哪來的呀？」「朋友們，冷靜點，我們的目標不是那兩個小子呀——」

「這是什麼？」司徒史身旁幾個舊屬陰差正準備幫忙欲妃、悅彼開口鎮壓騷動罪魂，只見頭頂四周和腳下地板不知何時聚滿古怪東西。

是一隻隻紙鳥和紙蜘蛛。

紙鳥有大有小，大的有鴿子那麼大，小的竟只蝴蝶、蜻蜓般；紙蜘蛛也有大有小，大隻的體型接近螃蟹，小的則如蟑螂、金龜那麼小。

百來隻紙鳥、紙蜘蛛將司徒史當成目標，一股腦兒全往他身上竄去。

往他抓著地獄符印章的右手飛撲聚集。

「這紙鳥……是底下賤丫頭作怪？」欲妃猛然警覺，見司徒史右手爬滿紙鳥、紙蜘蛛，立即飛離嚴寶老婆肉身，閃電般竄到司徒史身旁，雙手揚出幾團飛火，將司徒史右手上那堆紙鳥、紙蜘蛛轉眼燒盡。

司徒史手上的地獄符印章上還被一隻體型碩大的紙蜘蛛抱著，紙蜘蛛背上燃火，抱卵般緊緊抱著木章印面。

紙蜘蛛身子耀起紅光。

與司徒史肚腹上的地獄符紅光互相輝映，又同時黯淡。

司徒史陡然明白了什麼，駭然大驚。

「啊！」張曉武兩隻牛眼大睜，指著司徒史大吼衝來。

馬面女孩揚著手機也哇哇大叫起來，她手機螢幕上有片密密麻麻的青色標記，代表身掛地獄符的罪魂位置，但在密集的青色標記中，又有個紅色標記格外醒目。

紅色標記，是刑期未完、且沒有佩戴任何還陽許可證件的罪魂。

簡單來說，一旦被標上這個標記，等同被認定爲逃獄罪犯。

「司徒史！讓我看看你的肚子！」張曉武撞開幾個司徒史舊屬，一把揪住司徒史那身囚袍一掀。

「怎麼……回事？」司徒史低下頭，只見滿布縫痕的肚腹上，地獄符印竟已褪散無蹤。

「這些紙鳥上有寫符令，是能夠取消我們身上地獄符的註銷令！」欲妃暴怒一吼，奪下司徒史手上的地獄符印章，忽地高高躍起，見到又有一群紙鳥朝她飛來，隨即揮臂揚火，將近身紙鳥全部燒盡。

她低頭檢視印章，紙蜘蛛殘骸已燒得剩下餘燼；她突然感應到什麼，抬頭一看，道場天花板上攀著一個傴僂傢伙——

苗姑。

欲妃猛然醒悟，指著苗姑叫罵：「是那老太婆在搞鬼，她把註銷令摺成紙蟲紙鳥，寫上我們的名字，讓紙鳥撞章蓋印，註銷我們的地獄符。抓住她！」

「呀！我燒了一百幾十張急令，怎麼才來幾個陰差呀？底下的牛頭馬面，你們到底有沒有認眞做事呀？」苗姑氣憤尖叫，眾人此時才明白，施符畫令向陰差舉報這兒有人假造地獄符的也是這老鬼苗姑——苗姑當過靈媒、乩身，自然懂得通報陰差的符令法術。

苗姑自始至終，都未如陳亞衣所言在家休養，而是在外埋伏待命——

昨晚陳亞衣得知蔡萬虎的老婆女兒被悅彼帶到這，蔡六吉請她同行助陣，她硬著頭皮答應，心中惴惴不安，私下與苗姑商討辦法，決定兵分兩路，陳亞衣陪同找人，苗姑在外待命，一有風吹草動，苗姑就發令下陰間向陰差求援。

陳亞衣與苗姑雖分隔兩處，但一直透過紙蠅聯繫。

那些紙蠅自地下招待所小房廁所裡的通風管線出入精舍，替陳亞衣與苗姑傳遞訊息。

因此苗姑雖然在精舍外，卻對裡頭情勢瞭如指掌，與陳亞衣討論出將能夠註銷地獄符的註銷令摺成紙鳥，找機會直接撲印蓋章。

「喂喂喂！你們造反啦？」張曉武見場面一下騷亂起來，拔聲大吼威嚇。他那批陰差手下圍上司徒史，取出骨銬要銬他，與幾個對方舊屬推擠叫嚣起來。

「你們想幹嘛？你們來砸摩羅大王的場？」「摩羅大王？你說那個陰間魔王，你忘了你的身分是陰差嗎！混蛋！」「司徒史沒有地獄符，我們有權逮他！」

混亂之中，張曉武突然感到腰際一陣怪痛劇麻——

他瞪大眼睛，只見眼前的司徒史在混亂間拔出舊屬身上的電擊槍，向張曉武開槍擊發。

「你……你好大膽！」張曉武駭然摀著腰腹中槍處，那兒還連著兩條電擊線。「敢對陰差出手……」

張曉武說到一半，激烈電流再次竄進他全身，將他電得顫抖倒地。

「我……我不能回去……」司徒史無法接受自己的地獄符資格被苗姑奇襲註銷，他扔下電擊槍，轉身飛竄逃跑。「我絕不回去——」

「混蛋，站住！」厚底靴馬面立刻也拔槍怒吼追去。

司徒史舊屬左右跟著厚底靴馬面，不是伸腳絆她、就是伸手拉她，想掩護老長官逃亡。

「幹、幹……那坨屎……我幹他老師咧……給我追！」張曉武被幾個手下扶起，揚手指著司徒史竄逃方向暴怒大吼，急急追去。

「趁現在！」嚴五福見場面大亂，也領著五福會罪魂幫眾們殺起，想全力一搏、搶回嚴寶妻子，蔡六吉見狀也領著六吉盟幫眾殺上。

一時之間，整個玄極精舍道場成了戰場，幾路人馬各自捉對亂鬥，也有好些地獄罪魂像無頭蒼蠅般不曉得現在究竟要打誰，有的追殺馬大岳和廖小年、有的高竄上空圍捕苗姑、有的幫忙掩護司徒史逃亡，有的還分不清哪些是司徒史舊屬和張曉武一方的陰差，趁亂偷襲還打錯對象。

參壹

「大岳！發生什麼事？」

「什麼？剛剛你問我什麼？這裡是哪裡？」

「我問你……發生什麼事？啊？這裡是哪裡？」

「什麼？你說什麼？」

廖小年和馬大岳忽上忽下地奔躍著，他們眼前的畫面是一連串不太連續的影格，片片斷斷。這一秒感到自己躍下樓梯，下一秒卻發現又攀上大桌；前一秒有個凶狠罪魂舉刀斬來，下一秒卻見罪魂後仰滾倒——是被自己揮拳打飛的。

他們意識到自己的身體受到莫名力量控制，一面與罪魂追逐、一面與罪魂搏鬥。

他們前進的方向，是玄極精舍地下樓層。

馬大岳踢翻了好幾座納骨塔，廖小年捧著一大堆空骨灰罈四面亂砸，橘貓將軍攀在廖小年後背上，朝那些緊追不捨的惡犬魂們怒吼哈氣。

揹著大木箱的瘋狗王像個獵戶般領著群犬追捕兩人，還不停反手拍打背上的木箱，箱裡不時會蹦出新的凶猛惡犬加入戰局。

「汽油味好重！」馬大岳用自己的聲音尖叫，下一秒卻換了個聲音，沙啞地吼著：「這地方怎麼有那麼大的地下室？是幹啥用的？怎找不著陳亞衣呢？」

「大岳，你剛剛有說話？」廖小年由於記憶斷斷續續，因此聽不清馬大岳的話，但也聞到四周瀰漫的濃厚汽油味。他們四處破門搜房，從倉庫找到辦公區，連些較大的納骨塔位門蓋都一一打開，還得同時與窮追不捨的罪魂血搏戰鬥。「這一帶土石特殊，看不清地底動靜，在這兒蓋這麼大的地底密室，肯定有不良企圖！」

兩人在地下二樓納骨塔園區四處翻箱倒櫃尋找陳亞衣，突然見面前一道小影從天花板竄下，隨即又鑽入地板，消失在兩人面前。

那小影是老太婆，是苗姑。

下一刻，四周像是炸下流星雨般，竄下一隻隻地獄罪魂，遁入地板追殺苗姑。

「剛剛那是阿苗？」

「是呀！我們附著這兩個小王八蛋，不能穿牆！」

「小年，你說什麼？什麼穿牆？」

「我剛剛有說話嗎？大岳……我們現在到底在幹嘛？」

兩人正驚訝，又見欲妃一手托著地獄符印章，循著樓梯飛繞下樓；悅彼也自蔡萬虎老婆身中竄出，現出眞身緊追在後，雙雙夾擊苗姑。

「這些惡鬼全往地底跑，難道陳亞衣在更底下？」「這地底到底有幾層樓？」馬大岳和廖小年相望一眼，急急衝向樓梯，奔至地下三樓。前方是條筆直長廊，廊道那端聚著一群地獄罪魂，聽見身後動靜，紛紛回頭望著他們。

馬大岳和廖小年雙眼異光忽明忽滅，佇在樓梯口東張西望。

「陳亞衣在這層樓？」

「不是，底下還有一層……往下的樓梯在其他地方。」

窮追不捨的瘋狗王領著惡犬追到兩人身後樓梯中段，將背後木箱摘下，重重往階梯上砸了個稀爛，炸開一灘爛肉；爛肉在樓梯上蠕動起來，擁出更多恐怖凶犬，咧嘴甩舌狂吠尖嚎。

「那兩個傢伙就是摩羅大王要的乩身？」「他們身上附著東西……是神仙嗎？」「弒神罪很重呀……」「別怕，聽說這裡是三不管，天上看不見！」長廊裡的罪魂們交頭接耳，談論著宰殺兩人之後可能的功與過，紛紛回頭往他們逼來。

馬大岳和廖小年站在地下三樓長廊中，見前方罪魂逼來、後方瘋狗殺下，進退無路，嚇得手足無措。

「大岳？怎麼辦？沒路了……」廖小年驚慌問，忽地揚手搧了自己一巴掌，瞪眼怒罵：「怕什麼！沒路逃，就打出一條路！」

「小子，睜大眼睛瞧瞧，多學點……」馬大岳眼神和語氣不停切換，像在與身體裡的傢伙對話。「啊？你要我學什麼？」

「你……你們是神明？那為什麼不現身趕走這些鬼？」廖小年問，然後自己回答：「因為機會難得，剛好讓你們多學點東西。」

他一面說、一面從隨身袋中取出他倆耗費一夜一天，騎車環島從十餘間大小廟宇金爐中收集的四把殘香，分給馬大岳兩把。

兩人雙手舉著四把殘香，像是舉著四把短刀，擺開迎戰架勢。

「你們要用香跟他們打架？」馬大岳望著手中兩把殘香，無法理解身體裡的傢伙究竟在想什麼，正想追問，猛地舉手將一把香往嘴裡塞，三秒後又嗆咳地將香取出，驚見這把殘香竟已點燃，前端燃著一團火焰，他還沒來得及驚呼，嘴巴又給塞進另一把香。

「兄弟，借點火。」廖小年則將兩把殘香往馬大岳手上的燃火殘香一湊，借火點香。

「這兩個乩身在玩火！」「哈哈，他們不知道底下灑滿汽油！」「傻瓜，他們點香是想向上頭通風報信，快打死他們，別讓他們把消息報上天！」

「通風報信？」廖小年瞪大眼睛，呼出口氣，吹去手上兩把香火，搖搖頭說：「不，你搞錯了。上頭早看清你們把戲，我們今晚是奉天傳火——」

「領命降魔！」馬大岳同聲接話，高舉殘香。

馬大岳和廖小年眼前畫面再次片段切換起來，這一刻才嚇得直哆嗦，下一刻，卻見到自己舉香和擁來的罪魂互毆起來。

兩人揮舞著四把殘香，像是握著四柄短鐵棒，轟隆隆地敲退一個個近逼罪魂。

廖小年不時回頭，在切割跳躍的視線畫面中，見樓梯上的瘋狗王領著大批瘋狗衝到了他身後。

瘋狗王臉上裂開幾道爪痕，哇地飛遠倒地。

有幾隻瘋狗張大嘴巴往他和馬大岳撲來。

這幾隻瘋狗臉上身上也裂開幾道爪痕，吠叫飛撞穿牆。

一隻橘毛爪子，不時探過廖小年臉龐和頭頂。

「不只兩個乩身，連這貓也是乩身呀！」「貓身上又是什麼？」

廖小年隱約聽見罪魂們這麼驚呼，轉身舉香擋下一個罪魂劈來的菜刀、甩香打歪他嘴巴，再回頭看後——

大橘貓將軍不知何時躍下，站在他倆身後廊道中央，身旁還倒了一片瘋狗。

瘋狗王坐在遠處地板，摀著被扒裂的臉，呀呀叫地撐著身子往後退，嚷嚷指揮身後更多瘋狗往將軍衝來。

將軍翹起屁股、豎直尾巴，背後隱隱揚開一片橘黃披風，張口朝撲來的瘋狗群哈出口氣。

哈出一聲尖銳深長的貓喝，兩秒後，轉變成雄渾虎吼。

最前頭幾隻瘋狗被轟天虎吼震得驚嚎慘叫，沒來得及逃開，身上都裂開了嚇人爪痕。

將軍殺入瘋犬群中，揮動小爪，扒飛一隻隻惡瘋狗魂。

「將軍……」廖小年揮香擊鬼，還不時回頭看將軍凶悍英姿，這才明白劉媽讓他們帶在身邊的橘貓將軍可非普通家貓，而是隻貓乩身。

「是虎爺呀——」倒在地上的瘋狗王被將軍躍上胸腹，嚇得蹦起想逃，隨即讓將軍一口咬裂了咽喉。

假韓杰摀著臉，倒坐在大圓床下，歪頭仰望前方站在床上的陳亞衣。

假韓杰的臉上還插著一把螺絲起子，血流滿面。

蔡如意和嚴孝穎瑟縮在大圓床角落，嚇得哇哇大哭。

陳亞衣擋在他們前方，微微彎腰、抬手擺出柔道架勢，像隻守護幼犬的母犬，怒瞪床下的假韓杰。

「卡！」導演罪魂氣急敗壞地喊停，對著附在假韓杰身上的怪獸破口大罵起來：「不是吧，連你也打不過她？你不是地獄罪魂嗎？怎麼連武器都被搶走還被踢下床啦？我要你粗魯地扒光她、狠狠地強姦她，折斷她手指、咬爛她臉蛋跟奶子，活活把她折磨到死，再用同樣的方法，弄死兩個小孩！這樣才能把那乩身判下十八層地獄，永世不得超生呀！」

「我還不習慣這具身體呀……」怪獸附在假韓杰身上，轉身接過嘍囉鬼遞來的一把菜刀，再次往大圓床走去。

「Action！」導演罪魂指揮嘍囉開拍。

陳亞衣看著走近床緣的怪獸，口裡喃喃唸著：「我不怕你、我不怕你……」

「亞衣，妳長大了，力氣也變大了，開始會反抗爸爸啦……」怪獸舉起菜刀往大圓床上跨。

「你才不是我爸爸！」陳亞衣立刻上前抬腳踢他，不讓怪獸上床。「滾！」

「妳以前比較乖、比較聽話……」怪獸表情扭曲，嘻嘻笑著，淌著口水說：「那時候的妳好可愛呀……」

「閉嘴——」陳亞衣怒吼：「你這人渣，我恨不得殺你一萬次！」

「卡……卡卡卡！」導演暴跳如雷抓頭大罵：「這部片是要用來栽贓那乩身的，不是讓你演自己，你幹嘛亂加台詞呀混蛋！」

「小妹妹，我要幹死妳呀！」怪獸奮力揮刀，飛撲上床，吼出導演教他的台詞。

「喂，我還沒喊Action呀，你們到底懂不懂拍片呀！」導演焦躁叱喝。

陳亞衣見怪獸持刀劈來，連忙閃開，但腳下圓床柔軟，施力不便，她退得慢，大腿被菜刀劃過，拉出一條裂口，鮮血飛濺。

怪獸揮刀攀床時也沒踩穩，撲倒在床上，陳亞衣趁機上前緊抓住他右手，想要搶刀；她見怪獸臉上還插著那把螺絲起子，騰手拔出再往他臉上亂刺，但怪獸附著假韓杰的身子，不痛不癢，也不閃避刺擊，反而伸手去扯陳亞衣上衣領口，要強脫她衣服。

陳亞衣領口竄出一隻紙蜘蛛攀上怪獸頭臉，遮住了他的視線。

怪獸抬手要撥開紙蜘蛛，紙蜘蛛卻唰地張開攤平還原成紙張。

陳亞衣一起子刺去，將那張紙釘在怪獸臉上。

接著飛快伸指沾血，在假韓杰臉部平攤的紙張上畫了道驅鬼咒。

「嘻嘻、嘻嘻……啊呀！怎麼那麼痛！」怪獸本來附著假韓杰幫眾肉身，感受不到疼痛，臉上卻突然炙熱起來——臉上的驅鬼符咒開始生效。「好痛，這明明不是我的身子呀？怎麼會那麼痛？」

陳亞衣搶下菜刀，朝怪獸劈了兩刀，然後退回孩子們身前，將右掌抵在菜刀刃尖處，飛快切割畫轉。

然後將刀交至右手，切劃左掌。

怪獸扯下臉上的符、拔出臉上起子，又往陳亞衣撲去，持著起子朝她捅。

陳亞衣閃開刺來的起子，唰地摑了他一巴掌，將怪獸擊倒在床上。

怪獸摀著臉，哇哇大叫，正奇怪陳亞衣這巴掌力量怎這麼大，還燙如烙鐵，抬頭見她掌上鮮血淋漓，掌心還隱約可見符印，原來她用菜刀尖劃掌，是在掌心割出驅鬼符。

他見陳亞衣舉刀殺來，嚇得轉身要逃，卻被她在後頸上拍了枚驅鬼咒，痛得撲倒在地，讓她壓在地上，持刀在背上也割出一道驅鬼符。

「哇！」怪獸感到後背劇痛，奮力掙開陳亞衣，伸手不停往後抓撈，卻驅不走劇痛——他附在假韓杰身中，驅鬼咒是割在假韓杰身上，自然怎麼也抹不去，持續閃耀紅光燒灼他。

怪獸終於忍受不了，哇地逃離假韓杰身體，飄在空中正要開口叱罵，便見陳亞衣褲口袋裡竄出幾隻紙鳥，揚翅沾上她掌上的驅鬼血咒，左右包抄飛來夾擊他。

怪獸嚇得在房中抱頭竄逃，終於明白，眼前的陳亞衣不再是以前那個被他一瞪就乖乖立正站好的瘦弱小女孩了。

會反抗他，會對企圖進犯的他給予迎頭痛擊。

「哎呀、哎呀呀……卡卡卡卡！」導演在一旁拍攝兼觀戰，見怪獸逃出假韓杰身子、被印上驅鬼咒的紙鳥咬得東逃西竄，氣得跳腳大罵：「你們到底在演什麼？我不要拍武打戲，我要拍變態強姦虐殺片呀！」

更多紙鳥從門縫鑽入房裡——

陳亞衣在小房裡摺了大批紙蟲紙鳥，也不只是為了哄小孩而已，此時這批紙蟲紙鳥全都聽命於她，飛出小房、鑽入大房，往她雙掌飛聚，沾了她掌上驅鬼血印，便轉頭追擊怪獸，連導演與嘍囉等罪魂也不放過。

「你看！紙鳥來救我們了！」蔡如意見到大批紙鳥擠進房裡幫忙，驚喜尖叫蹦下床，奔到蔡萬虎身邊，試著幫他解開繩子，還朝嚴孝穎大喊：「快來幫忙救我爸爸！」

嚴孝穎慌亂跳下床，上前扯了扯蔡萬虎手腕繩子，發現繩子綁得死緊，見地上還落著水果刀，便拾刀切割繩子。

陳亞衣則領著大批紙蟲紙鳥衝下床，踢翻相機，還指揮大隊紙鳥將導演怪獸和嘍囉鬼們全逼進金庫裡。

終於掙脫繩子的蔡萬虎抱起女兒急急往外逃，但剛跑近門邊，便讓向內炸開的門板轟飛老遠，腦袋重重撞著牆壁，癱倒暈死過去。

蔡如意摔在床上，嚴孝穎滾倒在床下。

欲妃托著木章、殺氣騰騰地走入大房，怒瞪陳亞衣。

陳亞衣連忙舉掌指揮紙鳥轉向，一隊隊往欲妃衝去。

欲妃隨手一揚，幾隊紙鳥全燒成火球墜落。

欲妃倏地竄到陳亞衣面前，一把掐住她頸子，將她高高舉起，壓按在牆上，惡狠狠地瞪著她。

陳亞衣揮掌拍打欲妃的臉，但她的驅鬼咒打在欲妃臉上，卻像將零星碳火扔入大爐火，一點也起不了作用，反而將自己的雙掌燙得發紅。

欲妃收去怒容，掐著陳亞衣脖子的手也未發熱，而是托起地獄符木章微笑對陳亞衣說：「替我寫張地獄符，救回司徒城隍，妳以後幫我做事，我不會虧待妳……」

「妳剛剛……才派那混蛋想強姦我。」陳亞衣怒瞪欲妃，斜眼瞥著自金庫出來的怪獸和導演罪魂。

「對，是我不好……」欲妃回頭揮手，甩出一道火鞭捲上怪獸魂魄頸子，將他捲來陳亞衣面前，當著她的面將他燒成一團火球。「我把他燒得魂飛魄散，向妳賠罪行不行？」

「哇——」怪獸嘶吼地揚手扯著頸子上的火鞭，在烈火中漸漸化成焦煙。

「……」陳亞衣呆愣愣，望著幾縷焦煙漸漸化散，一時不知該說些什麼。

「妳寫完符，我放妳離開。」欲妃笑著說。

「也要放兩個孩子走，他們年紀還小……」陳亞衣快被欲妃掐得透不過氣。

「好，妳乖乖寫符，我就放了他們。」欲妃微笑點頭。

「好……」陳亞衣這才點頭同意。

欲妃提著陳亞衣來到大床前，隨手掀起大圓床床單，翻成反面，將她扔上床，指了指她鮮血淋漓的雙掌，示意她將血當墨，直接在床單上寫符。

陳亞衣抿嘴，用焦紅的手在床單上寫下一面大大的地獄符，又指了指欲妃手上的地獄符印章。

欲妃將木章拋給她。

陳亞衣施術唸咒、握拳擠血，將血澆淋在木章印面上。

然後飛快掀起上衣，朝自己肚子蓋了個印。

「妳做什麼？」欲妃見陳亞衣拿章蓋自己肚子，愕然上前奪下木章；陳亞衣撩起上衣，肚腹上有兩道小小的割痕符令，蓋上印後，隱隱閃現起光芒。

「妳身上寫著什麼？爲什麼往身上蓋印？」欲妃一面逼問，見木章印面上血跡未乾，連忙在床單大符上也蓋印，然後掀起床單、拋上半空，施術燒成巨大火球。

火盡灰飛，卻沒出現任何動靜。

「怎麼沒效？」欲妃驚怒望向陳亞衣。

「可能我少寫了幾筆……」陳亞衣緩緩退到蔡如意和嚴孝穎身旁，對欲妃說：「妳放我們離開，我另外寫新符給妳……」

「耍我！」欲妃勃然大怒，再次竄到陳亞衣面前，掐住她頸子，將她高高舉起。

這次欲妃可沒留情，手掌炙熱亮紅，轉眼將陳亞衣頸子燙得焦爛冒煙。

但下一刻，欲妃驚慌扔下她，低頭盯視自己腹上的地獄符，只見那符隱隱晃動起來，光芒有些黯淡。

欲妃上前扯爛陳亞衣上衣，看到她肚腹上兩道符令，連同地獄符印章印一齊閃耀起紅光。

那是兩道地獄符註銷令。

註銷令上的名字，正是欲妃和悅彼。

「妳把自己當成符？」欲妃這才明白陳亞衣往自己身上蓋印的意思。

陳亞衣昨夜經欲妃一番遊說，嚇得整夜難眠，暗暗與苗姑透過紙蠅聯繫，她不讓苗姑莽撞殺來、也不敢嘗試離開，她知道整個玄極精舍除了六吉盟幫眾，還有大批司徒史招上來的地獄罪魂，自己身在地下招待所，不會飛天也不會穿牆透壁，絕難逃出欲妃、悅彼的手掌心，只能尋找其他方法。

她苦思一夜，試圖在協助欲妃、悅彼殺去孩子，與成為誣陷影片受害者兩個選項之外，尋找第三種可能性。

讓欲妃、悅彼不能隨意殺她，那就是將地獄符註銷令寫在自己身上，將自己當成符。

她趁著欲妃、悅彼與司徒史，討論地獄裡還有哪個厲害打手可以幫忙對付韓杰時，屢次進廁所，用牙咬裂指甲，以指甲銳利裂角在肚皮上割出兩道註銷令。

她深怕欲妃和悅彼感應出註銷令氣息，因此小心翼翼，花了整個上午分成十餘次逐漸完成，且留下最後幾筆劃，在導演準備開拍前才進廁所完成註銷令，透過紙蠅通知苗姑，讓苗姑將事先備妥的檢舉符令一口氣全打下陰間。

一百幾十道檢舉令打入遼闊陰間，收到檢舉的城隍府其實不少，但欲妃、悅彼打著第六天魔王的旗號，事先打點過許多城隍府，要他們盡量對玄極精舍這幾日發生的事睜一隻眼閉一隻眼；偏偏牛頭張曉武與司徒史有舊恨，從司徒史掛著地獄符上人世開始就緊盯著他一舉一動，一聽說那上百道檢舉令標出的位置正是司徒史當前藏身地點，自然不會放過這機會，領人上來找他麻煩。

苗姑幾隊紙蟲紙鳥目標鎖定著司徒史，目的自然是先將同樣懂得寫地獄符的司徒史逐回陰間；如此一來，整個玄極精舍只有她與陳亞衣會寫地獄符，若欲妃有求於陳亞衣，便不會輕易取她性命，更讓她有機會接觸到地獄符印章——

進一步發動刻在身上的註銷令。

「對……現在我的身體就是註銷令……妳要是燒死我，註銷令就生效了，妳們身上的地獄符就沒用了……牛頭馬面會上來把妳們全抓回去……」陳亞衣頸外皮肉焦爛一片，痛得淚流滿面，顫抖抽噎地說：「妳讓我們離開，我確定我跟孩子平安，才替妳們寫新符……」

「妳離開了怎麼寫符？」欲妃暴怒走向陳亞衣，揚手托起兩團怒火，但見陳亞衣身上的註銷令閃現紅光，一時無計可施。

「欲妃姊，拿這老傢伙問問她。」悅彼閃身在大房門口，朝房裡扔了個東西，說：「看不出這老傢伙這麼會逃，花了老半天才逮著……」

陳亞衣見到悅彼扔來的那身影，駭然驚叫起來。

是手折腳裂、皮開肉綻的苗姑。

苗姑腰帶上還插著她那塊牌位。

悅彼身後聚來大批罪魂，個個氣喘吁吁，像是爲了圍逮苗姑花費不少力氣。

「外婆——」陳亞衣跪倒在模樣淒慘的苗姑身邊，從苗姑腰帶上取出牌位，飛快施法唸咒，還握緊拳頭將自己手掌鮮血擠淋牌位，替苗姑補充營養。

欲妃搶走牌位，再一巴掌將陳亞衣搧倒，儘管她已經留力不少，但這巴掌仍然將陳亞衣臉頰搧得焦熟一片——

也讓欲妃與悅彼腹上的地獄符又黯淡幾分。

「我說最後一次，把司徒史給我招回來。」欲妃將地獄符印章拋到陳亞衣面前，捏著牌位躍去門邊沙發蹺腳坐下。

悅彼走到沙發旁，扠腰望著地板上的苗姑，哼哼地說：「老傢伙魂挺硬的，捱了我好幾下，竟然還留著一口氣……」

「這牌位挺妙的，裡頭續著力，能替老太婆修身補魂。」欲妃拿著牌位端倪把玩，將本來用膠帶纏直的牌位緩緩折裂扳彎。

「呀、呀……」苗姑身子痙攣扭曲起來，手腳不自然地朝反方向彎折。

欲妃和悅彼盯著苗姑，輪流把玩牌位，研究苗姑與牌位間的影響規律，咖啦一聲，將牌位折成「く」形。

苗姑身子猛地後仰，後背折貼上屁股。

「住手！我寫就是了……」陳亞衣號啕大哭地蹦上床，握拳擠了滿手血，在床面上重新寫起地獄符，跟著下床拾起印章抹血就要往床上蓋，身子卻突然不受控制，伸手在床面那張符上胡亂添上幾筆，毀去了這張尚未完成的地獄符。

竟是苗姑附上了她的身。

「外婆，妳做什麼？」陳亞衣驚叫。

「傻瓜！」苗姑尖笑起來。「妳要是寫了符，招回那城隍爺，她們更用不著妳啦！」

「可是……」陳亞衣還想說些什麼，但此時她身子受苗姑控制，倏地翻身下床，撿了把水果刀咬在嘴上，雙手抱著蔡如意和嚴孝穎退入金庫，重重關上金庫大門。

苗姑附著陳亞衣，動作飛快，剛放下兩個孩子，立刻揚著一雙血掌，在大門內側連同周圍壁面畫上一面大血咒。

下一刻，金庫大門轟隆一聲，微微向內凹陷——

那是外頭悅彼竄來砸在門上的一記猛擊。

跟著，金庫門轟隆隆晃動起來，門後那道延伸至牆面上的血咒閃耀起光芒，像張網支撐著大門，承受悅彼連環暴擊。

「外婆，這邊再補一道！」陳亞衣在門後不停對著門內空白處補上一道又一道小咒，修補被悅彼魔力削弱的大咒術力。

「哇——」隨著苗姑一聲慘叫，陳亞衣咬在口中的水果刀哐啷落地，苗姑上半身自陳亞衣身體痙攣彈出，臉上浮現一片火紅，不停用她那雙爛糟糟的手撲拍著臉。

欲妃正在金庫外施術焚燒她的牌位。

「老太婆，妳忘了妳的牌位在我們手上？」欲妃和悅彼的聲音在金庫外響起，一個施法燒牌位，一個對著金庫大門凶猛暴擊。「老太婆，妳在裡頭施法封著門？妳以爲能擋得了多久？別浪費時間了，出來吧……」

「噫——」苗姑尖嚎地自陳亞衣身中滾出，癱躺在地上痙攣顫抖，她的魂身彷彿烤爐中的木炭遍布亮紅光痕；她的手腳喀啦啦地扭折亂轉，腦袋忽凹忽扁，像具人偶被一雙無形的孩童大手惡意破壞玩弄。

「外婆！」陳亞衣擋著門，不停補咒，見一旁苗姑慘狀，驚駭大哭，但苗姑的牌位在欲妃手上，陳亞衣無法施術救治苗姑魂身；孩子們見到苗姑這副慘狀，也嚇得號啕大哭。

「別想著疼，就不會疼了……」苗姑又哭又笑地說：「忍著痛，把肚皮割了毀去……」

「對！」陳亞衣猛然醒悟，拾起落在地上的水果刀，望著自己肚腹上的註銷令，見孩子們縮在角落駭然望著自己，涕淚縱橫的臉上勉強擠出笑容，顫抖地說：「不要看，轉過去，不管聽到什麼聲音都不要睜開眼睛……」

她一面說，捏著肚皮，將水果刀斜斜切入肚腹皮肉中。「只要讓註銷令生效，陰差就會上來抓她們下去……唔、唔唔……外婆，妳說只要不想著疼，就不會疼了，是真的嗎？」

「是呀……是呀！」苗姑活像烤盤上掙扎的蝦子，不停扭動著身軀。

「好吧……」陳亞衣咬著唇、捏著肚皮，緩緩將寫有註銷令的皮膚割開，邊哭邊說：「反正最難過的時候，我也撐過了，現在的我，比以前勇敢多了……」

「是呀，亞衣長大了，不再是以前那個小可憐了……」苗姑如垂死的魚蝦般扭到陳亞衣身邊，用破爛扭折的手撫拍她的背，支撐著她的心。

金庫外，欲妃和悅彼聽著金庫裡發出陣陣哭號。

低頭見自己腹上的地獄符逐漸瓦解褪散，知道陳亞衣已成功使註銷令生效。

「那祖孫還眞能熬呀……」悅彼氣喘吁吁地又對著門重擊幾拳，欲妃則神情疑惑地望著手中牌位，喃喃地說：「這東西有點古怪……爲什麼扯不斷？」苗姑的牌位被欲妃擰得彎曲碎爛，但爛屑底下似裹藏著一條堅韌軟筋，無論她如何揉擰，就是無法將之一分爲二，甚至四分五裂。

轟——

欲妃本來還想問些什麼，一聲巨大爆破聲卻自上方響起。

「那乩身來了！」欲妃悅彼互望一眼，竄出金庫大房，抬頭望著天花板。

「別管她們了，主菜上桌了，地獄符毀了就毀了、司徒史請不回來就算了……」欲妃往上指了指，對悅彼說：「把那乩身帶下去才是最重要的事，到了底下，把所有魂藏著，另外找幫手策劃怎麼串供，摩羅大王多得是管道，不差一個司徒史。」

「好吧……」悅彼點點頭，隨著欲妃走出金庫大房。欲妃將那面爛糟糟的牌位扔給導演，又點出幾名凶惡罪魂，吩咐：「你們想辦法破門，殺光裡頭女人小孩，把他們的魂帶下去慢慢串供，其他人一起上去殺那乩身……」

悅彼突然轉身回頭，催動全力竄回大房，飛彈般轟隆撞上金庫大門，一口氣撞毀門後好多小咒，將門向內撞開一道大縫，她又對門打了幾拳，見這門仍能撐上一段時間，又聽欲妃在外頭催她，才竄出大房，與欲妃領著大批罪魂直直往上飛躍，一連飛穿好幾層樓，竄回一樓道場。

「換我們上！」導演揚了揚苗姑牌位，與留下來破門的嘍囉鬼、地獄罪魂們，往被悅彼撞開大縫的金庫大門近逼。

參參

一樓道場面朝外頭廣場的幾面落地大窗碎散一地，道場中央停了台撞得稀爛的廂型車，四周橫七豎八躺倒一堆人，全是五福會和六吉盟亂鬥後的傷者亡人。

落地大窗外的草地上有道長長車痕，更遠處的道場大門歪斜敞開——韓杰押著六吉盟幫眾開車衝進來時，硬逼駕駛直接撞門而入。

韓杰肩臂纏混天綾，右手扛著鋁棒、左手倒提火尖槍，站在廂型車頂上東張西望，不太明白自己轟轟烈烈衝進對方陣地，不但沒見到他預想中的「歡迎陣仗」，現場反而亂成一團，大批罪魂各打各的，一時竟沒人理他，不免覺得奇怪。

韓杰轉身，見到破地衝出的欲妃和悅彼，這才叫嚷起來：「哇，終於現身啦！妳們不是要聯手對付我嗎？現在是怎樣？內鬨呀？怎麼自己打起來了？」

「這場面要解釋清楚還挺麻煩的……」欲妃冷笑，「你只要做好心理準備，知道自己要陪我們去見摩羅大王就行了。」

「我見過他兩次。」韓杰哼哼地說：「他想見我，自己上來，我會再把他打回去。」

「摩羅大王先前上來也不是爲了見你，你的身分還不夠讓他專程上來找你。」悅彼說：「你準備好下地獄了嗎？」

「地獄？我去過不少次了。」韓杰將火尖槍插在廂型車頂上，從腰包裡抓出一把蓮子湊到嘴邊，邊吃邊說：「但平時都是我自願下去晃晃，除了我上頭老闆，沒人能硬拉我下去。」

「這次不一樣，你非下去不可了。」欲妃這麼說，身邊竄出一個又一個地獄罪魂，將廂型車團團包圍。

「你身上綁著的那管東西是什麼？」悅彼見韓杰胸前用混天綾纏著管洋芋片筒，問：「裡頭裝的全是你那些法寶？」

「對呀。」韓杰點點頭說：「妳們撂這麼多人要宰我，我當然不會白白送死，我帶了重武器過來。」

「重武器呀……一口氣全用上吧。」欲妃哼哼地說：「我不信你有本事一口氣控制那麼多法寶。」

「試試就知道了。」韓杰從胸口扯下洋芋片筒，打開軟蓋，大力一揚，將洋芋片筒裡塞得滿滿的尪仔標撒了滿天。

一百幾十張尪仔標在空中綻放出耀眼金光。

韓杰身子觸電般劇烈顫抖，一雙眼瞳混亂轉動，趕緊又取出一把蓮子塞入口中，抓著插在車頂上的火尖槍穩住身子，使自己不致於倒下。

「眞聽話呀，你眞一次砸光整罐法寶！」欲妃見他撒了滿天尪仔標，那些尪仔標盤旋在空中發光，尚未變化發動，韓杰便已承受巨大痛苦動搖起來，大笑下令：「大家聽好，這乩身一次動用太多法寶時，身體會支持不住，他根本沒辦法控制這麼多法寶，大家一齊上，一口氣宰掉他──」

欲妃一面下令，同時托起兩團火球，一馬當先朝韓杰殺去。

「大家跟上！」悅彼催起冰霜力量緊跟在欲妃旁，她們都見識過韓杰法寶威力，知道得先催動全力壓制韓杰，才能讓一票罪魂勇於上前助戰補刀。

韓杰站在車頂，見欲妃悅彼左右竄來，一把抽出火尖槍刺向欲妃，同時揚臂甩動混天綾裹著鋁棒掃打悅彼。

欲妃雙手揪著火尖槍槍桿和槍尖那叢紅纓，全力催起自身火術，與韓杰的火尖槍互燒起來；悅彼十指化成尖銳冰柱，架住韓杰揮來那支裹著混天綾的鋁棒，冰柱與混天綾糾纏竄長，三人在車頂上僵持起來。

「就是現在，大家一起上，一人捅他幾刀──」欲妃大叫：「這乩身沒辦法同時控制所有法寶！」

百來名地獄殺人魔、重刑犯、黑道要角們，見欲妃悅彼壓制住韓杰，立時舉起刀刃，或直接化出利甲，凶猛撲向韓杰。

但飄旋在空中的一百幾十片尪仔標金光綻放，流星般往撲來的地獄罪魂打去。

金色流星在空中化成一隻隻小豹，纏上一個個罪魂腦袋、咬他們的腿、扒上他們的臉，將整圈衝來的罪魂撲倒一片，使得這批罪魂沒有一人能夠殺近韓杰身邊。

「啊！」欲妃和悅彼見己方上百名精挑細選的地獄罪魂打手，轉眼竟和百來隻小豹捉對廝殺起來，一時竟無人能騰空幫忙圍殺韓杰，不禁愕然驚叫：「你一整罐法寶全都是這些小豹子？」

「這些小豹……是那傢伙七樣法寶裡頭，唯一能夠自己找東西咬的法寶……」韓杰咬牙切齒，用舌尖從口中挑出一片尪仔標，大力咬碎，雙瞳登時透出熊熊火光，口裡探出火龍爪子。「不須要我指揮控制。」

韓杰呼地吐出一團火龍在悅彼臉上，逼得她鬆手退遠，跟著揮動鋁棒往欲妃腦門砸去，被欲妃接著，還被她反吐了一臉火。

悅彼抹滅了臉上火龍，轉眼竄回韓杰前，抬膝撞上韓杰胸腹，將他撞得飛離車頂，轟隆砸進道場一處木造講台中央，埋進破裂木板堆裡。

「你只拿一把長槍，連我也打不贏！」欲妃托著火竄向講台。

「何況再加上我！」悅彼咆哮地緊追在後。

紅光四射，破裂木板堆裡竄出十幾道混天綾，如對空飛彈般朝悅彼和欲妃射去，逼退來襲兩人。

跟著，木板堆中走出四隻小豹。

小豹身上纏著混天綾，後腿外附著風火輪，拉車一樣將韓杰從講台木堆中拉出。

韓杰雙腿外也附著風火輪，像雪橇主人讓四隻小豹拉著前進。他全身纏滿混天綾，將火尖槍和鋁棒綁在背後，雙腕上各自套著三只手鐲大小的乾坤圈，腰上還綁著一塊金磚。

韓杰身子仍觸電般顫抖不停，兩隻眼睛金亮亮地看不清四周景象，他從腰包掏出兩顆蓮子入口，抖了抖手將先前打出的混天綾全拉回身旁，十餘片混天綾尪仔標化出的混天綾猶如一條條護身長龍，捲上韓杰四肢身，彷如外骨骼般，讓他擁有不下敵方兩人的肉體力量。

他單膝蹲著，雙手輕觸地板，擺出起跑動作。

「你這是什麼姿勢？你想怎麼打？」欲妃摸不透韓杰戰術，正托起火團想往他擲，便聽見四頭後腿附著風火輪的小豹猛嘯一聲，一同向她竄來。

欲妃連忙朝小豹擲出火團，卻被竄在小豹身前護衛的幾道混天綾撥開。

下一刻，韓杰讓小豹拖著衝向欲妃，朝她正面擊出一記正拳，但被欲妃閃過，一巴掌搧在韓杰臉上，拍了他滿臉火。

韓杰忙用混天綾抹去臉上的火，左顧右盼，看不太清楚欲妃位置。

「他一口氣用太多法寶，眼花看不見！」悅彼鼓著冰風竄來夾擊。「而且還站不穩，所以讓小豹子拖著他跑，欲妃姊，我們游擊玩死他！」

欲妃見韓杰再次朝她撲來，本想退遠拉開距離，赫然發現雙腳上纏著混天綾，原來剛剛韓杰出拳只是佯攻，實際上是讓小豹拖著混天綾纏她腳。

幾條混天綾瞬間緊縮，快速拉近她與韓杰距離，欲妃趕緊撕扯混天綾，但韓杰已飛快竄來，矮身一把攔抱上她腰際，將她撲倒在地，騎跨坐上她的腰，還像個色情狂抓著她雙手。

「妳剛剛問我想怎麼打？我現在回答妳，我想死纏爛打。」韓杰哼哼冷笑，雙手一抖，雙腕前兩只乾坤圈瞬間擴張變大，被韓杰從自己手上抖進欲妃手腕，又瞬間緊縮，緊緊箍住欲妃雙腕。

兩只乾坤圈上也捲著混天綾，有如鐐銬一般。

「臭小子！」欲妃一巴掌搧飛韓杰，自己身子也被纏綑全身的混天綾一起拖起。

悅彼舉著十指冰霜利刃衝到兩人之間，想替欲妃割斷混天綾，卻讓四頭風火輪小豹包夾，回頭只見韓杰已撲到她背後，趕緊迴身用冰刃刺去想逼他退開。

但她沒料到韓杰竟不避不閃，任她將冰刃從肋間刺進自己體內，一連刺穿好幾處內臟。

韓杰左手抓住悅彼手腕，抖了只乾坤圈在右手抓著當鎚，磅碽敲碎悅彼指尖冰刃，並將乾坤圈套上她手腕，緊縮銬死。

欲妃催火燒開幾頭咬她的小豹，甩著火鞭捲上韓杰脖子，將他高高拋起，正拋火丟他，見悅彼也被一同甩上空中，離韓杰極近，這才意識到悅彼也被韓杰用混天綾加上乾坤圈綑在一塊兒。

四頭小豹飛繞一圈，像是打結般將韓杰、欲妃和悅彼捲成一團，三人落在地上，擒抱扭打起來——她倆是地獄準魔頭級人物，韓杰若只用身體負擔範圍內的法寶，力量不足以壓制她們，但使用過量法寶，又得面對超過負擔的副作用，即便他事先吞了大量蓮子護身，此時仍目難視物、腳站不穩、全身顫抖，沒辦法拿火尖槍精準作戰，只好想出這無賴打法——先讓小豹腳掛風火輪拖他，使自己在速度上不輸她們，再想辦法用混天綾加上乾坤圈，纏她們身、銬她們手，與她們貼身死纏爛打。

「原來太子爺找了個流氓當乩身！」悅彼被韓杰騎在身上狠打幾拳，氣得又用冰刃刺他身體，只覺得他體內血肉滾燙如火，是幾條火龍在身中護著他臟器肉身。

「妳現在才知道啊？」韓杰張嘴吐了口血在悅彼臉上，在她臉上燒開熊熊烈火，那是韓杰體內火龍放出的三昧眞火。

「唔！」欲妃和悅彼同時猙獰低吼。

欲妃擅使地獄煉火，本不那麼畏懼韓杰的三昧眞火，但她與悅彼簽下合作協議，互相施予「血盟咒」，交換了部分魂魄，在效力期限內，兩人魂魄與五感相連，這本來是防止對方背叛、傷害自己的合作法術，但此時悅彼被三昧眞火燒傷，欲妃便也同享了悅彼七成痛楚。

「妳們是地獄女魔頭，我是陽世臭流氓，簡直天作之合。」韓杰轉向與欲妃扭打起來，四隻小豹一同撲入戰局，一會兒咬欲妃大腿、一會兒咬悅彼胳臂。

韓杰被兩女揮爪抓得皮開肉綻，混亂中他分別抓著悅彼左手和欲妃右手，拉著她們雙手猛力互砸——

哐啷一聲，金光四射。

悅彼和欲妃手上的乾坤圈竟如魔術圈圈般穿過彼此，套鎖起來，令兩人雙手形同被手銬銬在一起。

下一刻，韓杰將自己左手往兩女雙手砸去，讓自己左手上的乾坤圈也與兩女手腕上的乾坤圈銬在一起。

「妳們逃不了了。」韓杰反手從背後取下火尖槍，唰地往地板一插，鼓動全身混天綾，牢牢捲上火尖槍，打出一個又一個死結。

「妳們身上的地獄符沒了對吧，現在妳們只剩下兩個選擇——」韓杰倚著火尖槍咳血喘氣，望著眼前兩人，說：「一是把我撕成碎片，二是乖乖等陰差上來把妳們抓回去。」

「……」欲妃和悅彼望了望三人銬在一起的手，望了望彼此，又望了望韓杰，同聲說：「看來我們只能選擇第一個了。」

「那加油啊。」韓杰呵呵笑著，嘴角淌下的血點點滴下地，全燒成三昧真火。「大力點，不然打不死我的。」

悅彼用冰刃刺穿韓杰前臂，想斷他左手，還問：「這樣夠不夠大力？」

「不夠……」韓杰搖搖頭，從腰包摸著最後幾顆蓮子與最後幾片尪仔標，包檳榔一樣將一顆顆蓮子用尪仔標裹起往嘴裡塞。

「這樣呢？」悅彼扯動冰刃，將韓杰臂肉切開、斬進骨裡。

「他媽的……很痛妳知不知道？」韓杰一面嚼、一面吞，他吞下肚的最後幾片尪仔標，全是九龍神火罩。

被悅彼刺得歪七扭八的前臂，開始湧出源源不絕新鮮的、滾燙如火的血。

火血在他手上凝聚成一條條五爪紅龍，有些火龍仰起身子張口吞下欲妃吐來的火，有些火龍則在他臂上纏繞，將被撕裂扭曲的前臂重新扳正捲實。

「我會還手喔……」韓杰反手從背後取下鋁棒，又吐出兩條火龍在上頭，對著欲妃和悅彼猛砸起來。

參肆

「這門怎麼推不動呀？」「門後有道符呀！」「那符好燙手，擠不進去，能不能從側面牆壁鑽進去？」「不行，我試過了，符的效力透進牆裡，四面八方都封著，只有正門有縫，是剛剛悅彼姊撞出來的。」

金庫大房內，導演等十餘名地獄罪魂聚在金庫大門前舉著刀械工具努力破門。

陳亞衣虛弱無力坐在門後，她的肚腹通紅一片，鮮血染紅牛仔褲和周圍地板，她成功割下了肚皮，施法讓註銷令生效；此時的她，虛弱得連哭的力氣都快沒了，只能用後背抵著門，讓苗姑將她大腿當枕躺在她身邊。

祖孫倆四手互握，聊起許多往事。

「外婆呀，以前是誰教妳摺那些紙鳥的？」

「沒人教我呀……我以前孤單，沒人陪我玩，我自己摺紙玩，把紙當成一個個小寵物，玩著玩著，那些紙就會動了，嘻嘻……」

「臭老太婆，誰管妳摺紙，快給我開門——」導演罪魂火冒三丈，大力擰轉苗姑牌位，還將牌位扔在地上，吆喝著嘍囉持鐵鎚照著牌位亂砸。

「誰理你呀！」苗姑顫抖回罵：「一群惡鬼，要是碰上年輕時的我，一個個把你們全打到地底下——」

「外婆……別理他們……」陳亞衣稍稍握緊苗姑雙手，恨不得替她分擔一部分痛苦——即使此時她被欲妃燒爛的頸子、割裂的雙掌、大腿上的割傷和摘去大塊肚皮的腹部，早已令她痛不欲生。

「小妹妹、小妹妹，妳叫什麼名字呀？」蔡萬虎蹲在門邊，將臉湊在那七、八公分寬的門縫邊朝金庫裡瞧。

蔡如意聽見了爸爸的聲音，轉過身驚叫一聲，就要往門邊跑去。

嚴孝穎一把拉住了她，大叫：「笨蛋，他不是妳爸爸——他身體裡躲著壞鬼想騙妳！」

「我不信，你幹嘛拉著我，我要找爸爸！」蔡如意哇哇大哭，想要甩脫嚴孝穎的手。

蔡萬虎雙眼閃動青光，試探地將手伸進門裡，哎喲喲地叫嚷起來：「門裡這道符好厲害，有凡人肉身擋著，都被燒得好疼吶……」他一面說、一面用袖口抹拭門後符籙血痕。

陳亞衣發覺蔡萬虎在擦她的符，立時在對方手上畫了個小咒。

「啊——」蔡萬虎痛得縮回了手。

「妳看，他手碰到姊姊的符就會痛！」嚴孝穎瞪大眼睛。

「爸爸、爸爸！」蔡如意朝著門外哭喊。

蔡萬虎隨手抄了把傢伙想往門裡打，卻被導演一把推開，自門縫塞了截東西進來。是苗姑的牌位。

「妹妹，妳看，這是什麼？」導演罪魂抓著牌位，上下甩晃。

陳亞衣抓住牌位，想將牌位搶回。

導演一把抓住了她手腕，猛力一拉，將她整條手臂拉出門縫，卡在金庫門外，數名罪魂趁機一擁而上，按著陳亞衣胳臂不放。

「壓著她的手，別讓她畫符！趁現在伸手進去擦符！」導演一聲令下，蔡萬虎脫去上衣裹在手上當成抹布，擠到門邊伸手進門縫裡反手擦拭血咒。

「哇——」陳亞衣被罪魂按壓在地上，仍緊握苗姑牌位，死不放手，想盡量將掌中殘血擠上牌位修補苗姑魂身。

苗姑見陳亞衣手被按在外頭，幾次想掙扎起來幫忙，但她牌位被導演和陳亞衣大力爭搶，全身折扭不停，痛得無法出力，一時無計可施。

門後的血咒被遭到附身的蔡萬虎拭去大半，效力漸失，幾個罪魂一陣亂撞，終於撞毀了符，推開金庫大門。

導演見門開了，怕陳亞衣衝出來對他畫符報復，索性鬆手放開牌位；陳亞衣搶回牌位，拖著苗姑退到金庫牆角，將蔡如意和嚴孝穎擋在身後。

金庫門後幾道殘破小咒還微微發熱，但大符已毀，再也擋不住這些凶神惡煞。

一個個罪魂舉著刀械走進金庫，卻見到陳亞衣蹲在地上以血畫了道咒。

驅鬼咒耀起刺目光芒，又將眾罪魂逼出金庫，紛紛搶著鑽進蔡萬虎身中，想藉肉身庇護近身宰殺陳亞衣。

蔡萬虎身中擠著十幾名罪魂，搖搖晃晃地從地上摸起一把鐵鎚，再次走入金庫。

陳亞衣抓著苗姑牌位，微微弓身抬手，對蔡萬虎擺出柔道迎擊架勢。

蔡萬虎咧嘴笑開十幾道聲音，嚷嚷地說：「這小妹好兇呀！」「傷成這樣還想抵抗？」「這才過癮呀！」「喂喂喂，我們把她扒光好不好？」「好呀！」「我們這麼壞，會不會下地獄呀？哇哈哈……」

「小姐，妳不怕我們呀？」蔡萬虎走到陳亞衣面前，揚起鐵鎚咧嘴怪笑。

「……」陳亞衣虛弱喘著氣回答：「以前我見過……比你們還可怕的人……」

「比我們還可怕？那是誰呀？」「我們還不夠可怕？」「全都是地獄爬上來的呀！」蔡萬虎舉著鐵鎚往陳亞衣砸去，但因爲同時有數隻罪魂控制他的手，令他動作僵硬錯亂，被陳亞衣閃過抓住手腕。

苗姑則從地上蹦起，撲上蔡萬虎後背勒著他脖子，與蔡萬虎身中十餘名罪魂爭搶起他的肉身。

蔡萬虎後背伸出一隻隻鬼手，扒抓撕扯苗姑那爛糟糟的身體。

「那時候……我不懂得反抗……」陳亞衣揪著蔡萬虎胳臂奮力抵抗。「但現在……我跟以前不一樣了……我不怕怪獸……也不怕你們！」

「小姐，妳好兇喔！」蔡萬虎舉鎚的那隻手被陳亞衣抓著，伸出另一手與她搶奪起苗姑牌位，他胸腹上不時探出鬼手扒抓陳亞衣身上傷口，又被地上閃耀的符光燒灼逼縮回去。

然而地上那道驅鬼咒卻隨著兩人僵持推擠踩踏，被踏得糊了，符光也漸漸黯淡。

自蔡萬虎身中竄出的鬼手、鬼臉更多了，一隻隻手挖著苗姑眼睛口鼻、扒扯陳亞衣腹部傷口，好幾隻鬼手一起掐上陳亞衣頸子。

蔡萬虎揚手掙開陳亞衣的抓握，舉著鐵鎚磅磅砸下，陳亞衣只能舉臂硬擋。

「掐死她、敲死她！」「把她的頭扭斷！」「打她頭！」「喂！你不要搶我的手，讓我來敲啦！」群鬼齊聲嘶吼，想將陳亞衣一舉推壓上牆，掐死或是用鐵鎚砸死。

陳亞衣頸子被數隻鬼手掐得緊縮一圈，臉色發青還漸漸轉黑，腦袋捱了好幾記鐵鎚重砸，鮮血淋漓。

「爸爸、爸爸！你做什麼？爲什麼打姊姊？」蔡如意抱著蔡萬虎大腿哭叫，嚴孝穎抱著另一條大腿張口咬他，還抬頭罵著蔡如意。「他被鬼附身了，他不是妳爸爸。」

蔡萬虎身中伸出鬼手，分別掐住嚴孝穎和蔡如意頸子，想將他們舉起掐死。

陳亞衣聽見蔡如意哭聲，再次鼓起力氣，不再用胳臂格擋鐵鎚，而是反掐蔡萬虎頸子。她整張臉變得漆黑一片，喉間發出嘶嘶聲音，咬牙切齒，想叫蔡萬虎體內惡鬼放開孩子。

「她臉黑成這樣，怎還沒死？」「敲她頭，敲她頭呀！」「我正在敲呀，你不要搶我鎚子！」「怎麼我們在後退？是被她推的？」「她力氣怎麼變這麼大？」

罪魂們感到有些古怪，發覺蔡萬虎的身體在後退，竟是被陳亞衣掐著脖子往後推。

他們眼前的陳亞衣腦袋都被敲裂了，整張臉黑得嚇人，就連她的雙手、胳臂和身軀體膚，全都褐黑一片。

那絕非掐頸窒息造成的黑。

像是一尊木像，經過多年香火熏成的色澤。

與黑手對比之下，她緊抓在手上的苗姑牌位顯得瑩亮閃耀，罪魂鬼手們施在陳亞衣、苗姑身上的每一記攻擊，都令牌位更亮幾分。

「嘶、嘶嘶……」陳亞衣怒眼圓瞪，將蔡萬虎推出金庫，一步步往房外推，她的喉間不時發出聲響。

「她在說什麼？」「她力氣怎麼變這麼大？」「那爛牌子怎麼在發光？」「背後這老太婆怎麼還能死撐著？」

「我是說……你們這些惡鬼……」陳亞衣呀的一聲，扭頭掙開幾隻掐頸鬼手，朝蔡萬虎大吼一聲：「給我滾遠點呀——」

這聲怒吼如洪鐘、像海嘯，一舉將十餘隻罪魂從蔡萬虎體內盡數轟出；罪魂們攀伏在大房牆面、天花板上，不敢置信地望著自金庫走出的陳亞衣。

一半以上的罪魂重新撲向陳亞衣和苗姑。

伏在大房門邊一個罪魂見同伴殺去，也想跟上助戰，但突然感到小腿劇痛起來，彷彿被鐵鉤勾進肉裡般。

是大橘貓將軍在門外用爪子扒著他的腿。

罪魂們聽著慘叫，紛紛回頭，見大橘貓將軍，也見到馬大岳和廖小年遠遠朝大房奔來，還大吼大叫：「啊！在那兒呀！」「大膽惡鬼，通通退下！」

門邊罪魂還沒來得及細想身後這貓為什麼這麼兇，便讓將軍在小腿上咬了一口。

將軍那貓嘴小小的，一口咬去，卻令罪魂小腿像是被鯊魚啃過般，瞬間少了一大截，腳掌飛脫落下。

罪魂駭然驚呼，下一刻，便被蹦起的將軍一把扒裂了腦袋。

「他們又是誰呀？」房中罪魂見走進房裡的橘貓將軍，及舉香奔來的馬大岳和廖小年，都嚇了一跳。

幾個罪魂轉頭殺向他們，被馬大岳和廖小年揮香打倒，又被將軍扒得四分五裂，這才驚覺他們可非常人，紛紛驚叫起來：「哇！這貓身子裡躲了隻虎爺呀！」「不是說這裡是三不管嗎？怎會有虎爺闖進來？」

幾個掐著陳亞衣的罪魂聽見將軍朝他們雄猛虎吼，嚇得鬆手竄開，穿牆逃竄。

陳亞衣則榨盡了所有體力，雙腿一軟跪倒在地，一身褐黑漸漸恢復成肉色，苗姑牌位也落在地上。

她見到身子破破爛爛的苗姑癱在面前，向自己爬來，便吃力地舉起雙手湊在牌位上方，捏握拳頭，想擠些血淋在牌位上供輸養分。

也不知是她連握拳的力氣都沒了，抑或是血快流乾了。

淋在牌位上的血滴只有少少幾滴。

馬大岳和廖小年舉著四把幾乎燒盡的殘香奔到陳亞衣身旁蹲下。

周圍，鬼哭虎吼此起彼落，罪魂們斷手殘腳滿天亂飛，是將軍在追殺那些罪魂。

有些罪魂逃過將軍追擊，想上樓找欲妃、悅彼求救，又怕將軍追上他們，經過幾處堆放著淋了汽油的易燃物堆旁，順手取了打火機放火阻路。

這一堆堆汽油易燃物，是欲妃和悅彼要蔡六吉指派六吉盟幫眾四處買來的大量汽油，淋滿整個地下樓層，稱是為了對付韓杰。

欲妃和悅彼倒是沒說她們其實不僅想帶走韓杰，還想拉整個六吉盟和五福會所有活幫眾一起下陰間串供，讓每一本人間記錄全按照兩人和司徒史編排的劇本，串得天衣無縫。

地下樓層淋滿汽油，火勢擴散飛快，地下四樓轉眼燒成火海，大火撲進每間房裡，循著樓梯往樓上延燒。

嚴孝穎啊的一聲，認出廖小年和馬大岳是自家嘍囉，但見他們眼睛閃閃發光，警覺他們身中也附著東西，不敢接近；蔡如意則伏在蔡萬虎身旁，哭喊搖他。

馬大岳和廖小年緩緩舞畫手中殘香，指揮著裊裊煙霧流向，煙流裡隱隱透出五色彩光，在陳亞衣和苗姑身邊縈繞流轉，一股股往苗姑牌位聚去。

破破爛爛的苗姑牌位彷彿有著吸力，將一股股彩煙吸入牌中。

苗姑吃力地抬頭仰望馬大岳，隱隱覺得他有些眼熟，喃喃地問：「你……是誰呀？」

「妳不記得我啦？」馬大岳咧嘴笑著：「阿苗……」

「啊……啊啊……是……是你！」苗姑認出了馬大岳身中的傢伙，激動地掙身坐起，伸手抓著馬大岳胳臂。她見到自己焦爛的雙手正飛快復元。

「沒錯……是我。」馬大岳笑著點點頭。

「你們在……做什麼？」陳亞衣呆望著蹲跪在她面前的廖小年。

「我……在做什麼？」廖小年不知該如何回答陳亞衣的問題，因為他自己也不知道自己在幹嘛；但他身中的傢伙主動替他回答了陳亞衣的問題：「我兄弟倆奉天命，環島取香，分靈予妳——」

「分……靈？」陳亞衣一時還不明白，只見廖小年將兩把殘香併成一把抓著，騰出手從地上拾起苗姑牌位，遞給她。

破破爛爛的牌位縈繞著道道彩光，牌位上無數破損正飛快修復成完好，成一塊剛上完漆的嶄新木器，但形狀與原本的牌位略有不同，上方微微尖起成令牌狀，下端還纏著數圈金色細繩，垂下幾條金黃繩結綴飾。

陳亞衣從廖小年手中接過嶄新木牌，上面凝聚起細細碎碎的雪白光點，拼湊成一排小字，她想看清那排小字，突然感到一陣陣沁心清涼自雪亮木牌湧入她掌上傷口，流遍她四肢身軀，流過她割裂的雙掌和大腿刀傷、流過她摘下大片肚皮的肚腹、流過她被欲妃燒爛的頸子、流向她被鐵鎚敲裂的腦袋。

轉眼驅散了身上所有疼痛。

「妳接下奏板，等同接下天命。」廖小年望著陳亞衣，朗聲道：「弟子陳亞衣聽令，從今以後，妳奉天命持奏板守護蒼生。」

「奏……板？」陳亞衣呆愣愣地望著手中木牌，只見密密麻麻的雪白光點凝聚成一道小小沒有斷行也沒有標點符號的光字——

持此奏板聽哭望苦拯民水火解民倒懸天上聖母

「天上聖母……」陳亞衣喃喃唸起奏板上那行小字，只見小字溢出五色流光，在她腦袋四周縈繞起來。

「啊……啊啊……」苗姑簡直不敢相信自己的眼睛，全身顫抖起來。

「奏板要這樣子用……」廖小年伸手在陳亞衣持牌雙手上輕輕一推，令奏板貼上她額頭。

整塊奏板耀出刺眼金光。

陳亞衣臉龐變得金亮一片，彷彿抹上金漆，連一雙眼瞳也金亮澄黃。

「媽祖婆呀……」苗姑撲跪在陳亞衣身前，抱著陳亞衣大腿，哇哇大哭起來。「您竟然來啦……」

「外婆，妳做什麼？妳喊我什麼？」陳亞衣見苗姑撲倒在她面前叩首跪拜，連忙伸手扶她，她見到自己兩隻手也金黃一片，雙掌傷口已經癒合，肚子、大腿、頸子和腦袋上所有傷勢完全復元。

「起來吧——」一個年邁婦人的聲音自陳亞衣喉間發出，陳亞衣手腳自動動起，托著苗姑雙臂與她一起站起。

「媽祖婆呀……阿苗我知道錯啦……」苗姑望著陳亞衣哇哇大哭說：「我錯啦！我知道錯啦……」

「知錯能改是大善，這些年妳吃了不少苦頭，也算付足了代價，只是妳瘋瘋癲癲、行事魯莽，差點又鑄下大錯……」陳亞衣身中那聲音嘆著氣，緩緩地說：「當年我收回妳奏板，本不該再干涉妳所作所爲，但念妳終究當過我弟子，我不忍見妳下地獄受苦，還將外孫女也拖下陪葬，所以特地下來，給妳一個將功折罪的機會，妳們願意嗎？」

「外婆，妳以前……是媽祖乩身？」陳亞衣驚訝地望著苗姑，從苗姑雙眼裡隱隱約約見到自己那張金臉。

隱隱約約，見到一個慈藹婦人面容。

還隱隱約約，感到那婦人彷彿對自己微微笑著。

「呃！所以現在附在我身上的……是媽祖婆？」陳亞衣問。

「沒錯、沒錯，是媽祖婆降駕我家亞衣啦！」苗姑挽著陳亞衣的手激動哭喊：「媽祖婆呀，我一直不敢向亞衣提起您的名字，這麼多年來……我每晚都悔恨自己當年做了錯事、丟了您的臉……我每晚都想能重新回到您身邊替您做事，您要我做什麼我都去做呀……」

「那我現在，正式分靈給妳。」媽祖婆的聲音自陳亞衣喉間響起。

「分靈啦！」馬大岳和廖小年將手上幾乎燒盡的殘香高高舉起，嘩地往上一撒，殘香在空中炸成一團團五彩光爆，溢出一股股光流，全往陳亞衣手中奏板湧去。

陳亞衣舉著奏板，攬著苗姑後頸，使她倆額頭雙雙抵上奏板兩面，發出耀眼金光。

苗姑的魂身倏地被吸進奏板中，再猛地現形陳亞衣背後，全身金光閃耀，像充滿了力量；一頭亂髮紮成髮髻，插上一枚金亮髮簪；原先一身破舊髒衣變得乾淨整潔，破口全縫上了；外頭還套著一件紅色袍子，紅袍領口垂下幾道祈福符包和雅緻小綴飾。

「啊……紅袍子……我又披上這紅袍子了……」苗姑舉著雙臂，低頭看著自己這身紅袍，激動得淚流滿面——當年她任媽祖婆乩身時，除了稟告上天的奏板，還有件護身紅袍。只不過當她意圖將神力用在仇人身上時，奏板與紅袍一齊在她眼前腐化成灰燼。

「阿苗，過去我從未給同一人兩件紅袍，盼妳能記著過去的苦楚，不要重蹈覆轍。」媽祖婆的聲音似遠似近。「從今以後，妳們祖孫倆一個當我分靈，一個做我乩身；做我眼耳手足，替我傾聽蒼生悲鳴、替我賑災救人。」

「我……我……」陳亞衣低下頭，遲疑地說：「我……有這個資格嗎？」

「爲什麼妳覺得自己沒有？」媽祖婆反問。

「我什麼都不會，沒讀太多書，每天只想著賺更多錢，又笨又懶，家裡總是很髒……」

陳亞衣低下頭，哽咽地哭了。「跟我的身體……一樣髒……」

「身體髒了，洗個澡就乾淨了……」媽祖婆的聲音在陳亞衣腦中嗡嗡迴盪起來。「妳見過醜惡、受過苦難、害怕過、痛苦過，但妳沒有被擊倒，妳咬著牙熬過了，一日日變得更堅強勇敢了。妳雖然仍時常哭泣，卻沒有後退，流著眼淚也要勇敢向前；不久之前，我在妳的夢裡見妳抱著孩子躲火，今晚在人間，我見妳竭盡全力、捨身退魔，我相信妳可以勝任這份工作，妳記住——」

「妳一點也不髒，妳的心很乾淨、很勇敢、很善良。」媽祖婆這麼說著，緩緩舉起陳亞衣的雙手，反手拉來苗姑雙手，四手一齊撫上陳亞衣雙頰，抹去她臉上淚痕。

「對呀對呀！我們亞衣哪裡髒了？我們亞衣最棒啦！」苗姑摟著陳亞衣，呀呀哭著附和幫腔。

「接下來，就交給你們了……」媽祖婆的聲音一下子變得如遠山鳥鳴般悠遠，終至無聲無息。

陳亞衣那金面、金眼和金黃體膚，也漸漸褪回肉色。

「好了、好了！」馬大岳嚷嚷地說：「分靈完畢、聖母退駕，要正式開工啦！」他邊說邊將昏厥的蔡萬虎揹上後背。

「開工？」陳亞衣呆了呆，大火已燒至房間門外，媽祖退駕後，金光消失，火勢也立時延燒入房，轟隆隆四面爬開，嚇得蔡如意和嚴孝穎再度哇哇大哭起來。

「別怕，我們會帶你們逃出去。」廖小年一把抱起孩子們，瞪著眼睛四面張望一陣，嚷嚷地喊：「上頭還有一大堆傢伙等著我們去救，走吧……喂！下壇將軍，你追去哪啦？快過來，我們要出發啦！」

陳亞衣見馬大岳和廖小年都望著她，朝她擠眉弄眼，像是要她開路，大火卻快速燒來，一下子不知所措，急問：「我……我該怎麼做？」

「跟以前差不多呀！」苗姑雙手托著陳亞衣胳臂，讓她舉起奏板貼上額頭，在她背後說：「奏板是向天稟事的令牌，妳拿著奏板，稟告緣由、處境，跟妳需要的力量，就能得到媽祖婆賞賜下來的神力。」

「媽祖婆賞賜下來的神力？那我現在需要的是……」陳亞衣還沒會意，便見到自己雙手綻放出雪白光芒，她全身頭臉、體膚四肢，變得一片雪白。

和先前大火夢境一模一樣。

那時她本以爲被欲妃的火燒進了夢裡。

現在才知道是媽祖婆託夢指點迷津。

「啊！我想起來了……」陳亞衣抬腳往火裡一踩，踩開一片雪白光圈，踩熄一大片火。「原來這奏板求來的力量可以滅火！我明白了，媽祖婆要我這樣救災救人……」

「白面神力加持，水火不侵，別說滅火——」苗姑在陳亞衣背後，托著她雙臂揮揚奏板、甩動雪光，踩火奔出大房，噫呀呀地說：「過去曾有一位前輩，連轟炸機扔下的炸彈都能接住，那一年，她救了好多人。」

一道小影朝他們撲來，是四處追咬罪魂的將軍，將軍身中有虎爺護體，在大火中來去自如，僅鬍子和尾巴上的毛被燒得微微發黑；將軍蹦上廖小年肩上，還用爪子拍了拍蔡如意的腦袋。

「貓貓……」蔡如意坐在廖小年胳臂彎上，攬著他脖子，伸手與將軍對了對掌。

「老虎？」嚴孝穎揉揉眼睛，探頭望著將軍，有些害怕。

「小子，你眼睛倒是很利。」廖小年與肩上將軍同時望向嚴孝穎，將軍舉起爪子按了按嚴孝穎的臉，表示讚許；廖小年跟著又朝一個方向嚷嚷呼喊：「右邊。」

「是！」苗姑隨即指揮陳亞衣往那兒奔衝踩火。

「阿苗——」馬大岳見苗姑興奮，連忙追上喊她：「過去妳天資聰慧，媽祖婆沒安排分靈帶妳，使妳走上岔路，現在妳成爲媽祖婆分靈，以後負責帶領亞衣，做她行事明燈……」馬大岳說到這裡，神情有些猶豫，補充說：「但我覺得妳腦袋好像……不太清楚，往後妳們碰到事情無法定奪，記得要亞衣用奏板喊我們，我們盡量協助妳，至於生活瑣事須要幫助，找我們附身的這兩小子幫忙。」

廖小年補充：「這兩個小子，高的叫馬大岳、矮的叫廖小年，是我兄弟倆乩身，不用客氣，儘管吩咐。」

「等……等等！」馬大岳本人似乎還保留著原有意識，插嘴說：「大哥，我……我沒答應吧。」

「是呀，從頭到尾，我都不知道你們是誰呀！」廖小年也這麼說，但他還沒說完，嘴巴立刻又不受自己控制，嚷嚷罵起：「小子！你不是廟公孫子嗎？你一路聽來，還不知道我們是誰？下壇將軍，賞他一爪！」

將軍即刻舉爪往廖小年腦門上一拍，拍得廖小年頭昏眼花，以爲自己又矮了一吋。

馬大岳嚷嚷地說：「我，媽祖婆陣前第一戰將，順風耳。」

「我是千里眼。」廖小年也說：「我才是第一戰將，我兄弟順風耳是第二戰將。」

「兄弟，第一戰將是我。」

「兄弟，你沒聽人家都說『千里眼順風耳』，千里眼排在前面。」

「兄弟，小卒才排前面，大將都坐後頭壓陣！」

參伍

「在那裡！」千里眼的聲音自廖小年嘴巴喊出，廖小年抱著蔡如意和嚴孝穎，伸長脖子瞪著眼睛望向地下二樓某個方向。

「等等，千里眼大哥，你好像看錯了……」廖小年以爲身中千里眼認錯了路，急急提醒：「樓梯不在那邊！」他還沒說完，身中的千里眼氣得大罵：「我看錯？你小子說我看錯！孩子，給我打！」

蔡如意和嚴孝穎同時揚起巴掌往廖小年鼻子搧去。

千里眼附身廖小年兩手抱著孩子，騰不出手自打巴掌，所以要孩子們替自己打；將軍也順手往廖小年腦門上補了一掌，再舔舔爪子。

「我兄弟說的沒錯，這層有魂要救。」順風耳附著馬大岳側頭閉目半晌才睜開眼睛，望向千里眼瞪眼指路那方向，說：「是那邊沒錯。」

陳亞衣馬上領眾人穿過火海，來到一處木樓造型的納骨塔位前，對著塔位按去幾掌，撲滅周圍大火，打開一扇扇小門，見有些櫃位裡擺著骨灰罈，加起來共有七罈。

全是蔡家亡魂。

嚴五福囚著這些亡魂，目的是避免亡魂被陰差拘下陰間後供出自己所作所爲，他本計畫之後另尋高手，使用異術逼迫所有蔡家亡魂串供，將一切罪責全推到蔡六吉及一干直系子孫身上，令他們永生永世待在地獄受苦，以洩心中多年巨恨。

「每罈十幾人，應該都在裡頭……」馬大岳和廖小年放下孩子和蔡萬虎，兩人七手八腳地撕下罈上封符，將七罐罈魂聚成一罈，不時出聲安撫這些蔡家亡魂。「有點擠，忍忍啊……你們生前所作所爲自己負責，我們能幫的，就是帶你們上安全的地方，讓你們接受公平審判，別讓惡鬼當成了串供工具再拿去害別人……」馬大岳說到這裡，望了廖小年一眼。

「讓陰司審案，眞的公平嗎？」廖小年聳聳肩，說：「再糟也不會比原來的情況糟，盡人事，聽天命吧。」

兩人重新封妥罈口，見蔡萬虎醒了，便將罈子塞給他，說：「小子，這罈裝著你家亡魂，小心點，別砸爛了。」

「蔡先生，什麼也別問，顧好你女兒。」陳亞衣見蔡萬虎一時還搞不清楚狀況。「我會帶你們逃出去。」

蔡萬虎捧著骨灰罈，見蔡如意撲來抱他大腿，連忙一把將她抱起。

嚴孝穎則不願再被廖小年抱，稱自己有腿可以跑。

一行人繼續向上，來到地下一樓。

火海裡隱隱可見罪魂流竄，那些罪魂忽上忽下在天花板來回穿梭，他們見到陳亞衣等人自火海突圍衝出，驚訝地吆喝圍上。「這不是欲妃姊要用來設計那乩身的女人嗎？」「怎麼跑上來了？」「這些傢伙也是乩身？」「今晚我們到底要對付幾個乩身？」

陳亞衣見了罪魂朝她竄來，伸指想畫驅鬼咒，卻被苗姑按著胳臂阻下，苗姑尖笑大叫：「畫符太慢，用拳頭揍他們。」

「拳頭？」陳亞衣愕然，但見一個罪魂衝到她面前，本能揮拳擊去，一拳將那罪魂打退幾步，她望著自己雪白拳頭，驚訝叫著：「奏板的力量不但能滅火，還能讓我直接用拳頭打鬼？」

「不不不！」苗姑大力搖頭，挽著陳亞衣胳臂，讓她將奏板再次抵上額頭，替她禱唸出聲：「稟告媽祖，邪靈逼身，追加黑面——」

馬大岳和廖小年左右躍去，擋下來襲罪魂們揮來的鬼爪，卻沒有進一步擊退他們——今晚是陳亞衣乩身初戰，也是苗姑首次擔任分靈，千里眼和順風耳隨行監管輔導，像是汽車教練般。

陳亞衣雪白臉龐轉眼變得褐黑一片，與剛剛在金庫中喝退群鬼時一模一樣。

「黑面神力加持，張口能傳神威、舉手能賜天罰！」苗姑拉著陳亞衣雙手，讓她將奏板往左上臂一貼，奏板尾端的黃金繩結綴飾當即捲上陳亞衣上臂，將奏板纏在臂上，讓她得以騰出雙手作戰。

陳亞衣揪著一隻罪魂領口，唰地賞了他一記過肩摔——但罪魂是鬼，被陳亞衣往地上一摔便穿透地板掙脫逃遠。

「再試試。」廖小年又推來一隻罪魂，一面說：「奏板賜予的黑面神力不只能加持四肢，還能加持武器，以前有些懂貼身摔技的乩身，他們的武器就是腳下大地。」

陳亞衣揪著那罪魂胳臂，苗姑托起她左腳，說：「用力踏地，把黑面神力踩進地板。」

陳亞衣照做，將地板踏出一圈漆黑，再次使出過肩摔。

轟隆一聲，罪魂被結結實實砸在地板上。

「撤了他的地獄符！」苗姑拉著陳亞衣的手，在被摔得頭昏眼花的罪魂肚子上抹了抹，將他肚腹上的鮮紅地獄符抹成一團髒黑。

「哇，比寫註銷令快多了……」陳亞衣拍了拍罪魂肚子，朝他大聲一吼：「乖乖滾回去服刑，投胎之後好好重新做人，聽到沒有——」

「我……我知道啦！」罪魂被陳亞衣瞪眼一吼，腦袋如被炸彈炸過般，嚇得六神無主，整個身子倏地下沉、沒入地板。

陳亞衣起身領著眾人繼續破火往前，她那黑面神力追加在白面神力之上，此時雖全身漆黑，但仍能踏開白圈滅火；她飛快奔回一樓，轉入一條廊道，見廊道裡擠滿罪魂，便張口大罵：「你們這些壞鬼，通通給我滾回底下！」

廊道中的罪魂被陳亞衣一吼，全像是聽見貓嘯的鼠般，嚇得瞪大眼睛張大口，渾身動彈不得。

陳亞衣飛奔衝入罪魂堆裡，磅硠硠地又摔又搥，一口氣打倒好幾個，興奮地說：「用這黑面神力能打贏到處放火燒人的女魔頭嗎？」

「妳說欲妃、悅彼？」廖小年搖搖頭。「她們是即將成魔的千年厲鬼，窮凶極惡，我兄弟倆都未必打得贏她們，何況妳這凡人肉身——人心難測，神仙可不敢輕易賜予凡人過大力量，妳現在這身黑面神力僅能防身、對付一般惡鬼算是堪用；那些窮凶極惡的地獄魔物通常由天庭武將專責對付。」

「是呀。」馬大岳補充：「妳放心，媽祖婆已經替妳請了保鏢。」

「保鏢？」陳亞衣一面往長廊出口奔，一面問：「他在哪呀？這麼不盡責！我差點被打死了，他還沒出現！」

「他早到了。」廖小年指著前方長廊出口。「若沒有他，我和順風耳可找不著妳，今夜這陣仗超出我們原先預期，我們沒想到那兩個女魔頭竟將前任城隍都請上來了。」

「什麼……」陳亞衣好奇地喝退廊道中的罪魂，領著眾人往前奔，一路奔至盡頭，只見廊道外擋著一批古怪小豹，正朝著廊道裡暴吼。

「啊！」陳亞衣見到那些小豹，總算明白順風耳口中的保鏢是誰了。

她奔出廊道、躍過小豹，衝入一樓道場。

寬闊的道場裡，上百罪魂咆哮飛竄，與韓杰那批小豹追逐纏鬥；這些罪魂雖是欲妃、悅彼連同前任城隍司徒史費心挑選的地獄重犯，個個都是獨當一面的凶神惡煞，但韓杰的小豹可也剽悍勇猛，分頭與凶猛罪魂捉對廝殺，大多還佔了上風。

道場遠端，韓杰左手與欲妃悅彼雙手銬在一起，用混天綾將自己和插地火尖槍綁在一塊兒，舉著鋁棒與她倆近身亂鬥。

兩女凶猛得如發瘋惡獸，瘋狂揮爪、冰火齊放，韓杰被扒得渾身浴血、遍體鱗傷，卻仍屹立不倒，奮力指揮混天綾不停往兩女身上纏捲。

魂。

「韓大哥——」「是你呀道友！」陳亞衣與苗姑遠遠大叫，奔來助戰，磅硠硠衝倒一片罪魂。

「你們動作也太慢了……」韓杰喘著氣，回頭望了陳亞衣一眼，正想埋怨他們分靈儀式拖延太久，突然聽見一陣古怪警笛聲嗡嗡響起。

道場外雜草叢生的大廣場，不知何時停下十餘輛漆黑轎車。

幾十扇車門一齊打開，下來一隊隊人。

人人身穿西裝，頭上不是牛頭就是馬面，全是陰差——這大批陰差分成三隊，由二男一女帶頭，浩浩蕩蕩殺入道場，抽出甩棍見鬼就打，登時打趴一片罪魂。

「是陰差！」陳亞衣見大批牛頭馬面殺到，興奮蹦跳，遠遠指著欲妃和悅彼大叫：「在那邊，就是她們，她們身上沒有地獄符，快把她們帶下去扔進油鍋裡炸一年再說！」

帶頭二男一女見陳亞衣都露出驚愕神情，交頭接耳起來。

四周罪魂被牛頭馬面打得連連哀嚎，紛紛掀起囚衣，露出胸腹上地獄符，嚷嚷地說：「大哥，我們都有陽世工作證！」

陳亞衣發現眼前兩個罪魂也撩起囚衣向一個牛頭展示地獄符，立即奔去伸出墨手往他們肚子上一抹，抹髒他們身上地獄符。「現在沒有囉！」

陳亞衣東張西望，正要找下一個目標，卻被牛頭、馬面揚臂攔下。

「妳就是惹事乩身？」一個牛頭這麼說。

「惹事乩身？」陳亞衣呆了呆，一時不明白他為什麼這麼說。

廖小年上前伸手推開牛頭，惱火地說：「咱們奉天命執法，你想幹嘛？」

「三位城隍！」馬大岳朝那二男一女高呼一聲，說：「你們可是上來逮那兩個地獄女魔頭的？」

「……」二男一女聽馬大岳喊他們，隱隱露出心虛神情，低聲交談幾句，其中一個男人說：「我們收到消息，有乩身走火入魔，僞造地獄符調動重犯虐殺凡人，我們奉命抓人！」

二男一女與三隊牛頭馬面說到這時，一齊望向韓杰。

「啥……」韓杰聽那城隍這麼說，愕然不解。「老兄，你在說誰？該不會是說我吧？」

欲妃和悅彼互望一眼，神情也有些困惑，但見情況不明，也不敢輕舉妄動。

「喂喂喂！陰差大人呀！」陳亞衣和苗姑忿忿不平地說：「你們弄錯啦，是那兩個地獄女魔頭在搞鬼呀，她們請了前任城隍上來，亂寫一堆地獄符，這裡好多惡鬼都是他們喊上來的啊！」

「前任城隍？是司徒史？」三位城隍聽陳亞衣和苗姑這麼說，馬上東張西望尋找司徒史的身影。

此時大批陰差正一個個檢查罪魂身上地獄符眞僞，同時也將附在六吉盟、五福會上的幫眾全趕出來，分聚成堆。

兩幫活人幫眾經過接連慘烈砍殺，死去一半，另一半也半死不活、體力透支，體內罪魂剛離身便昏厥倒地。

嚴孝穎甩開廖小年的手，撲到嚴寶身邊。

嚴寶被亂刀砍得皮開肉綻，此時一手握刀、一手牽著身亡妻子的手，只剩下最後一口氣，他見到兒子撲倒在腳邊，瞪大眼睛長長吸了口氣，挺坐起身，在嚴孝穎耳際說了些話。

嚴孝穎一面聽、一面轉頭望向另一邊六吉盟那頭。

蔡萬虎撫著亂戰死去的妻子痛哭失聲，蔡如意也蹲在一旁哇哇大哭。

嚴蔡兩家夫人，在欲妃、悅彼離體遁地後，虛脫癱倒在地，都成了對方尋仇目標，一陣亂砍之下雙雙喪命。

嚴五福和蔡六吉此時仍僵持扭打著，他們動作極為相似，都一手掐著對方脖子，一手握拳往對方臉上狂毆，直到周圍陰差舉著甩棍朝他們身上一陣暴打，又拉又扯，才將他倆拉遠，驅回己方陣營。

嚴寶抬起手，搖了搖嚴孝穎的肩，像是在向他確認著什麼。

嚴孝穎點點頭，望著嚴寶在他面前斷氣。

陳亞衣與廖小年、馬大岳來到嚴孝穎身邊，見四周慘死幫眾，不禁駭然，只能與他們分頭尋找尚有一口氣的活人幫眾。

「這些傢伙眞是吃飽了撐著、自尋死路呀……」苗姑呀呀叫著，挽起陳亞衣雙手，再次使用奏板貼上額頭。

「稟告媽祖婆，這裡滿地重傷凡人，請追加紅面神力予我……」陳亞衣照著苗姑指導，舉奏板祝禱，黑臉立時紅通一片，她放下奏板，轉身蹲在一名傷重幫眾胸口輕輕一按。「撐著點，等救護車。」

幫眾本來青慘的臉當即增添幾分紅潤血色。

「紅面神力能強心護體、鼓舞士氣，讓將死之人再撐上好一段時間，能替傷重病患補充體力、使忠勇鬥士越戰越勇……」馬大岳與廖小年一面解說，一面將活人扛出道場，送上雜草廣場讓陳亞衣用紅面神力加持續命，對她說：「這些傢伙都是惡徒、罪有應得，但我們還是得盡量保著他們一條命，之後人法怎麼審、陰司怎麼判，就不干咱們的事了……」

陳亞衣領著馬大岳、廖小年等人，七手八腳將二十幾名活人與兩幫屍首拖至廣場上，以紅面力量替活人加持護命，再施咒安撫亡者尚未離體的冤魂，免得再添混亂。

蔡萬虎摟著蔡如意，坐在妻子屍體旁發呆；嚴孝穎垂著頭，一語不發地默默垂淚。

陳亞衣安置完兩邊幫眾，回頭見道場上三個城隍領著牛頭馬面仍然團團包圍韓杰，卻未拘捕欲妃和悅彼，不禁感到奇怪，連忙轉去探問。

三個城隍見陳亞衣與馬大岳、廖小年朝他們走來，互望一眼，像顧忌著什麼。

女城隍走到陳亞衣面前，望了望廖小年和馬大岳，又望了望陳亞衣身後苗姑，說：「你們安頓完外頭那些活人就可以離開了，這裡有我們善後。」

「這裡還有一個活人……」陳亞衣指了指韓杰。

「他不能走。」女城隍說：「他要留下來協助調查。」

另兩個圍著韓杰的男城隍則對韓杰說：「立刻撤去法寶，協助我們釐清案情。」

韓杰搖搖頭，舉起鋁棒指了指欲妃和悅彼，說：「釐清什麼？還不夠清楚？她們身上沒有地獄符，抓她們下去呀。」

「你先撤去所有法寶。」城隍說。

「先給她們上銬。」韓杰冷笑兩聲。

「……」兩個男城隍互望一眼，又望向陳亞衣，其中一個城隍說：「這是陰司案件，與凡人無關、與天庭無關，你們無須介入。」

「他是活人，怎麼會與凡人無關？」陳亞衣不解地問。

「他與這案件有關。」城隍說。

「我與這案件更有關，有一部分地獄符是我寫的。」陳亞衣指指自己。「那我也留下來協助調查好了。」

「這……」三個城隍互望一眼，面露難色。

又有一輛漆黑豪華的加長禮車穿地而出。

長禮車幾扇門打開，走下一批人，前頭四人左邊兩個身穿白西裝、白皮鞋，還戴著白色手套和銀絲眼鏡；右邊兩個則是黑西裝、黑皮鞋，戴著黑色墨鏡和黑色手套。

這四人之後，是個精明幹練的套裝女人，攙著一個削瘦老人。

削瘦老人和套裝女人身後，還跟著兩個女人。

一個黃衣、一個青衣。

八人大步走入道場。

套裝女人攙著削瘦老人踏進道場，大聲問：「司徒史找到沒？」

三個城隍迅速來到削瘦老人面前，對他們說：「這些傢伙說司徒史被俊毅的人逮下去了……」

「什麼？」老人瞪大眼睛，咬牙切齒。「那傢伙手腳這麼快？那太子爺乩身呢？處理得怎樣了？」老人說到這裡，見三個城隍對他擠眉弄眼，又見到陳亞衣等人遠遠望著他，馬大岳和廖小年瞧他們的眼睛閃閃發亮，有些愕然，問：「他們是……」

「那是媽祖乩身和大眼大耳……」一個城隍低聲說：「他們好像想帶走太子爺乩身……」

「什麼？媽祖乩身？」老人瞪大眼睛領著大夥圍去。

欲妃和悅彼遠遠見到削瘦老人，本便吃驚萬分，跟著見到老人身後的兩個女人，更加駭然。

那是快觀、見從。

第六天魔王四位愛寵的另外兩個。

四個女人爭風吃醋許多年，誰也不讓誰，欲妃和悅彼這次為了對付韓杰攜手合作，卻沒料到另外兩個竟也上來了。

快觀與見從胳臂上都隱隱浮現青色印記，她們望著欲妃和悅彼，對她們嘻嘻一笑。

「上一次……」見從走到欲妃、悅彼身旁，望了韓杰一眼，才轉頭對她們說：「我們四人齊聚時，是什麼時候的事啦？」

「幾百年前了吧……」悅彼冷冷地說。

欲妃苦笑說：「妳們消息這麼靈通，是司徒史向妳們通風報信？他是妳們的人？」

「我們沒那麼大本事。」快觀和見從互望一眼，嘻嘻笑著說：「消息靈通的是摩羅大王，他聽說妳們上陽世找著了他仇人，還特地從十八層地獄召集打手埋伏他，打電話拜託我們上來助妳們一臂之力。」

「我們不需要妳們幫忙。」悅彼冷冷地說。

「這是摩羅大王的好意。」身穿黃衣的見從走到悅彼身後，輕輕在她耳邊說：「不然，妳現在這副模樣，要我忍著不趁機對妳下手，是件很困難的事。」

她說完，還輕輕在悅彼臉上輕吻一下。

「滾開——」悅彼暴怒反手拐肘往見從胸間頂去。

見從早料到她會如此，轉眼飛遠，呵呵笑個不停。

悅彼臉頰被親上一個土黃唇印，唇印飛快漫開，瞬間鼓脹出膿包，膿包啪啦啦破開，還鑽出好幾隻毒蟲。

悅彼急急托起一手冰雪往臉上抹了抹，抹去見從親在她臉上的毒，對見從怒吼：「賤人，妳死定了！」

「是的，那個賤人之後肯定死定了。」快觀揚手打起圓場，說：「但不是今晚，摩羅大王已經替今晚作主了——」她一面說、一面拿出一支手機，向欲妃和悅彼展示。

手機螢幕上的人，正是一年多前，在東風市場樓頂將韓杰開胸剖腹抓心啃食的第六天魔王。

「欲妃、悅彼，辛苦了。」影片中，第六天魔王微笑道：「那小子十分難纏，光憑妳們可能拿不下他，我請妳們另兩位姊妹上去幫忙。我知道妳們過去有些誤會，但今晚大家給我個面子，四人齊心，帶他見我。這人情，我會銘記在心。」

「哼哼，這麼瞧得起我啊……」韓杰就在她們旁邊，第六天魔王說的一字一句都聽得清清楚楚，他轉頭望向削瘦老人，說：「現在底下的閻王都像你一樣大方，辦案還順路讓地獄重罪犯搭便車上來拉活人獻祭給魔王啦？」

「什麼？那老頭是閻王？」陳亞衣聽韓杰這麼說，愕然望向老人。

「對，卞城王。」廖小年和馬大岳一人一句。「旁邊的女人是他御用判官兼……哼哼，兼什麼我就不說了。」

削瘦老人、套裝女人——卞城王與判官，聽見馬大岳和廖小年碎語，都轉頭望向他們。

「後頭是黑白無常呀！」苗姑望著卞城王身後分穿黑白西裝的四人，噫噫呀呀地說：「過去我當乩身，見過幾次黑白無常，倒是沒見過閻王呀！聽說地底閻王很黑，是不是眞的呀？」

「妳自己問他們吧。」廖小年聳肩冷笑。

「千里眼、順風耳，這裡沒你們的事了。」判官面容冷峻，來到陳亞衣面前用命令的語氣對她說：「將外頭活人送去安全的地方。」

「這裡不安全嗎？」陳亞衣問。

「我們要將那乩身帶下陰間審問。」判官瞥了韓杰一眼。「現在這態勢看起來，他大概打算拒捕。」

「不是大概，是一定。」韓杰遠遠聽見判官的話，大笑兩聲，對陳亞衣說：「你們別留在這裡礙事，滾遠點，他們帶不走我的。」

「判官。」廖小年兩隻眼睛閃閃發亮，微微咧開嘴巴，露出利齒。「你有你的工作，我有我的工作；我們這趟工作是救活人、驅惡鬼——閣下工作恰好跟我們相反？特地領惡鬼上來殺活人？」

「你說什麼！誰領惡鬼殺人啦！」卞城王氣呼呼地指著韓杰說：「我是要請他下去喝杯咖啡調查案情，這傢伙被告發上百條罪名呀，至於這兩個，她們、她們……」卞城王說到這裡，指著快觀和見從，手指晃了半天，一時想不到怎麼對千里眼和順風耳解釋快觀、見從為何自他座車下來。

「她們是證人。」判官推了推眼鏡，接著卞城王的話說：「她們知道這乩身與欲妃、悅彼之間的恩怨，卞城王帶她們上來一同調查案情。」

快觀和見從指了指胳臂上的青色符印——那是閻羅殿發給的臨時通行證，印上這通行證的鬼，可隨陰差進出陽世辦案。

「我從沒聽說過陰差把活人帶下地底查案。」千里眼這麼說：「活人帶下陰間，調查審理之後要是無罪，你們怎麼賠他一條命？」

「他明明下陰間很多次。」判官說：「生死簿上沒他名字，嚴格來說，他不能算是陽世活人，下去了要是無罪，我們也會放他回來……」

卞城王看了看錶，不耐煩地嚷嚷起來：「別囉嗦了，不帶他下去也行，在這兒直接開庭審案，快快快，搬張桌子來！」

三隊牛頭馬面立刻搬來桌椅讓卞城王入坐，他見到廊道冒出濃煙，問：「怎麼回事？」

「底下失火了。」牛頭、馬面回報。

「失火？」快觀哦了一聲，指著韓杰說：「該不會是這乩身知道我們要來查他，事先放火湮滅犯罪證據。」

「妳乾脆說我強姦殺人算了。」韓杰冷笑幾聲。

「別急，一項一項來！先把地獄符的案子調查清楚，強姦殺人的案子晚點再說……」卞城王清了清嗓子，指著幾個牛頭馬面說：「下樓滅火，保全證據。」他剛說完，一個男城隍立時領著一對牛頭馬面沉下地板滅火。

卞城王見韓杰身上法寶仍閃閃發亮，百來隻小豹有些伏地搔癢、有些在廂型車裡外追進追出、有些聚在道場落地窗邊，與嚴孝穎腿邊的橘貓將軍好奇互望，不耐地指著韓杰說：「喂！要開庭了，你怎麼還不收去法寶呀？你藐視陰司法庭？」

「剛剛不是說調查？你們到底是查還是審？」韓杰哼哼地說。

「城隍一邊查。」判官這麼說：「我們一邊審。」

「一邊刑求逼供，然後就地正法是吧？」韓杰冷笑。

「你比我還清楚呀。」卞城王大聲說：「到底你是閻王還我是閻王？」

「那她們呢？」韓杰無奈指了指欲妃和悅彼。

「她們是證人。」判官來到欲妃和悅彼身邊，取出一枚印，在欲妃和悅彼胳臂蓋上一枚青印，跟著轉頭對韓杰說：「你用神賜法器鎖著重要證人，企圖干擾陰律司法？」

「……」韓杰靜默幾秒，腕上乾坤圈緩緩變大，放開欲妃和悅彼，但並未撤去法寶，而是長長吹了聲口哨。

百來隻小豹聽令奔來，將韓杰團團圍住。

韓杰瞪大眼睛，全身劇烈顫抖起來，如突然捱上幾記強烈攻擊——他今晚前前後後吃了上百顆蓮子，勉強壓制這上百隻小豹和大批法寶的副作用。他動用大量豹皮囊尪仔標，就是看在豹皮囊化出的小豹能自主迎敵，不需他控制指揮；一旦他直接對小豹下令，百來片尪仔標瞬間產生的副作用仍會令他身體受到巨大衝擊。

「你做什麼？」卞城王瞪大眼睛，指著韓杰怒叱。「我要你撤了法寶，你把這些東西聚到身邊做什麼？要開庭啦，你是被告！」

「我操……」韓杰後背抵著火尖槍，手持鋁棒撐地，勉強讓自己站著，對卞城王說：「別裝模作樣了，還開個屁庭，你想演猴戲我也沒興趣看，要打快點打吧，直接當我拒捕不就得了！」

「我才不想演，偏偏有人賴著不走，非要湊熱鬧，哼！」卞城王翻了個白眼，沒好氣地瞪向陳亞衣。「否則省事多了……」

「聽到沒……」韓杰哈哈大笑，對陳亞衣說：「妳快走吧，我今晚工作就是當妳保鏢，讓妳平安離開，妳賴著不走，我這件工作結束不了呀……」

「……」陳亞衣聽韓杰這麼說，反而上前，小心翼翼跨過一隻隻小豹，來到韓杰身邊，說：「我今晚工作，是救出這地方所有活人和罹難亡魂……」她邊說邊揚起手，要往韓杰後背拍去。

「喂喂喂！」卞城王指著陳亞衣怪叫起來。「妳做什麼？不准碰他！」

判官也指著韓杰說：「這人是陰間要犯，揹著幾百件重案，還曾經殺過陰差，現在被人告發，前案未明，新案又犯，妳要是助他，等於與他同謀犯罪。」

「什麼？」陳亞衣呆了呆，紅手僵在空中——她見韓杰獨力苦撐，本想用紅面神力替他加持鼓舞。

「幹嘛，想嚇唬菜鳥呀！」馬大岳扯著喉嚨怒罵：「她是媽祖婆乩身，我們奉天命行事。」

「我們也是奉陰律執法。」判官說：「你們要留下看我們審案也行，但不許出手干涉。」

「韓大哥……」陳亞衣低聲湊近韓杰問。「你殺過陰差？」

「殺過幾個，揍過幾十個。」韓杰大笑望著四周牛頭、馬面說：「真可惜呀……」

「哦！大家聽見沒有，他認罪啦——」卞城王瞪大眼睛喊，又問：「嗯？你剛剛說可惜什麼？」

「我是說，這些陰差都戴著面具，我認不出來這裡有沒有以前被我揍過的……」韓杰說到這裡，拉高聲音說：「各位牛頭馬面，以前誰被我揍過，自己舉個手吧……」

「喔！」卞城王連連點頭附和：「是呀！我差點忘了，我們自己有證人，喂，你們以前誰被這傢伙打過，快舉手作證！」

數十名陰差中立刻有五、六個往前一站，舉起手來。

「好。」韓杰微笑舒伸拳腳，緩緩環視那些舉手陰差，說：「我會記下來，待會用火尖槍好好向你們賠不是……」

「喝！」那些舉手的牛頭馬面們見韓杰往自己望來，連忙將手放下。

「大家都聽見啦，當庭恐嚇執法陰差！」卞城王呀呀大笑起來，站起身來，指著韓杰說：「這是現行犯吶——」

韓杰猛地揚臂甩出一道混天綾，筆直朝卞城王打去。

兩對黑白無常立時上前，聯手揪住那條混天綾。

卞城王瞪大眼睛望著那條距離他臉龐只有數吋的混天綾，嘻嘻地咧嘴笑起，緩緩將頭往前湊上混天綾前端，側頭讓臉頰觸著混天綾。

他臉頰上，微微燒出一陣焦紅。

「哎呀呀！」卞城王突然哇哇大叫：「我被攻擊啦，大家都看到啦，這乩身走火入魔、襲擊閻王爺，簡直無法無天啦！」

他還沒說完，混天綾前端倏地斷開，竄出一截紅綾裹上卞城王頭臉，倏地炸開大火。

「喝！」卞城王彈倒在地，大力撲拍頭臉，兩個城隍本來還有些遲疑，發現卞城王是認眞喊痛，趕忙上前攙扶起他。

「要演就認眞點嘛。」韓杰笑了笑。

「大膽入邪乩身，襲擊陰司閻王，無法無天，給我拿下！」卞城王扯下臉上那截燃火混天綾，從口袋掏出一支短棒，倏地一甩，甩成一支近兩公尺長、前端接近汽車輪胎大小的巨型狼牙棒，怒指韓杰大喝：「膽敢拒捕，格殺勿論——」

韓杰周圍牛頭馬面揚起甩棍往韓杰招呼。

百來隻小豹嘎嘎呀呀蹦起，將牛頭馬面撞倒一圈。

兩條混天綾捲上陳亞衣和馬大岳腰際，唰地將他們甩出道場外的雜草廣場。

韓杰身子往前一傾，火尖槍自地竄出，在空中飛轉一陣，唰地落在手上，他單手挺著火尖槍，身子猶如火箭往卞城王飛衝竄去。

噹的一聲，卞城王用大狼牙棒硬擋火尖槍，見火尖槍插在他狼牙棒裡，歡呼一聲，唰地從袖口甩出一條鎖鏈捲上火尖槍，將火尖槍與狼牙棒牢牢纏在一塊兒，興奮大叫：「我鎖著他這把槍，大家趁現在拿下他！」

四名黑白無常取出左輪手槍，三個城隍也取出佩槍，大隊牛頭馬面取出電擊槍，磅硠硠朝著韓杰一陣開火。

四面八方的彈雨擊在韓杰身上，卻像漆彈打在人身上，雖令他感到皮肉刺痛，卻打不進他的身體；電擊槍的刺針扎在韓杰身上，一股股電流也只令他感到微微酥麻搔癢——

連當下尪仔標副作用的千分之一都不到。

「我們陰差佩槍傷不了他凡人肉身！」判官吆喝大喊：「相反地，他那天庭法寶也沒辦法重傷正職陰差，大家硬搶他法寶，上——」

判官這聲吆喝，牛頭馬面紛紛撲向韓杰，扯他混天綾、搶他乾坤圈，與滿地小豹扭打起來。

韓杰猛一跺地，甩動混天綾，拖著四隻腿掛風火輪的小豹，再加上自己雙腿上的風火輪，唰地竄上老高，在空中亂甩混天綾四面掃打，讓小豹拖著自己竄逃，撞開攔路陰差。

「證人、證人幫忙啊！」卞城王見韓杰踩著風火輪橫衝直撞，連忙朝欲妃等人大喊。

快觀、見從迅即動身，左右夾擊韓杰，快觀手冒青光，凌空一揮，打去一道青電，啪地將韓杰從空中擊落，轟隆摔進罪魂堆中。

罪魂們你看看我、我看看你，一時也不知該不該出手幫忙，見韓杰掙扎站起，連忙讓出道來。

快觀踩電竄來，卻被大批小豹撲倒在地。

見從自韓杰背後閃現，撲上韓杰後背，雙腳夾住他腰際；她的身子軟若無骨，上身蛇一般地扭到韓杰正面，捧著他臉親他嘴巴。

韓杰嘴裡如被灌入一股苦汁，又辣又嗆，瞬間化出無數毒蟲順著他喉嚨往胃裡鑽，嘔地一吐——

吐出一條火龍，撲在見從臉上。

「見從，忘了跟妳說，他肚子裡藏著一大堆火龍。」欲妃和悅彼相視一笑，也動身往韓杰竄去。「會吐三昧眞火喲。」

快觀電倒一片小豹，甩出兩條青電捲住韓杰雙腿；欲妃則甩火鞭架住他右手；悅彼用冰爪扣著左手；黑白無常領著牛頭馬面抱住十餘條混天綾，不讓韓杰再逃。

見從抹去臉上火龍，躍到韓杰面前，這次她沒再親他，而是揚起雙臂，啪嚓一聲兩隻手裂成四隻手，上方兩手極長，一手按著他額頭，一手反抓他頭髮，將他腦袋拉仰望天；下方兩手一手掐開韓杰嘴巴，一手在他嘴上虛空捻了捻。

撒胡椒一樣捻下一注奇異藥粉。

藥粉落入韓杰臉上和嘴裡，一下子將他整張臉毒得忽綠忽紫。

判官也來到韓杰身後，手上持著一柄短刀，往他腰際一捅。

韓杰瞪大眼睛，嗆咳起來，判官抽出刀，望著刀上鮮血，再捅一刀，跟著再抽出，舉刀對手下展示：「用凡人刀械能傷他肉身，大家別浪費子彈了，隨便在地上撿個東西用吧。」

幾個牛頭馬面收了甩棍，從地上撿起刀械，衝上去往韓杰身上亂捅，一連捅了他幾十刀，只見他全身刀口，卻沒有濺血，而是透出陣陣紅光。

跟著，韓杰臉上的毒傷也褪了，兩隻眼睛金光閃閃，被見從按著的腦袋緩緩抬正，像頸力似乎壓過了見從臂力。

同時，他被欲妃和悅彼左右拉直的雙臂也緩緩拉回；腳下一雙風火輪彷彿飆車起跑前的油門，轟隆隆地躁動空轉起來。

四周牛頭馬面怪叫起來，全都察覺緊抓在手上的混天綾開始緊縮，扯著他們往戰圈緩緩拖去，彷彿韓杰以一人之力拔河拔贏了所有陰差。

「怎麼回事？他力氣怎麼突然變大了？」

判官見韓杰遭到一陣連環亂擊不但沒死，還力大起來，不禁訝異，她轉頭望向陳亞衣，陡然明白了原因。

陳亞衣站在道場大落地窗邊，一雙紅臂緊抓著混天綾不放，大力攪動晃蕩。

陣陣紅光彷彿海浪，一浪浪循著上下晃動的混天綾，源源不絕地湧入韓杰體內。

「道友，媽祖婆借力給你啦！」苗姑在陳亞衣背後大喊。「上次你救我們，這次咱祖孫還你個人情！」

「謝了。」韓杰朝陳亞衣與苗姑點了點頭。

參陸

「妳做什麼！」城隍領著大批牛頭馬面朝陳亞衣逼來，指著她大罵：「妳妨礙陰差逮人？」

「幹嘛、幹嘛！」馬大岳攔在陳亞衣身前，與牛頭馬面、城隍互罵起來。「你們想對神明使者做什麼？」廖小年遠遠見了，也衝來幫腔：「你們造反啦！」

「陰間自治，是千年協議的結果，天規不入陰間。」城隍說：「那乩身牽扯陰間上百件案子，歸我們管，你們不要多事！」

「這裡是陽世，不是陰間，等他死了才歸你們管。」馬大岳和廖小年可不輕易退讓。

「閻王帶著城隍上來審活人，想把活人審成死人，這種事我從來也沒聽過！」

「你們敢碰我試試看！」陳亞衣見兩個牛頭馬面持甩棍指著她的臉，哼地往前一站，朝他們大吼一聲：「滾開——」

她一張紅臉瞬間轉黑，牛頭馬面受到一陣無形衝擊，搖搖晃晃退開好幾步。

「你自己看！」廖小年瞪大眼睛，指著被陳亞衣喝退的牛頭馬面，對城隍說：「媽祖婆黑面神力能喝退奸邪，你們這些傢伙跟陰間黑道魔王同流合污，現在一個個作賊心虛，是不是！」

「你說什麼……你有什麼證據？」那城隍氣憤回嘴，還想說什麼，卻被牛頭馬面拉開。

圍著陳亞衣的陰差左右散開。

後頭擁上大批地底罪魂，手上持著刀刃，朝陳亞衣走來。

「喝！」馬大岳和廖小年齜牙咧嘴，氣憤大罵：「分工這麼清楚啊，陰差殺活人、惡鬼弒神使，全都串通好了是吧！」

罪魂們二話不說，舉起刀械往陳亞衣劈來。

苗姑在陳亞衣背後一抖紅袍，颳起一陣旋風，將惡鬼全吹得睜不開眼睛；將軍暴怒虎吼，躍過陳亞衣頭頂，撲進罪魂堆中，揮掌亂扒；廖小年和馬大岳咆哮高舉拳頭與罪魂搏鬥起來；陳亞衣緊緊揪著混天綾，持續將紅面神力源源不絕地傳給韓杰。

城隍領著牛頭馬面開始破壞那條傳輸紅面神力給韓杰的混天綾，但他們隨即讓一批小豹撲倒在地。

幾只乾坤圈倏倏打來，一只打在城隍臉上，將他整張臉都打歪了；其他幾只倏倏飛竄，一陣亂打，撞倒大批罪魂陰差，又轉回韓杰那兒，分別打向欲妃、悅彼、快觀、見從。

四女紛紛放開韓杰，躲避乾坤圈。

韓杰將乾坤圈一一接回，只覺得全身充滿力氣、亢奮如火，此時他身上掛著十餘道混天綾、胳臂上六只乾坤圈、腰際的金磚和火尖槍，再加上腿上和四頭小豹後腿共五雙風火輪，連同四周上百隻小豹，一百幾十片尪仔標，即便他吞下百來顆蓮子，也無法控制所有法寶。

陳亞衣傳給他的紅面神力雖無法消除他皮肉疼痛，卻讓他不再顫抖腿軟、眼冒金星，終於能輕鬆掌控身上所有法寶和小豹。

他舉著乾坤圈迎戰四女聯手夾擊，他這凡人肉身，單比力量，本遠不如四女當中任何一個，但當他四肢身軀纏上十餘道混天綾、吞下幾十條火龍，再加上紅面神力，便讓他擁有足以與地獄四女近身互搏的力量。

他揚混天綾捲落快觀打來的電，舉乾坤圈敲碎悅彼刺來的冰，抬風火輪踢滅欲妃擲來的火，指揮小豹吞光見從撒來的毒蟲。

然後沿路賞了一群牛頭馬面和四個黑白無常臉上一記或是好幾記拳頭。

最後他抓著光亮長柄的尾端——那是火尖槍的槍柄。

他一把將火尖槍從卞城王的狼牙棒中拔出，單手持槍，像拿玩具鎚子，轟隆隆地對著卞城王一陣亂砸。

卞城王嚇得哇哇大叫，舉著狼牙棒左格右閃，四處逃竄。

「喝！看不出你身手還不錯！」韓杰見卞城王削瘦老邁，動作倒挺俐落，力氣也不小，舉著大狼牙棒擋下他火尖槍一輪猛攻，甚至還能騰出手還擊，不禁有些佩服。「你這閻王每天收賄，還有時間練身體？」

「幾百年沒親自動手打架了！」卞城王氣呼呼地說：「要是以前的我，早一把將你捏碎了！」卞城王吆喝指揮一干陰差圍捕韓杰。

韓杰一陣亂打，竄到判官面前，甩動混天綾捲上她胳臂，將她拉來眼前，低頭轟地撞她一記頭錘，將她眼鏡撞裂、鼻梁都撞歪了。

磅——

一聲槍響尖銳如鬼嘯，自韓杰腹部響開。

所有陰差瞪大眼睛，停下動作，都望向韓杰和判官。

韓杰搖搖晃晃後退，腹部多了個血洞，他不解地望向判官——

她手上那柄佩槍的槍口外加裝了截狀似滅音器，卻不是滅音器的道具。

「妳的陰差用槍……可以打穿活人身體？」韓杰摀著腹部槍傷，只見傷處流出黑血。

「那是『鬼牙』！是陰間明文禁止的違禁品！」馬大岳和廖小年跳腳說著：「陰間槍枝裝上鬼牙能弒神殺人，就算在地底，也是極惡黑道才能弄到手的東西，卞城王！你怎麼解釋？」

判官連忙將槍扔了，急急說：「槍是……是我在地上撿的！」

「那妳自己的槍呢？妳拿出妳的槍呀！」廖小年大罵，馬大岳躍出道場，向天空大喊：「稟告媽祖婆，這兒有閻王勾結地獄女魔，帶違禁品上陽世殺活人——」

苗姑也托起陳亞衣的手，讓她將奏板抵上額頭，說：「快向媽祖婆告狀！妳眼睛耳朵能將所見所聞傳上天！」

又兩聲尖銳刺耳的槍聲，一槍打在陳亞衣腳邊，一槍劃過她胳臂。

舉槍的是卞城王，佩槍前端也裝著一截鬼牙。

「卞城王……」廖小年見卞城王也拿著裝有鬼牙的槍，不禁咋舌。「你也撿到槍了？」

「是呀！我也撿到一把，被那乩身法寶小怪物絆了一下，槍枝走火，打著妳了，不好意思呀……」卞城王惡狠狠地瞪著陳亞衣說：「這兒陰差抓惡棍，打得亂糟糟的，刀槍不長眼，妳再不走，受到波及，別怪我們呀……」

「卞城王，你這是什麼意思？」馬大岳正要興師問罪，外頭又響起一陣怪異警笛聲。幾輛黑頭車後頭還跟著幾輛囚車、貨車，將廣場擠得水洩不通。

黑頭車車門一一打開，下來那陣仗不下剛剛的卞城王，也是黑白無常和陰差城隍。囚車後門一敞，幾個牛頭馬面帶著鬼卒下車，還扛著一簍簍古怪大籃，在牛頭馬面分頭指揮下，鬼卒捧著大籃躍上圍牆，從籃中抓出濕濡濡的巾布往天上抖開。

大片濕布濺起髒臭怪水，在廣場天空鋪開，卻沒落下；一面面髒布交錯拼實，如一面屏幕，遮住了星月、遮住了天。

「鬼遮天……」廖小年望著廣場外的天空，再看向新一批大隊人馬，對著當中一個壯碩胖漢大喊：「秦廣王！你也來了，你們……你們想做什麼？」

「卞城王，你逮著司徒史了沒？」秦廣王身高近兩公尺，腰圍超過五十吋，一身酒紅色西裝寬鬆得可以讓陳亞衣當被子蓋；他領著手下判官、城隍往道場走，遠遠見到陳亞衣等人，不禁愕然大叫起來：「那是……千里眼和順風耳？怎麼回事？他們怎麼會在這兒？」

卞城王聽了外頭秦廣王大叫，嚷嚷回話：「那是媽祖婆乩身！死賴著不走，他們硬要帶走這太子爺乩身。」

陳亞衣等人見秦廣王人馬凶悍往道場聚來，只得與小豹們退到道場深處。

秦廣王踏入道場，見韓杰挺著火尖槍，全副武裝與四女對峙，又瞧卞城王狼狽模樣，古怪大叫：「司徒史呢？」

「他們說是被俊毅那批人搶先抓走啦！」卞城王回喊。

「什麼！」秦廣王瞪大眼睛，馬上向身邊隨從低聲吩咐：「想辦法調批人把司徒史搶回來……」

陳亞衣低聲問廖小年：「那司徒史到底幹了什麼事？怎麼每個閻王上來都先找他？」

「是個收賄城隍……被打下十八層地獄。」廖小年回答：「判他下去的不是別人，就是卞城王……底下有不少閻王都有把柄在司徒史手上，一聽他逃出來都嚇壞了，大概想順便滅口。」

「但他們說，司徒史先讓俊毅城隍抓了……那不是稱心如意嗎？」陳亞衣不解地問。

「陰間黑暗，但總有幾點光明……」廖小年說：「或許俊毅城隍沒有和他們同流合污，又或許是他們敵對勢力……總之現在底下一切已骯髒到妳無法想像的地步……」

「那現在……」陳亞衣見秦廣王與卞城王瞧著自己交頭接耳半晌，一齊點了點頭，看似做出了結論。「他們想幹嘛？」

「大概一不做、二不休了……」馬大岳和廖小年互望一眼，都吸了口氣。

秦廣王從隨從手中接過一把霰彈槍，槍口上裝著鬼牙；兩殿閻王身邊黑白無常皆取出左輪手槍，再從口袋裡拿出鬼牙裝上；牛頭馬面則在骷髏甩棍前端裝上各式各樣古怪刃物，有的是利爪、有的是彎勾、有的是短匕。

卞城王望著陳亞衣，猙獰笑道：「剛剛要妳走妳不走，現在妳想走也走不了了……」說完，舉槍對著她開了一槍。

打中一隻蹦起擋槍的小豹。

秦廣王也朝陳亞衣開槍，更多小豹及時蹦起，擋下霰彈槍打來的那片彈幕。

中槍小豹落在地上，舔了舔身上傷口，朝兩殿閻王衝去。

「這什麼玩意兒？」秦廣王對來襲小豹開槍，卞城王指揮陰差護身，指著韓杰說：「是那太子爺乩身法寶……」

話還沒說完，一只乾坤圈飛快竄來，打在他手上，撞落他那把槍。

城隍領著黑白無常，舉起裝有鬼牙的左輪手槍對韓杰開火；韓杰揚開一片混天綾擋下彈雨，還取下腰際金磚，飛快在身前那條混天綾結成的布盾後頭寫下幾道金符。

被寫上金符的布盾金紅交雜，在韓杰身前飛竄掩護，擋下鬼牙槍彈、攔阻陰差追擊；小豹們在布盾底下鑽進鑽出，咬陰差小腿。

韓杰藉著幾面布盾掩護，竄到陳亞衣面前，甩動混天綾捲上她與馬大岳、廖小年身子，對著追兵鼓嘴一吐，吐出腹中所有火龍。

一條條火龍吼著三昧眞火，四面亂捲，百來隻小豹與火龍一同衝向兩殿閻王。

韓杰同時對著追來的四女擲出乾坤圈，身子往外飛蹦，揚手甩出四頭裝備風火輪的小豹，小豹身上捲著混天綾飛竄上天，將韓杰連同陳亞衣等人一起拉出道場。

「別忘了他們！」陳亞衣指著躲在廣場角落的蔡如意和嚴孝穎尖叫。

她還沒叫完，幾道混天綾早已射去捲上蔡萬虎和兩個孩子腰際，唰地將他們一同捲上天。

韓杰見兩殿閻王領著追兵追出道場，舉起手中金磚，十餘條混天綾飛快竄捲，將金磚捲成顆籃球一般大，往下一擲，如閃光彈，轟隆將道場內外炸出一片金黃亮紅，將閻王、陰差、罪魂們全映得摀眼大叫。

韓杰只留下兩、三條混天綾捲著眾人和小豹，他見陳亞衣指著倒地幫眾嚷嚷，也不理她。「救不了那麼多！」挺起火尖槍指揮小豹往天上竄，一槍插在那條黑布上，驚覺遮天臭布韌得超乎他想像，火尖槍一擊只將黑布割出一道裂口，裂口外，兩隻鬼卒探頭，向底下的韓杰瞧了一眼，怪嚷怪叫地又鋪上一層布。

「什麼！」韓杰愕然朝天又劈幾槍，布外傳來幾聲慘號，約莫是有鬼卒被他砍斷手腳，但那些被砍破的裂口又即刻被蓋上新布。

陳亞衣尖叫一聲，韓杰回頭，被混天綾捲著的蔡如意和嚴孝穎，腰際閃閃溢出焦煙，咧嘴對他笑。

是欲妃和悅彼上了兩人的身。

蔡萬虎大叫一聲，身中也附上了快觀，猛地朝韓杰一指，一道青電正中韓杰臉上，電得他眼前一亮，墜落下地，與眾人在廣場上摔成一團。

見從朝自地上掙扎站起的陳亞衣等人撒出一片毒霧，毒霧在空中化爲無數毒蟲，撲上眾人身上螫咬起來；陳亞衣驚駭蹂蟲，臉色時紅時黑，同時鼓動兩股神力擋蟲禦敵。

後頭兩個閻王領著大批陰差殺出，舉槍朝韓杰開火，擊碎一頭頭擋槍小豹。

將軍混在小豹堆中游擊護衛，見身邊小豹越來越少，氣得仰頸一吼，剽悍躍出，一口咬著見從手腕，將她左手整個咬下，吞進肚子裡。

但下一刻，將軍卻哀嚎兩聲，在地上打了幾個滾，咧嘴嘔吐起來。

被欲妃悅彼附體的孩子們呵呵一笑，說：「眞會挑，四個美女有三個可口好吃，他偏偏挑了不能吃的那個。」

「姊妹們，上一次我們熬虎爺羹是什麼時候的事了？」見從左手斷腕滋滋濺出綠汁，啪啦啦地又長出新手，她竄到將軍身前，伸指往肚臍捻了捻，捻出一道銀絲，飛快把將軍四足纏緊，提在手上搖晃。

「好多年前啦！」「那時我們還沒翻臉呢。」「至少表面上沒翻臉。」另外三女嘰嘰喳喳笑著討論起來。「上次那隻是幼虎，香嫩可口，這隻兇多啦！」「兇才好，多加點辣椒爆香熱炒。」

陳亞衣大力甩動混天綾，想多傳點紅面神力給韓杰，但隨即被附著快觀的蔡萬虎自後勒住頸子放電。

苗姑附進陳亞衣身中全力保護她，仍被電得七葷八素；欲妃和悅彼分別附著蔡如意和嚴孝穎，將廖小年和馬大岳壓倒在地。

「天后座前千里眼、順風耳，不過如此。」欲妃悅彼哈哈笑著，一個揪著廖小年頭髮，一個捏馬大岳耳朵，氣得兩人嚷嚷大罵：「誰知道你們今晚玩這麼大，我們沒帶兵器下來，怎麼跟你們打？」

秦廣王、卞城王領著多路陰差浩浩蕩蕩走向韓杰，朝他開槍，將他身前一批擋槍小豹打倒一片。

韓杰身中十數槍，跪倒在地，被見從竄近身奪去火尖槍，順帶踩爛他的風火輪。

「聽說這傢伙的身子讓中壇元帥用蓮藕補過。」見從用蛛絲提著將軍，轉頭對另外三女說：「他的魂帶下去給摩羅大王，肉身待會切了，蓮藕人肉炒虎爺，如何？」

「憑什麼妳說了算！」悅彼附著蔡如意，對見從的提議有些不滿。「我喜歡活吃！」

「也行吶。」見從不置可否。「一人一口，慢慢把他吃下陰間，也挺有趣——讓妳先吃，妳吃完了剩下的留給我吃，行嗎？」

「可以。」悅彼這才滿意，點點頭。

「哼、哼哼……」韓杰跪在地上，虛弱喘氣——他本來仗著十幾道混天綾與一肚子火龍提供力量，但他剛剛吐光了火龍、撤去大部分混天綾，此時全身上下只餘下一條混天綾還纏著眾人，加上身中多槍，無力反抗，只能用嘴還擊：「還好我今天沒洗澡。」

「這樣更好。」見從嘿嘿一笑，拉起韓杰頭髮，在他臉上親下一枚黃綠唇印。「比起人工香皂，我喜歡天然男人味。」

「哇……」韓杰臉上唇印陡然隆起一個腫包，破開鑽出一隻大蜘蛛，對著韓杰口鼻一陣亂咬。

「喂喂喂！」悅彼大叫抗議：「被妳加料過，誰還敢吃啊！」

秦廣王和卞城王走向韓杰，見最後幾隻小豹咆哮竄來，立時對小豹開槍。

一陣彈雨，最後幾隻小豹撲倒一片，其中三隻抖抖尾巴，搖晃地重新站起，又捱著幾槍再次撲倒在地。

只剩一隻又站起來。

「嘿？」秦廣王將霰彈槍湊近小豹腦袋，磅磅連開兩槍，但小豹躺在地上抖了抖腿，又站了起來。

「怎麼一群豹子，就這隻打不死？」卞城王也上前補了幾槍，還捏開小豹嘴巴，將槍塞進小豹嘴裡，磅磅磅磅磅連開五槍。

小豹嘴巴一張，將整把槍連同卞城王的手都咬入嘴裡。

「喝──」卞城王駭然大驚，高舉起手，四周陰差駭然上前幫忙，拖拉半晌，終於將小豹扯離卞城王胳臂──

卞城王那把槍連同四隻手指都進了小豹肚子裡，只剩下半截拇指還在掌上。

「哇！」卞城王舉著爛手搖晃後退，判官、城隍上前對著小豹又開出一陣彈火。

小豹被打倒在地，搖了搖尾巴又重新站起，嘴巴還不停咀嚼。

四女相視一眼，這才感到有些不對勁，見從推了推韓杰腦袋，問：「怎麼回事？你在玩什麼把戲？為什麼只有那隻豹子打不死？」

「因為……」韓杰緩緩抬起頭，眼睛異光閃動。「那隻是正版貨。」

「正版貨？」見從本來還不明白韓杰口中「正版貨」是什麼意思，見韓杰扭頭瞅著她笑，口中還扒出火龍爪子，眼中殺氣奔騰，連忙放手躍遠。

欲妃、悅彼、快觀感到韓杰身中散發出嚇人氣息，也要躍開，但她們附在蔡如意、嚴孝穎和蔡萬虎身子，腰際還纏著混天綾，她們感到混天綾比先前滾燙數倍，且漸漸緊縮，紛紛動手撕扯混天綾，卻怎麼也扯不斷。

「不好意思……」韓杰緩緩起身，回頭笑嘻嘻地說：「這也是正版貨。」

陳亞衣愕然大驚，只覺得韓杰這幾句話，聲音與他先前大不相同。

「你不是……」韓杰用自己的聲音，喘著氣說：「嫌她們不配做你對手？」

「光兩個小婊子，當然不配我動手，但現在……」韓杰雙眼精光四射，冷笑環視四周，太子爺的聲音緩緩從他喉間響起。「四個全到齊了，加上兩殿閻王、黑白無常、七路城隍、判官、十幾隊牛頭馬面、上百隻地獄罪魂……」

韓杰喉間聲音一面說，面前緩緩豎起一支金亮大槍。

「夠資格讓我動手了。」

參柒

秦廣王和卞城王見眼前韓杰拿過那支火尖槍緩緩朝他們走來，驚恐嚷著：「中……中壇元帥？」「你怎麼也來了，你不是不能隨意下凡？」

「是呀。」太子爺點頭一笑，韓杰身影倏地往前飛竄，一槍挺來，將秦廣王手上的霰彈槍刺得爆裂炸碎。「我還得謝謝你呀。」

「謝……謝我什麼？」秦廣王顫抖地問。

「謝謝你把天遮了，不然我怎麼現身啊？」韓杰豎指往上指了指，咧嘴笑著說：「你說我該怎麼報答你呀？」

「噫——」秦廣王駭然大驚，正轉身要逃，卻被韓杰踩著左腳，他腳上的風火輪飛轉，像空催油門，旋起隆隆大火，燒上秦廣王左腿，燒得秦廣王哇哇大叫：「快……快撤走遮天布，通知天庭，中壇元帥違規私闖人間，干預陰司執法還攻擊閻王！」

「不……不行呀！」卞城王竄開老遠，聽秦廣王那樣下令，連忙搖手阻止：「我們槍上都裝了鬼牙，留下證據……」

「沒錯呀，你的手指、閻王佩槍和違禁品——」韓杰指了指地上那小豹，小豹肚子微微鼓出。「全在我那豹子肚子裡。」他倒豎火尖槍，猛地插進秦廣王右腿，斜斜釘入地裡，轉身就去追卞城王。

欲妃、悅彼、快觀三女被正版混天綾捲著腰，哎呀一聲，全被拖出活人身體，像是風箏般被韓杰拖著跑。

太子爺附著韓杰，轉眼追上卞城王，舉著乾坤圈將四周黑白無常掃倒一片，見卞城王舉起狼牙棒想反抗，一圈砸下，將他肩膀砸凹，砸得撲趴在地；韓杰踩著卞城王的臉，蹲下對他說：「罪證確鑿，你是現行犯呀。」

卞城王臉被正版風火輪燒得哇哇慘叫起來：「天規有定，陰司犯法，也該由陰司拘捕審判，天界無權、無權……」

「閻王，你誤會了，我沒有要拘捕你呀。」太子爺透過韓杰雙眼盯著卞城王冷笑說：「我下來找我乩身聊聊天，例行維護他的藕身，誰知道剛好你們也在，又剛好大家打成一團，我是想勸架……」

「勸架？」卞城王尖叫：「你用風火輪踩著我的臉呀！」

「有嗎？我踩著你了嗎？眞不好意思呀……」太子爺解釋。「這地方亂糟糟的，滿地都是能夠弒神殺人的鬼牙槍，我怕呀，只好拿出武器防身。你剛剛也說了，刀槍不長眼，要是誤傷你老人家，千萬別見怪呀……」他一面說、一面將風火輪催轉更急，轟隆隆地將卞城王半張老臉磨去一大片。

四周陰差騷動起來，有的像是想救兩殿閻王、有的不顧夥伴偷偷上車逃離、有的默默轉身拆下槍管上的鬼牙隨手一扔。

罪魂們見情勢逆轉、鬥神降臨，還用風火輪磨臉「勸架」，全都不知所措，四處亂竄遁逃。

「那是太子爺？」陳亞衣喘吁吁地起身，與廖小年、馬大岳一起將孩子們和蔡萬虎又拖回活人幫眾堆旁；只見韓杰用混天綾拖著三女，一手抓乾坤圈箍著卞城王脖子，一手舉著金磚當鎚，在道場內外殺進殺出，不停「勸架」。

正版金磚重如泰山，太子爺附著韓杰拿它向陰差勸架，能將整顆牛頭都敲進身體裡。

「我們沒打架呀，您別勸……」有些陰差、罪魂見韓杰笑得殺氣騰騰地飛竄來，連忙扔下武器、舉高雙手，太子爺會放過那些舉手舉得快的，也會將金磚砸在那些舉得慢的腦袋上。

「啥？說什麼我聽不清楚，沒打架的最好跪下來和談，動作快點呀，別等我這磚勸上腦袋上才囉哩叭唆，腦袋躲進身體裡說話誰聽得懂呀！」太子爺隨手一磚就砸了個四分五裂或是塞入胸腔的腦袋。

廣場上，幾個城隍領著牛頭馬面圍著秦廣王想救他，但怎麼也拔不出插在地上的火尖槍。

見從看情勢不妙，提著將軍想要逃，突然感到手腕一疼，竟是將軍扒裂了蛛絲，從蛛網裡探頭伸爪扒她，大吼掙扎起來，她怕引起太子爺注意，索性拋下將軍，倏地遁進地底逃了。

將軍落在地上，從蛛網裡掙出，與正版豹皮囊小豹一左一右衝進道場，見了陰差罪魂就咬，協助太子爺四處勸架。

「是這樣的……」廖小年對陳亞衣說：「中壇元帥脾氣火爆，揹負多條違規，好幾次一言不合，打傷神仙同僚；天庭令他不得無故下凡，更不能隨意動武，他下凡前要書面申請，動武後得繳大疊報告交代前因始末，再經過層層審理。他性情高傲，不願寫公文，更不願讓大批文官輪番審他，所以這些年來，不到最後關頭，絕不輕易降駕動武。」

馬大岳接著說：「這次他受媽祖婆請託當妳保鏢，他降駕申請書跟動武報告，都是我們替他寫的……他到最後一刻才現身，大概是……」馬大岳說到這裡，與廖小年相視一眼。「大概是因爲媽祖婆面子大，蓋有媽祖婆印的公文，審理文官都很給面子，不會隨便刁難。」馬大岳和廖小年說到這裡，一齊抬頭，望著上方那遮天髒臭黑布，繼續說：「剛好今晚兩個閻王拿這些布遮著天，他忍到這時才露面，就能將那份報告留著，下次改幾個字，可以多溜下來一趟。」

「什麼……」陳亞衣望著韓杰殺進殺出到處勸架的身影，不由得覺得好笑，突然聽到天上發出一陣陣撕裂聲，落下大片髒水。

是鬼卒們收到了底下號令，忙著拆卸一面面遮天布。

韓杰聽見外頭天上傳來一陣陣撕裂聲響，啊呀一聲，連忙飛竄回廣場中央，將半死不活的卞城王扔在地上，翻了翻掌，翻出一片新尪仔標，往地上一擲，打出一支火尖槍——複製品。

韓杰拔出秦廣王大腿上的正版火尖槍，順手咚地往他腦袋上一敲，將秦廣王敲倒伏在卞城王身上，再舉起複製品火尖槍，一把插穿秦廣王肩頭和卞城王腰側，串著他們身子釘在地上。

跟著，韓杰猛一拽混天綾，將拖在背後跑了半天的欲妃、悅彼和快觀三人，分別扯下一條胳臂。

三條印著閻王殿通行證的胳臂。

「咦！怎少了一隻手？啊呀，剛剛太興奮了，忘了先斬那黃蜘蛛手臂，讓她逃了，少了一個，不夠工整，氣死我了！」太子爺罵聲自韓杰喉間飆出，喊來正版小豹，令小豹吐出那支裝有鬼牙的閻王佩槍和卞城王幾根手指。

接著揚手從空中虛撈了撈，撈出一截雪白蓮藕和幾片新尫仔標，還用拳頭搥搥自己胸口，對韓杰說：「等會如果有其他陰差上來要人問話，別說是我抓的，就說你自己抓的。」

他說完，一口氣收去幾樣正版法寶，不再說話。

「知道了……」韓杰點點頭，啃了口蓮藕，盤坐地上，將欲妃等三條胳臂和卞城王佩槍手指排列整齊，跟著打出一片新尫仔標，掛了條混天綾在肩上防身，還甩出混天綾捲回鋁棒，見秦廣王還想掙扎，就舉鋁棒敲他腦袋。

快觀遠遠見到韓杰啃蓮藕補身，還拿出一支手機看得津津有味，低呼一聲，驚覺自己那支錄有第六天魔王傳話影片的手機，在剛剛那陣混亂中，被太子爺用混天綾偷走了。

欲妃三人見韓杰坐地一陣，身上鬥氣漸漸褪散，本想上去搶回斷臂和手機，但見一票陰差動作更快，衝上去要救兩殿閻王，卻被韓杰喚出正版火尖槍掃斷十餘條腿，這才驚覺太子爺並未退駕，而是故意躲著不出聲。

三人莫可奈何，互視一眼，一齊沮喪遁地離開。

「嗯，證據都齊了。」韓杰大口啃著蓮藕，望著手機上第六天魔王溫柔叮囑四女的模樣語氣，不禁覺得好笑，見手機裡還有不少精彩影片，便輪流點開，瞧得津津有味。

大隊陰差抬頭，見天上遮天布已給拆去大半，天上烏雲散開，那抹彎月竟落下比滿月還亮的月光，探照燈一樣照著盤坐在地上的韓杰，又見陳亞衣躲在韓杰身後拿著奏板喃喃說話，知道事跡敗露，天庭特意聚焦至此，只好分頭上車，一一遁地逃離現場。

「太子爺，你走了嗎？」陳亞衣輕拍韓杰肩頭。

「別囉嗦！」韓杰回頭一瞪，喉間響起太子爺聲音。「待會若有其他陰差上來，別對他們提起我！妳去看看裡頭那些被我鎖著的傢伙，別讓他們逃了。」

「是、是是……」陳亞衣吐了吐舌頭，起身準備去道場收拾殘局，突然想起了什麼，轉頭問：「如果待會上來的還是壞蛋，怎麼辦？」

「那正好。」韓杰兩眼發光，冷笑說：「最好再把天遮起來。」

陳亞衣這才明白，太子爺躲在韓杰身中，硬不退駕，是在守株待兔，想釣其他地底傢伙上來，最好再把天給遮了，讓他能再多勸幾次架。

她依命奔回道場，只見道場金光閃閃，一道道金光符籙的筆跡延伸出一條條黃金鎖鏈，鎖著大批罪魂和收賄陰差。

嚴五福和蔡六吉被鎖在一塊兒，直到此時，還不停揮拳擊打對方。陳亞衣一個一個抹去他們身上的地獄符。

「哎喲，還不錯耶！」

陳亞衣捧著一袋雞排，大口咀嚼。

她與剛放學不久的廖小年圍在馬大岳開張一週的雞排攤前，吃著新出鍋的炸雞排。

馬大岳懶洋洋地對一切都提不起勁，對陳亞衣和廖小年的讚美也懶得接話，只說：「喂，別只顧著吃，快付錢呀幹！」他剛罵完，身子猛地一抖，對咬著雞排掏錢的陳亞衣說：「不用了，請妳。」

「怎麼突然又不收錢了？」陳亞衣問。

「順風耳老大叫我請你們……」馬大岳翻了個白眼，微微抬頭瞪視天空，口唇不停動著，喃罵著無聲髒話。

「他還在你身上？」陳亞衣愕然。

「不呀。」馬大岳搖頭說：「他在天上，他耳朵靈得很，我講什麼他都聽得見，他講什麼我也聽得見……」

「這樣不錯呀。」陳亞衣點點頭說：「你會安分點。」

「何止安分。」廖小年插嘴說：「大岳現在是良心商人。」他指著馬大岳的雞排油鍋。

「每天都換油喔，而且從麵包粉到雞胸肉、調味料，用的都是好料。」

「所以這樣還賺個屁啊。」馬大岳哼哼地說：「啊？什麼——那我哪來時間幫她救……救……救世濟人啦！」他說到這裡，還一面對兩人解釋。「順風耳老大規定我賣吃的不能用黑心原料，傷害凡人身體健康，他說嫌雞排攤不夠賺，可以再兼三份工，我說這樣就沒時間幫妳去救世濟人……」

「你先顧好自己吧，自己都照顧不好了，還想救人？」陳亞衣哈哈笑著，又對廖小年說：「至於你呢，你先想辦法畢業再說，然後再想想自己將來想做什麼。」

「嗯……」廖小年點點頭，與馬大岳擠眉弄眼半晌，像是有話想說。

「幹嘛？」陳亞衣問：「你們想說什麼？」

「嗯……」廖小年說：「我們聽說，亞衣姊妳幫蔡家做事，拿了不少酬勞……是這樣的，大岳覺得這雞排攤賺太慢，想開間店……」

「我靠！」陳亞衣翻了個白眼，瞪著他們，「我今天剛好跟蔡萬虎約好處理這件事——」

「哦？」馬大岳眼睛一亮。「妳今天要跟蔡家拿尾款呀？」

「拿你個頭！」陳亞衣將雞排塞進嘴裡，空袋扔還給馬大岳，看看手機，說：「時間快到了，我要去醫院看蔡萬虎了，有消息我就第一時間通知你們。」

「是是是……」馬大岳搓著手說：「我們的將來就靠妳了，亞衣姊。」

「你不准叫我『姊』！」陳亞衣哇哇地說：「你年紀比我大吧。」

「是嗎？不是差不多嗎？」

□

半小時後，陳亞衣來到一間醫院的地下美食街。

玄極精舍那夜大戰，蔡如意、嚴孝穎和蔡萬虎，被欲妃、悅彼、快觀附了身，事後生了場大病，在這間醫院養病至今。

今日中午過後，蔡萬虎替自己和女兒辦理了出院手續，與陳亞衣約定傍晚會面，談談先前那事情相關酬勞瑣事。

蔡萬虎此時穿著休閒服，蔡如意穿著小洋裝，她遠遠見到陳亞衣，笑嘻嘻地奔來抱她。

「妳之前的決定不變？」蔡萬虎見陳亞衣牽著蔡如意走來，便說：「我這兩天要帶如意離開，離開前會辦妥這件事……」

「就照我之前說的做吧。」陳亞衣攤手苦笑說：「這筆錢代價太高，我收不起……」

陳亞衣數天前將蔡萬虎先前付給她的頭款匯回他戶頭，並要求蔡萬虎替嚴孝穎辦理一個私人戶頭，將本來要給她的酬勞按時轉入嚴孝穎的戶頭中，作爲他將來生活、求學費用。

「他父母都死了，一個人無依無靠，他爸爸負債比遺產還多，這筆錢對他很重要……」

陳亞衣望著蔡萬虎說：「我希望你遵守約定，以後不要爲難他。」

「他只是個孩子，我不會爲難他，有什麼需要幫忙的地方，我會盡力而爲。」蔡萬虎握緊蔡如意的手，說：「如果時間可以倒流，我會努力阻止事情走到這一步……」

「已經發生的事情沒辦法改變。」陳亞衣說：「我們只能努力讓之後變得更好……」

「妳說的對……」蔡萬虎點點頭，用過餐後，牽著女兒與陳亞衣告別。

陳亞衣蹲在蔡如意面前，從口袋裡掏出一隻紙摺小狗遞給她，在她耳邊說：「把這小紙狗放在枕頭邊，晚上睡覺前親親它，它才會動、才會陪妳玩……」

「小狗……」蔡如意捧著小紙狗望了半晌，慎重地收進口袋裡，對陳亞衣說：「以後嚴孝穎就剩下自己一個人了，他是不是很可憐？」

「我會常常陪他……」陳亞衣說。

「我問他，他都不理我。」蔡如意嘟嘴埋怨。

「妳問他什麼？」

「我問他，那天他爸爸跟他說了什麼。」

「那天……」陳亞衣呆了呆，當時場面騷亂一片，她忙著救人，並沒有注意到嚴寶死前激動地對嚴孝穎說了些話，且耳提面命要他答應。

當時嚴孝穎一面聽爸爸臨終吩咐，遠遠地、怨懟地望著蔡萬虎和蔡如意。然後點頭答應了。

蔡如意與嚴孝穎住同間病房，她事後想起當時情景，不時追問，嚴孝穎卻怎麼也不回答。

「我替妳問他。」陳亞衣聽蔡如意描述得顛三倒四，只摸了摸蔡如意的頭。「問出了結果，再告訴妳。」她搖了搖手機，她已與蔡如意交換了通訊帳號。

□

陳亞衣走入病房，見到病床上棉被高高隆起。

這幾天嚴孝穎一到晚上，就用棉被將自己全身裹起，不願探頭出來。

床旁小櫃上擺著他只吃了幾口的晚餐。

陳亞衣走到病床前拍了拍棉被，棉被一顫，嚴孝穎的聲音微微帶著顫抖。「是誰？」

「是我。」陳亞衣答。

嚴孝穎這才探頭出來，雙眼紅通通的，陳亞衣放了隻小紙狗在他面前，小紙狗動了起來，用腦袋蹭了蹭嚴孝穎的臉。

「我們聯絡上你一位親戚，你先吃完晚餐，明天帶你見他，好不好？」陳亞衣對他說。

「我吃飽了……」嚴孝穎坐起身、搖搖頭，望著手中的小紙狗，許久才說：「爸爸沒說我們家還有親戚……」

陳亞衣從袋中取出零食飲料，在嚴孝穎面前晃，嚴孝穎接過一包零食，拆開來吃。

「我跟韓大哥請警察找資料，查出你還有親戚，是你媽媽那邊一個遠親，他孩子大了，現在夫妻倆閒在家也孤單，他們願意照顧你，讓你有個新家——你不要擔心，他們雖然不是有錢人家，但不會餓著你，而且……我也替你準備了一筆錢，夠你讀書上學……」

「那是……蔡家的錢？」嚴孝穎抬頭望著陳亞衣，搖搖頭。「我不拿他家的錢。」

「……」陳亞衣望著嚴孝穎，默然片刻，說：「等你再長大一點，可以自己決定怎麼處理那筆錢，這個世界上還有很多很可憐、需要幫助的人，如果你有多餘的力量，可以幫助他們。」

「嗯……」嚴孝穎點點頭。

陳亞衣在病房裡陪了嚴孝穎一會兒，突然問：「蔡如意跟我說，她問你一個問題，但你不理她……」

「什麼問題？」

「她說……那天晚上，你爸爸對你說了些話，要你答應他一定會做到。你答應了……」

「我爸爸說……」嚴孝穎望著地板，說：「如果將來有一天，那些叔叔伯伯找上我，要我替他們報仇，說可以幫我出人頭地，要我無論如何也要拒絕他們……」

陳亞衣微微瞪大眼睛，心中有些驚訝——

她本以為嚴寶要嚴孝穎替他向蔡家報仇。

「爸爸說……」嚴孝穎哽咽哭了。「是他害死媽媽，是他害我變成孤兒，他要我……不要和伯公一樣、不要和他一樣……」

「放心。」陳亞衣摟著嚴孝穎，安慰他，說：「那些人不會來找你。」

「可是……」嚴孝穎害怕地說：「這幾天，我都作惡夢，有時候晚上會聽見外面有人叫我名字……」

「今晚過後，他們不會再來煩你了。」陳亞衣從包包裡取出一疊白紙，在病床旁，陪著嚴孝穎摺起紙來。

時間飛快，嚴孝穎病床上枕頭兩側堆滿各式各樣的小獸，天花板日光燈上緣聚著幾隻紙鳥，那些紙鳥會在醫生護理師們巡房時躲起，等房中只剩嚴孝穎和陳亞衣時，才探頭出來向嚴孝穎搖頭擺尾。

窗邊、床下、櫃旁，也有數隊紙摺蟲鳥待命，嚴孝穎望著滿房紙兵，這才稍稍不再害怕，乖乖吃藥入睡。

陳亞衣望著嚴孝穎睡容，看看時鐘，十一點二十分，她起身來到窗邊，看著窗外月色，取出奏板，抵著額頭低聲祝禱幾句。

她的臉隱隱透出墨黑，伸手在窗上飛快畫咒——黑指如同沾了墨汁的毛筆尖，在窗上撇出符籙筆劃，下一刻，墨色筆劃立即隱褪，無影無蹤。

陳亞衣跟著在掌上也畫了道小咒，在房中四處牆面、櫃上按了按，又向房中數隊紙兵使了個眼色，這才靜靜出房，在門外也畫了道咒。

她走過清冷長廊，不時與奏板裡的苗姑低聲交談。

苗姑為媽祖分靈，平時陳亞衣的祝禱會先傳給苗姑，苗姑可以自行施予陳亞衣某些基礎神力，除非碰上強敵，或碰上無法解決的難題，苗姑才會將訊息進一步上報給千里眼、順風耳，甚至是媽祖婆，求得更進階神力和指示。

陳亞衣走出醫院大樓，來到能夠看見嚴孝穎病房窗戶的庭院；據嚴孝穎說，每晚十點之後總會聽見有人喊他名字，先前與他同間病房的蔡如意甚至是蔡萬虎都聽不見。

陳亞衣下樓後，長廊寧靜好一會兒，才有兩個傢伙從另一邊轉角探出頭來張望半晌，大著膽子走近嚴孝穎病房，對裡頭探頭探腦。

一個想伸手推門，卻被另一個拉住，指指門板上微微閃現光芒的驅鬼符咒。

他們進不了房，只能在門外探長脖子，朝裡頭喊：「孝穎……孝……」

只喊兩聲便忽地住口，轉頭見陳亞衣站在轉角瞪著他們。

陳亞衣一張臉漆黑如墨，隱隱露出怒容。

他倆噫呀一聲，轉頭就跑，剛跑回轉角，便讓兩隻手揪著後領——是苗姑。

苗姑生前身懷異術，死後道行本便遠高於一般遊魂野鬼，即便和地獄罪魂相比也厲害得多，現在成為媽祖分靈，受神力加持，揪著這兩個五福會忠堂老鬼，像老虎叼小貓小狗一般。

陳亞衣快步走來，與苗姑將兩個罪魂拖進樓梯轉角訓話。

「他只是個孩子，你們想嚇死他？」陳亞衣瞪著兩個罪魂，她頂著黑臉，一字一句說得雖輕，但聽在兩個罪魂耳裡，卻如戰鼓般洪亮。

「不、不……我、我們只是想替五福哥做點事……」「當晚我們拋下大家，很慚愧……」兩個忠堂老鬼掩面哭了起來。

那時玄極精舍道場大戰，兩幫鬼眾、幾路陰差殺得天昏地暗，當中有些罪魂趁亂跑了，這幾日陳亞衣除了看照兩個孩子，便到處逮這些罪魂，抹去他們身上的地獄符，等陰差上來拘提。

大戰當夜，太子爺附著韓杰又等一陣，沒再有閻王上來，閒得無聊正準備離去時，才又有批陰差上來。

那批陰差大都負傷，聽他們說，他們是那晚最早上來逮司徒史的那隊人，當時他們逮著了司徒史剛下陰間，便受到不明人馬襲擊，搶走了司徒史。

他們所屬的城隍府收到消息，城隍親自帶隊救援，但已遍尋不著司徒史，便返回玄極精舍探探消息，與千里眼、順風耳一番談論，這才知道這兒打得人仰馬翻——千里眼和順風耳按照太子爺吩咐，將大多功勞推給韓杰，稱他一人趕跑幾個魔頭、打翻十餘路陰差、擒下兩殿閻王。

秦廣王和卞城王有不同意見，但被韓杰打了幾棒，不敢再說，陰差之中一個牛頭負傷最重，頭上一支牛角都斷了半截，一身西裝破破爛爛，他過去似乎和卞城王有點過節，聽完眾人證詞，查驗佩槍上的鬼牙，確定罪證確鑿，立刻抽出甩棍照著卞城王一陣亂打報舊仇，直到他上司城隍出聲阻止才悻悻停手。

牛頭上司城隍叫作俊毅，曾經當過馬面。

俊毅望著兩殿閻王，神情疲累複雜——眼前兩殿閻王這案子太大，大到令他有些為難，深怕真查下去，可能會動搖到整個陰司體系。

總之現在地底忙翻天了，俊毅那路人馬後續如何處理、兩殿閻王下場如何，誰也說不準。

「你們知道，嚴寶死前是怎麼和嚴孝穎說的嗎？」陳亞衣瞪著兩個忠堂老鬼，說：「嚴寶要兒子不要替他報仇，他後悔自己害死妻子、害死自己、害得孝穎變成孤兒……」

「什麼……阿寶這麼說？」「我……我不信，他不讓兒子替大家報仇，那五福哥跟我們的冤屈怎麼辦？」兩個忠堂老鬼哇哇大叫。

「你們出來混的，打打殺殺、爭鈔票搶地盤，打死了不都是自找的嗎！打輸了不甘心，去向本人討呀，爲什麼要牽扯到無辜的人！」陳亞衣怒氣沖天地說：「你不信我說的話，自己下去找嚴寶問清楚，嚴五福和蔡六吉兩個老傢伙也在底下，聽說他們被銬在一起，哪個要報仇轉頭就可以咬對方一口，這樣多省事呀！」陳亞衣說到這裡，舉著漆黑拳頭，往兩個老鬼肚子上同時打了一拳，打毀了地獄符。「你們很快就能見到他們了……」

「什麼？」兩個忠堂老鬼見身上地獄符毀去，又見自己手上鎖著一道黑鏈，將他們和樓梯欄杆鎖在一起，驚慌嚷嚷起來。「我們不要回去！」「我們走了，孝穎怎麼辦？」

「什麼怎麼辦！」陳亞衣說：「他被你們嚇壞了，每天躲被子裡不敢出來，不能好好睡覺呀。」

「可是……」一個老鬼說。「我們每晚過來，也是來保護他呀……」「聽說蔡家也有些溜走的老鬼，準備了傢伙要對孝穎下手，想讓五福哥、阿寶絕子絕孫吶！」

「什麼……」陳亞衣聽兩個老鬼這麼說，呆了呆，突然聽見病房裡傳出嚴孝穎一聲尖叫。

陳亞衣飛奔回病房，只見窗外攀著三個罪魂，腹上的地獄符閃閃發亮，陳亞衣依稀認得他們模樣，也認得地獄符筆跡——那是她親手寫的地獄符，這三個傢伙確如忠堂老鬼所言，是想對嚴孝穎下手的蔡家罪魂。

陳亞衣顯露黑臉，往前走了幾步，見到嚴孝穎躲在棉被裡哽咽哆嗦，突然轉了個念頭，額抵奏板換了張紅臉，說：「孝穎，別怕。」

「你不是一個人，我會陪著你，大家都會陪著你——那些傢伙只敢欺負弱小，你越勇敢，他們才會逃得遠遠的。」陳亞衣聲音雖低，嚴孝穎卻從被裡探出頭來，望了望她、望了滿床紙兵、望了望窗外幾隻鬼。

幾隊紙兵飛聚到了嚴孝穎身前，結成陣式，一齊朝向窗外。

「你們滾，不要再來煩我……」嚴孝穎握著拳頭，顫抖地對窗外三個蔡家老鬼這麼說。

「出來、出來！」三個蔡家老鬼揚手敲窗，被窗上符籙燙得哇哇大叫，分頭爬了爬牆，也鑽不進來，又繞回窗邊，朝著裡頭齜牙咧嘴。

「我不怕你們，我才不怕你們……」嚴孝穎握拳頭跳下床，大隊紙兵們會飛的在他周身旋繞、不會飛的在他腳前列隊成陣，隨著他的腳步往窗邊推進。

陳亞衣跟在嚴孝穎背後，輕輕按著他的肩，臉龐手掌閃動紅光，將一股股能鼓舞人心、振奮士氣的紅面神力傳入嚴孝穎身中。

「你用自己的力量趕跑他們，他們以後再也不敢來惹你。」陳亞衣這麼說。

「對……對！」嚴孝穎舉起拳頭，像頭小獅，朝窗外怒吼：「你們這些壞鬼，給我滾——」

陳亞衣的臉隨即轉黑，壓低了聲音對窗外低叱：「聽到沒？還不滾——」

三隻老鬼如被颱風颳過，倏地被吹離窗邊。

但或許是陳亞衣刻意壓低聲音的緣故，這聲叱吼力道不足，三隻老鬼其中一隻奮力搆著窗沿，死撐掛在窗外，還從囚衣中掏出一把手槍。

槍口上裝著鬼牙。

「呀！」陳亞衣愕然拉開嚴孝穎，用自己的身子擋著他。

老鬼朝窗內開了一槍，扣下扳機的那瞬間，他手腕陡然向上一抬——

是一條火紅綾布自上竄下，捲著老鬼手腕，使這槍擊歪，打在窗戶上沿。

那一槍也沒能擊穿玻璃，只在窗上打出幾道裂痕，因爲窗上有道陳亞衣以黑面神力寫下的護身符。

「是混天綾！」陳亞衣驚叫奔向窗邊，持槍老鬼尖叫一聲，被混天綾捲上頂樓；同時，又兩道混天綾遠遠射向另兩隻老鬼，將他們也一併捲走。「韓大哥，你來啦？」

「怎麼回事？怎麼回事？」值班護理師聞聲趕來，見到窗戶那圈裂痕，驚慌問著。

「剛剛外面……有人對著窗戶開槍！我……我去追他！」陳亞衣只能這麼說，一面奔出房往樓上奔。

她奔上樓頂，韓杰腿掛風火輪、臂纏混天綾蹲在頂樓牆邊，手裡拿著一小塊金磚，在三個被混天綾綑縛於地的蔡家罪魂肚腹上塗塗抹抹，註銷地獄符。

「韓大哥！」陳亞衣欣喜奔去，只見牆邊竟還另有五個罪魂，被金粉繩子五花大綁，面如死灰地蹲成一排，好奇地問：「韓大哥，你今晚是奉命逮鬼，路過順便幫我？」

「不……」韓杰搖搖頭。「我是專程來請妳幫忙的……」

「請我幫忙？」陳亞衣有些驚訝。

「幫我把這幾個傢伙轉交給陰差，就說是妳抓到的。」韓杰指著幾個罪魂，苦笑地說：「那晚我上頭勸架勸過頭，打死打傷太多陰差，現在底下同仇敵愾，凡是我逮著的傢伙，他們會故意放走幾次，讓我多跑幾趟……我想媽祖婆人緣好、牌子大，那些陰差應該不會故意刁難妳……」

「什麼！竟然有這種事！」陳亞衣忿忿不平地說：「我替你向天庭告狀！」

韓杰見她取出奏板，連忙伸手制止，說：「別這樣！大家分工也好，黑臉我來扮就行了，妳跟底下打好關係，以後互相照應，這樣做事也方便，要是妳也跟底下鬧翻了，那以後就更麻煩了……」

「好複雜呀……」陳亞衣收去奏板。「這就是大人的世界？」

「是呀。」韓杰聳聳肩，又問：「妳這幾天怎樣？剛上工習不習慣？」

「還可以，做的事情跟之前其實差不多。」陳亞衣說：「不過心裡輕鬆不少，因爲至少現在做的每件事，都是對得起良心的事情……」

「很好。」韓杰點點頭，起身一躍，蹲踩在牆沿上，望著遠方彷如星河般的樓宇市街，底下有燈火通明、車水馬龍的大路，也有陰暗曲折的小巷。

「這是一條不歸路，路上沒有黃金白銀，只有滿地狗屎……不過走久了，心裡挺踏實……」韓杰轉頭對陳亞衣說：「既然踏上了，就走到底吧。」

「祝妳開工大吉。」韓杰向陳亞衣豎了豎拇指，身子往前一傾，腿上風火輪旋起一圈圈紅焰、臂上混天綾如鳥翼般張開，唰地沿著牆面溜下，一轉眼便竄入底下一條小路。

小路漆黑陰暗曲折深長，不知通往何方。

《乩身：地獄符》完

後記

《陰間》與《乩身》系列的世界觀融合了許多傳統信仰和宗教元素，身爲一個「不可知論者」，我對於宗教神鬼的立場一直是「不知道到底有沒有，有證據我才相信。」；而我在挑揀這些信仰、宗教元素作爲故事題材的標準只有一個，那就是有趣與否。有趣、有發揮空間的東西，我才會寫進故事裡。

然而一個又一個獨立而瑣碎的傳統元素，當然也存在著不少邏輯上的矛盾，或是與現今普世價值認知上有段距離，例如「輪迴」這件事是否眞正公平、十八層地獄到底具不具備教化功能等等，我心裡其實也沒有答案。

我只能穿針引線、加油添醋，將一個又一個我認爲有趣、能夠挖掘出動人事物的元素，儘可能地修飾矛盾破綻、塡補邏輯漏洞，縫縫補補地拼湊成一幅長畫；這幅長畫細看或許不少坑疤，但稍稍站遠一點，應該還是可以發現其中美景。

寫到這裡，我發現自己花了許多年的時間用圖畫說故事，又花了許多年的時間用故事畫圖——

這麼一條不歸路，既然踏上了，就走到底吧。

星子
2017.8.7
台北捷運古亭站外某間咖啡廳

【下集預告】

百來年前，一個法師犧牲性命，將食人血羅剎封印於六月山上；
百來年後，開發商看上此地觀光潛力，聯合黑白兩道預備大舉開山興建高級飯店。
開山封毀，百年封印的妖即將出山……

2018年2月．敬請期待！

國家圖書館出版品預行編目資料

乩身：地獄符／星子 著.——初版.
——台北市： 蓋亞文化，2017.12
冊； 公分.
ISBN 978-986-319-312-8

857.81 106021354

星子故事書房 TS003

乩身〔地獄符〕

作者／星子（teensy）
封面插畫／程威誌 封面設計／克里斯
出版社／蓋亞文化有限公司
地址◎ 台北市103承德路二段75巷35號1樓
電話◎（02）25585438 傳真◎（02）25585439
部落格◎ gaeabooks.pixnet.net/blog
臉書◎ www.facebook.com/Gaeabooks
電子信箱◎ gaea@gaeabooks.com.tw
投稿信箱◎ editor@gaeabooks.com.tw
郵撥帳號◎ 19769541 戶名：蓋亞文化有限公司
法律顧問／宇達經貿法律事務所
總經銷／聯合發行股份有限公司
地址◎ 新北市新店區寶橋路二三五巷六弄六號二樓
電話◎（02）29178022 傳真◎（02）29156275
港澳地區／一代匯集
地址◎ 九龍旺角塘尾道64號龍駒企業大廈10樓B&D室
電話◎（852）2783-8102 傳真◎（852）2396-0050
初版七刷／2023年11月
定價／新台幣280元
Printed in Taiwan

ISBN／978-986-319-312-8

GAEA

GAEA